Zum Buch

Willkommen in Verdon, Nebraska ... Lincoln Fargo ist der Patriarch des Fargo-Clans, einer vollkommen dekadenten Familie, die auf ihrem Landsitz in einer selbst geschaffenen Welt des Abgründigen lebt. Lincoln Fargo blickt auf ein Leben in Sünde zurück, seine gottesfürchtige Frau Pearl steigert sich in den Wahn, den Familienbesitz an Gott zu verkaufen, während ihr Sohn Grant in der Liebe zu seiner zerbrechlichen Cousine seinem großen Vorbild Edgar Allan Poe nacheifert. Doch dies ist nur die Oberfläche der Verkommenheit. Der Fargo-Clan verbirgt ein finsteres Geheimnis – ein Geheimnis, das die Familie schließlich in die unvermeidbare höllische Katastrophe reißen wird ...

Zum Autor

Jim Thompson wurde 1906 in Anadarko, Oklahoma, als James Myers Thompson geboren. Er begann früh zu trinken und schlug sich als Glücksspieler, Sprengstoffexperte, Ölarbeiter und Alkoholschmuggler durch. Obwohl er bereits mit fünfzehn Jahren seine erste Kriminalgeschichte verkaufte, konnte er erst seit Beginn der fünfziger Jahre vom Schreiben leben. Für Hollywood verfasste er zahlreiche Drehbücher, u. a. für so namhafte Regisseure wie Stanley Kubrick. Thompson gilt als zentraler Vertreter des Noir-Genres. Er starb 1977 in Los Angeles, seine Asche wurde im Pazifischen Ozean verstreut.

Lieferbare Titel

Jetzt und auf Erden – In die finstere Nacht – Blind vor Wut – Die Verdammten – Südlich vom Himmel

Jim Thompson

Fürchte den Donner

ROMAN

Aus dem Amerikanischen von
Franz Dobler

Mit einem Vorwort von
James Ellroy
und einem Nachwort von
Thomas Wörtche

WILHELM HEYNE VERLAG
MÜNCHEN

Die amerikanische Ausgabe HEED THE THUNDER erschien
1994 bei First Vintage Crime/Black Lizard Edition, New York

Unter www.heyne-hardcore.de finden Sie das komplette
Hardcore-Programm, den monatlichen Newsletter sowie unser
halbjährlich erscheinendes CORE-Magazin mit Themen rund
um das Hardcore-Universum. Weitere News unter
facebook.com/heyne.hardcore

MIX
Papier aus verantwortungsvollen Quellen
FSC® C014496

Verlagsgruppe Random House FSC® N001967
Das für dieses Buch verwendete FSC®-zertifizierte Papier
Holmen Book Cream liefert Holmen Paper, Hallstavik, Schweden.

Vollständige deutsche Erstausgabe 01/2016

Redaktion: Thomas Brill
Printed in Germany
Vorwort © 1991 by James Ellroy
Nachwort © 2015 by Thomas Wörtche
Umschlaggestaltung: Melville Brand Design, München,
unter Verwendung eines Motivs von © Getty Images/Jan Stromme
Druck und Bindung: GGP Media GmbH, Pößneck

ISBN 978-3-453-43787-6

www.heyne-hardcore.de

Vorwort

Von James Ellroy

Sozialer Realismus/Seifenoper an der Grenze zu Horror – Jim Thompsons zweiter Roman, *Heed the Thunder*, ist herausragend als Vermächtnis für Punkt eins und als heißer Vorbote für Punkt zwei. Mehr als irgendein anderer zeigt er seine Wurzeln – sowohl geografisch als auch literarisch – und macht den Prozess deutlich, wie Thompson sich damals mit seiner unstillbaren Begierde, zu weit zu gehen, infiziert hat.

Verdon, Nebraska, um 1910 – Thompson nennt das Jahr nie genau –, aber die ersten Automobile tauchen auf, ein Luxus, den die meisten der Verlierer-Truppe aus *Fürchte den Donner* nie kennenlernen. Lincoln Fargo – alt, Soldat der Union im Bürgerkrieg, sitzt als Patriarch im Zentrum der Story – sein Clan ist ein schreiender, quengelnder, zupackender Haufen – entfernte Verwandte heiraten untereinander und breiten sich über Verdon aus, und der Leser vergisst somit nie, dass es zu einem Inzest kommen könnte, wann immer ein Mann mit einer Frau flirtet. Inzest *kommt* vor – unter Cousins ersten Grades –, aber das Buch wurde 1946 veröffentlicht und erreichte leider nie den Bekanntheitsgrad von White-Trash-Epen wie *Gottes kleiner Acker*. Inzest kommt vor, Mord kommt vor; Menschen kommen, gehen, bleiben immer dieselben oder ändern sich für immer – bestehen bleibt nur das gesegnete Land – fruchtbar, unveränderlich – es ernährt die Stolzen, die Frevler, die Schwachen, die Starken, die Betrüger, die Besoffenen, die Schlauen, die Tölpel, hauptsächlich die komplett Neurotischen.

Stellen Sie sich das Bild so vor: Thompson flirtet mit dem Horror; es war ihm nicht erlaubt, oder er wusste nicht, wie er um den Horror einen Roman konstruieren könnte – vielleicht wollte ihm sein Verleger diese Freiheit nicht lassen. Er war jung, vielleicht von Dreiser und Sinclair Lewis beeinflusst – er wollte auf Lewis' Die-Scheinheiligkeit-im-Cornbelt-Nummer noch eins draufsetzen, allerdings mit etwas, das Lewis nie versucht hat – tiefer Sympathie für seine Charaktere. *Fürchte den Donner* kam 1946 in die Buchläden; ein Buch, das weitgehend ein Produkt der Depressionszeit ist: Politiker sind korrupt, die Eisenbahn überrollt den kleinen Mann, und der Clown, der dir kürzlich eine Dreschmaschine verkaufte, hat dir fehlerhaftes Material angedreht, an dem du noch lange abzahlen wirst, nachdem es hinüber ist. Das Bild: sozialer Realismus à la Steinbeck; Thompsons ehrgeiziger Plan, ein Epos zu schaffen, das seine eigene Zeit und seinen Ort widerspiegelt – ohne jedoch vollständig damit verhaftet zu sein –, was die Tatsache bezeugt, dass er die Story nicht in der Depressionszeit angesiedelt hat – er vermeidet geschickt einen historischen Kontext, der die

Leser von den menschlichen Konflikten ablenken könnte.

Und obwohl sich die Einführung der Personen und der Aufbau der Szenerie furchtbar dahinzieht, wenn sich die verlorenen/verdammten, ehrbar und unehrenhaft überlebenden Fargos auf ihren Weg in die Verdammnis/Erlösung machen – tanzen sie Boogie, weil …

Thompson damit eine Gothic-Kulisse aufgebaut hat, die dann bereit dafür ist, um den HORROR abzufeuern. Ein Wanderprediger bringt Farmer dazu, ihm ihren Besitz zu überschreiben; Pearl Fargo stellt den Scheck auf Gott aus und löst damit eine Kette von Ereignissen aus – Schicksale verwickeln sich, angestoßen von religiösen Machenschaften – enden in HORROR. (Der Prediger wird geteert, gefedert und aus der Stadt gejagt – diese ehrbaren Bauern – der junge Schreiber Thompson bringt seinen Arsch in Sicherheit – während ich mir gewünscht hätte, dass dieser Typ dort länger herumhängt und Leute fertigmacht.)

Einer Fargo-Tochter, die Lehrerin ist, wird von einem dummen polnischen Jungen etwas Übles nachgerufen; ein Fargo-Schwiegersohn nimmt Rache – die Konsequenzen sind HORROR und überlagern das gesamte Ende des Buchs.

Einem Mann wird mitgeteilt, er habe Syphilis – eine Szene, die gespielt wird, um pikareskes Gelächter hervorzurufen – der HORROR lauert im Unausgesprochenen – er stirbt nicht oder wird *vollkommen* verrückt – seine von Würmern zerfressene Seele wird nur immer kleiner und kleinlicher.

Ted und Gus Fargo – raue, gutherzige Jungs – springen auf den Zug und landen in Texas. Eine nicht besonders heftige Auseinandersetzung bringt sie für lange Zeit ins Gefängnis.

HORROR.

Horror – sind die überzeugendsten Stellen in diesem Buch.

Horror – erzeugen die am geschicktesten manipulierten Charaktere von *Fürchte den Donner.*

Horror – Thompson untersucht sein Gebiet, sucht nach seiner Stimme, vielleicht noch nicht ganz davon überzeugt, dass sie ihn dorthin bringen kann, wo er hinwill, hinmuss ...

Horror.

Abgesehen vom Horror – *Fürchte den Donner* ist nach fünfzig Jahren immer noch einfach herausragend. Es ist das erste Buch von Thompson, das ich gelesen habe – jetzt will ich mehr lesen, den Mann dabei beobachten, wie er sich als Schriftsteller entwickelt. *Fürchte den Donner* – dieser Hybrid – Ma und Pa Kettle treffen Steinbeck und Dostojewski auf irgendeiner Reise durch Amerika, die seine Biografen übersehen haben. *Fürchte den Donner* hat bis heute Bestand. Lassen Sie den Titel – nirgendwo sonst war er so gerechtfertigt – für sich selbst als Einführung sprechen. Der Donner sollte kommen, bald.

Für Lois und Elliott McDowell

»Ah, nimm das Geld und vergiss den Kredit …«

1.

Es war fünf Uhr, als der Zug in Verdon hielt, und die Stadt und das Tal lagen immer noch in der gräulichen Finsternis kurz vor der Dämmerung. Entlang der Hügelkuppe der Sandhills schlängelten sich die Spitzen der ersten Sonnenstrahlen vorsichtig über die Heuwiesen herein, tauchten zitternd in den eisigen Calamus, schossen durch Viehzäune zurück, sausten an Dreckmatsch und Gräben vorbei; das fruchtbare Tal aber schlief ungestört weiter, dunkel, genüsslich. Es klammerte sich an die Nacht, als wollte es bis zum letzten Moment gütige und riesige Kraft für die gewaltigen Mühen des Tages schöpfen; und die trüben Lichter des Zugs hatten der Nacht nichts entgegenzusetzen, sie waren zufrieden mit dem Bereich, für den sie zuständig waren. Der lange Bahnsteig war eine große Fläche aus braunen Brettern, die von Alter, Dürre und Regen mitgenommen waren.

Als Mrs. Dillon aus dem Zug stieg, zog sie ihren Ellenbogen vorsichtig von der angebotenen Hand des Zugführers weg. Das war nicht ausschließlich ihrer Prüderie geschuldet (obwohl sie aufgrund ihrer Erziehung geneigt war zu glauben, dass eine Frau, die ohne Begleitung reiste, gar nicht vorsichtig genug sein konnte), sondern hatte vor allem damit zu tun, dass sie den

Zugführer nicht ausstehen konnte und er ihr Angst einjagte. Sie sprach sich selbst Mut zu, dass sie sich gegen jeden Mann behaupten könnte – und gegen zwei von seiner Sorte –, trotzdem spürte sie Furcht und Abneigung. Es waren die Angst und die Abscheu einer stolzen Person, die von ihm mehr verlangt hatte, als er bieten konnte. Sie hätte, um einen ihrer Lieblingsausdrücke zu benutzen, dem Zugtypen am liebsten die Haare vom Kopf gerissen.

Weil sie sich ihm also entziehen wollte, und zum Teil auch, weil es dunkel war, setzte sie ihren Fuß nicht genau auf den Schemel, der beim Aussteigen behilflich sein sollte. Sie fiel nach vorn auf den Bahnsteig und drehte dabei instinktiv ihren Körper herum, um ihren Sohn, den sie im Arm hielt, nicht zu zerquetschen. Er landete auf ihrem Bauch, rollte über ihr Gesicht und ihren mit Straußenfedern geschmückten Hut und wachte, auf den Knien, heulend auf. Mit einer heftigen Handbewegung zerrte sie ihre Röcke und Unterröcke ordentlich nach unten und war wieder auf den Beinen, ehe der Zugführer bei ihr war.

Sie bückte sich, presste den Jungen einmal kurz an ihren Busen und schüttelte ihn dann heftig. »Dir geht's gut, oder? Dann hör schon mit dem Gebrüll auf.« Während sie ihren Hut zurechtrückte, stieß sie ihn mit der anderen Hand an. »Tut dir irgendwas weh? Halt jetzt die Klappe! Zeig mir, wo du dir wehgetan hast.«

Der Zugführer räusperte sich. »Also, Lady. Wie wäre es, wenn wir beide unsere Angelegenheit klären, damit der Zug weiterfahren kann?«

»Was?« Mrs. Dillon drehte sich wütend zu ihm um. »Hören Sie auf, mich zu belästigen! Ich bin schon halb krank, weil Sie mir die ganze Fahrt auf die Nerven gehen. Ich habe Ihnen nichts mehr zu sagen!«

»Sie sagen, dass Ihr Ehemann eine Anwaltskanzlei in Oklahoma City hat?«

»Genau das habe ich gesagt!«, sagte Mrs. Dillon. »Robert A. Dillon, Rechtsanwalt.« Sie betonte jede Silbe der Berufsbezeichnung, voller Sehnsucht, obwohl sie Angst hatte.

»Aber dort ist er zurzeit nicht?«

»Nein, ist er nicht! Auch das habe ich Ihnen gesagt! Und ich erkläre Ihnen noch einmal, ich weiß nicht, wo er ist, und … und es interessiert mich nicht!«

»Gut, lassen wir das«, sagte der Zugführer, der im Licht seiner Laterne etwas in ein Notizbuch schrieb. »Wen besuchen Sie hier?«

»Das geht Sie nichts an!«

»Die Eltern, hm?« Der Zugführer schrieb weiter. »Und Sie bleiben dabei, dass dieses große Kerlchen erst fünf Jahre alt ist, dass er noch nicht mal ganz fünf ist?«

»Habe ich Ihnen schon hundertmal gesagt. Ich werd's nicht nochmal tun.«

»Also gut« – er klappte sein Notizbuch mit einem Knall zusammen –, »Sie werden sehen, dass man die Eisenbahngesellschaft nicht betrügen kann, Lady. Es ist am besten, wenn man's gar nicht erst versucht. Sie hören von uns.«

Mrs. Dillon starrte ihn an, bebend vor Wut. »Oh, werde ich das?«, fragte sie plötzlich herausfordernd.

»Das werden Sie. Sie können nicht …«

»Sagen Sie mir nicht, was ich tun kann und was nicht! Mein Sohn Robert und ich sind gerade beim Aussteigen aus Ihrem Zug gestürzt. Die Stufe war glatt, jawohl, und ich wette, dass ein Arzt so einige Verletzungen bei uns feststellen würde, und ich hätte gute Lust, um …«

»Jetzt mal langsam«, protestierte der Zugführer. »Diese Stufe ist nicht glatt. Außerdem hat niemand gesehen, wie Sie …«

»Ich werde 'ne Menge Leute auftreiben, die bezeugen können, dass sie's gesehen haben!« Mrs. Dillon war jetzt fast am Brüllen. »Meine Familie hat diese Stadt praktisch aufgebaut. Ich und meine … meine Familie und ihre Freunde haben die Stadt da hinten gegründet, wo der Bahnhof sein sollte, anstatt eine halbe Meile weiter hier draußen. Jawohl, sie haben Tausende von Dollars für Grundstücke hingeblättert und sich in diesem Getreidefeld niedergelassen. Und sie bezahlen so viel Frachtgeld an Ihre räuberische Eisenbahn, dass es sich in der Hälfte aller Fälle für sie überhaupt nicht lohnt, ihr Zeug irgendwohin zu verfrachten. Und …«

»Ist ja gut, Lady, schon gut.« Der Zugführer schwenkte müde seine Laterne. »Dann sagen wir unentschieden.«

Er wusste sogar besser als sie, was passierte, wenn in diesem Streckenabschnitt einer, der auf dem Land hier lebte, gegen die Eisenbahn vor Gericht zog. Für sie zählte nur der Clan, und sie waren untereinander verheiratet; und selbst wenn sie sich gerade gegenseitig bekämpften, würden sie damit aufhören, um gemeinsam gegen die Eisenbahn vorzugehen. Es war immer ein wertvolles Holstein-Rind, das überfahren worden war, und es war immer ein Feld mit hochwertigen Saatgut-Pflanzen, das wegen der Funken aus dem Schornstein eines Zugs abgebrannt war. Nicht dass die Eisenbahn machtlos war; sie hatte sich mit wachsender Größe nur zu weit von ihren Wurzeln entfernt. Sie hatte sich auf Kosten von anderen mit Baugrund und Subventionen und Subunternehmerverträgen gesundgestoßen, hatte dann den einen Bereich hängen lassen, einen anderen gestärkt, und dann diesem damit gedroht, es könnte ihm genauso übel ergehen wie dem ersteren. Und selbst jetzt hatte die Eisenbahn reichlich zu fressen, stopfte weitaus mehr in sich rein, als es ihre Ausgaben erforderten – ihre legitimen Ausgaben. Aber ihre Freunde, oder eher Diener, saßen in den großen Städten und Hauptstädten. Dort grünten die Zweige. Während die ungeschützten und angenagten Wurzeln starben, aus reiner Bosheit oder weil sie nur widerwillig gegossen wurden.

Mrs. Dillon sah zu, wie der Zug ruckte, vor Anstrengung ächzte und langsam abfuhr. Sie war sich der Tatsache nicht im Geringsten bewusst, dass sie Geschichte geschrieben hatte und das Symbol für eine Ära war, die man, vielleicht unabsichtlich, fast immer falsch interpretieren würde. Dreißig Jahre später, sogar schon fünfzehn Jahre später, in der Depressionszeit der frühen Zwanzigerjahre, als Leitartikelschreiber und Politiker dem unbeugsamen Individualismus der alten Zeiten nachweinten – womit sie genau genommen predigten, der Regierung zu misstrauen, und zur Anarchie aufriefen –, würde Mrs. Dillon immer noch nicht erkennen, welche Rolle sie dabei gespielt hatte, und wenn doch, dann hätte es sie nicht groß gekümmert.

Die Dinge, die ihr bestechend klar und scharf in Erinnerung bleiben sollten, waren die Dämmerung, die sich über den Fluss ausbreitete, wie Farbe, die auf eine Leinwand aufgetragen wird; die grünen Getreidefelder, die mit ihren Trieben knackten und knisterten; das gedämpfte, traurige Muhen von erwachenden Rindern; ihre Jugend und ihre Zuversicht im Angesicht des Desasters; ihr Junge, ihr Junge, ihr Junge …

Sie tätschelte ihn jetzt wieder liebevoll, spuckte in ihre Hand, schmierte die Spucke in die widerspenstige Haartolle an seinem Hinterkopf und drohte ihm, sie würde ihm die Haut bei lebendigem Leib abziehen.

»Was hast du denn herumzubrüllen?«, herrschte sie ihn an. »Ich schwör dir, ich versohl dir den Arsch, wenn du nicht die Klappe hältst. Was ist denn mit Mamas kleinem Liebling los?«

»W-wo ist Papa?«

»Woher soll ich … vielleicht musste er sich mit einem Mann treffen. Er wird bald wieder bei uns sein, und wenn du kein braver Junge bist, werde ich ihm das erzählen.«

»Wird er dann im Haus von Grandpa Fargo sein?«

»Oh, das vermute ich mal. Werden wir sehen.«

Der Junge fing wieder zu heulen an. »D-du hast g-gesagt, dass Pa-papi bei Grandpa sein wird! D-du hast g-gesagt …«

»Ja, verflixt und zugenäht, ich sagte, wir werden sehen!«, schrie Mrs. Dillon. »Und jetzt halt die Klappe, oder er wird dich hören und weglaufen!«

»M-mach ich.« Der Junge zitterte und rieb sich die Augen.

»Musst du auf die Toilette?«

»M-hm.«

»Hab ich's mir doch gedacht!«, sagte Mrs. Dillon. »Immer wenn du mit deinem Affentanz anfängst, sollte mir klar sein, was nicht stimmt.«

Sie wandte sich von ihrem Bastkoffer und dem Ausblick auf die Leinwand ab, packte den Jungen an der Hand und führte ihn den knapp zwanzig Meter – teure und unnötige Meter – langen Bahnsteig hinunter. Inzwischen stieg die Nacht auf wie Nebel, und darunter ballte sich ein ständig höher werdender Wall von Tageslicht.

Am Ende des Bahnsteigs deutete Mrs. Dillon nach unten, auf einen schmalen, von Unkraut überwucherten Pfad, der durch einen Graben zu einem trüben, roten Häuschen auf der anderen Seite führte. Die Tür stand offen, und der stechende, nicht unangenehme Geruch von Limonen drang sogar durch die frische Morgenluft.

»Da ist es«, sagte Mrs. Dillon. »Du gehst jetzt da rüber.«

Der Junge kicherte ungläubig. »Wäh, das ist aber kein Badezimmer.«

»Das ist tatsächlich keineswegs ein Badezimmer.«

»Aber wo ist denn das Badezimmer?«

»Ich wollte sagen, es ist auch ein Badezimmer«, sagte Mrs. Dillon. »Sie nennen es das stille Örtchen. Es ist die einzige Art von Badezimmer, die sie hier auf dem Land kennen.«

»Wäh«, sagte der Junge, sah ihr forschend ins Gesicht und dann wieder auf das Häuschen. Es sah aus wie eines dieser Häuser, die er mit seinem Vater immer aus Karten aufgebaut hatte. »Bist du auf ein stilles Örtchen gegangen, als du ein kleiner Junge warst?«

»Bin ich immer«, sagte Mrs. Dillon voller Überzeugung.

Robert trat unsicher auf der Stelle und umklammerte sich. »Du musst mit mir gehen«, wimmerte er.

»Nein, ich werde nicht mit dir gehen. Ich würde mir meine Röcke in diesem Unkraut so nass machen, dass sie nie wieder trocken werden. Du gehst da rüber, und ich warte genau hier.«

»Du gehst nicht weg?«

»Wo sollte ich denn hingehen, um Himmels willen? Auf einen Telefonmast klettern?«

Robert kicherte, seine Mutter gab ihm einen leichten Stoß, und er betrat den Pfad nach unten. Als er nach mehreren Pausen und wütenden Aufforderungen weiterzugehen den Graben erreichte, konnte er erkennen, dass das Häuschen leer war, und ab da schritt er tapfer voran. Er ging rein und schaute sich um. Der einzige Einrichtungsgegenstand in diesem Bau war etwas, das wie eine Truhe mit zwei Löchern aussah und an der gegenüberliegenden Wand stand. Er näherte sich dem Ding langsam und schaute schnüffelnd in einen schwarzen Schlund hinunter. Dann schob er sein Gesicht näher an das kleinere der beiden Löcher, das für Frauen bestimmt war, und studierte es eine Weile mit größtem Interesse.

Stirnrunzelnd – falls man bei einem knapp siebenjährigen Kind von gerunzelter Stirn sprechen kann – ging er zur Tür zurück.

»Da unten ist irgendwas«, rief er. »Es ist nicht gespült.«

»Es wurde nicht gespült«, verbesserte ihn Mrs. Dillon.

»Weiß ich, dass es nicht wurde.«

»Robert!«, zischte Mrs. Dillon. »Wenn du nicht aufhörst, mich zu ärgern – wenn ich zu dir rüberkommen muss …!«

»Aber es ist nicht … es ist voll.«

»Ist es nicht!« Mrs. Dillon brüllte schon fast. »Da ist immer noch genügend Platz!«

»Ja, aber was machen die denn damit?«

»Ich weiß es nicht!«, schrie Mrs. Dillon und seufzte. »Schon gut, ja, ich weiß es. Die Chinamänner kommen herauf und holen es ab.«

»Oh«, sagte ihr Sohn.

In ihrer Aussage war genug Wahres enthalten, von dem er schon gehört hatte, dass er damit zufrieden war. Er konnte nicht verstehen, warum die Chinamänner eine dermaßen stinkende Arbeit übernahmen oder wie sie es schafften, durch die Erde heraufzukommen, um das zu erledigen. Aber genauso wenig konnte er verstehen, wie es möglich war, dass sie auf der anderen Seite der Erde mit dem Kopf nach unten herumliefen, was sie ja zweifellos taten.

»Aber dann« – er zögerte – »tauchen sie ja vielleicht auf und packen mich.«

»Ich schwöre dir, dass sie dich wieder zurückbringen würden, wenn sie's tun würden!«, antwortete seine Mutter. »Aber sie tun das nicht. Sie sind so spät nicht mehr draußen. *Und jetzt mach endlich!*«

Und Robert machte. Angenehm aufgeschreckt von der plötzlichen Nähe der Chinamänner und von der Idee belustigt, er könnte einen Nachzügler anpissen, erledigte er das, was von ihm erwartet wurde, und drehte sich um, um den Ort zu verlassen. Was er jedoch nicht sofort machte, natürlich. Sein schwacher Punkt, der seinen Grund im Moment vielleicht in einer körperlichen Schwäche hatte (das Bedürfnis, sich auszuruhen und zugleich eine Entschuldigung dafür zu haben), war, dass er seiner Neugier freien Lauf ließ, sobald sie geweckt wurde.

Er entdeckte einen zerknitterten Katalog, der an einem Nagel an der Wand hing. Er nahm ihn herunter, trug ihn zur Tür, hielt ihn hoch und forderte eine Erklärung, warum man ihn hier angebracht hatte.

»Robert! Du kommst jetzt sofort wieder rüber!«

»Aber wozu ist das denn?«

»Das ist … das ist, um es zu lesen!«

»Na gut«, sagte der Junge, »dann sollte ich es vielleicht besser mal ein bisschen lesen.«

Er öffnete das dicke Buch umständlich und fing an, sich durch die Seiten zu blättern, auf der Suche nach

Abbildungen, die ihm helfen würden, den Text zu verstehen. Er war ein dünner, blasser, unbeholfener Junge mit einem großen Kopf und sandfarbenen Haaren. Er trug einen, wie man es damals nannte, Buster-Brown-Anzug: ein Matrosenhemd mit einem großen herabfallenden Kragen und eine knielange, weit ausgestellte Hose, die an der Taille mit einem Ring großer weißer Knöpfe befestigt war. Auf dem Kopf hatte er einen breitkrempigen braunen Seemannshut, der von einem Gummiband unter dem Kinn festgehalten wurde und um den Kopfteil herum und an der Rückseite mit Bändern geschmückt war. An den Füßen trug er braun gestreifte, wadenlange Strümpfe und solide Slipper aus Leder.

Er hatte diese Tracht nur akzeptiert, nachdem ihm Mrs. Dillon mehrmals versichert hatte, dass es die gängige Uniform der Armee der Vereinigten Staaten wäre. Sie hatte ihn in der vergeblichen Hoffnung so ausstaffiert, die Kontrolleure im Zug über sein wahres Alter hinwegtäuschen zu können.

Es war ihre Veranlagung zu strengster Sparsamkeit, die sie auf die Idee gebracht hatte, es damit zu versuchen, aber als sie ihn jetzt ansah, schossen ihr Tränen in die Augen, weil er so ahnungslos und voller Vertrauen war und zugleich so albern aussah. Was für eine Schande, das Vertrauen eines Kindes so zu missbrauchen! Dafür gab es keine Entschuldigung. Das werde ich, dachte sie, nie wieder tun.

Sie kniff ihre Augen zusammen und bedeckte sie einen Moment lang mit der Hand. Und als sie sie wieder öffnete, stand er direkt vor ihr und lächelte stolz zu ihr hoch.

»Die Chinamänner haben mich nicht gekriegt, Mama. Ich bin ganz allein da reingegangen, und ich hatte überhaupt keine Angst.«

»Natürlich hattest du keine Angst! Du bist doch Mamas großer tapferer Junge, stimmt's?«

»M-hm. Gehen wir jetzt rüber zum Haus von Grandpa Fargo?«

»Ja, mein Schatz.«

»Und ist Papa da?«

»Ich fürchte, nein, Schätzchen.«

»Aber du hast gesagt, er ist da! Du hast gesagt, dass Papa da ist! Du weißt, dass du's gesagt hast! Du hast gesagt …«

»Das stimmt«, sagte Mrs. Dillon, »vielleicht ist er ja da. Wir werden sehen.«

2.

Lincoln Fargo war im Alter zwischen zwölf und siebzehn in die Armee der Union eingetreten. Er war eine Waise und in einer Zeit geboren, in der die Lebensdaten von Menschen nur ungenau verzeichnet wurden, und deshalb wusste er nicht, wie alt er war – und es spielte auch keine Rolle. Er pflegte zu sagen – in Anspielung auf einen Ausspruch des Mannes, nach dem sie ihm seinen Namen gegeben hatten –, dass er alt genug war.

Er war vor allem deshalb zur Armee gegangen, weil er dafür bezahlt wurde (er war für den Sohn eines reichen Farmers eingesprungen und hatte dafür zweihundert Dollar bekommen); und zweitens, weil es der richtigen, der patriotischen Sache diente. Aber vielleicht hatten ihn auch beide Aspekte zu gleichen Teilen dazu bewegt. Er war so stolz auf seine Reputation wie jeder andere Mann, und er war nur so käuflich, wie es nötig war. Aber als Junge, der keine andere Zukunft hatte als die, die er sich selbst aufbaute, musste er es womöglich ein wenig mehr sein als andere.

Er war in der Armee geblieben, weil er nicht wusste, wie man ausstieg. Und obwohl er das Beste daraus gemacht hatte und dann als Full Sergeant entlassen wurde, hatte er seitdem nur noch eine sehr schlechte Meinung von Kriegen. In seinem Innersten war er davon überzeugt, dass er betrogen worden war.

Mit beträchtlichem Abstand, und umso schärfer, je genauer er darüber nachgedacht hatte, war ihm klar geworden, dass ein Mann nicht mehr Freiheit bekam, als er sich selbst erarbeitete. Manchmal bekam er nicht mal so viel, es sei denn, er hatte Glück; mit Sicherheit jedoch war der Versuch nutzlos, sie ihm einfach zu schenken. Die Muskeln, die man bekam, wenn man sich seine Freiheit erkämpfte, benötigte man, um sie zu behalten, und wer sie nicht hatte, würde nicht lange frei bleiben. Es gab jedoch noch eine andere Möglichkeit, die Sache zu betrachten. Angenommen, dein Nachbar hat einen Hund in seinem Keller eingesperrt, und du willst ihn dazu bringen, ihn freizulassen. Es kommt zum Kampf, ihr werdet beide getötet und habt das Haus bis auf die Grundmauern zerstört. Der Hund ist jetzt frei, aber war es das wert? Und hätte er es nicht wahrscheinlich selbst herausgeschafft, oder hätte sich der Nachbar nicht ohnehin bald erweichen lassen?

Wenn er in seiner, wie er sich selbst eingestand, Unwissenheit so drüber nachdachte, war Lincoln Fargo davon überzeugt, dass diese einfachen Wahrheiten, die er schon lange begriffen hatte, den Mächten, die für den Krieg verantwortlich waren, damals bekannt gewesen sein mussten. Und deshalb war er davon überzeugt, dass es dafür einen anderen Grund gegeben haben musste, und zwar einen, der mit Geld zu tun hatte.

In den Tagen von Lincoln Fargo war es eine riskante Sache, wenn man im Nachhinein seine Meinung änderte. Er war einmal auf die Schnauze gefallen; das war *ihre* Schuld. Wenn er wieder auf die Schnauze fiel, wäre es seine eigene.

Er hatte keinen Bedarf an Kriegen.

Lincoln Fargo fragte sich oft, warum er nach Ohio zurückgekehrt war, nachdem sie ihn ausgemustert hatten. Es gab dort niemanden, der ihn besonders gekümmert hätte. Überall gab es viel mehr Möglichkeiten als in der kleinen Gemeinde, wo er laut Gesetz ein Sklave gewesen war. Aber er war zurückgegangen; das war eine geschichtliche Tatsache. Die gesetzlich nicht genehmigten Banknoten, die er für seine Rekrutierung bekommen hatte, waren inzwischen wertlos geworden; seinen Sold hatte er verspielt. Er nahm eine Arbeit als Maurergehilfe an, für sechs Dollar im Monat, bei freier Kost und Logis plus eine komplette Kleiderausstattung pro Jahr.

Auf einer Farm, wo er das Fundament für ein Silo mauerte, lernte er die Dienstmagd kennen, eine Waise wie er selbst. Alles an ihr amüsierte ihn: ihre fohlenhafte Schönheit, ihre Frömmigkeit, ihre ernsthafte Arbeitsamkeit und Prüderie. Und während er sie an der Leine seines zynischen Humors herumführte, verlor er das, was an seinem Ende des Seils passierte, aus den Augen. Er nahm sie zu einer Erweckungsversammlung mit. Er war zutiefst gedemütigt, als er dann auf der Seite der Leidtragenden erwachte, konvertiert war und sie geheiratet hatte.

Er hatte keinen Bedarf an diesem Stand.

Ohne Ausreden oder Gewissensbisse nahm er ihre Ersparnisse und machte sein eigenes Geschäft auf. Er arbeitete hart. Wo auch immer es in dieser Region von Ohio irgendwas mit Steinen zu arbeiten gab, übernahm Link Fargo den Job, egal zu welchem Preis. Er wollte Arbeit haben. Und nach fünf Jahren war er keinen Schritt weiter als zu der Zeit, als er angefangen hatte. Schlimmer noch, er war pleite.

Mit dem Gewinn aus einer Poker-Partie verließ er seine Familie und ging nach Saint Louis. Er sollte später nie zugeben, nicht mal sich selbst gegenüber, dass er nicht die Absicht hatte zurückzukommen. In Saint Louis mietete er sich im besten Hotel ein, lebte verschwenderisch und hatte sich bald einen Ruf als erstklassiger Geschichtenerzähler, Spieler und Kenner von gutem Whisky und Essen erarbeitet. Er besaß von Natur aus gute Manieren, hatte aber auch immer noch ein schockierend derbes Mundwerk. Er versprühte eine Aura, die von seinem rauen, übermütigen, guten Humor geprägt war. Es kümmerte ihn einen Dreck. Er erwähnte gelegentlich, er wäre ein Bauunternehmer, um dem Thema dann sofort auszuweichen. Er habe keine Lust, sich darüber zu unterhalten, erklärte er, und dass er nur hier sei, um eine gute Zeit zu haben ... Nein, verdammt, bloß nichts über Geschäfte, sagte Link, und die nächste Runde geht auf mich.

Vielleicht wusste er, was er tat. Er behauptete gern, dass er es wusste.

Eines Abends (als er bis auf seine letzten zwanzig Dollar abgebrannt war) geschah es, dass ihm zwei von seinen Kumpels vorschlugen, in einem der nicht öffentlichen Speisesäle in der oberen Etage zu Abend zu essen. Da wären ein paar Leute versammelt, die zu treffen sich für ihn lohnen könnte. Ja, war ihnen bekannt, dass er nicht über Geschäfte reden wollte. Wüssten sie schon, dass er *seine* erledigt hätte. Aber nichtsdestotrotz …

Wenige Tage später kehrte Link nach Ohio zurück. Als Mann, der zu seinem Wort stand, drückte er gewissenhaft ein ganzes Drittel des Geldes, das er für den Bau einer Anzahl von Bahntrassen – er erinnerte sich nicht mehr, wie viele es waren – und von Fundamenten für Wassertanks und Bahnhöfe und ähnliche Arbeiten bekommen hatte, als Provision ab. Und machte dabei selbst einen Gewinn von zehntausend Dollar in zwei Jahren.

In den Achtzehnsechziger- und Siebzigerjahren waren viele große Flüsse des Mittleren Westens bis weit in den Norden, fast bis nach Kanada schiffbar. Die Ortschaften schossen an den Ufern nur so aus dem Boden. Gute Bauplätze wurden zu Preisen verkauft, die mit denen in den Großstädten im Osten mithalten konnten. Es gab anhaltende Gerüchte, dass die Hauptstadt der Vereinigten Staaten an einen viel geeigneteren Ort in der Wildnis von Nebraska verlegt werden sollte. Dort, entlang der Flüsse, würden Städte entstehen, die es mit New York und Chicago und Boston aufnehmen konnten. Sollten die Eisenbahnen doch über enteignetes Land fahren, wo sie wollten. Auf den Flüssen zu reisen war billiger, bequemer und allgemein beliebt – in jeder Hinsicht einfach besser.

Lincoln Fargo ging nach Kansas City. Seine Frau schaffte es, ihn zu überreden, ihr genügend Geld zu geben, um dort eine Pension zu eröffnen. Mit dem Rest, und einem Bündel von hochinteressanten Schuldscheinen, kaufte er ein Boot. Er organisierte eine Fahrt von Kansas City nach Fairchild, deren Profit für die Schuldscheine draufging. Auf der zweiten Fahrt lief er auf eine Sandbank auf.

Das Boot liegt dort heute noch, irgendwo in Nebraska, ungezählte Meter neben struppigen Grasnarben begraben in etwas, das einst ein Flussbett war. Und beladen mit den Habseligkeiten, darunter ein Konzertflügel, und den Hoffnungen von einigen gestrandeten Möchtegern-Siedlern. Link glaubte – er war sich ziemlich sicher –, dass die Passagiere vollzählig und gesund vom Boot gekommen waren. Aber er bedauerte oft, dass ihn die Empörung seiner menschlichen Fracht davon abgehalten hatte, eine sorgfältige Zählung durchzuführen.

Auf seinem Weg zurück nach Kansas City wurde er zu einer Tat gezwungen, die für ihn die einzige Sache in seinem Leben war, für die er sich schämte. Er klaute ein Pferd. Etwas, das er sich selbst nie verzeihen konnte. Er war der Überzeugung, dass viele der unglücklichen Ereignisse, unter denen er später zu leiden hatte, eine Strafe für dieses Verbrechen waren.

Es sah so aus, als könnte er in Kansas City rein gar nichts auf die Beine stellen, obwohl er sich, wie sogar Mrs. Fargo zugeben musste, größte Mühe gab.

Eines seiner riskanten Unternehmen startete er mit einem Großmaul, einem schillernden, selbst ernannten Professor, der sich in der Pension eingemietet hatte.

Sie verkauften per Mailorder ein Gerät, das garantiert jede Art von Schädlingen vernichtete. Die Zusendung enthielt einen kleinen Backstein, einen Holzhammer und eine einfache Bedienungsanleitung. In der Bedienungsanleitung wurde der Käufer angewiesen, den Schädling auf den Backstein zu legen und ihm dann einen kräftigen Schlag mit dem Holzhammer zu verpassen.

Die Erfindung, falls man's so nennen möchte, verkaufte sich am Anfang gut, und die beiden Verkaufsgenies ignorierten ungestraft mehrere Verwarnungen, die sie aus dem weit entfernten Washington bekamen. Von den Käufern beschwerten sich nur wenige, weil sie wussten, dass es nichts bringen würde. Tatsächlich machten viele von ihnen, wenn sie ihren ersten Ärger runtergeschluckt hatten, ein Konkurrenzunternehmen auf. Und bald wurden Zeitschriften und Briefkästen mit Anzeigen für den Insekten-Killer überflutet. Innerhalb von wenigen Wochen kannte jeder den Dreh, und es gab keinen mehr, der sowas kaufen wollte.

Link war körperlich nicht mehr in der Lage, die schwere Arbeit eines Maurers zu leisten, und das Gefühl dafür hatte er sowieso verloren. Er vertickte Spielkarten an eine Reihe von Spielcasinos, aber man war mit seinem Service nicht zufrieden. Er schaffte es nicht, sich für die Spiele von anderen zu interessieren; und um selbst richtig spielen zu können, fehlte ihm das Geld.

Jeder, der eine Monatsmiete für ein Haus hinblätterte, konnte einen Saloon eröffnen. Für alles, was zusätzlich benötigt wurde, gaben einem die verbissen konkurrierenden Brauereien Kredit. Also eröffnete Link, in einem Block mit nur zwölf weiteren Kneipen, einen Saloon, an dessen Totenbett er über einen Zeitraum von mehreren Monaten den Vorsitz hatte. Vielleicht hätte er es geschafft, im Schnaps-Krieg zu den Überlebenden zu gehören, aber es war ein Business, das ihm nicht gefiel. Er wollte keine Anteile an den extrem profitablen Nebengeschäften, die mit den Zimmern darüber, K. o.-Tropfen und Falltüren, die am Fluss endeten, verknüpft waren. Am schlimmsten war jedoch, dass er es nicht ertragen konnte, wenn Leute besoffen waren. Er war der Meinung, dass ein paar Drinks in Ordnung waren. Er selbst konnte eine Menge mehr als ein paar vertragen und behielt dabei immer noch seine sieben Sinne unter Kontrolle; und auch das war in Ordnung. Aber ein Mann, der nicht trinken konnte oder zu viel trank, ekelte ihn an und machte ihn wütend, und es spielte für ihn keine Rolle, wie viel Geld er dabei liegen ließ.

Er hatte keinen Bedarf an Besoffenen. Und er verheimlichte nicht, dass es so war. Er war erledigt, aber er war immer noch ziemlich geschickt mit den Fäusten und Füßen.

Nachdem er als Saloonbetreiber gescheitert war, probierte er es mit ein paar anderen Sachen. Mit den paar Sachen, die er noch nicht ausprobiert hatte. Machte Transporte mit einem Bierwagen. Stieg bei einem Mietstall ein. Nichts klappte. In den späten Siebzigern ging er zurück nach Nebraska und ergatterte eines der Grundstücke, die man von der Regierung zugeteilt bekam – genauer gesagt, holte er zwei Grundstücke raus. Um das zweite zu bekommen, wendete er die nicht ungewöhnliche Praxis an, sich eine Frau zu besorgen, die er als seine Ehefrau registrieren ließ, um dann auf ihren Namen einen zweiten Claim rauszuholen. Natürlich war das nicht legal, aber er war ein »altgedienter Soldat der Union«, und deshalb sollten sie gefälligst Nachsicht üben.

Die Männer der Grand Army in dieser Region hatten sich noch nicht lange zusammengetan. Copperheads – Südstaaten-Sympathisanten – waren deutlich in der Minderheit. Lincoln hatte nur einen Moment lang ein schlechtes Gewissen, als er ein Mitglied der *Night Rider* wurde. Er und seine Freunde statteten jenen Copperheads einen nächtlichen Besuch ab, die erwiesenermaßen gute Claims besaßen, und ließen ihnen die Wahl, entweder zu einem äußerst bescheidenen Preis zu verkaufen oder verjagt zu werden. Nur wenige mussten verjagt werden, und Link redete sich ein, dass er keine Gewissensbisse hatte. Und überhaupt, worüber wollten die Typen sich denn beschweren, wo doch der Süden diese nächtlichen Reiterhorden selbst erfunden hatte? Er war sich ziemlich sicher, dass sie ihn nicht anders behandeln würden, wenn sie die Gelegenheit dazu bekämen.

Mit der Zeit war Lincoln Fargo im Besitz von tausend Morgen besten Nebraska-Tieflands. 1918 sollten diese Morgen einen Wert von dreihunderttausend Dollar haben. Aber zu diesem Zeitpunkt sollten sie ihm nicht mehr gehören. Sie gehörten ihm auch jetzt nicht mehr.

Als in Verdon der Grundstücks-Boom ausgebrochen war, stand er auf der falschen Seite des Zauns.

Jetzt hatte er seine Rente. Er hatte sein Haus und zehn Morgen Land am Rand von Verdon. Hundertsechzig Morgen hatte er an seinen ältesten Sohn Sherman übergeben.

Tatsächlich gehörte ihm nicht einmal sein eigenes Haus. Er hatte es auf Anraten seines Anwalts seiner Frau überschrieben, um den Schadensersatzzahlungen für diesen alten Bootsunfall zu entkommen.

Lincoln hatte keinen Bedarf an Anwälten.

Er war jetzt sechzig oder fünfundsechzig – wie alt genau, wusste er nicht. Er wusste, dass er alt genug war.

Er saß auf der Veranda seines weitläufigen Bauernhauses, seine Congress-Treter auf die Stange gelegt, seinen großen schwarzen Hut über seinen ergrauten Haarkranz gezogen, seine strahlend blauen Augen in Fleischlappen begraben, die wie schiefwinklige Dreiecke aussahen.

Seine sieben Morgen Getreide waren es dieses Jahr nicht mal wert, geerntet zu werden. Was bedeutete, dass er zukaufen musste, wenn er ausreichend Futter haben wollte. Aber wozu irgendwas füttern? Man hatte nichts als verdammten Ärger damit, und zu verdienen gab's nichts.

Diese Hühner waren auch ein verdammtes Ärgernis (wütend schlug er mit seinem Gehstock nach einem). Ständig verschissen sie die Veranda oder schafften es, in den Garten zu gelangen; zu blöd zum Fressen und zu faul zum Legen. Aber, zur Hölle, was soll's? Sollte seine alte Lady doch die Veranda putzen; das würde ihr etwas von ihrer Bösartigkeit nehmen. Sollte der Garten doch zur Hölle gehen. Es war billiger, dieses widerliche Dosenzeug zu kaufen.

Außerdem interessierte ihn Essen sowieso nicht besonders. Es machte keinen Spaß zu essen, wenn man's mit dem Zahnfleisch zerkauen musste.

Er hatte auch keinen Bedarf an Zahnärzten.

Er ließ seine Gedanken schweifen, träumte, verschob seine lange, schwarze, billige Zigarre von einem Mundwinkel in den anderen und fluchte geistesabwesend, als er sich fast die Nasenspitze verbrannte. Bei Gott, dachte er, noch ein oder zwei Jahre und ich muss ein Loch in meine Reithosen schneiden und durch meinen Arsch rauchen … er lachte höhnisch, und sein habichtartiger Körper zitterte, weil er sich dermaßen über die Streiche amüsierte, die ihm das Leben gespielt hatte.

Die Anzahl der Dinge, die ihn nicht mehr kümmerten oder zu denen er kein Vertrauen mehr hatte, war befremdlich und schockierend. Aber er hatte alles gesehen und mitgemacht, was ihm zu sehen und mitzumachen möglich gewesen war. Er hatte alles ausgekostet, bis an die äußersten Grenzen seiner Möglichkeiten. Dem war nichts hinzuzufügen. Alles, was jetzt noch übrig blieb, war der Prozess des Verschwindens. Er fragte sich, ob es jedem so ging, und kam zu dem Schluss, dass es so sein musste. Und er fragte sich, wie sich die anderen dabei fühlten, und kam zu der Überzeugung, dass sie sich dabei so fühlen mussten wie er selbst. Das war alles, was das Leben zu bedeuten hatte: Es war ein Geschenk, das dir langsam weggenommen wurde. Eine Art Indianergeschenk. Am Anfang hattest du eine Handvoll Irgendwas und am Ende eine Handvoll Nichts. Die besten Sachen wurden dir am Ende weggenommen, wenn du sie am dringendsten gebraucht hättest. Wenn man den Boden des Topfs erreicht hatte, wenn es keinen Grund mehr zu leben gab, dann starb man. Wahrscheinlich war es gut so.

Er hatte keinen Bedarf mehr an diesem Leben. Auf jeden Fall sehr wenig.

Er war ziemlich am Ende angekommen, aber es war ein langes und spannendes Spiel mit nicht gerade wenig Spaß gewesen. Es war weniger der Verlust, der ihn störte, sondern der Vorgang des Verlierens. Falls es eine Möglichkeit gegeben hätte, die Sache zu beschleunigen, hätte er seinen Platz bereitwillig geräumt.

Er vermutete, dass es sein Stolz war, der ihn noch am Leben hielt. Willenskraft.

Er fragte sich, wie lange es dauern würde, bis er auch daran keinen Bedarf mehr hatte.

Er kam zu dem Schluss, dass es nicht mehr lange wäre.

Die Fliegengittertür hatte sich geöffnet, und sein Sohn Grant war herausgekommen.

»Ich wünsch dir einen schönen Nachmittag, Pa«, sagte er.

»Ich schätze, es ist Nachmittag, oder?«, sagte Link.

Er sah seinen Sohn flüchtig an, hustete, nahm seine Füße von der Stange, räusperte sich und spuckte auf ein vorbeilaufendes Huhn. Dann lehnte er sich wieder zurück und sah Grant aus den Augenwinkeln verstohlen an.

Der junge Mann holte eine Packung Zigaretten heraus, nahm sich eine, klopfte damit auf sein Handgelenk und stand so da. Er spürte die Abneigung seines Vaters und fühlte sich unbehaglich. Als Lincolns Sohn hatte er das starke Bedürfnis, von ihm gemocht zu werden. Unglücklicherweise mochte er auch sich selbst, so wie er war, sehr.

Grant war das jüngste von Lincolns vier Kindern. Groß und dünn, wies seine Erscheinung eine leichte Ähnlichkeit mit Edgar Allan Poe auf, die in seiner eigenen Vorstellung jedoch unübersehbar groß war. Er trug einen perlmuttfarbenen Derby-Hut, einen modisch geschnittenen Anzug mit Bundfaltenhosen und gelbe Schuhe mit Metall- und Glasknöpfen. An seinem Revers war mit einer schwarzen Zelluloid-Rosette und einem Stück schwarzem Bändel ein Kneifer mit Linsen aus Fensterglas befestigt. Sein halb offener Kragen war mit einer locker gebundenen schwarzen Krawatte ausgerüstet. Unterm Arm trug er ein Exemplar von *Rubáiyát* mit sich.

»Sieht so aus, als könnte es Regen geben«, bemerkte er.

Lincoln spuckte wieder aus. Während sein Sohn mit einem erstarrten nervösen Lächeln im bleichen Gesicht abwartete, nahm er seine Zigarre aus dem Mund, knipste das zerkaute Ende mit Daumennagel und Zeigefinger ab und schnippte es in den Hof. Er kicherte und schnaubte verächtlich, als ein Huhn den zweifelhaften Leckerbissen runterwürgte. Als er sich wieder zurücklehnte, warf er Grant einen kurzen scharfen Blick zu, der so voller Ekel und höhnischer Ablehnung war, dass dieser fast seine Zigarette fallen gelassen hätte.

3.

»Wie viel?«, fragte Lincoln barsch. »Ich geb dir einen Dollar und keinen verdammten Cent mehr.«

»Ich habe dich um nichts gebeten«, sagte Grant und wurde rot.

»Hättest du aber.« Lincoln fummelte einen Silberdollar aus seiner Tasche und warf ihn ihm achtlos zu. Und schnaubte abermals verächtlich und hustete, als der junge Dandy sich nach dem Geldstück streckte und sein Hut dabei herunterfiel.

Grant strich sich eine aus der Fasson geratene Locke seines schwarzen Haars zurück und setzte sich seinen Hut sorgfältig wieder auf. Seine Gesichtsfarbe hatte von Rot zurück auf Weiß gewechselt.

»Wenn's nicht wegen diesem Balg wäre«, sagte er, »würde ich das Geld nicht brauchen.«

»Welches Balg?«

»Ich spreche von deinem Enkelsohn, mein Neffe, Master Robert Dillon. Ich hatte einiges Wechselgeld – ich weiß nicht genau, wie viel – in der Tasche, als ich gestern Nacht ins Bett ging. Heute Morgen war's verschwunden.«

»Er hat's nicht genommen«, sagte Link.

»Wer denn sonst?«

»Niemand.«

»Ich verstehe«, sagte Grant pikiert. »Du willst damit sagen, dass das …«

»Siehst du das?«, sagte Lincoln und deutete mit seinem Gehstock. »Das Gatter da draußen? Pass mal auf, falls ich je von dir höre, dass du den Jungen in irgendeiner Weise beschuldigst oder schlecht behandelst, dann trete ich dir in den Arsch, dass du von hier bis dort fliegst.«

Grant grinste verächtlich. »Hab's verstanden!«, sagte er.

»Edie ist jetzt seit zwei Monaten hier«, fuhr der alte Mann fort. »Und du und deine Mutter, ihr habt alles getan, was man tun kann, damit sie sich nicht wie zu Hause fühlt. Sie ist heute rausgefahren und versucht, auf dem Land eine Schule für den Winter auf die Beine zu stellen. Ihr Ehemann ist abgehauen, weiß Gott, wo er ist, und sie hat die Verantwortung für ein Kind; aber sie lässt sich nicht unterkriegen, ohne Theater und Wirbel darum zu machen, bemüht sich, ein neues Leben aufzubauen … Und du, also … wie lange bist du jetzt hier?«

»Falls es von Bedeutung ist«, sagte Grant, »es sind jetzt annähernd drei Jahre.«

Lincoln dachte über die Antwort nach, nickte dann, widerwillig zustimmend.

»Ich schätze, mehr sind's nicht. Und jetzt schau mal dich an … jung, kräftig, ein Mann, musst dich um niemanden kümmern, außer um dich selbst, und hast einen guten Beruf. Aber du willst nichts arbeiten. Willst nur ewig so weitermachen, auf Kosten deiner Eltern leben, bettelst, dass sie dir Geld geben …«

»Das ist nicht … das ist nicht fair!« Grant heulte entrüstet auf. »Ich bin sehr wohl willens und bestrebt zu arbeiten. Was glaubst du, wie ich mich fühle, nachdem ich mein halbes Leben damit verbracht habe, einen Beruf zu erlernen, um dann von einer Maschine aus meinem Job verdrängt zu werden! Ich habe in Dallas für die *News* gearbeitet und für den *Star* in Kansas City, und …«

»Ich glaube, ich würde lernen, eine dieser Maschinen zu bedienen.«

»Aber ich nicht! Niemals!« Grants Ausruf war so leidenschaftlich, dass ihn sein Vater fast mit Respekt betrachtete. Für einen Mann mit Prinzipien hatte er was übrig, selbst wenn sie von der falschen Sorte waren. »Entweder ich bin ein Schriftsetzer, der's mit der Hand macht, so wie es ursprünglich gedacht war, oder ich bin überhaupt keiner!«

»Gut, dann setz eben mit der Hand«, sagte Link. »Es gibt eine Menge Zeitungen, die noch keine von diesen Linotype-Maschinen haben.«

»Stimmt, und was zahlen diese kleinen Wurstblätter! Warum sollte ich, wo ich mich bis *dreißig Dollar die Woche* hochgearbeitet habe!«

Lincoln wollte ihn schon fragen, was für Pläne er hätte, aber er tat's nicht. Es hatte keinen Zweck. Sie hatten dieses Thema schon hundert Mal durchgekaut. Wenn es ihn nicht wütend gemacht hätte, dass Grant seinen Enkelsohn beschuldigte, hätte er dieses Fass nie wieder aufgemacht.

»Eines Tages … und der wird nicht allzu fern sein«, sagte Grant, »wirst du erleben, dass die großen Blätter diese dämlichen Maschinen auf die Straße rauswerfen. Und dann werde ich hier so schnell verschwinden, dass euch die Köpfe rauchen. Und ich werde alles zurückzahlen, was ich dir und Ma schulde. Mit Vergnügen!«

»Schön«, sagte Lincoln überdrüssig, »wir werden's sehen. Und was hast du heute Nachmittag vor?«

»Ich bin mit Bella verabredet.«

»Bleibst du zum Abendessen? Wenn ja, solltest du besser deiner Mutter Bescheid sagen.«

»Ich habe ihr gesagt, dass ich nicht hier sein werde«, sagte Grant. »Wie auch immer, ich bin nicht bei den Barkleys zum Abendessen. Bella macht einen Picknickkorb zurecht, und wir essen unten am Fluss.«

Lincoln saß da und starrte einen Moment lang vor sich hin.

»Bella ist deine Cousine, Grant.«

»Richtig, Pa«, lachte sein Sohn, »glaubst du, das wüsste ich nicht?«

»Glaubst du, du solltest deiner eigenen Cousine an die Wäsche gehen?«

Grant lachte, ein wenig unsicher und ein wenig entrüstet. »Erst mal vorweg, ich gehe ihr nicht an die Wäsche. Sie interessiert sich für Poesie, Reisen und Weltpolitik – genau die Sachen, die mich interessieren. Es macht uns einfach Spaß, wenn wir uns treffen.«

»Sie ist ein ziemlich gut aussehendes Mädchen«, sagte Lincoln. »Wenn ich in deinem Alter wäre, würde es mir in Bellas Nähe verdammt schwerfallen, mich auf

Bücher zu konzentrieren. Und sie hatte schon immer eine gehörige Portion Willenskraft, auch das.«

Grant verfärbte sich. Er fummelte peinlich berührt am Bändel seines Kneifers.

»Ich bin mir sicher, ich habe nichts … ich meine, Bella ist vollkommen sicher in meiner Begleitung. Abgesehen davon, Pa, wie viele Familien – von guter Herkunft – gibt es denn in der Stadt, die nicht irgendwie mit uns verwandt sind? Was sollte man als Familienmitglied tun, sich niemals mit irgendeinem Mädchen treffen?«

»Ja, da ist was dran«, gab Lincoln Fargo zu. »Es ist so gut wie egal, woher der Wind weht, du triffst mit deiner Spucke einen Verwandten der Fargos. Aber Bella ist deine Cousine, das Kind der Schwester deiner eigenen Mutter. Du könntest sie nicht heiraten.«

»Ich hatte nicht … ich habe nicht vor, sie zu heiraten.«

»Gut, das könntest du auch nicht«, wiederholte Link. »Wäre vielleicht eine gute Idee, wenn du das im Kopf behältst.«

»Pa … um Gottes willen!« Grant machte ein gequältes Gesicht, schnippte seine Zigarette weg und stieg von der Veranda. Mit steifem Schritt ging er den Weg hinunter zum Gatter, die verletzte Unschuld in Person, ein junger Mann, der zu stolz und rein war, um üble Schimpfwörter auszuspucken oder böse Gedanken in sich zu tragen. Aber in seinem Inneren hatte er Angst bekommen und fluchte … Hatte der alte Mann etwas mitbekommen oder stellte er einfach Vermutungen an? Sollte er doch verdammt sein und zur Hölle fahren! Diese ganze stinkende Stadt sollte verdammt sein.

Es fühlte sich nicht so an, als ob Bella tatsächlich seine Cousine wäre, redete er sich selbst ein … Okay, sie war es, schon klar, aber es schien so, als wäre sie es nicht. Als es Lincoln Fargo zu seinem ersten großen Wohlstand im Tal gebracht hatte, setzte er sich mit einem Stift in der Hand nieder, um eine Liste mit Freunden und Verwandten aufzustellen, und seine Frau hatte es genauso gemacht. Sie hatten die Barkleys seit Jahren nicht gesehen und waren ihnen noch nie nahegestanden (Mrs. Fargo und ihre Schwester waren von verschiedenen Familien adoptiert worden); aber sie waren immer noch von einem Blut, und Blut zählte. In diesem Land herrschte ein Feudalsystem. Man besaß Land und brachte es damit, je nach Größe seines Clans, zu Wohlstand. Innerhalb des Clans konnten sie sich auf jede erdenkliche Art gegenseitig bekriegen. Aber für einen Außenstehenden präsentierten sie sich als eine so gut wie undurchdringliche Wand. Dieses Verhalten hatte sich in der großen Einsamkeit der Prärien herausgebildet, und von derselben Ursprungskraft wurde es weiterhin genährt – eine spezielle Form von Ökonomie oder Zivilisation oder von Not. Wenn die Jahre vergingen, die Bevölkerungszahl anstieg und es in der Gemeinschaft mehr Platz als nur für eine Bank, einen Friseur, ein Hotel gab, würde sich der Clan zerstreiten oder sich auflösen. Zu diesem Zeitpunkt krachte es, aber die Risse waren kaum wahrnehmbar.

Jedenfalls konnte Grant Bella Barkley nur sehr schwer als seine Cousine betrachten. Als die Familie nach Nebraska gezogen war, war er als Setzerlehrling in Kansas City zurückgeblieben. Er hatte Bella noch nie gesehen, ehe er vor drei Jahren nach Hause gekommen war, um seine Eltern zu besuchen.

Es war bei der Geburt zu einem Versehen gekommen, dachte er. Ein fieses Missgeschick, das das Schicksal zu verantworten hatte. Aber egal ... ein starker Mann konnte sein Schicksal ändern. Nichts würde ihn davon abhalten können, Bella zu bekommen. (Er leckte über seine vollen Lippen.) Davon, sie endlich ganz zu bekommen.

Während er so weiterging, dabei seine Knie weit hochzog und an seinen Derby tippte, als wollte er sich ein klein wenig entschuldigen, machte Grant Fargo eine glückliche Entdeckung. Das geklaute Wechselgeld, für das er Robert Dillon beschuldigt hatte, war in seiner Westentasche. Sechzig Cent. Der Dollar, den ihm sein Vater gegeben hatte, würde für die Miete für das Pferd und den Wagen ausreichen. Die sechzig Cent könnte er nehmen, um für Bella was Süßes zu kaufen. Oder für einen Sarsaparilla-Drink nach dem Picknick. Oder er konnte sich ein paar Drinks genehmigen, bevor er sich mit ihr traf.

Er entschied sich für letztere Möglichkeit. Das Gespräch mit seinem Vater hatte ihn nervös gemacht. Aufgeregt. Er benötigte ein paar Drinks, um wieder sein übliches herrschaftliches Selbstbewusstsein zu erlangen – um dieses Herrschaftliche noch zu steigern.

Wenn er einen oder zwei Drinks gehabt hätte, letztes Mal, als sie zusammen waren, diese Nacht im Haus, auf dem Sofa …

Er leckte sich wieder über seine Lippen.

Als er an der Bank vorbeiging, sah er, wie sich sein Onkel Philo Barkley mit seiner Schwester Edie Dillon unterhielt, während sein Schwager Alfred Courtland den Boden fegte. Grant Fargo verzog seinen Mund vor Verachtung. Was für eine Stadt, was für eine Bank! Der Kassierer einer Bank kehrte den Dreck zusammen! Und jeder schien der Meinung zu sein, dass das in Ordnung war! Sie konnten nichts Falsches daran erkennen. Bauerntrottel! Er könnte ihnen schon ein oder zwei Sachen beibringen.

In seinen Gedanken und seiner heimlichen Belustigung versunken, bemerkte er den Einspänner nicht, der unmittelbar hinter der Bank am Geländer vor dem Saloon festgebunden war. Und einmal durch die Schwingtüren gegangen, war's zu spät, um wieder umzudrehen. Drinnen stand sein Bruder Sherman, mit dem Rücken an der Bar und einem Glas in der Hand tauschte er mit einer Gruppe von Tagedieben Geschichten aus.

Mit einem starren Lächeln im Gesicht murmelte Grant einen Gruß. Er stapfte vor zur Bar, bestellte ein Glas Whisky und kippte es mit einem Schluck. Damit etwas gestärkt, sah er seinen Bruder wieder an.

»Hallo, Sherm«, sagte er herablassend.

»Grant«, sagte Sherm.

In seinem Auftreten war Sherman ganz der Sohn

des Vaters, aber er wirkte in gewisser Weise schwieriger. Schwieriger, weil er in einer komplizierteren Zeit aufgewachsen war; verweichlicht und abgeschliffen, mit einer höheren Bevölkerungsdichte. Er musterte seinen Bruder spöttisch von oben bis unten, und die Tagediebe beobachteten sie mit gespanntem Schweigen. Dann brach er plötzlich in lautes Gelächter aus.

»Also Gott verdammich noch mal!«

Seine Stimme hatte einen irritierenden, gepressten Tonfall. Es war, als würde er immer irgendwas runterwürgen und zugleich etwas anderes ausstoßen. Eine Art Milch-Sahne-Quirl-Stimme – verbreitete Schrecken, wenn sie wütend war, reizte zum Lachen, wenn sie vergnügt war.

Die Tagediebe brachen ebenfalls in Gelächter aus, und einer von ihnen ging so weit, dass er einen eingebildeten Fussel von Grants Schulter abklopfen wollte, aber das quittierte Sherman mit einem missbilligenden Blick, und der Kerl sprang schnell zurück.

»Sieht so aus«, sagte Grant, »als würde ich Sie zum Lachen bringen, Gentlemen.«

»So ist es«, schnaubte Sherman. »Andererseits ist es 'ne verdammt gute Sache, wenn du jemanden dazu bringen kannst. Aber wenn du nicht aufpasst, dann wird dich Ma eines Tages noch als Polster benutzen.«

Er und die Tagediebe feuerten die nächste Salve ihres Gelächters ab, das einen wahnsinnig machen konnte, und Grant bestellte sich noch einen Drink. Grant hätte den Ort am liebsten verlassen, aber er fürchtete sich davor. Er hatte eine übertriebene und scheußliche

Angst vor dem, was hinter seinem Rücken gesagt werden könnte.

»Und was hat dich heute in die Stadt geführt?«, fragte er höflich.

»Ein Pferd und ein Buggy«, sagte Sherman. Und der Haufen lachte.

»Verstehe«, sagte Grant. »Verstehe.«

»Es ist doch so, wenn du ein bisschen rauskommst und mit den Armen flattern kannst, dann geht's dir gut.«

Gelächter.

»Verstehe«, wiederholte Grant stumpf.

»Hast du deine Schwester nicht gesehen, als sie in die Stadt losgezogen ist? Oder lassen die Männer in dem Land, wo du herkommst, die Frauen der Familie allein durch die Straßen spazieren?«

»Ich habe geschl… ich habe nicht mitbekommen, dass sie in die Stadt will«, sagte Grant.

»Glaub ich gern, dass du's nicht hast! Darauf wette ich, dass du nichts mitbekommen hast!«, rief Sherman. Wütend weidete er sich daran, dass er seinen Bruder aus der Fassung gebracht hatte.

Sherman Fargo selbst war ebenfalls in einer sehr missmutigen Verfassung. In der Woche zuvor hatte er unerwartet die Erfahrung machen müssen, dass ihm die Bank keinen Kredit gewährte – ihm, der hundertsechzig Morgen Land besaß, das bis auf eine kleine alte Hypothek schuldenfrei war! Es war genau so, wie er es Bark erklärt hatte: Er hätte die Hypothek vor einigen Jahren begleichen können, aber er brauchte für vierzig Morgen im südlichen Teil eine neue Scheune und einen Zaun. Außerdem hatte er angenommen, dass sie doch ohnehin auf derselben Seite standen. Aber Bark wollte ihm nichts mehr geben.

Die Ablehnung war für Sherman dermaßen unglaublich, dass er heute in die Stadt gekommen war und den Besuch seiner Schwester nur als Vorwand benutzte, um dieses Thema erneut auf den Tisch zu bringen. Philo Barkley war jedoch so unnachgiebig wie zuvor geblieben. Hatte erklärt, Sherman würde keine Dreschmaschine benötigen. Wo er doch schon seit Jahren ohne eine zurechtkam. Er müsste eben so weitermachen wie bisher. Und Sherman konnte nichts dazu sagen, was seine Meinung geändert hätte.

Es spielte keine Rolle für Sherman, dass es nur etwas weniger bequem war, wenn er ohne den Drescher weitermachte. Sein Kreditantrag war abgelehnt worden. Barkley erklärte *ihm*, wie er seinen Betrieb führen sollte.

Es wäre ihm nicht in den Sinn gekommen, Barkley mit dem Hinweis auf ihre Verwandtschaft um etwas zu bitten. Denn die Sache war die, dass er, wie Grant, den Ehemann der für ihn fremden Schwester seiner Mutter nicht als seinen Onkel ansehen konnte. Es war ohnehin keine Sache, zu der man verpflichtet war, und es hätte auch nicht gutgetan. Ein erwachsener Mann stand auf seinen eigenen Beinen. Wenn er krank oder hilflos war, dann konnte er zu irgendeinem vagen Verwandten gehen, um dort zu leben. Aber um Geld zu bitten, war eine andere Sache.

Gekränkt von seiner Niederlage, quälte Sherman seinen Bruder viel mehr, als er es normalerweise getan hätte. Und schon seine üblichen Sticheleien machten Grant wahnsinnig.

Grant hatte vorgehabt, drei Drinks zu nehmen. Ein Glas Whisky kostete zehn Cent, und er hatte gedacht, er würde drei für sich kaufen und drei – wie es die Pflicht von einem wahren Gentleman verlangte – für den Barkeeper. Stattdessen spendierte er die ganzen sechzig Cent nur sich selbst und nahm einen Drink an, zu dem ihn sein Bruder herablassend einlud.

Als Sherman ging und er notgedrungen ebenfalls gehen konnte, kochte er vor Wut. Er war betrunken, auch wenn ihm seine Betrunkenheit nicht anzusehen war. Als der Mann vom Mietstall in sein rotes Gesicht blickte, wollte er etwas sagen, änderte dann jedoch seine Meinung. Schweigend schirrte er eine Stute an den Buggy mit den Gummireifen und dem Fransen-Kanapee und sah zu, wie der junge Mann davonfuhr. Sogar dieser nette Bursche Grant sah heute aus, als würde er beim geringsten Anlass eine Schlägerei anfangen.

Und Grant … ein wütender Lavastrom brandete durch seinen Körper und krachte gegen die Wände seiner Hilflosigkeit. Er peitschte auf die Stute ein und bemerkte mit Entzücken das schmerzvolle Flattern ihrer Flanken. Brutal schlug er sie wieder, und als sie gehorsam vorwärtspreschte, riss er ihr das empfindliche Maul mit dem Zaum nach hinten. Er würde ihr schon zeigen, was Sache war und wer der Boss war! Sollte sie ihm nur mit einem ihrer üblichen Tricks kommen!

Er würde es allen zeigen. Ja, auch Bella. Sie hatte ihn lange genug abblitzen lassen. Er wusste, was sie brauchte, und bei Gott, er war der Kerl, der es ihr besorgen würde. Er würde sie schon dazu bringen, dass sie ihm nachlief wie eine Puppe, die an Schnüren hing. Wie diese Frau in Galveston.

Bella …

An seinem kleinen braunen Mustache hingen Speicheltropfen. Seine scharfen weißen Zähne pressten sich an seine vorgeschobene Unterlippe. Er sah schnell über die Schulter, die Straße rauf und runter. Dann beugte er sich mit glitzernden Augen vor und stieß mit dem stumpfen Ende der Peitsche heftig zu.

Bella …

4.

Philo Barkley war mit fünfhundert Dollar nach Verdon gekommen. Es gab keine Bank in der Stadt, also eröffnete er eine. Er kaufte sich eine massive, verschließbare Metallkiste, die er in einen Betonblock einsetzte. Aus »geliehenen« Brettern baute er den Schalter und pinselte sein Firmenzeichen an das Fenster des Hauses, das er gemietet hatte. Zusätzlich zu einem Federhalter, Tinte und einem Tablett aus Nickel war das seine Ausrüstung.

Am ersten Tag (laut Barkleys eigenen Angaben) wurden Einzahlungen über fünfunddreißig Dollar getätigt. Am zweiten nahm er etwas weniger als hundert entgegen. Und am dritten war ein Siedler aus dem Staat New York reingekommen, um zweitausendzweihundert Dollar in Gold bei ihm zu deponieren.

Philo ließ sich von diesem Goldfieber anstecken, nahm sein eigenes Geld, das er an der Hüfte trug, und deponierte es in seinem Safe. Er war zu dem Entschluss gekommen, dass die Bank ein florierendes Unternehmen war.

Das war seine Geschichte, und wahrscheinlich war sie nicht besonders übertrieben.

Er war ein stämmiger, vierschrötig gebauter Mann,

der äußerst bedächtig war, aber weit davon entfernt, langweilig zu sein. Er trug einen festen blauen Serge-Anzug, halbhohe schwarze Schuhe und ein strapazierfähiges blaues Arbeitshemd mit schwarzer Krawatte. Er versteckte sich hinter einer Mauer aus Kälte, und er war einsam. Seine Frau war vor fünf Jahren gestorben und hatte ihn ohne den einzigen Gefährten zurückgelassen, dem er wirklich vertraute. Er hatte versucht, mit Bella ins Gespräch zu kommen, aber sie hatte Angst vor ihm und war an ernsthaften Themen nicht interessiert. Alf Courtland war ein guter Junge – in seinen Gedanken war er für ihn ein »Junge« –, aber er war Engländer, und diese Engländer waren komisch. Sicher, er gehörte zur Familie, arbeitete hart und war anständig. Dennoch – gut, vielleicht in ein oder zwei Jahren …

Er rief ihn zu sich, nachdem Edie Dillon gegangen war, und registrierte mit reservierter Anerkennung, dass Courtland den Dreck, den er zusammengefegt hatte, über den Bordstein kehrte, ehe er seiner Aufforderung Folge leistete.

»Schließ die Tür, Alf«, sagte er, als der Engländer hereinkam, »und lass die Rollos runter. Ich glaube nicht, dass es nötig ist, noch länger geöffnet zu haben.«

»Mach ich, Bark«, sagte der Kassierer-Geldzähler-Hausmeister.

Er schloss auch die Tür ab, setzte sich dann auf eine Ecke von Barks Schreibtisch und streifte sich die schwarz-seidenen, übers Hemd gezogenen Halbärmel lässig herunter.

»Ziemlich ruhiger Tag heute«, bemerkte er mit seiner scharfen, nasalen Stimme.

»Nun ja« – Barkley spitzte die Lippen –, »aber nicht zu ruhig, Alf. Hast du mitbekommen, was ich mit Edie vereinbart habe?«

Alfred Courtland nickte und bemühte sich, dabei nicht mit der Stirn zu runzeln. »Das ist eine ziemlich armselige Schule, oder? Meilen ab vom Schuss, und wie ich gehört habe, gibt's eine ziemlich schwierige Bande von großen Jungs.«

»Das ist die einzige Sache, die ich für sie zu diesem späten Zeitpunkt finden konnte«, erklärte Barkley. »Ich habe keinerlei Verbindungen zu einer von den anderen Schulen.«

»Ich wollte das nicht kritisieren«, sagte Courtland. »Es war nur, dass …«

»Edie wird damit klarkommen«, sagte Barkley. »Sie ist eine Fargo. Eine waschechte.«

»Was bezahlt dieser Distrikt?«

»Fünfundzwanzig im Monat plus Kost und Logis. Bei den Russen und Polacken zu wohnen ist natürlich etwas anderes als bei weißen Leuten. Aber für ein Jahr wird sie schon damit zurechtkommen. Vielleicht können wir das nächste Mal etwas Besseres für sie auftreiben.«

Er riss ein Streichholz an, um seine Maiskolbenpfeife anzuzünden, und ließ es brennen, während Alfred hastig seine Meerschaumpfeife rausholte. Er konnte diese Meerschaumpfeife mit ihrem silbernen Rand nicht gutheißen. Sie sah ausländisch aus. Aber Alfred hatte sie schon immer gehabt, solange er sich erinnern konnte, und man konnte von ihm nicht erwarten, dass er sie in den Müll warf.

Courtland stieß eine Rauchwolke aus. »Wird Edie von ihren Gewinnanteilen Prozente an uns bezahlen?«

»Ob sie ... wird sie von ihren Gewinnanteilen Prozente an uns bezahlen? Also, natürlich! Warum sonst sollte ich ...« Barkley ließ den Satz unvollendet stehen.

»Zehn Prozent?«

»N-nein«, sagte der Bankier zögernd. »Zwanzig. Mit Gewinnanteilen aus Schulgeldern ist es in diesem Distrikt eine höchst unsichere Sache, Alf. Das weißt du doch selbst, dass es so ist.«

»Ja.«

»Und Edie wollte diese Schule unbedingt haben. Es war die einzige, die sie haben konnte, und sie konnte sie nur mit meiner Hilfe bekommen. Ich dachte, dass zwanzig sehr niedrig sind, wenn man die Umstände bedenkt.«

»Ich bin ganz deiner Meinung«, sagte Alfred Courtland.

Er wünschte, er hätte sich nicht in diese Diskussion hineinziehen lassen. Er wusste, dass er seine Abscheu nicht verbergen konnte, und er wusste, dass der Bankier äußerst empfindlich auf Kritik reagierte. Aber er konnte es nicht verhindern. Er war ein Angestellter gewesen, der für Banküberweisungen zuständig war, ehe er in einem Anfall von Ehrgeiz nach Verdon gekommen war. Er wusste, was echte Verdorbenheit war. Und dennoch konnte er die Haltung, mit der diese Leute miteinander umgingen, nie verstehen. Es war möglich, dass man einen Verwandten beklaute – das hatte er schon getan –, aber ihn von Angesicht zu Angesicht übers Ohr zu hauen und das für ein anständiges Geschäft zu halten, das lag außerhalb seines Horizonts.

»Ja, Sir«, sagte Courtland und versuchte, seine Stimme warmherzig klingen zu lassen, »ich glaube, du hast recht, Bark. Edie sollte sich über zwanzig nicht beschweren, und du musst dabei an die Bank denken. Die Bank kommt zuerst.«

»Genau so betrachte ich die Sache«, sagte Barkley.

»Und damit hast du auch absolut recht. Übrigens, hast du noch mal über diese andere Angelegenheit nachgedacht?«

»Welche andere Angelegenheit?«

»Na ja … du weißt schon … dieses Omaha-Geschäft.«

Barkley trommelte auf seinen Schreibtisch. Er schüttelte den Kopf.

»Ich glaube, wir lassen das bleiben. Für dieses Jahr jedenfalls. Es sieht nach einem recht harten Winter aus, und es könnte sein, dass wir alle Geldreserven benötigen, die wir zur Verfügung haben. Ich sehe im Moment ohnehin nichts, was mir vielversprechend erscheinen würde. Der Rindermarkt ist unten. Schweine sind unten. Getreide ist unten …«

»Du hast was von Verkäufen erwähnt.«

»Ja, ich glaube, das habe ich«, sagte der Bankier gedehnt. »Aber wo kommen wir hin, wenn alle ihre Wertpapiere verkaufen? Nein, ich sehe das einfach nicht, Alf. Vielleicht können wir die Sache nächstes Jahr schaukeln.«

Courtland nickte stumm, wusste, dass es sinnlos war, noch weiter darüber zu argumentieren. Die Unterhaltung bezog sich auf ein geheimes Projekt, über das er und Barkley seit einigen Monaten diskutiert hatten. Der Bankier hatte mit dem Gedanken gespielt, einen Ausflug an die Wertpapierbörse zu unternehmen, wobei Courtland als sein Agent fungieren sollte. Er tätigte seine Bankgeschäfte am liebsten persönlich an der kurzen Leine und konnte deshalb die Stadt nicht verlassen; und außerdem hatte er die Befürchtung, dass seine Abwesenheit zu unliebsamen Spekulationen führen könnte. Courtland aber konnte ohne jedes Risiko nach Omaha gehen, und er hatte ernsthaft darüber nachgedacht, ihn dorthin zu schicken. Er hatte keine Erklärung dafür, warum er plötzlich seine Meinung geändert hatte. Seit einigen Jahren hatte er klug an der Börse spekuliert – zumindest auf dem Papier – und einen ordentlichen Profit dabei angehäuft.

»Vielleicht nächstes Jahr«, wiederholte er.

»Es ist so, wie du es sagst«, nickte sein Angestellter. »Wir wollen kein Risiko eingehen.«

Er beendete damit das kurze Geschäftsgespräch passend zum Ende des Arbeitstags, wünschte Barkley eine gute Nacht und ging raus. Ein Mann, der schwer enttäuscht war. Das Geld, das ihm Barkley für seine Dienste in Aussicht gestellt hatte, war nur ein Hungerlohn, viel weniger als das, was er schon öfter in einer einzigen Nacht reingeholt hatte. Und dennoch war es mehr, als er in drei Monaten verdiente; er hatte fest mit der Reise gerechnet. Er hatte vorgehabt, einen Arzt aufzusuchen, aber mehr als das, hatte er einfach das Bedürfnis gehabt, für eine Weile wegzugehen. Von der Stadt, und in Kombination mit seinem dürftigen Lebensstandard, fühlte er sich langsam eingezwängt wie in eine Wäschemangel.

Vor der Bank blieb er einen Moment stehen und versuchte, die Schärfe seiner Enttäuschung etwas abzumildern. Er lächelte traurig, was hatte er denn schließlich schon verloren? Eine Fahrt von kaum mehr als hundert Meilen, ein paar Tage in einem Hotel, die Chance, eine geschmackvolle Show zu sehen, ein paar Hundert Dollar …

Ein Pärchen von Hundert-Dollar-Scheinen … ein Pärchen von Hundert-Dollar-Scheinen …

Er stieß ein plötzliches, kurzes, gehässiges Gelächter aus, um sich dann sofort wieder zu beruhigen. Zweihundert Dollar, tatsächlich! Das Lächeln kehrte in sein sanftes Gesicht zurück, dem man die Wohlerzogenheit ansah. Barkley würde sich dazu entschließen. Nächstes Jahr würde er bereit sein, das Geschäft anzupacken, oder, falls nicht, ein Jahr später. Er ließ nie eine Idee fallen, wenn er sie einmal in seinem dicken Quadratschädel hatte. Und er, Courtland, konnte warten. Er konnte fünf Jahre warten, wenn es sein musste. Das wäre es wert.

Sherman Fargo zog sich gerade am Buggy hoch, um sich neben Mrs. Dillon zu setzen, als Courtland am Randstein vor ihnen stehen blieb. Obwohl er seine Schwägerin erst seit ihrer Rückkehr in diesem Sommer kannte, mochte er sie schon jetzt lieber als irgendeinen der anderen Fargos. Sie hatte Charakter und Strenge, und er war ein großer Bewunderer von diesen Qualitäten. Und zugleich versuchte sie, die vielen kleinen Freundlichkeiten anzubringen, die zu guten Manieren gehörten und die seiner Meinung nach das Leben lebenswert machten.

»Wie geht es dir, Edie?«, sagte er und bezog auch Sherman in sein breites Lächeln mit ein. »Du siehst sehr gut aus.«

»Danke, Alf. Du hältst dich aber auch sehr gut«, erwiderte Mrs. Dillon.

Es spielte keine Rolle, dass sie sich vor nicht mal dreißig Minuten gesehen hatten. Die Möglichkeit, eine Verbindung zu pflegen, war so selten, dass man die Gelegenheit nutzen musste, wenn sie sich bot.

»Ich habe gehört, dass du im nächsten Winter Schulunterricht gibst.«

»Ja. Ja, das tue ich, danke.«

»Und wirst du Bobby dann mitnehmen?«

»Ich fürchte ... ich denke nicht, dass mir die Bezirksverwaltung das erlauben würde. Nicht, ohne dass ich für seine Kosten aufkommen müsste, selbstverständlich, und ...«

»Das ist zu dumm«, sagte Courtland mitfühlend. »Er ist doch so ein charmanter kleiner Kerl.«

Sherman lachte kurz auf, und der Bankangestellte sah ihn überrascht an. Er war keineswegs der Ansicht, dass Bobby ein charmanter kleiner Kerl war, und er war sich auch sicher, dass Edie ebenfalls nicht dieser Ansicht war. Aber es kostete ihn doch nichts, es so zu sagen und auf diese Art die Unterhaltung freundlicher zu machen.

Mrs. Dillon wandte sich ihrem Bruder zu: »Er ist ein guter Junge, Sherm. Ich weiß, dass er Ma furchtbar auf die Nerven geht, aber schließlich ist er fast noch ein Baby.«

»Schon gut«, sagte Sherman und spuckte über den Karren. Für ihn waren Kinder weder gut noch schlecht. Sie waren einfach nur Kinder. Man gab ihnen Essen und Kleidung, schickte sie in die Schule und achtete darauf, dass sie genug Hausarbeit zu erledigen hatten, um sie von Dummheiten abzuhalten. Wenn sie aus der Reihe tanzten, gerbte man ihnen mit 'nem passenden Zaumzeug das Fell. Sie hatten keine Persönlichkeit, bis sie groß genug waren, sie einzufordern. Und das war dann die Zeit (so dachte sich das Sherman), wenn sie von zu Hause fortgingen und alles vergaßen, was du für sie getan hattest.

Sherman war sich seiner Gefühle gegenüber Alfred Courtland nie so ganz sicher. Er war ein Banker, und das war ein schwarzer Strich gegen ihn. Und noch einer, dass er ein Ausländer war. Auf der anderen Seite war er nicht einfach noch so ein Aus-der-Stadt-Typ mehr wie sein Bruder Grant. Er arbeitete hart; und so fremd seine Eigentümlichkeiten auch waren, bei ihm wirkten sie nicht aufgesetzt. Mehr gab's über ihn nicht zu sagen. Sherman ging seiner Wege, und er war der Meinung, dass andere ihre eigenen gehen sollten. Er würde von niemandem verlangen, seinen Weg zu ändern, nur weil er selbst einen anderen eingeschlagen hatte.

Er dachte, dass Courtland vielleicht in Ordnung war, dass er jedoch genauso gut ohne ihn klarkommen würde, wenn es sein musste.

Er rutschte ungeduldig auf seinem gefederten Sitz herum und spielte mit den Zügeln.

»Also, ich glaube, wir müssen jetzt fahren, Alf«, sagte Mrs. Dillon hastig. »Und würdest du Bobby heimschicken? Er ist schon den ganzen Tag bei euch zu Hause.«

»Aber das ist doch nicht nötig«, sagte Courtland. »Er kann auch zum Din… also Abendessen bleiben. Über Nacht bleiben, in dem Fall.«

»Ja, gut …« Mrs. Dillon zögerte.

»Wieso kommst du nicht einfach mit? Erst heute hat Myrtle davon gesprochen, wie sehr sie sich wünscht, dass du zu uns rüberkommen würdest.«

»Oh … ich glaube, das sollte ich nicht tun, Alf«, sagte Mrs. Dillon. Dabei wäre sie gerne mitkommen; sie fürchtete sich davor, in das ungastliche Haus ihrer Mutter zurückzukommen. Und sie war sich auch absolut sicher, dass sich ihre Schwester über ihren unerwarteten Besuch freuen würde.

»Ich finde, es wäre besser, wenn du mitkommst«, insistierte Courtland. »Ich würde mich gerne mit dir über diese Schulformalitäten unterhalten.«

»Oh«, sagte Edie. »Also, dann sollte ich's besser tun. Sherm, würdest du Ma von deinem Haus aus anrufen und ihr sagen, wo ich bin?«

»Mach ich. Ja, zur Hölle«, sagte Sherman ungeduldig. Und er ließ die Räder des Buggy anrollen, noch ehe seine Schwester ganz abgestiegen war. Er bot den beiden nicht an, sie zu Courtlands Haus zu fahren. Es war nur eine kurze Entfernung, und es lag in der entgegengesetzten Richtung, in die er fahren musste. Dennoch fuhr er einmal um den Platz, bevor er die Stadt verließ, um zu sehen, ob er irgendeinen Bekannten aus seiner Nachbarschaft, der zu Fuß war, mitnehmen könnte.

Als er niemanden entdeckte, weder in der Nähe des Gerichtsgebäudes noch in den anliegenden vier Blocks mit Geschäftshäusern, lenkte er den Braunen in die unbefestigte Straße, die Richtung Norden aus der Stadt herausführte, um nach Hause zu fahren. Beim Fahren hielt er in einer Hand die Zügel und stemmte einen Fuß auf das Spritzbrett. Hin und wieder wischte er mit einem leichten Schlag mit den Leinen eine Fliege vom Rücken des Pferds. Der Braune war so gepflegt und sauber, dass sein Fell geradezu glänzte, denn Sherman hatte ein gutes Händchen für Tiere. Er hatte den Tag nie vergessen, damals, noch in Ohio, als er die Kuh der Familie in einen Stacheldraht hetzte und sie sich das Euter aufschlitzte. Er hatte gerade erst richtig laufen gelernt, aber dazu war er nicht mehr in der Lage gewesen, als der alte Mann dann mit ihm fertig war.

Ja, die Sache hatte ihm eine Lektion mitgegeben. Vielen von diesen Kindern würde es heute nichts schaden, wenn ihnen das Hinterteil öfter mal brennen würde.

Die Straße, die er entlangfuhr, war von Häusern gesäumt, die sich in gewisser Weise so ähnlich waren wie Kinder, die dieselbe Mutter, aber unterschiedliche Väter hatten. Da waren Neu-England-Häuser, reich bestückt mit Giebeln und Fensterläden; Häuser im Stil des Mittleren Westens, mit schindelbedeckten Türmen; die Häuser des Südens mit ihren Säulen. Es gab sogar ein oder zwei Häuser, die sich mit in die Mauern eingesetzten Baumstämmen präsentierten und damit eindeutig, von ihren zweifelhaften Ergänzungen abgesehen, auf den Westen verwiesen.

Sie alle waren unterschiedlich und dabei alle ähnlich. Von welchem Staat oder welcher Heimat auch immer sie inspiriert waren, Notwendigkeit und konservatives Denken hatten sie gezwungen, sich an ein bestimmtes, wenngleich elastisches Muster anzupassen. Die Dächer waren stark und so verankert und im Winkel, dass der Wind nichts anrichten konnte. Farbe hatte man großzügig aufgetragen, und die Fassaden wurden ebenso großzügig instand gehalten; die bevorzugten Farben waren meistens Blau und Gelb und Braun. Veranden waren entweder geschlossen in den Bau integriert oder so gebaut, dass sich das leicht bewerkstelligen ließ. Fundamente waren massiv und tief und üblicherweise eine Spur breiter als die Grundfläche des Hauses. Wie ein Grabhügel befand sich an der Rückseite jedes Wohngebäudes ein grasbewachsener, zementierter oder geziegelter Hügel über dem Hurrikan-Schutzloch. Nichts war extravagant. Etwas deutlich Besseres als der Nachbar zu bauen war schlechter Geschmack; es würde zu Gerede führen, Neid hervorrufen und dich mit der Todsünde der Eitelkeit brandmarken. Schlampig zu bauen war genauso schlecht. In diesen Gemeinschaften, in denen jeder jeden kannte, gab es in seinem

Heim wenig und außerhalb nichts, was ein Mann als seine Burg betrachten konnte. Wer eine falsche Entscheidung getroffen hatte, konnte etwas neu gestalten oder neu bauen, aber das bedeutete, vor einer Öffentlichkeit Reue zu zeigen, die das nie vergessen würde.

Einem Außenstehenden wäre die Straße vielleicht unverändert vorgekommen, aber nicht Sherman Fargo. Die Frau des Methodistenpredigers hatte in ihrer Laube die Trauben gepflückt. Das Tor zum Grundstück der Witwe Talley hing nur noch an einem Scharnier. (*Einer von diesen Schnösel-Typen hatte es wahrscheinlich herausgerissen.*) Doc Jones hob Erde aus …

»Whoa!«, sagte Sherman scharf und zügelte das Pferd. »Was machst'n du da, Doc?«

»Hallo, du bist's, Sherm«, sagte Doktor Jones.

Er war ein magerer, schmächtiger Mann mit kurz geschnittenen grauen Haaren und einem langen Hals. Er hatte einen Overall an. Er rammte den Spaten, mit dem er arbeitete, in einen Erdhaufen, kam zum Zaun herüber und wischte sich mit einem roten Bandana über das wettergegerbte Gesicht.

»Was machst du da?«, fragte Sherman wieder.

»Na ja, ich baue eine Abortgrube, Sherm.«

»Eine Abortgrube! Du meinst, du baust eine Toilette im Haus?«

»So ungefähr. Ich schätze, das tue ich.« Der Doktor lachte angespannt.

»Also, gottverdammt will ich sein!«, sagte Sherman, und seiner seltsam erstickten Stimme war der Gefühlskonflikt anzuhören.

»Ich bin praktisch dazu gezwungen, Sherm. Du weißt, wie schwierig es im Winter ist, den Weg zum stillen Örtchen frei zu halten. Wenn's nur allein um mich gehen würde, würde ich damit klarkommen, aber ich habe Patienten, die jeden Tag zu mir kommen. Viele Frauen. Ich kann nicht den einen Patienten warten lassen, weil ich für einen anderen rauslaufen muss, um einen Weg freizuschaufeln.«

»Na, zur Hölle«, sagte Sherman, »was stimmt denn mit der Frau Doktor nicht? Kann sie nicht ein bisschen mithelfen?«

»Sie ist schwanger, Sherm. Hast du das nicht gewusst?«

»Nein, kann ich nicht behaupten, dass ich's wusste«, sagte der Farmer und fragte sich, wie er diese spezielle Neuigkeit verpassen konnte.

»Du siehst also, ich *muss* praktisch eine Toilette einbauen, Sherm.«

»Gut, vielleicht ist das so«, sagte Sherman. »Meine persönliche Meinung ist: Ich bin über vierzig, und das ist das erste Mal in meinem Leben, dass so was in der Art im Haus gemacht wird. Das ist nicht gesund!«

»Oh, ich glaube, das ist es, Sherm«, sagte der Doktor.

»Also, ich *weiß*, dass es das nicht ist«, sagte Sherm. »Und wenn ich jemals irgendjemand dabei erwische, wie er seine Hosen in einem Haus, das mir gehört, runterlässt, dann nehm ich den aber so in die Mangel, dass der 'ne Woche braucht, bis er seine Einzelteile wieder beisammen hat.«

Jones schaute unglücklich zu Boden. »Ich schätze, das ist eine Möglichkeit, die Sache zu sehen«, murmelte er.

»Das ist nicht gesund«, wiederholte Sherman. »Du bist ein Arzt. Du solltest das selber wissen.«

»Vielleicht hast du recht«, sagte Jones. »Ich sag dir, was du für mich tun könntest, Sherm. Wenn ich das verdammte Ding drinhabe, hätte ich gern, dass du vorbeikommst und es dir ansiehst und mir sagst, was du davon hältst. Wirst du das tun?«

»Warum nicht«, sagte Sherman, »ich denke, die Zeit nehm ich mir, Doc.«

»Ginge mir gegen den Strich, jetzt nicht weiterzumachen, wo ich so viel Zeit und Geld reingesteckt habe.«

»Und das kann ich dir nicht vorwerfen«, sagte Sherman.

»Du wirst vorbeikommen, um es dir anzusehen?«

»Ich werde vorbeikommen.«

Der Farmer fuhr zufrieden davon. Er hatte nicht das Gefühl, unangemessen oder aufdringlich herumgeschnüffelt zu haben, und vielleicht hatte er das auch nicht getan. In einer Gesellschaft mit so wenigen Mitgliedern wurde die Art, wie ein Mann sein Geschäft betrieb, von seinen Nachbarn schnell registriert. Wenn man bemerkte, dass ein Mann den falschen Weg einschlug, war es deshalb deine Pflicht und dein Privileg, ihn in die richtige Spur zurückzubringen.

Ein paar Minuten zuvor hatte der Abendzug den Bahnhof verlassen, und ein gerade angekommener Fahrgast stand an dem Ende des Bahnsteigs, das bis an die Straße reichte. Als Sherman näher kam, stieg er von der Plattform herunter und blieb abwartend im Staub stehen.

Sherman ließ den Fuchs erneut anhalten.

»Das ist ein schönes Stück Pferdefleisch, das Sie da haben«, fing der Fremde die Unterhaltung an.

»Denke ich auch«, sagte Sherman. »Sind Sie ein Pferdesachverständiger?«

»Nichts dagegen. Würde mir gefallen.« Der Fremde lachte sofort. »Der Bahnhofsvorsteher hat mir geraten, ich solle hier warten, bis der schönste Fuchs, den ich je gesehen hätte, vorbeikommen würde, und dann würde ich Sie treffen. Sie sind Sherman Fargo, richtig?«

»Das bin ich«, gab Sherman zu. Mit einem erfreuten Kribbeln. Er nahm die Hand, die zu ihm hochgestreckt wurde, und schüttelte sie vorsichtig.

»Ich bin Bill Simpson, Sherm«, sagte der Mann. »World-Wide Harvester Company. Ich habe gehört, Sie sind an einigen von unseren Maschinen interessiert.«

»Ja?«, sagte Sherman. »Ein Mann kann viele Sachen hören.«

Der Fremde lachte wieder und entblößte dabei einige Goldzähne. Er war ein großer, gut gebauter Mann in einem robusten braunen Anzug, so einer, wie ihn auch Sherman für den Sonntag hatte. Seine Fingernägel hatten graue Ränder, und ein Hauch von braunem Rum umgab ihn. Sherman hätte sich zu ihm hingezogen gefühlt, auch wenn er das Pferd nicht gelobt hätte.

»Bringt uns doch nichts, wenn wir hier unsere Zeit verschwenden«, sagte er, was er für eine freundliche

Entschuldigung für seine Schroffheit hielt. »Ich hab das Geld nicht, und ich krieg's auch von der Bank nicht.«

»Oh, diese gottverfluchten Banker« – der Fremde spuckte verächtlich in den Staub. »Es sieht doch so aus, Sherm, wollen Sie den Mähdrescher oder nicht? Ich hoffe, Sie wollen ihn, weil ich den ganzen Weg von Kansas City runtergekommen bin, um Ihnen einen zu verkaufen.«

»Aber ich ...«

»Vergessen Sie das Geld. Wollen Sie den Mähdrescher?«

»Ja, sicher«, sagte Sherman. »Aber wie ich Ihnen schon gesagt habe, ich ...«

»Gut, ich bin hier, um mich darum zu kümmern, dass Sie ihn bekommen. Ich kann Ihnen sagen, die Leute von Harvester, wir sind nicht so wie viele Unternehmen. Wir wissen, wo die Butter auf unserer Scheibe Brot ist. Bei Gott, wir wissen, dass der Wohlstand des Landes vom Farmer abhängt. Wir wissen, dass das ganze verdammte Land zur Hölle geht, wenn man sich nicht um den Farmer kümmert. Wir ... entschuldigen Sie. Vielleicht haben Sie's ja eilig, nach Hause zu kommen.«

Wenn es eine so angenehme Unterhaltung gab, hatte Sherman nicht die geringste Eile, aber er erinnerte sich plötzlich an seine Manieren.

»Wenn es Ihnen nichts ausmacht, wie Sie schlafen oder essen, Mister, ähm ...«

»Einfach Bill, Sherm.«

»Also, wenn's Ihnen nicht zu umständlich ist, Bill, dann springen Sie rauf, und wir fahren zum Hof raus. Ich fürchte, ich sollte mich auf den Weg machen.«

Der Handelsvertreter warf seinen Handkoffer nach hinten, stieg auf eine Speiche und setzte sich locker neben Sherman. Der Farmer fuhr los und überquerte die Bahngleise, ehe er wieder zu reden anfing.

»Also, wegen diesem Drescher … zur Hölle, wie kann ein Mann, irgendwas kaufen ohne Geld?«

»Wir nehmen Schuldscheine von Ihnen an, Sherm. Ihre einfachen, ungedeckten Schuldscheine, ohne irgendwelche anderen Gläubiger.«

»Uh-huh«, machte Sherman. »Und verscheuert sie an irgendeine Bank, vermute ich mal.«

»Keineswegs. Die bleiben in unserer Hand. World-Wide hat eine Menge Geld, um den Kunden zu helfen, die dem Unternehmen helfen.«

»Sieht mir ganz danach aus, dass ihr eine Hypothek für die Maschine wollt.«

»Oh, nein … das wäre ja nicht fair, Sherm!«, protestierte Simpson. »Sie brauchen den Mähdrescher. Und Sie werden ihn auch weiterhin brauchen. Es wäre nicht fair, wenn er Ihnen dann wieder weggenommen würde.«

Sherman drehte und wendete diese philantropische Haltung in seinem Kopf hin und her, konnte jedoch keinen Haken daran entdecken.

»Wie schnell könnte ich den Mähdrescher bekommen?«, fragte er.

»Haben Sie ein Telefon?«

»Sicher hab ich ein Telefon. Ich war einer der Ersten hier in der Gegend, die sich eines besorgt haben.«

»Gut, Sir, ich werde einfach heute Abend unseren Händler hier anrufen. Er sollte in der Lage sein, ihn morgen früh als Erstes zu Ihrem Hof auszuliefern.«

»Gut, tun Sie's«, sagte Sherman, »geht in Ordnung, Bill.«

»Ich sage Ihnen was, Sherm: Wenn wir auf Ihrem Hof sind, werden wir uns die Geräte ansehen, die Sie haben. Wenn Sie sonst noch irgendwas benötigen, dann werden wir uns zu denselben Bedingungen darum kümmern … Sind Sie mit Maschinenscheiben gut versorgt und mit Eggen? Wie sieht's mit einer Sämaschine aus?«

»Oh, weiß ich nicht. Wir besprechen das. Der Drescher ist die Hauptsache.«

»Wie kommt's, dass Sie sich nicht schon früher dazu entschlossen haben, einen zu kaufen?«

»Ich hab keinen gebraucht«, sagte Sherman. »Ein Stück weiter oben am Calamus gibt's ein paar Böhmische Brüder, die einen Mähdrescher besitzen; die haben in dieser Gegend praktisch alles gedroschen. Aber in den letzten paar Jahren haben die eine Menge von ihren Freunden und Verwandten aus der alten Heimat rübergeholt, und jetzt fassen die das Getreide von jemand anderem nicht mehr an, solange sie nicht mit ihrer eigenen Bande durch sind. Dann soll'n se doch zum Teufel gehen, sage ich. Ich kauf mir einen Mähdrescher und dresche selber, und dann stell ich obendrein die Arbeit für die weißen Familien in der Nachbarschaft auf die Beine. Ich bin nicht der Einzige hier in der Gegend, der verdammt gut damit klarkommt und von diesen Ausländern die Schnauze voll hat.«

Simpson nickte wissend.

»Uh … welche Religion vertrittst du, Sherm?«

»Methodist. Wir Fargos sind alle Methodisten, die sind keine Baptisten und Christen. Meine Schwester Myrtle und ihr Mann gehören zur Episkopalkirche, aber die zähle ich nicht.«

»Nun, ich gehöre nirgendwo wirklich dazu«, bekannte der Vertreter. »Bin einfach nur ein Protestant. Aber ich sperre meine Ohren immer weit auf, wenn es um Religion geht, und ich könnte dir Sachen erzählen, die du nicht glauben würdest, Sherm! Jawohl, Sir, da würden Ihnen die Haare zu Berge stehen! Du glaubst, diese Böhmischen geben dir den Laufpass, nur weil die ihre Verwandtschaft bevorzugen, aber das ist noch nicht alles. Das ist nur ein Teil davon. Alle diese Böhmischen und Polen und Russen handeln auf direkten Befehl des Papstes. Die machen nicht einen Schritt, den der Papst ihnen nicht befohlen hätte. Das ist eine Verschwörung, Sherm. Die haben den Plan, die Christen mit Feuer und Schwert zu vertreiben und im Namen des Papstes die Macht zu übernehmen, genau wie sie es drüben in Europa gemacht haben. Sie werden's auch hier schaffen, wenn wir Christen nicht irgendwas unternehmen, um sie aufzuhalten!«

Sherman lachte kurz. Er hustete, spuckte aus und beobachtete den Vertreter verstohlen aus den Augenwinkeln. In diesem Moment war er, abgesehen vom Altersunterschied, das Abbild von Lincoln Fargo. Sein Urteil lautete, dass es den Papst genauso wenig kümmerte, aus ihm einen Konvertiten zu machen, wie es ihn selbst kümmerte, einer zu sein. Wenn es irgendeine Bande von diesem Böhmenpack schaffte, ihm seine Farm wegzuschnappen, dann hätten sie es allein schon deswegen auch verdient, das war seine Meinung. So viel sagte er noch mit seiner ärgerlichen Milch-Sahne-Quirl-Stimme und zog dann mit einem Schnauben einen Schlussstrich unter das Thema.

Sherman mochte es nicht, wenn man ihm seine Leichtgläubigkeit vor Augen führte. Er hatte den Eindruck, dass es darum gegangen war.

Wenn Simpson als Vertreter etwas weniger Erfahrung gehabt hätte, als es der Fall war, hätte er den Mähdrescher nicht verkauft. Aber weil er seine Fähigkeiten hatte, lachte er herzlich, zum Zeichen, dass er sich damit geschlagen gab, lenkte die Unterhaltung auf das Thema Pferde und von dort zurück zu landwirtschaftlichen Geräten.

Zu dem Zeitpunkt, als sie die Farm erreichten, hatte er Sherman dazu gebracht, sich eine neue Mähmaschine und einen Pflug zu kaufen, auf dem man sitzen konnte, zusätzlich zu diesem Mähdrescher.

5.

Pearl Fargo – Mrs. Lincoln Fargo – stand vor dem verzogenen, in Mahagoni gerahmten Spiegel in ihrem Schlafzimmer und drückte den Kopf eines abgebrannten Streichholzes an ihre zu schmalen Augenbrauen. Sie wusste genauso gut wie der Nächstbeste, dass Gott auf Seine bemalten Töchter missbilligend herabsah, denn Er hatte die Frau so geschaffen, wie Er sie gewollt hatte, jede Veränderung betrachtete Er als Blasphemie. Allerdings, so lautete ihre entschlossene Überlegung, veränderte sie ja Seine Handarbeit kaum, sondern erneuerte sie vielmehr. Sie war in diesem Sommer total grau geworden, und sie meinte, dass das mit Edie und ihrem Bengel zu tun hatte. Man konnte nicht mal in seine eigene Küche gehen, ohne dass Edie dort war, alles an den falschen Platz räumte und so tat, als wäre sie eine Hilfe. Sie wünschte, sie würde einfach weggehen und sich irgendwoanders niederlassen und jemanden die Dinge in Ruhe so erledigen lassen, wie sie erledigt werden mussten. Sie wünschte, sie würde einfach weggehen. Und was den kleinen Bobby betraf, so konnte man von Glück sagen, dass er nicht ihr Kind war. Sie würde ihn schon lehren, nur den Mund aufzumachen, wenn er was gefragt wurde. Sie würde ihm fünfmal am Tag ordentlich was überbrennen und ihn ohne Abendessen ins Bett schicken, bis er gelernt hätte, daran zu denken. Sie würde ihm schon beibringen, herumzuschleichen und seine Nase in die Sachen anderer Leute zu stecken ... Natürlich, Pa stiftete ihn immer zu üblen Taten an, aber Pa war eben Pa. Es war sein Zuhause, und er wurde alt. Das Problem war, dass man dem Bengel dringend das Fell gerben musste.

Sie öffnete ihr Haar, das so dünn war wie die Strähnen, die man aus einem Zopf ausgekämmt hatte, und fing an, es zu bürsten. Auf ihrer Frisierkommode stand ein Topf mit starkem Tee; sie hatte ihn immer dort stehen. Sie tauchte das Ende der Bürste hinein und zog sie dann durch ihr mausgraues Haar, das so seidig wie Maisflaum war. Es schadete einem doch überhaupt nichts, wenn man sich um ein nettes Aussehen kümmerte; in der Bibel stand nicht das Geringste über ein Verbot von Tee. Wenn gewisse Leute, die sie kannte, sich etwas mehr um ihr Aussehen gekümmert hätten, würden die Dinge vielleicht viel besser stehen, als sie waren. Ein Mann hatte immer seine Gründe für das, was er tat. Er war nicht einfach wegen nichts abgehauen.

Plötzlich runzelte sie die Stirn und starrte mit gerümpfter Nase reglos in den Spiegel. Mit langsam aufkeimendem Schrecken legte sie die Bürste weg und hob den Topf mit Tee auf. Wütend und angeekelt stellte sie ihn mit einem Knall ab, und etwas von der Flüssigkeit schwappte über auf die Frisierkommode. Hastig wischte sie es mit einem aus einem Getreidesack genähten Handtuch ab.

Als der Vorhang am Eingang zum Schlafzimmer raschelte, fuhr ihr finsteres, rotes Gesicht herum.

»Was ist denn los, Ma?«, sagte Grant Fargo.

»Nichts«, schnappte Mrs. Fargo.

Grants Blick wanderte vom Topf zur Frisierkommode und zum Haar seiner Mutter, und er kam schnell zum richtigen Schluss. Mit bemerkenswerter Selbstbeherrschung schaffte er es, sich das Lachen zu verbeißen.

»Na, verdammt will ich sein!«, sagte er mitfühlend. »Also wer würde denn so was schon tun?«

»Du weißt, wer«, sagte Mrs. Fargo.

»Aber warum sollte er so was tun?«

»Oh, warum tut er denn irgendwas?«, sagte seine Mutter gereizt.

Grant kannte den Grund für diesen Zwischenfall. Einmal die Woche wurde das Geschirr, das in den Schlafzimmern des Haushalts stand, in einer scharfen Seifenlauge eingeweicht; und er wusste, dass Bobby schlafwandelte, wenn ihn irgendetwas dazu veranlasste. Eines Nachts, als er spät nach Hause gekommen war, hatte er den Jungen an der Hintertür vorgefunden, wie er im Schlaf versuchte hinauszukommen. Es war typisch für Grant, dass er natürlich nichts unternommen hatte, um Bobby zu helfen; die Folge war, dass eine so plötzliche und heftige Krankheit die Topfpflanzen im Wohnzimmer befallen hatte, dass sie weggeworfen werden mussten.

Grant war schon drauf und dran, seiner Mutter auch noch von dieser Untat zu erzählen, als er sich an den

Grund für seinen Besuch erinnerte. Ihre Stimmung war schon übel genug. Es war besser, es ihr ein anderes Mal zu sagen.

»Ja, dieser verdammte, bösartige Bengel!«, sagte er warmherzig. »Es tut mir wirklich leid, Ma.«

»Manch… manchmal weiß ich nicht mehr, was ich machen soll, Grant!«

»Ich weiß. Es ist sehr schlimm. Aber es wird wirklich keinen Schaden anrichten, Ma. In Spanien drüben gibt's tatsächlich Leute, die ihre Zähne damit putzen!«

»Warum … warum, erzähl's mir!«, sagte Mrs. Fargo, schockiert und zugleich stolz auf ihren gebildeten Sohn.

»Es ist eine Tatsache«, sagte Grant unbekümmert. »Ich sag dir was, Ma. Ich springe schnell rüber und hol dir ein bisschen was von meinem braunen Rum …«

»Oh, nein! Das würde ich nie wagen, Grant!«

»Schon gut, und wie wär's mit etwas Vanille? Willst du, dass ich dir die Flasche mit Vanille bringe?«

»Glaubst du, das wäre in Ordnung? Ich meine, wenn man in die Kirche geht?«

»Oh, sicher«, sagte Grant. »Hör mal, als ich in Houston in die Kirche ging, da benutzte die Pfarrersfrau Vanille!«

Er ging in der Küche in die Vorratskammer und kehrte mit der Halbliterflasche Vanille zurück, und als Mrs. Fargo vorsichtig ihre Locken damit einölte, schnüffelte er anerkennend. Sie trug ihr Haar in einem oben auf dem Kopf verknüpften, ein wenig pyramidenähnlichen Knoten, der nach Ansicht ihres Ehemanns an einen getrockneten Kuhfladen erinnerte. Mrs. Fargo glaubte auch, dass er das tat, aber es gab keine andere Möglichkeit, ihr Haar zu tragen. Ihr Kleid war aus schwarzer Seide mit einem weißen Spitzenkragen, den sie selbst gefertigt hatte. Das Kleidungsstück war kaum abgetragen, aber im Lauf der letzten zehn Jahre etwas zu eng geworden. Ihre Schuhe waren aus hochwertigem schwarzen Ziegenleder und hatten sie einen Dollar und fünfundsiebzig Cent gekostet. Sie trug sie nicht zu Hause, sondern schlurfte stattdessen in einem abgelegten Paar Stulpen ihres Mannes herum, und sie waren praktisch so neu wie an dem Tag, als sie sie zusammen mit ihrem Kleid gekauft hatte. Ihr Hut war aus einem Drahtgestell für fünfundzwanzig Cent und dem Stoff einer längst ausgemusterten Bluse gemacht. Sie legte sich einen gestrickten Schal um die Schultern, weil das Wetter immer noch nicht so kalt war und sie außerdem keinen Mantel hatte … einen guten Mantel. Im Winter ging sie nicht raus. In die Stadt konnte sie nicht gehen, und für einen Besuch in der Nachbarschaft genügte es vollkommen, sich in ein Halstuch einzuwickeln. Manchmal kam es vor, dass ihr jemand von Shermans Familie anbot, sie in die Stadt mitzunehmen. Aber sie hatten es immer eilig, und sie konnte nicht alles stehen und liegen lassen und von einem auf den anderen Moment aufbrechen. Es kam sowieso nicht besonders oft vor. Nicht oft genug, dass ein guter Mantel etwas anderes als reine Verschwendung gewesen wäre. Wenn sie irgendwas aus der Stadt brauchte, konnten es ihr die anderen mitbringen. Wenn sich irgendwas ereignete, konnten sie ihr davon erzählen. Es war nicht nötig, dass sie im Winter irgendwohin ging.

Grant machte ihr Komplimente, während sie ihre Toilette beendete und dabei unbehaglich zuckte und sich herumdrehte. Pa hatte vor langer Zeit ein paar nette Sachen zu ihr gesagt, aber nur deshalb, vermutete sie, weil er hinter irgendwas her gewesen war. In der Pension in Kansas City hatte ein Mann ebenfalls ein paar hübsche Sachen gesagt, aber er war ein Säufer und hatte die Miete nicht bezahlt.

Mrs. Fargo war sich sicher, dass sie ehrbar aussah. Und das genügte.

»Hast du … bist du pleite, Grant?«, sagte sie schließlich.

»Ich fürchte, das bin ich, Ma. Ich habe gestern einen Stapel Briefe wegen eines Jobs abgeschickt, und das hat mir so ziemlich alles aus der Tasche gezogen. Gib mir einfach ein paar Dollar. Das würde mir drüber weghelfen, bis ich wieder an irgendwas dran bin.«

Mrs. Fargo nickte und griff nach ihrer Damentasche, unterbrach ihre Bewegung und wandte den Blick ab. »Also … ich habe aber keine zwei Dollar, Grant.«

»Also, Ma!« Grant lachte selbstsicher. »Natürlich hast du die. Was ist mit dem Geld, das du gestern für diese Hühner bekommen hast?«

»Ja, ich *habe* sie schon«, gab Mrs. Fargo aufrichtig zu. »Aber die muss ich heute Abend bei der Erweckungsversammlung spenden. Heute ist der Abend für die Auslandsmissionierung, und es ist die letzte Gelegenheit …«

»Ach, Unsinn!«, sagte Grant, mit Furchen auf der blassen Stirn. »Willst du alles, was du hast, diesem Schwindler mit seinen Bibelsprüchen geben? Bestell ihm von mir, bei Gott, dass …«

»Grant!«

»Oh, schon gut«, stieß Grant wütend hervor. »Aber …«

»Er ist kein Schwindler, Grant. Er ist der Auserwählte Gottes. Er ist Sein Vertreter, der hierhergesandt wurde, um Seinen Willen auszuführen.«

»Schön, mag so sein«, sagte Grant, der sich über den seltsamen Tonfall in der Stimme seiner Mutter wunderte. »Tut mir leid, Ma. Trotzdem brauche ich dringend etwas Geld.«

»Ich kann dir sechzig Cent geben, Grant. Ich habe gestern auch zwölf Dutzend Eier verkauft.«

»Ich brauche mehr, Ma. Ich brauche unbedingt zwei Dollar.«

»Aber, ich …«

»Gut, dann sage ich dir Folgendes«, sagte Grant, plötzlich liebenswürdig. »Gib mir einfach einen Dollar sechzig. Dann hast du immer noch einen Dollar übrig. Damit gibst du diesem … ihm genug.«

»Ich … ich habe nicht das Gefühl, dass ich das so machen sollte«, sagte Mrs. Fargo kläglich.

»Ah, komm schon, Ma«, bettelte ihr Sohn lächelnd. »Erinnerst du dich an das Schmuckrelief, das ich dir aus Dallas geschickt habe? Und an das Weihnachten, als ich dir die fünf Dollar geschickt habe?«

Mrs. Fargo nickte, sie erinnerte sich.

»Gut, in Ordnung«, sagte sie.

Grant verschwand pfeifend in die Stadt und zu Bella; und Mrs. Fargo ging hinaus und ins Wohnzimmer, nachdem sie ihr Erscheinungsbild mit abschließendem Geklopfe und Gezupfe vollendet hatte.

Es war erst dämmerig-dunkel, aber Mrs. Dillon und ihr Sohn saßen bei brennender Lampe am Tisch. Sie machten irgendein Spiel mit Kreuzen und Nullen. Der Junge sah seine Großmutter ohne jede Neugier an. Er war sich bewusst, dass sie ihn nicht mochte, und nahm es hin, so wie er die Zuneigung seiner Mutter einfach so hinnahm. Er dachte, dass alle Großmütter kleine Jungs nicht leiden konnten.

Mrs. Dillon lächelte geziert und nervös. »Nein, mein Gott! Wie hübsch du aussiehst, Ma!«

»Ist das nötig, dass ihr die Lampe brennen habt?«, sagte Mrs. Fargo. »Wenn Pa und ich alleine hier sind, zünden wir den ganzen Monat keine Lampe an.«

»Oh, nein! Wir brauchen sie nicht wirklich«, sagte Mrs. Dillon.

»Tun wir schon! Wir brauchen sie wohl!«, schrie ihr Sohn.

Aber seine Mutter hatte die Lampe schon gelöscht.

Mrs. Fargo ging durch das Wohnzimmer weiter zur Küche und aus der Tür. Ihr Ehemann, der es sich wie immer auf der Veranda bequem gemacht hatte, rollte bei ihrem Anblick mit bissigem Spott mit den Augen.

»Du fühlst dich ja ziemlich munter, hey?«, gluckste er wütend. »Zu gottverdammt geizig, um deinen eigenen

Kindern ein Licht zu gönnen. Ich vermute, sie sollen sich lieber die Augen aus'm Kopf starren.«

»Sie können genug sehen«, sagte Mrs. Fargo. »Ich selber mach doch auch kein Licht an.«

»Holt dich der Prediger wieder zum Zeltgottesdienst ab?«

»Ja.«

»Tja, würde mich nicht allzu sehr überraschen, wenn er nicht auftaucht. Gibt Gerede in der Stadt. Er hat sich etwas zu gierig ein hübsches Sümmchen in die eigene Tasche gesteckt.«

»Er ist ... was meinst du damit?«, stammelte Mrs. Fargo.

»Hast du's nicht gehört? Hölle, ich hab gehofft, du würdest es mitbekommen! Die ganze Stadt redet ja davon, mit welchen Tricks er viele von diesen Intelligenzbolzen übers Ohr gehauen und sie dermaßen überfahren hat, dass sie ihm ihren Besitz überschrieben haben!«

»Oh«, sagte Mrs. Fargo. »Aber er nimmt das nicht für sich selbst, Pa. Sein Bestreben ist nur, für den HErrn darauf aufzupassen, bis Er kommt, es sich zu holen.«

»Umm«, sagte Link; und dann: »Was!« Und schließlich und absolut abschließend: »Also, bei Gott!«

Er schnaubte, hustete, nahm seine Füße vom Stützpfeiler und setzte sie mit einem Stampfen auf. Er erhob sich. Eines der unvermeidlichen Hühner lief vorbei, und er schlug mit seinem Stock verbittert nach ihm. Dann setzte er sich wieder, brachte seine Beine in die vorherige Hochlage und schloss die Augen. Einen Moment später öffnete er sie wieder und verdrehte sie vorwurfsvoll in Richtung seiner Frau. Und dann klappten sie fest zusammen, und er zog seinen großen schwarzen Hut tief in die Stirn.

Verwirrt setzte Mrs. Fargo ihren Weg runter zur Toreinfahrt fort.

Anders als ihr Mann erachtete sie das Leben nicht als den langsamen Verlust eines Geschenks. Es war nur ein langer Weg voller Entbehrungen, der in ein besseres Jenseits führte. Kurz vor dem Ende war es einem erlaubt, wenn man so gehandelt hatte, wie es geboten war, sich in Frieden und Behaglichkeit auszuruhen, während man darauf wartete, dass sich die Pforten öffneten. Aber das war alles.

Sie war eine von Natur aus freundliche und geduldige Frau. Sie hatte einem Mann, der schnell aufbrauste, schroff redete und, sooft er konnte, von zu Hause weg war, vier Kinder geboren. Sie hatte diese Kinder großgezogen und mit einer vernünftigen, guten Erziehung gesunde Erwachsene aus ihnen gemacht. Sie hatte sie über eine Reihe von Jahren gefördert und darauf geachtet, dass sie die kleinen Annehmlichkeiten und Vergnügungen erhielten, die auch andere Kinder bekamen. Und nichts davon war zu ihrem eigenen Ruhm geschehen. Als Ehefrau und Mutter hatte sie keine Individualität; keine Glanzleistung, die sie sich anheften konnte. Sie hatte es fast mechanisch erledigt.

Jetzt war sie müde, müde und verwirrt. Sie hatte ein hohes Alter erreicht, doch von Frieden und Ruhe spürte sie nichts. Sie wusste nicht, wer schuld daran war, und machte sich, wie ein Kind, keine Gedanken darüber. Aber sie wusste, dass sie es nicht war; und dass sie müde war.

Sie fragte sich – wobei sie sich fragte, ob der Gedanke Blasphemie war –, ob auch im Himmel Verwandte ankamen, um bei dir zu leben.

Der ehrwürdige Pastor Silas Whitcomb verspätete sich. Es war fast finster, als er mit seinem alten Gaul und dem klappernden Einspänner angefahren kam.

Er war ein Mann um die fünfzig, gekleidet in abgetragenem, schwarzem feinen Wollstoff, Stiefeletten und einem gräulich-weißen Hemd mit einem Schlips. Er trug keinen Hut auf seinem Berg ungekämmter schwarzer Haare. Seine Augen waren schmal und saßen tief in seinem totenbleichen Gesicht. Seine Stimme war voll und überzeugend. Er war weit davon entfernt, jemand zu sein, den man abfällig betrachtete.

Sein Plan war es – der später von anderen verwirklicht wurde (in Franklin, Nebraska, zum Beispiel) –, eine Gemeinschaft von Gottesfürchtigen aufzubauen, in der alle zum Ruhme des Herren arbeiten würden. Diejenigen, die errettet wurden, *jetzt*, konnten sich dadurch gewiss sein, dass sie im Zustand der Errettung blieben, bis sie »geholt« wurden. Und eine derartige Gemeinschaft könnte auch gut als Operationsbasis für den HErrn dienen, falls Er sich entscheiden sollte, die Welt wieder aufzubauen, anstatt sie zu zerstören.

Er hatte den für alle Fanatiker typischen Charakterzug zu glauben, dass alles, was auch immer getan wurde, um seinen Zielen Geltung zu verschaffen, nicht nur vollkommen gerechtfertigt, sondern lobenswert war. Allein durch die Qualitäten, die sein Plan enthielt, konnte er jedoch das dafür benötigte Kapital nicht erlangen. Tatsächlich bekam er es, indem er die Gutgläubigen und Frommen davon überzeugte, dass der Tag des Jüngsten Gerichts unmittelbar bevorstand und dass sie sich selbst vor gefährlicher Verwirrung bewahren konnten, wenn sie die Leihgaben, die sie von Gott erhalten hatten, unverzüglich zurückgaben.

Er hielt vor dem Fargo-Grundstück an dem Holzblock, an dem man sein Gefährt festmachen konnte, und nach mehreren missglückten Versuchen schaffte es die alte Frau, in die Karre zu klettern. Sie hochzuziehen wäre für einen Mann der Geistlichkeit selbstverständlich unschicklich gewesen, und außerdem fühlte er sich dem körperlich ohnehin nicht gewachsen. Die Arbeit für den HErrn musste verrichtet werden; zu diesem kritischen Zeitpunkt konnte er es nicht riskieren, sich den Rücken zu verrenken.

Sie fuhren zurück Richtung Stadt, und der Buggy mit seinen wackligen Rädern schwankte und hob und senkte sich.

»Haben Sie es, Schwester Fargo?«

»Ich habe es«, sagte Mrs. Fargo, und ihre Stimme zitterte in seltsamer Ekstase.

»Geben Sie es mir.«

Sie öffnete ihre Damentasche, zog ein paar vergilbte Blätter aus dickem, zusammengefaltetem Papier heraus und reichte sie ihm hinüber. Er hielt sie nah an seine

Augen, blätterte die Seiten mit dem Daumen um, nickte mit grimmiger Befriedigung.

»Um-*hmm*«, sagte er. »Sehr schön. Die Urkunde scheint korrekt zu sein, und« – er blätterte zur Rückseite der letzten Seite um – »Sie haben die Verzichtserklärung auf meinen …«

Der ehrwürdige Pastor Whitcomb beendete den Satz nicht. Er sagte etwas, das wie ein Fluch klang, und es war auch einer.

»Oh, Schwester Fargo«, heulte er vor Verzweiflung, »warum haben Sie das denn so gemacht?«

»Ist das nicht richtig?«, sagte Mrs. Fargo. »Ich habe es auf Gott überschrieben.«

»Nein, das ist nicht richtig! Ich habe Ihnen gesagt, dass es auf mich überschrieben werden muss. Ein Dutzend Mal habe ich Ihnen das gesagt!«

»Aber Gott wird es doch sowieso bekommen«, sagte Mrs. Fargo. »Ich dachte, es würde Ärger vermeiden.«

»Aber Gott verd… Gott verschwendet keine Zeit mit solchen Dingen. Deshalb hat Er mich hierhergesandt. Ich bin eingesetzt, Seine Geschäfte für Ihn zu erledigen.«

»Also …«

»Jetzt muss ich eine Kopie von der ganzen Sache erstellen, damit Sie die Überschreibung korrekt ausführen. Ich kann Ihnen sagen, Schwester Fargo, der HErr liebt diejenigen nicht, die die Geduld Seiner Diener missbrauchen!«

»Sicher, es tut mir aufrichtig leid«, sagte Mrs. Fargo demütig.

Der Pastor sagte nichts.

Der Mond war noch nicht aufgegangen, und die Nacht war nahezu schwarz. Die einzigen Geräusche waren das Wispern der Räder und das Schmatzen der Hufe des Gauls im Sand. Mrs. Fargo fühlte sich betreten und ausgeschlossen. Sie versuchte Konversation zu machen.

»Sieht wie ein Feuer aus dort drüben, in diesem Gehölz«, sagte sie.

»Umm«, sagte der Prediger.

»Sieht so aus, als würde ein Haufen Männer darum herumstehen.«

»Umm.«

»Kann nicht sein, dass die Getreidestoppeln abbrennen«, fuhr Mrs. Fargo unbeirrt fort. »Das Getreide ist noch nicht eingebracht.«

»Umm.«

»Und es ist ja auch kein Getreidefeld.«

Whitcomb strich sich mit der Hand durch das Haar und presste seine schmalen Lippen zusammen. Er wollte gerade etwas über das hohle Geschwätz der Frauen sagen, als das Pferd scheute und er in den Sitz zurückgeworfen wurde. Im nächsten Moment ertönte ein irrer Pfiff, das Prasseln und Krachen von Pferden im Unterholz, und dann war der Einspänner umstellt.

»Wer seid ihr?«, fragte Whitcomb fordernd und stand auf. »Was hat das zu bedeuten?«

»Das werden Sie schon erfahren«, sagte eine Stimme. »Sind Sie das im Wagen, Mrs. Fargo?«

»J-ja«, sagte Mrs. Fargo. »Das ist Jake Phillips, oder nicht?«

»Nein, ist er nicht«, sagte Jake Phillips, der Sheriff, entschieden. »Wir sind einfach nur eine Gruppe von Bürgern, die diesem Gauner seinen verdienten Lohn geben. Aber machen Sie sich keine Sorgen. Bleiben Sie nur da sitzen, und es wird Ihnen nichts geschehen.«

Whitcomb schrie plötzlich auf und schlug mit den Zügeln auf das Pferd ein. Aber jemand hielt das Zaumzeug fest, und das Tier konnte sich nur verzweifelt aufbäumen.

»Lasst uns durch!«, verlangte der ehrwürdige Pastor. »Nehmt euch in Acht, ehe der HErr euch niederstrecken wird! Ich verlange …«

Ein Seil zischte, der Pastor wurde nach hinten über die Sitzbank gerissen und fiel schwer in den Staub. Obwohl außer Atem und verletzt, war er sofort wieder auf den Beinen, stieß und trat um sich und schwang seine Arme wie Dreschflegel, als sie ihn umringten. Es war keine neue Erfahrung für ihn, und er wusste genau, wie es ausgehen würde. Aber er hatte nie gelernt aufzugeben.

Fluchend und betend und mit dem letzten Rest seiner Kraft kämpfend, wurde er von zwei Mitgliedern der maskierten Bande an den Armen gepackt. Sie schleuderten ihn zwischen sich hin und her, banden ihre Pferde los und ritten durchs Unterholz zurück.

Für einen Moment lang war es relativ still, als sie ihn über das Feld schleiften. Das Feuer loderte hell auf, und es war immer noch still. Und dann wurde die Nacht von einem gellenden Schrei erschüttert und zerrissen. Und er ertönte wieder und wieder und so rasch über seine

Echos hinweg, als würde Mrs. Fargo einem Chor der Todesqualen lauschen. Der Chor verstummte abrupt und wurde zu einem gewaltigen, erstickten Schluchzen. Das Feuer ging aus. Die Pferde bahnten sich ihren Weg zurück durchs Unterholz.

Einer der Reiter ließ den alten Gaul wenden, um sie wieder nach Hause zu bringen, und gab ihm einen Klaps mit dem Hut, damit er loslief. Deshalb sah Mrs. Fargo nicht alles, was noch folgte, aber sie wusste es. Sie kannte es, und ein wahnsinniger Schrecken erfüllte sie. Das hatte nicht so sehr mit dem Mob und seiner Tat zu tun, denn diese Banden waren mehr oder weniger alltäglich, und mit Unterstützung des HErrn war der Prediger wahrscheinlich besser als die meisten geeignet, ihrer Brutalität standzuhalten. Tatsächlich war es sogar so, dass sie ihn fast beneidete. Sie wünschte, sie wäre an seiner Stelle und er an ihrer. Denn wie es aussah …

Sie schluchzte trocken, voller Furcht vor dem unvermeidlichen Tag der Abrechnung.

Denn wie es aussah, hatte sie ihre Farm auf Gott überschrieben, und Sein Vertreter war soeben geteert und gefedert worden und wurde auf einem Karren aus der Stadt geschafft.

6.

Der Winter fiel über das Tal her wie eine Hure. Am einen Tag bemerkte man von ihr nur den Moschusduft und das Knistern ihrer Röcke; und am nächsten lag sie mit all ihrer weißen und geschwungenen Fülle gespreizt über dem Land, und das Tal stöhnte und zitterte besinnungslos hingegeben.

Es war ein früher Winter, und es würde ein harter werden. Das Getreidefutter würde ihnen ausgehen, und deshalb würden die Preise für Schlachtvieh dann unvermeidlich hochgehen. Die Frage war: Würden sie ausreichend weit hochgehen, um noch einen Profit zu machen, nachdem man mit teurem Getreide zugefüttert hatte?

An allen Ecken und Enden des Tals diskutierten Männer über dieses Thema – wenn sie um die Kanonenöfen im Gemischtwarenladen, im Saloon, im Mietstall standen. Sie standen in kleinen Gruppen in der Poststation, argumentierten, überlegten, studierten die weiße Decke, die hinter den vom Dampf beschlagenen Fenstern lag. Der *Daily Drover* wurde gelesen und noch mal gelesen, dann in den Mülleimer geschleudert oder sorgfältig in die Taschen von dicken Mackinaw-Jacken gestopft. Der *Omaha Bee* mit seinen aktuellen Börsenkursen war ähnlich geschätzt oder verachtet. Jeder Mann – gut, fast jeder Mann –, der nach Post fragte, war verpflichtet, eine Meinung darzulegen.

Was den letzten Punkt betraf, so waren die Ausnahmen Grant Fargo und die »Ausländer« – die Russen, Polen und Böhmen (Deutsche und Schweden wurden nicht als »echte Ausländer« eingestuft). Niemand fragte den jungen Dandy und ehemaligen Setzer, ob er dachte, es würde sich auszahlen, wenn man zufütterte, obwohl er seine Meinung gerne mitgeteilt hätte und sie wahrscheinlich so gut wie jede andere gewesen wäre. Niemand fragte diese *Bohunks und Rooshans.* Die Ausländer fütterten kein Vieh, außer das, was sie für ihren Eigenbedarf benötigten. Möglicherweise oder vermutlich wegen ihrer alten Angst, dass ihre beweglichen und wertvollen Besitztümer beschlagnahmt wurden, besaßen sie kaum mehr als das Land, das sie bewirtschafteten. Auf ihren eingezäunten Viehweiden präsentierten sie beharrlich etwa dieselbe Armut wie in ihren Häusern. Niemand verstand die Ausländer oder bemühte sich darum. Sie hatten für den Bankier, den Ladenbesitzer oder den Werkzeughändler kaum eine Bedeutung. Sie waren einfach nur Bauern, die außer der Landwirtschaft nichts machten.

Sherman Fargo glaubte, dass es ein gutes Jahr für Rinder werden würde, und auf seiner Farm hatte er schon den Bestand; aber ihm fehlte das Geld, um sie durch den Winter zu füttern. Mit dem Mähdrescher war er gut gefahren, sogar viel besser, als er gehofft hatte. Aber er hatte eine Reihe von teuren Reparaturen an der Maschine gehabt, und am Ende des Erntejahrs besaß er kaum mehr, als er zu Beginn gehabt hatte.

Er hätte nicht behauptet, dass der Mähdrescher nichts taugte, weil er grundsätzlich unwillig war zuzugeben, dass er mit irgendetwas einen schlechten Handel gemacht hatte. Genauso wenig hätte er zugegeben, dass er selbst an den Motorschäden schuld war, weil er sich nicht darum kümmerte, dass immer genug Öl in der Maschine war. Sherman war der Ansicht, dass das verdammte Ding ohne Öl funktionieren sollte, als ihm klar wurde, wie viel es ihn gekostet hatte. Und er war ohnehin geneigt zu glauben, dass das meiste von diesem Gerede über Öl Blödsinn war. Zur Hölle, als Nächstes würden sie ihm erzählen, er solle ein Fliegennetz für die Kiste kaufen und eine eigene Stallbox für sie bauen!

Er wusste nicht, warum das Ding kaputtgegangen war, und es war ihm egal. Aber er wollte unbedingt füttern, und dazu fehlte ihm das Geld.

»Ich schätze, ich könnte die Sache mit etwa zwölf- bis fünfzehnhundert schaukeln«, erklärte er seinem Vater. »Vielleicht ein bisschen mehr, vielleicht ein bisschen weniger. Ich schätze, dass ich zwei- oder dreitausend Profit mache.«

»Ich würde sagen, dass ein Tausender ziemlich gut wäre«, sagte Lincoln.

»Gut, das ist das, was du sagen würdest«, sagte sein Sohn gutmütig. »Ich vermute, dass ich über das Geschäft wahrscheinlich mehr weiß als du.«

Lincoln wollte die Aussage, die diese Bemerkung enthielt, weder bestreiten, noch verstand er sie als Beleidung. Er wusste, dass das nicht beabsichtigt war, und Sherman hatte als Mann das Recht zu sagen, was er dachte.

Sie waren bei Lincoln zu Hause und saßen auf der Veranda, die jetzt behaglich verschlossen war. Beide Männer rauchten, Sherman eine Maiskolbenpfeife, Lincoln einen Zigarillo. Eine mit Asche gefüllte Kiste, die als Spucknapf diente, stand zwischen ihnen auf dem Boden. Hinter ihnen saß an die Hauswand gelehnt Robert Dillon und war äußerst interessiert an dem Gespräch. Er konnte nicht verstehen, warum jemand Geld bezahlen wollte, um Rinder zu füttern. Er hatte den Eindruck, dass es genau andersherum sein sollte.

»Bobbie«, sagte Lincoln Fargo und drehte seinen Kopf ein wenig.

»Uh-huh«, sagte der Junge.

»Glaubst du, du könntest nach unten gehen und wieder zurückkommen, ohne dass das Haus zusammenkracht?«

»Klar, könnte ich. Kann ich machen, Grandpa.«

»So, das bezweifle ich aber wie die Hölle«, sagte der alte Mann. »Aber versuch's mal. Hol mir und Sherman eine von diesen Viertelflaschen Cider.«

Titulierungen wie »Onkel«, »Tante« und so weiter waren in der Fargo-Familie nicht üblich; sie waren in jener Zeit in vielen Familien nicht üblich.

Der Junge ging in die Küche, und einen Moment später hörten sie, wie er die Falltür zum Keller anhob.

»Übrigens ist Edie heute zu ihrer Schule aufgebrochen«, sagte Lincoln mit leiser Stimme. »Ist mit dem Postboten ins Landesinnere gefahren.«

»Wie hat's Bobbie aufgenommen?«, fragte Sherman.

»Er weiß noch nicht, wo sie hingegangen ist. Er glaubt, dass sie nur in die Stadt ist.«

»Er wird drüber wegkommen«, sagte Sherman und klopfte seine Pfeife am Spucknapf aus. »Er wird heute bei uns übernachten, und morgen früh kann er mit meinen Kindern aufstehen und in die Schule gehen. Bis morgen Abend wird er sich schon irgendwie daran gewöhnt haben, dass seine Mutter weg ist.«

»Das hoffe ich auch«, sagte Lincoln. »Also, wie schnell willst du das Geld haben? Ich schätze, ich kann ganz einfach das Haus mit fünfzehnhundert beleihen. Es ist alles klar.«

»Gut, wir sollten innerhalb der nächsten dreißig Tage damit anfangen können«, sagte Sherman.

»Bis dahin kriegen wir das hin«, nickte der alte Mann. »Ma wird bis dahin ihren kränklichen Anfall sicher überwunden haben. Sie wird mich zur Bank begleiten müssen.«

»Ja, ich weiß«, sagte Sherman. »Dann haben wir das damit abgemacht: Du kaufst das Futter, von mir kommen die Rinder, und wir teilen uns den Profit und die Arbeit.«

»So ist es«, stimmte Lincoln zu. »Aber ich kann natürlich nicht mehr so arbeiten wie früher …«

»Vielleicht«, sagte Sherman gedehnt, »kannst du Grant dazu bringen, dir zu helfen. Du und er zusammen sollte doch einen ziemlich guten Mann ergeben.«

Lincoln lachte in sich hinein und klopfte Zigarrenasche von seiner Weste; und Sherman grinste in bescheidener Selbstverliebtheit.

Die Kellerluke fiel zu, und Robert Dillon kam aus der Küche. Die Ärmel seines Hemds tropften, Kleidung und Gesicht waren mit Resten einer gelben Substanz gefleckt. Lincoln hätte fast aufgeheult, als er ihn sah.

»Also was in Gottes Namen hast du dir denn angetan?«

»Nichts«, grinste der Junge. »Ich bin nur mal stehen geblieben, um kurz in den Eiertopf reinzugucken.«

»Und ich vermute, dass die Eier hochgesprungen sind und sich auf dich gestürzt haben! Was zur Hölle wolltest du denn da anstellen?«

»Sieht so aus, als hättest du mit dir selber einen Eierkampf veranstaltet«, bemerkte Sherman. »Pa, erinnerst du dich an die Zeit, als du in Kansas City den Saloon hattest und wie ich einmal Mutters Bruteier geklaut und sie in deinen *Free Lunch* geworfen habe?«

»Ich glaube, ich kann mich da dunkel an etwas erinnern«, sagte der alte Mann.

»Hölle, das solltest du! Dein Arm muss eine Woche lang lahm gewesen sein, nach der Tracht Prügel, die du mir verpasst hast.«

»Also, na ja«, sagte Lincoln abwehrend, »ich weiß nicht, ob ich jemals so hart zu euch Kindern gewesen bin. Kann mich nicht erinnern, dass ich dich jemals wirklich richtig verprügelt hätte.«

»Na, vielleicht auch nicht.« Sein Sohn zuckte mit den Schultern. »Bob, jetzt lauf mal los und mach dich wieder sauber. Sobald ich ein oder zwei Gläser von diesem Cider getrunken habe, werden wir uns auf den Weg machen müssen.«

»In Ordnung, Sherman«, sagte Bob und verschwand unterwürfig von der Veranda.

Er hatte lange Zeit die Idee gehabt, dass es möglich sein müsste, Eier zum Auf-und-ab-Hüpfen zu bringen, aber jetzt war er bereit, sich einzugestehen, dass sie es nicht tun würden. Zuvor hatte er mit frischen Eiern experimentiert, die er aus den Hühnernestern gestohlen hatte. Und er hatte probiert, ob hart gekochte Eier hüpften. Aber heute hatte er zum ersten Mal die Gelegenheit gehabt, Eier zu benutzen, die in Kalkwasser eingelegt waren. Er schätzte, dass er etwa ein Dutzend dafür genommen hatte, und seine Grandma wäre wütend auf ihn, wenn sie's herausfand. Aber sie war sowieso immer wütend, deshalb war es nicht so schlimm.

Er ging auf Zehenspitzen in das Schlafzimmer, das sie ihm und seiner Mutter zugewiesen hatten, setzte sich auf sein Feldbett und fing an, die Kleidung anzuziehen, die er morgen für die Schule tragen sollte. Er zog die neue Latzhose an und bewunderte die Kupferklemmen an den Hosenträgern; er zog den Pullover an, die Wollmütze und den neuen Lammfellmantel. Die Stiefel, die Krönung dieses Ensembles, sparte er sich bis zuletzt auf. Sie waren, das wusste er, genau wie die, die Cowboys und Polizisten trugen – spitz zulaufende Teile mit dicken Sohlen, die bis zur Hälfte seiner Beine raufgingen und am Ende mit einer Schnalle versehen waren.

Nur widerstrebend bedeckte er ihre Großartigkeit mit Überschuhen.

Er zog die unterste Schublade der Frisierkommode heraus, kletterte rauf, stand da und starrte sich selbst im Spiegel an. Er hatte auch neue rote Fäustlinge, die mit einem Stück Garn aneinanderhingen. Er streckte seine Arme aus, um herauszufinden, ob das Garn reißen würde; dabei hoben sich die hinteren Füße der Frisierkommode gefährlich. Er ging in die Knie und stützte sich mit den Armen ab, und die Kommode senkte sich wieder auf den Boden. Er schaukelte ein paarmal vor und zurück und dachte dabei:

Pa würde nächste Woche kommen, um ihn zu besuchen, oder nächsten Monat, oder nächstes Jahr. Oder vielleicht heute Abend, wenn er ein guter Junge war. Vielleicht heute Abend, hatte Ma gesagt. Es würde irgendwann bald sein, wie auch immer:

Bei Sherman würde es eine Menge guter Sachen zum Abendessen geben. Es gab immer viele gute Sachen bei Sherman zu Hause. Das hatte er auch Ma erzählt, und sie sagte:

Pa hatte einmal ein Ei vom Boden abprallen lassen. Das war irgendwo weit weg gewesen, und er war kein so großer Mann, wie er's jetzt war, und Pa hatte ihm das Ei zugeworfen, und es war vom Boden zurückgeprallt und hatte ihn an der Nase getroffen, und er hatte ein wenig geweint, und dann hatte Pa das Ei gehauen, und dann hatte er es noch härter als vorher vom Boden auf- und abprallen lassen, und dann hatten sie beide gelacht:

Aber das war ein Ball gewesen. Man konnte Eier nicht vom Boden auf- und abprallen lassen. Das wusste doch jeder. Bälle waren so was Ähnliches wie Kleidungsstücke, in denen nichts war. Man konnte nichts auf- und abprallen lassen, in dem irgendwas drin war, es sei denn … es sei denn … na ja, es sei denn, man konnte es:

Pa trug auch Kleidung. Ma trug Kleidung, und Pa trug Kleidung, und Sherman und Alf und Grant, und es gab den Mann, der einen dazu zwang, Kleidung zu kaufen. Man musste ihm ungefähr hundert oder eine Million Dollar geben, und dann gab er dir die Kleidung.

Mit allen diesen Gedanken im Kopf ging Robert wieder nach draußen auf die Veranda und stellte sich selbstbewusst zwischen seinen Onkel und seinen Großvater.

»Jetzt siehst du aber schwer wie ein Junge aus«, sagte Lincoln mit herzlicher Anerkennung, und Sherman stieß ein unverbindliches Grunzen aus.

»Wonach schmeckt denn dieser Cider?«, fragte Robert ermutigt, weil sie ihn auf die Art empfangen hatten.

»Oh, so ähnlich wie Schokoladeneis mit Limonade«, sagte der alte Mann.

»Kann ich was haben?«

»Aber du magst doch keine Limonade, oder?«, sagte Sherman.

»Ha-ha, aber sicher mag ich die, Sherman.«

»Er will sich nur über dich lustig machen, Sherm«,

sagte Lincoln. »Er mag sie eigentlich überhaupt nicht. Hat er mir selbst gesagt, dass er keine mag.«

»Haaabe ich nicht!«, schrie Robert, verzweifelt und nachdrücklich. »Ich mag das genauso, Sherman. Tu ich, tu ich, tu ich!«

»Das ist wirklich die gottverdammteste Sache, von der ich je gehört habe«, sagte Sherman. »Wenn ich das gewusst hätte, hätte ich nicht alles ausgetrunken.«

Der Junge sah vom einen Mann zum anderen. Er wurde verlegen, als ihm klar wurde, dass sie ihn wieder einmal aufgezogen hatten. Grandpa und Sherman zogen ihn ständig auf, Grandpa besonders, aber er vergaß immer wieder, dass sie's taten. Einmal mehr nahm er sich in Gedanken vor, auf ihre Äußerungen in Zukunft nichts mehr zu geben.

»Können wir jetzt gehen, Sherman?«, fragte er.

»Glaub schon«, sagte Sherman und griff nach seinen Überziehern.

»Du benimmst dich anständig, wenn du drüben bei Sherman bist«, sagte Link.

»Das werde ich.«

»Schön, und wohin verschwindest du jetzt?«

»Ich will nur Grandma Goodbye sagen. Ich tat … ich habe ihr noch nicht Goodbye gesagt.«

»Oh«, sagte Lincoln und kaute wütend auf seinem Zigarillo.

Mrs. Fargo schlief, als Robert ihr Schlafzimmer betrat, aber das wusste Robert nicht. Sie lag mit dem Gesicht zur Wand, hatte die Decken über den Kopf gezogen, und der Raum war dunkel.

»Hallo, Grandma«, sagte er leise; und dann: »Goodbye, Grandma.«

Sie antwortete nicht, aber er dachte sich nichts dabei. Es war ihre Gewohnheit, sich mit Antworten für ihn Zeit zu lassen, weil sie seiner Zeit keine Bedeutung beimaß und ihre eigene für eine wertvolle Sache hielt. Er wusste nicht, warum er sich dennoch verpflichtet fühlte, ihr Goodbye zu sagen, aber er war sich sicher, dass er's tun musste. Vielleicht war ganz hinten in seinem Kopf eine Ermahnung seiner Mutter: »Wenn du rausgehst, egal wohin, dann sagst du das immer zu deiner Grandma.«

»Grandma«, sagte er. »Oh, Grandma.«

Er ging weiter bis zur Bettkante und sagte: »Grandma!« Und Mrs. Fargo bewegte sich ein bisschen, sagte aber nichts. Seit der Nacht, als der Pastor mit der Besitzurkunde verschwunden war, schlief sie schlecht. Jetzt holte sie das nach.

»Oh, Grandma. *Grandma!*«

Plötzlich kicherte er nervös. Vielleicht spielte sie mit ihm, wie Ma oder Grandpa. Grandpa machte genau solche Spielchen. Er tat so, als würde er schlafen; und dann, wenn Bobbie zu ihm schlüpfen wollte, streckte er plötzlich die Hand aus und pikste ihn mit seinem Stock. Vielleicht spielte Grandma. Vielleicht mochte sie ihn jetzt und wollte mit ihm so spielen, wie er und Grandpa es machten.

Er hielt sich am Aufbau fest, der am Kopfende des Betts angebracht war, setzte dann einen Fuß zwischen Rahmen und Bettfedern und stand gefährlich schwankend über ihr. Er lehnte sich über sie, und seine Füße rutschten weg. Mit einem wilden Gebrüll, das sich wie »MAW!« anhörte, fiel er auf sie drauf.

Mrs. Fargo schrie auf, kreischte und versuchte sich aufzurichten. Sie griff blindlings mit beiden Händen zu und warf ihn auf den Boden. Sie setzte sich auf, hysterisch, nicht ganz wach, und umklammerte schluchzend ihren Kopf, denn ein Knopf von seinem Lammfellmantel hatte sich in ihrem Haarknoten verfangen.

Robert rappelte sich auf. »Goodbye, Grandma«, sagte er.

»Was? Was soll das?«, sagte die alte Frau.

»Ich bin nur reingekommen, um dir Goodbye zu sagen.«

Mrs. Fargo sah ihn ungläubig an und schüttelte heftig den Kopf. »Du hast wieder irgendeine Gemeinheit im Sinn, stimmt's? Was wolltest du anstellen, mich töten?«

»Nein, ich wollte nur …«

»Geh sofort raus!«, schnappte seine Großmutter, ihr Gesicht eine gehässige Fratze. »Raus hier! Raus hier! Raus hier!«

Sie schwang ihre Beine aus dem Bett und wollte ihn wütend mit ihrer faltigen Hand packen; und Robert ging raus.

»Und, hast du deiner Großmutter Goodbye gesagt?«, fragte Sherman.

»Mhm. Aber sie hat's zu mir nicht gesagt.«

Roberts Gesicht war weiß, und er zitterte ein wenig. Er hatte Grandma verletzt, und sie würde es Ma sagen;

und dann würde Ma vielleicht weggehen, irgendwohin weit weg und ihn verlassen.

»Ich glaube, ich habe Grandma böse gemacht«, sagte er.

»Huh!« Lincolns mürrischer Blick war verächtlich. »Mach dir deswegen überhaupt keine Sorgen. Ich werde dir zweimal Goodbye sagen. Wie wär das?«

»Schön«, sagte Robert.

»Also gut. Goodbye, Goodbye. Pass auf ihn auf, Sherm.«

»Ich werde auf ihn aufpassen«, sagte Sherman. »Ich schneid ihm die Ohren ab und nagle sie an einen Zaunpfahl.«

Und dann grinste er säuerlich, als der Junge in Gelächter ausbrach.

7.

In der bitterkalten Winterdämmerung erhob sich der Hof von Sherman Fargo über das schneebedeckte Tal wie ein freundliches Gespenst. Vom kahlen Kamm der Sandhills wurde das Echo der Koyotengesänge zurückgeworfen; ein frecher Rotluchs hatte eine Spur hinterlassen, die zeigte, dass der Verursacher furchtlos mitten durch das Anwesen gelaufen war; und unten entlang des Calamus heulten die Wölfe markerschütternd. Aber der Hof stand uneinnehmbar, beschützend und herausfordernd da.

Das Haus war ein gutes Haus, was die Bauweise betraf; und das musste es auch sein. Wenn man es vom Standpunkt eines Architekten betrachtete, war es scheußlich. Wie praktisch jedes Haus eines wohlhabenden Farmers war es für eine Familie erbaut worden, die es nur als Möglichkeit gab, weil sie zum Zeitpunkt, als es gebaut wurde, nur in den Lenden der Eltern existierte; und die Ambitionen, die Fruchtbarkeit und die mangelnde Reife dieser Eltern waren an diesem Gebäude voll und ganz zu erkennen. Es hatte elf Zimmer, obwohl Sherman nur fünf Kinder hatte und keine mehr bekommen würde. Das unvermeidliche Salonzimmer hatte sich seinen Raum erkämpft, was zu Lasten des Wohnzimmers ging, und wurde, vielleicht, ein halbes Dutzend Mal im Jahr benutzt; und außerdem war das Wohnzimmer, das zwischen den Zeichenkünsten auf einem großen, bunt bemalten Fenster und dem Treppenhaus eingeklemmt war, schwer zu beheizen. Die Küche war geräumig genug; aber sie war wegen einer Milchkammer (Sherman hatte alles abgeschafft, außer seiner Milchwirtschaft), von der sie auf zwei Seiten so gut wie eingeschlossen war, dunkel und im Sommer stickig. Über allem befand sich das System der großzügigen und unnötigen Schlafzimmer. Es gab eine niedrige Veranda, die in einem rechten Winkel an der Fassade des Hauses entlang gebaut war, dem sie ästethisch nichts hinzufügte, und die keinerlei Nutzen hatte. Man hatte zugunsten des Hauses an Platz gespart, zumal das Haus zu weit von der Straße entfernt war, um etwas zu sehen oder gesehen zu werden. Ansonsten war das einzig Auffällige, neben dem weitläufigen Blitzableiter-System, eine kleine Plattform, die vom Hauptkamin durchbohrt wurde und von einer Balustrade mit einer pfefferkuchenartigen Schnörkelverzierung umgeben war. Das hatte nichts gekostet, sondern war eine Dreingabe für einen teuren Auftrag … Das Haus war ein Bastard, erzeugt von der Hoffnung, die aus einem toten Glauben entsprungen war. Für Robert Dillon war es das schönste, beste und freundlichste Haus der Welt.

Als er und Sherman in den Hof fuhren, verschwand ein winziges Gesicht, das sich an das Küchenfenster gedrückt hatte. Dann flog die Hintertür auf, und die kleine Ruthie Fargo kam über die Stufen gewackelt.

»Daddy! Daddy!«

Sherman stoppte den Pferdeschlitten und streckte die Arme aus. »Okay, Kleine. Komm schon her!«

Er hob sie hoch, verbarg sie unter seinem schweren Mantel, und sie fuhren weiter zur Scheune.

»Sind deine verdammten großen Brüder schon mit dem Melken fertig?«

»Nein«, sagte Ruthie.

»Die kriegen gottverdammt was aufs Fell«, sagte Sherman. »Bob, kannst du was erledigen, während ich ausspanne? Geh rüber und sag Gus und Ted, sie sollen mal einen Zahn zulegen. Sag ihnen auch, sie sollen den Kühen eine Menge Heu reinwerfen. Bei diesem Wetter brauchen Kühe viel mehr.«

»In Ordnung, Sherman«, sagte Robert.

»Sag ihnen, sie sollen sich jetzt ranhalten, oder sie kriegen von mir 'ne Lektion, dass sie sich wünschen, sie hätten's getan.«

»In Ordnung«, sagte Robert.

Er stieg vom Schlitten und machte sich auf den Weg über den Hof zum Viehstall; Sherman und Ruthie fuhren weiter, hinein in die schwarze Tiefe der großen roten Scheune.

Augustus Fargo war dreizehn, ein Jahr älter als sein Bruder Theodore, aber sie waren praktisch gleich groß und sahen sich so ähnlich, dass viele Leute sie auf den ersten Blick für Zwillinge hielten. Sie waren drahtige, breitschultrige Jungs mit vorstehenden Zähnen und eng beieinanderliegenden kleinen Augen, die mit boshafter Fröhlichkeit ständig in Bewegung waren.

Sie mochten Robert Dillon von ganzem Herzen. Mit einem Gespür für seine Hilflosigkeit bewunderten sie seine Bereitschaft, alles Mögliche auszuprobieren. Und außerdem war er auch schon an weit entfernten Orten gewesen und hatte interessante Dinge zu erzählen.

Im gedämpften Licht ihrer Laterne sah Robert sie in gegenüberliegenden Ställen sitzen. Ihre Melkeimer waren fast voll, und den Rest verschwendeten sie, indem sie sich mit den Zitzen eine Milch-Schlacht lieferten. Von der Milch waren ihre Gesichter weiß, und sie lehnten sich auf ihren Melkschemeln zurück und bogen sich vor Lachen.

Sie begrüßten Robert mit überschwänglicher, wenngleich einfacher Herzlichkeit; und er teilte ihnen die Botschaft ihres Vaters mit.

»Oh, hat er das wirklich gesagt?« Gus schaute mürrisch und mit gespieltem Zorn. Seine Stimme verfiel in Shermans explosiv-kontrollierten Tonfall. »Ich werd's diesem Hurensohn schon zeigen!«

Während Ted und Robert in Gelächter ausbrachen, stand er auf und ging schwerfällig hin und her, rollte mit den Schultern und imitierte seinen Vater bis auf den Strich im *t*. »Haah!«, schnarrte er. »Wo hab ich 'ne Mistgabel? Ich schieb sie ihm so weit in den Arsch rauf, dass er sie wie 'ne Zigarre rauchen kann!«

»Du Hurensohn!«, rief Ted höhnisch, »du kannst doch nicht mal 'nen kalten Kuhschwanz lutschen!«

»Kann ich nicht, weil du'n verschluckt hast!«

»Yah!«

»Yah!«

Voller Freude starrten sie einander missbilligend an.

»Jetzt beeilt euch lieber«, sagte Robert.

»Stimmt, sollten wir vielleicht mal«, sagte Gus. »Der alte Mann und die Lady sind langsam zu verdammt alt, um richtiges Essen zu fressen. Wenn wir ihren Babybrei nicht in sie reinstopfen, dann fall'n die leicht um.«

»Ich hoffe, die alte Lady fällt draußen um, wenn sie umfällt«, sagte Ted. »Würde mich so sicher wie die Hölle ankotzen, wenn ich sie raustragen muss.«

»Jetzt mach los«, sagte Gus und setzte sich wieder auf seinen Melkschemel. »Und keine Milch-Schlacht mehr.«

»Keine Milch-Schlacht mehr«, stimmte sein Bruder zu.

Jeder drehte sich um und vergrub seinen Kopf in die Flanken seiner Kuh. Jeder griff sich zwei Zitzen. Jeder wirbelte schnell herum und spritzte Milch auf den anderen.

»Du Hurensohn!«, sagten sie gleichzeitig.

Gus sprang plötzlich auf, warf den Milcheimer auf seinen Bruder und rannte los. Ted schnappte sich seinen Eimer und schleuderte ihn. Er traf Gus zwischen den Schultern, legte ihn um und übergoss ihn mit Milch. Gus blieb dort liegen, wo er hingefallen war, und jaulte vor Vergnügen, und sein Bruder stimmte in sein Geheul ein und klatschte sich auf die Knie.

Robert amüsierte sich, fürchtete sich aber auch.

»Und was wollt ihr jetzt tun?«, fragte er ernst.

»Tja, bei Gott, Bob«, sagte Gus, stand auf und wischte

sich ab, »wir haben da ein Problem, das ist richtig. Was sagst du dazu, Ted?«

Ted wischte auf seinen Kleidern mit seinem Bandana herum. »Gottverdammt, wenn ich's nur wüsste, Gus. Reingehen und 'ne Abreibung abholen, schätze ich.«

»Hölle, ich hasse das.«

»Wir müssen jedenfalls ziemlich schnell irgendwas tun. Wieso hast du denn Schiss vor 'ner Abreibung, du feiger Bastard?«

»Ich hab keinen Schiss. Ich hab bloß keine Lust, der alten Lady die Freude zu machen.«

»Bob, du bist ein schlauer Mann«, sagte Ted altklug. »Was denkst du, was wir tun sollten?«

Robert strahlte und wälzte das Problem. »Könnt ihr die Kübel mit Wasser vollmachen?«

»Nein ... das ist 'ne verdammt gute Idee, aber ich fürchte, dass es nicht funktionieren würde. Passt auf, wir brauchen da etwas ...«

»Ich hab's!«, schrie Gus und brach wieder in ein Geheul aus.

»Ja?«, grinste Ted.

»Klar. Der Schweinekoben!«

Ted grölte. »D-du meinst das Fass mit den Abfällen?«

Gus nickte, und aus seinen Augen strömten Lachtränen.

»Gottverdammt! Dann kriegen wir die Haut abgezogen!«

»Was soll's, zur Hölle? G-gottverdammt, k-kannst du dir das Gesicht der alten Lady vorstellen, wenn ...«

»Gottverdammt«, sagte Ted, »lass es uns tun.«

Die Brüder nahmen ihre Eimer und gingen an der Rückseite aus dem Kuhstall Richtung Schweinekoben, und Robert tänzelte nervös kichernd an ihrer Seite mit. Er hatte Josephine, die Mutter der Jungs, schon in Aktion erlebt und ahnte die Bedrohung, die vor ihnen lag. Zugleich hatte er eine große Portion Vertrauen in die Fähigkeit von Ted und Gus, Bestrafungen auszuhalten – und aus der Sache rauszukommen. Es würde ein Spaß werden. Und es würde schlimmer denn je werden. Plötzlich verwandelte sich sein Gekicher in schrilles Gelächter. Und seine Cousins wieherten und legten ihre Arme um seine Schultern.

Das Fass mit den Abfällen, mit seiner Füllung aus abgeschöpfter Milch, Abwaschwasser und Essensresten, war zugefroren; und Gus kletterte auf den Zaun und trat das Eis mit dem Absatz ein. Schnell füllten sie ihre Kübel und leuchteten dann mit der Laterne hinein. Der Inhalt sah nach Milch aus, und zu einem Großteil war er das natürlich auch. Ted fischte ein paar Kartoffelschalen aus seinem Eimer, und Gus holte aus seinem eine Eierschale.

Sie machten sich auf den Weg zurück zum Haus und warnten sich gegenseitig davor, sich etwas anmerken zu lassen.

Die Familie hatte sich bereits zu Tisch gesetzt, als sie reinkamen, und sie ließen ihre Kübel in der Milchkammer stehen und wuschen sich hastig. Sie schlüpften auf eine Bank am Tischende, Robert zwischen seine beiden Cousins.

Josephine Fargo sah sie über ihren mit Eiern, Schweinekoteletts, Beefsteak, Grütze aus frischem Mais, Kartoffelbrei und Kraut aufgehäuften Teller hinweg misstrauisch an. (Sie war bis vor Kurzem etwas kränklich gewesen und hatte sich deshalb nicht in der Lage gefühlt, das übliche Abendessen zuzubereiten.)

»Was habt ihr Teufel da unten im Schilde geführt?«, fragte sie streng.

Robert kicherte, und die loyalen Brüder pflichteten ihm bei; und Josephine sah sie mit kraftloser Missbilligung an.

Sie war eine Frau wie ein wackelnder Brotpudding, mit einem winzigen Haarknoten und einer Knopfnase. Ihre Worte wurden von keuchenden Hauchlauten aus dem Mund gezogen, und sie schien die Laute abzulecken, wie sie die Essensreste ableckte, die aus ihrem Mund mit den vorstehenden Zähnen tropften. Ihre Leute lebten in den Sandhills und hatten es nicht weit gebracht. Sie hatte die Wildheit einer Ratte und die Furchtsamkeit einer Maus, und diese beiden Emotionen kämpften fortwährend um die Vorherrschaft. Sherman hatte sie, wie er selbst sagte, im Jahr der Rauschbrand-Epidemie geheiratet, als nichts außer den Strünken von Gestrüpp überlebte. Er hatte sie geheiratet (sagte er), um die überlasteten Bussarde in den Sandhills zu entlasten. Er hatte solche Sachen in seiner grausamen, gehemmt scherzenden Art so oft gesagt, bis sie fast die Gestalt von Tatsachen angenommen hatten; und für sie war es die Wahrheit, dieses erstickende, zufällig fallen gelassene und über ihre grobknochige Figur kriechende Zeug. Sie konnte dieses wiedergekäute Futter aus ihrer persönlichen Hölle auskotzen, aber es hatte sich bald wieder neu gebildet; es war wie das giftige Blei unter den Nägeln eines Zeichners – schmerzhaft jeden Abend herausgekratzt, sammelte es sich am nächsten Tag durch das Unvermeidbare seiner Existenz wieder an. Jeder watschelnde Schritt, jedes Heben ihrer dicken Arme, jedes keuchende Wort machte ihr diese chamäleonartige Wahrheit wieder bewusst.

In manchen Nächten – sogar an manchen Tagen – träumte sie, dass ein schlaksiges Mädchen mit rosigen Wangen aus dem Fettberg schlüpfen würde. Und mit einem mürrischen, auf raue Art liebevollen jungen Mann rannte sie lachend durch die jungfräuliche Prärie oder lag biegsam und hingebungsvoll unter den Weiden am Flussufer. Sie machte Kaffee über einem Feuer aus getrockneten Kuhfladen und nahm einen Schluck aus der Tasse, von der der junge Mann trank, und ihre Lippen berührten dieselben Dinge, und ihre Körper und Gedanken waren vereint. Gemeinsam entwurzelten sie die harten Grasnarben; gemeinsam pflegten sie das vom Zuckerrohr aufgeblähte Kälbchen gesund. Und da war Sonnenlicht, über dem Schnee war immer Sonne, das Gras fest oder grün, der Calamus warm oder eisig …

Aber es war nie dazu gekommen. Und mit der Zeit war es unvorstellbar geworden. Man kann nicht an das Unglaubliche glauben.

»Was habt ihr da gemacht?«, quengelte sie keuchend zu Robert, der wieder in Gekicher ausbrach. Es klang so ähnlich wie »H-was ha-habt h-iaah da h-gemahacht?«.

»Nichts«, sagte Robert.

»Und wozu vergeudest du denn dein ganzes Essen?« Sie deutete ächzend auf seinen Teller.

Darauf lagen drei Eier, von denen er die weißen Teile sorgfältig abgetrennt hatte. Abgesehen vom mageren Stück seines Fleischs hatte er nichts gegessen. Er hatte sich großzügig an der Maisgrütze bedient, ehe er sich entschied – oder besser gesagt daran erinnerte –, dass sie ihm nicht schmeckte.

»Ich tu's nicht vergeuden, Josephine.«

»Was ist das Problem?«, sagte Sherman. »Haben wir nicht genug zu essen im Haus? Vielleicht sollten wir mal besser zu den Nachbarn rübergehen.«

»Wir haben jede Menge«, sagte Josephine verdrossen. »Du siehst nicht so aus, als müsstest du hungern.«

»Gut, ich habe mich schon gefragt«, sagte Sherman. Und nahm die Fleischplatte und türmte ein volles Pfund Schinken auf Roberts Teller. Der Junge trennte das Fett ab, rührte es aber ansonsten nicht an.

Nach dem Abendessen gingen er, seine Cousins und Sherman ins Wohnzimmer. Sherman schob einen Schaukelstuhl vor den kirschroten Ofen, und die Jungs bauten sich auf der anderen Seite auf. Sherman zündete seine Pfeife an und musterte sie mit mürrischer, stolzer Schläue.

»Was hat euch denn so lange im Kuhstall aufgehalten?«

»Nichts«, sagten sie im Chor.

»Uh-huh, darauf wette ich, bei Gott!«

»Ehrlich, wir haben überhaupt nichts getan, Dad«, sagte Gus.

»Schön«, sagte Sherman, »werden wir ja sehen.«

Robert sah zur Küche und beobachtete die beiden älteren Mädchen beim Geschirrabtrocknen. Sie sahen aus wie Jungs in Kleidern. Sie hatten keine Pferdeschwänze, sondern ihre Haare waren kurz geschnitten wie die ihrer Brüder. So würde es beibehalten werden, bis sie junge Frauen wurden und die Zeit hatten, es ordentlich zu pflegen. In diesem Alter hatte man keine Zeit für Haarpflege, und Ungeziefer war weit verbreitet. So gut wie jedes Bauernmädchen, das zu einer großen Familie gehörte, trug seine Haare kurz.

Die kleine Ruthie erwachte in ihrem Hochstuhl, kam herein und setzte ihren Schlummer auf Vaters Schoß fort. Die anderen Mädchen verschwanden in der Milchkammer, und sofort fing die Milchzentrifuge mit ihrem ächzenden Crescendo an. Es erstarb, ehe es noch richtig angefangen hatte, die nasalen Töne hörten ruckweise auf, als die Kurbel nicht mehr gedreht wurde.

»Mama!«

»Was wollt ihr jetzt schon wieder?«

»Da ist irgendwas komisch, Mama. Komm mal her.«

Der Boden knarrte, als Mrs. Fargo in die Milchkammer watschelte.

»Schau, Mama. Schau dir dieses Zeug an.«

Mrs. Fargo sagte nichts. Sie schaffte es sogar, fast geräuschlos in die Küche zurückzugehen. Überraschung war ihre einzige Taktik, aber darin war sie Meister.

Plötzlich erschien sie in der Tür, Speichel spritzte wütend zwischen ihren vorstehenden Zähnen heraus, ihre kleinen Augen schnappten gehässig. Sie schien über den Boden zu rollen, als stünde sie auf Kufen, und sie knallte fachmännisch mit einer langen schwarzen Schlangenpeitsche aus Leder.

»Iaaah h-Bälger«, keuchte sie. »Ihr h-gehörnten Teufel! Iaaah …«

Gus und Ted sprangen zur Tür ins Treppenhaus, und sie schlug mit der Peitsche über ihre Kehrseiten. Sie erreichten die Tür gleichzeitig und stießen zusammen, und ihre Mutter peitschte sie aus und wimmerte dabei frohlockend. Die Peitsche zischte erbarmungslos durch die Luft und krachte mit dem Geräusch eines abgefeuerten Gewehrs auf ihre Schultern.

»H-ich werd's euch h-zeigen! H-ich schäl euch ab bis auf eure d-dreckigen, stinkenden Knochen! … Lustig, oder nicht? Warum lacht ihr nicht, hey?«

Die Jungs heulten vor Schmerz und Lachen. Die beiden älteren Mädchen sahen es sich aus der Küche an, ihre gebräunten Gesichter waren erschrocken und amüsiert. Sherman lachte brüllend und schnaubte, und die kleine Ruthie hüpfte auf seinem wackelnden Bauch. Robert kicherte ängstlich.

Schließlich quetschten sich Gus und Ted durch die Tür, schafften es abzuhauen und krabbelten die Treppe hoch. Mrs. Fargo nahm Robert aufs Korn und machte eine wütende Bewegung, um ihn zu verscheuchen. Er sprang an ihr vorbei, bekam einen leichten Klaps mit der Schlangenpeitsche und folgte den Jungs.

»Und lasst euch da oben keine Teufelei einfallen«, rief sie nach Luft ringend. »Ihr geht ins Bett, damit ihr morgen rechtzeitig in die Schule kommt.«

Robert sagte: »Wird gemacht.« Seine Cousins machten gedämpfte Furzgeräusche mit den Lippen. Sie gingen zusammen in das eiskalte Schlafzimmer mit seinem großen Federbett.

Gus und Ted verpassten sich gegenseitig Ohrfeigen, ihre kleinen zugekniffenen Augen flackerten. Gus rieb sich das Hinterteil.

»Du Hurensohn, warum hast'n du mir im Weg gestanden?«

»Du hast in meinem gestanden, du Hurensohn.«

»Frag Bob, bei Gott. Er wird dir die Wahrheit sagen.«

»Bob will mit einem Bastard wie dir nichts zu tun haben.«

Sie brachen grundlos in schallendes Gelächter aus.

»Hast du dem Alten was von seinem Tabak geklaut?«, fragte Ted.

»Zur Hölle, na klar«, sagte Gus. Er griff in seine Tasche und holte eine Handvoll grob geschnittenen Tabak heraus, der ein wenig mit Fusseln und Kuhmist gestreckt war.

»Gut, dann lasst uns mal anzünden. Siehst du nicht, dass Bob was rauchen will?«

Gus kramte von ganz hinten aus der untersten Schublade des Büroschranks drei Maiskolben- und Weinstock-Pfeifen hervor und stopfte sie mit Tabak. Ted verteilte Streichhölzer. Sie setzten sich in einer Reihe ans Kopfende des Betts, mit dem Rücken gegen das abgeblätterte Mahagoni gelehnt und die Knie hochgezogen. Robert zog mit feierlicher Kennermiene an seiner Pfeife. Die Jungs hatten ihm schon bei ihrem ersten Treffen das Rauchen beigebracht, und bei jedem folgenden hatte er es praktiziert.

»Ich dachte, ihr würdet ... ihr wollt ein Flugzeug bauen«, sagte er. Damit brachte er einen Punkt zur Sprache, der ihn schwer beschäftigte. »Ihr habt gesagt, ihr wollt eins bauen und mich zum Fliegen mitnehmen.«

Gus sah ihn verdutzt an. »Hölle, Bob, haben wir dir nichts davon gesagt?«

»Huh-uh«, sagte Robert; und dann: »Zur Hölle, nein.«

»Wir haben es schon gebaut«, erklärte Ted. »Wir haben's auf dem Heuboden in der Scheune versteckt. Ist auch ein Prachtstück, stimmt's, Gus?«

»Ein Prachtstück«, nickte Gus und stieß Rauchschwaden aus den Nasenlöchern. »Wir haben es aus Zwei-mal-vier-Zoll-Brettern gebaut, Bob ... sogar die Tragflächen. Auf die Art zerbricht es nicht so leicht, wenn es auf den Boden kracht.«

»Was habt ihr für die Räder genommen?«

»Wir haben Räder aufgetrieben«, sagte Ted stolz. »Ich hab die vom Mäher weggemacht.«

»Ja, du Hurensohn, und mir hat der Alte dafür den Arsch versohlt.«

»Vom Arschversohlen wird dein Arsch wachsen. Dein Arsch ist doch nicht mal so breit wie das, was ein richtiger Mann zwischen den Augen hat.«

»Yah. Du musst es ja wissen.«

»Yah.«

Sie verpassten sich gegenseitig Schläge, wobei sie aufpassten, Robert nicht zu treffen.

»Und wann gehen wir damit fliegen?«, fragte er. »Hm, Gus, hm, Ted? Wann nehmt ihr mich zu einem Flug mit?«

»Damit müssen wir noch eine Weile warten«, sagte Gus bedauernd. »Es ist so, wir haben's noch nicht geschafft, einen Motor dafür zu klauen, und deshalb müssen wir's vom Heuboden aus rausfliegen, damit es segeln kann, verstehst du?«

»Uh-huh. Wie wollt ihr das denn anstellen, dass die … das … rausfliegt?«

»Also, wir haben uns überlegt, du könntest es steuern, und Ted und ich schieben es kräftig an. Wir schieben es bis ans Ende des Bodens zurück, damit wir mit 'nem höllenmäßigen Schwung rausfliegen. Kurz bevor wir ans Tor kommen, springen wir zu dir rein.«

»Oh«, sagte Robert geschmeichelt. »Wann werden wir das tun?«

»Genau das ist es, worüber ich dich informieren wollte. Wir haben die Tragflächen zu breit gebaut, um durch das Tor zu kommen, und wir müssen was davon absägen. Wir werden irgendwann in den nächsten Tagen dazu kommen.«

Ted stand auf, zog den Nachttopf unter dem Bett hervor und benutzte ihn. Er gähnte und fing an, sein Hemd aufzuknöpfen. Gus beobachtete ihn nachdenklich und gestikulierte plötzlich mit seinem Pfeifenstiel.

»Sag mal«, runzelte er die Stirn, »wo gehst du hin, wenn du in der Nacht ein Stück Scheiße legen musst?«

»Ich geh natürlich zum stillen Örtchen raus«, sagte Ted.

»Das hätte ich doch gesehen, wie du zum Örtchen gehst! Ich will verdammt sein, wenn nicht. Komm schon, sag's mir.«

Ted sträubte sich, und Gus bohrte weiter, verfluchte ihn und schmeichelte ihm abwechselnd.

»Zur Hölle«, sagte Ted, »das solltest du dir doch denken können.«

»Ist es hier im Raum?«

»Yo. Genau hier im Raum.«

»Das Fenster?«

»Hölle, nein. Im Raum, du Blödmann.«

Gus ließ seinen Blick durch das Zimmer wandern, musterte die Wände und alles, was aus Holz gemacht war. Schließlich blieb er am Rauchfang hängen, am unbenutzten Abzug, der mit einem ovalen Blech abgedeckt war. Er gestikulierte wieder mit dem Pfeifenstiel.

»Da drin?«

Ted nickte bedächtig.

»Gottverdammt will ich sein. Wie kriegst du deinen Arsch so weit rauf?«

»Krieg ich nicht. Ich reiß ein Blatt Papier aus meinem Notizblock. Dann stopf ich's rein.« Er grinste seinen Bruder boshaft an. »In all den Nächten, wenn du's zurückgehalten hast oder wenn du zum Örtchen rausgetrampelt bist, hab ich's benutzt.«

»Yah«, sagte Gus und sah ihn mit kaum verhohlener

Bewunderung und Neid finster an. »Ich vermute, du hältst dich für ziemlich schlau.«

»Ich bin schlauer als du. Yah!«

»Wart's ab, bis es die Alte rausfindet. Sie wird bald mal 'nen Hauch davon mitkriegen.«

»Zur Hölle, sie wird denken, dass sie was von ihrer eigenen Kocherei riecht.«

Er zog sich fertig aus und stand nur noch mit seiner langen roten Flanellunterwäsche bekleidet da. Er streckte sich, er war schläfrig.

»Lasst uns ins Bett gehen, hm?«

»Ich bin nicht müde«, sagte Gus und warf ihm einen herausfordernden Blick zu.

»Ach, komm schon, verdammt noch mal. Bob, du willst ins Bett gehen, oder?«

»Eigentlich schon. Aber zuerst hätte ich gern ein Glas Wasser.«

»Gus, hol Bob ein Glas Wasser«, sagte Ted.

»Ted, hol Bob ein Glas Wasser«, sagte Gus gleichzeitig.

»Gottverfluch dich, du gehst«, sagten beide gleichzeitig.

»Aber ich bin schon ausgezogen«, sagte Ted. »Ist nicht so, dass ich dir keinen Drink holen möchte, Bob«, erklärte er entschuldigend, »aber es ist nicht fair, wenn er immer noch angezogen ist.«

Gus schien jetzt gründlich darüber nachzudenken. »Ich sage dir, wie ich mich mit dir einigen werde«, sagte er in einem Von-Mann-zu-Mann-Tonfall. »Du gehst das Wasser holen, und dann werde ich ins Bett gehen.«

»Aber du hast immer noch deine Klamotten an!«

»Schon, aber du musst nicht nach unten gehen. Du streckst die Hand aus'm Fenster und nimmst eine Handvoll Schnee.«

»Wieso streckst du nicht die Hand raus?«

»Hölle, was erwartest du? Ich werd nicht alles für dich übernehmen. Du holst den Schnee, und ich geh ins Bett.«

Ted kam dieses Argument einen Funken zu sehr an den Haaren herbeigezogen vor, aber er war zu erschöpft für langwierige Diskussionen. Er erklärte, vielleicht zum hundertsten Mal an diesem Tag, dass sein Bruder der Sohn einer Hure sei, stellte fest, dass er daran gewöhnt sei, das zu fressen, was in ihm drin war, und eine Flüssigkeit zu trinken, die als Getränk zu betrachten nicht allgemein üblich wäre, und verkündete, dass er sexuellen Verkehr mit Skunks gehabt habe, die danach alle aus Scham gestorben wären. Nachdem er sich dieser Schmähreden entledigt hatte, öffnete er das Fenster.

Er fluchte, als ein eisiger Windstoß durchs Zimmer fegte, aber er öffnete tapfer den Fensterladen und streckte die Hand zum Verandadach hinaus.

Gus platzierte jetzt seine Füße neben ihm aufs Bett und blinzelte Bob zu. »Lehn dich weiter raus«, rief er Ted beiläufig zu, »von da, wo du bist, wirst du auch den ganzen Taubendreck aufkratzen.«

»Yah«, knurrte Ted, der sich schon fast bis zur Hälfte aus dem Fenster gelehnt hatte. Aber er lehnte sich noch weiter raus. Er stand auf Zehenspitzen und hatte mit seinen in rotem Flanell steckenden Unterschenkeln keinen Halt mehr.

Gus sprang auf. Durch seinen Sprung federte das Bett, und er packte seinen Bruder an den Fersen und stieß ihn aus dem Fenster.

Wie ein Rodel schoss Ted das Verandadach hinunter. Die Gefahr, dass er sich ernsthaft verletzte, bestand nicht, weil dieser Teil der Veranda von einer tiefen Schneewehe umgeben war. Allerdings war der Schneehaufen kein besonders angenehmes Ziel; und wie jeder, der irgendwo herunterfiel, griff er nach dem ersten Ding, das er in die Finger bekam, was in diesem Fall die Dachrinne war.

Er packte sie, als er über das Dachende fiel, drehte sich kopfüber und blieb hilflos hängen. Und im Schlafzimmer kugelte Gus über den Boden und stieß ein Geheul aus.

Als sich die Küchentür öffnete, rappelte er sich brüllend wieder auf.

Mrs. Fargo kam mit ihrer unvermeidlichen Schlangenpeitsche heraus.

»Duuu gehörnter Teufel! Schon wieder h-bereit für noch meeehr von h-deinen Untaten, hey? Du bist h-einfach nicht zufrieden, solang du h-keine Prügel auf deinen schwieligen h-Arsch bekommst. Also gut …«

Sie ließ die Peitsche auf seine Hinterbacken niedersausen und registrierte die Ergebnisse mit Vergnügen, wie er sich krümmte und kreischte. Mit der Peitsche war sie eine Meisterin.

Während ihr Sohn mit seinen Schreien und Verrenkungen die Nacht furchtbar erscheinen ließ, machte sie sich vor, dass er eigentlich sang und tanzte. Und sie trieb ihn weiter an, keuchend, und ließ die Peitsche immer wirkungsvoller niedersausen. Das Zusammenspiel von Fähigkeit und Möglichkeit gefiel ihr so gut, dass sie ihr lange ersehntes Ziel, ihm bei lebendigem Leib die Haut abzuziehen, sehr wahrscheinlich erreicht hätte, denn Sherman sah nicht den geringsten Grund einzugreifen. Aber Gus, vielleicht gelangweilt, vielleicht schuldbewusst, nahm die Sache in die Hand.

Er lehnte sich aus dem Fenster, lockerte eine große Schneewehe vom Dach und ließ sie auf seine Mutter herabfallen. Und in der folgenden Verwirrung fiel Ted zu Boden und konnte entkommen.

Er war buchstäblich schwarz und blau unter den roten Flanellhosen, aber das entsprach ungefähr seinem normalen Zustand, und es kümmerte ihn nicht groß. Tatsächlich fühlte er sich durch diese Erfahrung sogar erfrischt; die eisige Luft in Kombination mit der durch die Peitsche in Schwung gebrachten Blutzirkulation hatte seine Müdigkeit vertrieben.

Als die Aufregung begonnen hatte, waren alle nach draußen gegangen, und als Ted durch die Küche abzischte, schnappte er sich einen Kürbiskuchen und nahm ihn mit. Wieder im ersten Stock angekommen, forderte er das Recht ein, Gus drei schnelle Tritte in den Arsch zu geben, und Gus willigte ein. Sie teilten den Kuchen, gaben Bob das größte Stück und setzten sich, um vergnügt zu essen.

Sie löschten ihren Durst mit Schnee vom Dach und

zündeten wieder ihre Pfeifen an. Sie diskutierten lang und breit über das Flugzeug. Und mit noch größerer Ausführlichkeit diskutierten die Brüder über das, was ihnen wie ein unlösbares biologisches Problem vorkam, das mit ihrer Mutter und ihrem Vater zu tun hatte und durch den Umfang ihrer Mutter entstanden war. Gute Kumpels, die sie waren, schlossen sie ihren jungen Cousin aus der letzteren Diskussion natürlich nicht aus. Sie breiteten das Problem in den rohesten Grundzügen vor ihm aus, beantworteten seine idiotischen Fragen und akzeptierten seine nicht weniger idiotischen Hinweise, indem sie einander ernst zunickten.

Jeder stimmte zu, dass es ein gottverdammt höllischer Spitzenabend gewesen war.

Als sie endlich ins Bett gingen, legte sich Bob in die Mitte. Sein Kopf lag auf ihren harten ausgebreiteten Oberarmen, und jeder der Brüder hielt eine seiner schmutzigen kleinen Hände.

Der Wind wimmerte und kratzte am Dachvorsprung, im Hain riefen warnend die Eulen, und entlang der dicht gedrängten Sandhills heulten die Coyoten klagend den Mond an.

Und sie schliefen.

8.

In ihrem Zimmer im Haus des böhmischen Jabowsky weit weg in Misery Crick lag Edie Dillon wach und grübelte. Ihr war zu kalt, um zu schlafen; diese Böhmischen hatten anstatt Federbetten nur Strohmatratzen und Zudecken, die mit Getreidehülsen gefüllt waren. Und krank war sie außerdem. Zum Abendessen hatten sie ihr Kohl mit Sauerrahm und irgendein extrem scharf gewürztes Fleisch gegeben. Zum Mittagessen hatten sie ihr die ganze Woche nichts anderes hingestellt als mit Schweineschmalz bestrichenes Schwarzbrot. Und dann erst die Schule … vor Scham und Zorn wurde ihr heiß zwischen den dünnen Laken. Die Czerny-Jungs hatten sie im Schnee herumgerollt, als sie versucht hatte, ihnen Disziplin beizubringen. Und der Kecklik-Junge hatte ihr das Lineal aus der Hand gerissen und es ihr über die Schultern geschlagen. Auf die Art wollten sie sie vertreiben, und ihre Eltern unternahmen nichts. Wenn schon, dachte sie grimmig, sollen sie doch das Schlimmste machen, was ihnen einfällt. Sie könnten sie raustragen, aber sie würden sie nicht verjagen. Sie dachte sehnsüchtig an Bobby. Sie tat sich selbst ein wenig leid. Er würde nie erfahren und könnte sich dessen nie bewusst werden, was sie für ihn durchgemacht hatte …

In seinem Zimmer im Haus von Lincoln Fargo setzte sich Robert Dillon auf seinem Feldbett auf und sah hinüber zum leeren Bett. »Mama«, flüsterte er hoffnungslos. »Mama.« Im Wohnzimmer schlug Großvaters Uhr neun, erst neun; dann war das Haus wieder still. Der Mond schien gespenstisch über die Schneefelder. »Papa«, sagte er. »Papa?« Er legte sich wieder zurück und kniff die Augen zusammen. In der ersten Nacht hatte er versucht wegzulaufen. Aber der Ort, an dem sie war, war zu weit weg, und er wusste nicht, wo er nach ihr suchen sollte. Er schätzte, dass es um die tausend Millionen Meilen weit weg war. Jedenfalls würde er nicht mehr weinen; sogar Grandpa machte sich über ihn lustig, wenn er weinte. Denn wenn er weinte, könnte Mama ihn vielleicht hören, und dann würde sie nie wieder zurückkommen. Er musste einfach nur warten und nicht weinen. Vielleicht würde sie morgen Abend, wenn er nach Hause kam, da sein. Vielleicht. Und er könnte ihr erzählen, wie sie ihn in die zweite Klasse anstatt in die erste gesteckt hatten. Und sie würde sich aus der Vorratskammer was Gutes für ihn zu essen schnappen. Und sie würden in den Zug steigen und losfahren und Papa finden. Und dann könnte er weinen und es wäre in Ordnung, aber er würd's nicht tun, und er würde ihr erzählen, wie böse alle waren und wie gut er war, und er würde erzählen … und … und …

9.

Zu Hause in seiner Küche stand Alfred Courtland aufrecht im warmen, seifigen Wasser im Waschzuber und begann sich abzutrocknen. Behutsam tupfte er sich die Brust mit dem rauen Handtuch ab und zuckte zusammen, als es sofort heftig zu jucken anfing. Ärgerlich betrachtete er die hässlichen, kupferroten Flecken, mit denen es seit Kurzem schlimmer geworden war. Er entschied sich, dass in der Sache irgendetwas unternommen werden musste. Er würde den Ärger geradezu herausfordern, wenn er zu diesem Klatschmaul Doc Jones ginge, der außerdem sowieso nur ein Quacksalber war. Aber er würde es untersuchen lassen, wenn er nach Omaha kam, wann auch immer das sein würde.

Er stieg aus dem Zuber, ging zu einem Wandschrank und holte eine nicht etikettierte Dose Salbe heraus. Er verrieb etwas davon auf seiner Brust; dann wusch er sich die Salbe, eine Quecksilber-Mischung, sorgfältig von den Fingern. Das Jucken hörte auf, es schien sich unter seine Hautschichten zurückzuziehen und dort zu ersticken.

Er zog seine langen Wollunterhosen an und darüber seine guten Hosen aus feinem Wollstoff.

Es klopfte an der Tür.

»Ja, Liebling?«, fragte er.

»Kann … darf ich reinkommen?«

»Einen Moment, wenn du die Güte hast.«

Ohne Hast zog er seine Socken und Schuhe an und schlüpfte in sein Hemd. Nicht eher als er seinen Kragen umgebunden und die Krawatte geordnet hatte, gab er seiner Frau zu verstehen, dass sie reinkommen könne.

Myrtle Courtland stand in der Tür und machte mit offensichtlicher Freude große Augen. Sie war die Jüngste der Fargo-Familie, abgesehen von Grant, dem sie sehr ähnlich sah. Ihr Kinn war kräftiger und ihr Mund weniger spitz, aber ihre Augen hatten denselben Ausdruck von flackernder Ungewissheit.

»Meine Güte, wie hübsch du aussiehst!«, rief sie aus.

»Ich danke dir«, sagte er. »Hast du einen Tee für mich zubereitet, bevor ich abreise?«

»Selbstverständlich, Liebling. Ich habe sofort ein hübsches Frühstück für dich.«

Courtland schüttete den Waschzuber im Hinterhof aus und ging ins Wohnzimmer. Es war so schäbig und billig wie die anderen drei Zimmer. Myrtle war sparsam und sehr gut darin, aus Dingen etwas zu machen, aber es gab nichts, womit sie das tun konnte. Sie hatten das Haus von Barkley möbliert für fünf Dollar im Monat gemietet; er hatte es während seines ersten Jahrs in der Stadt gebaut und eingerichtet. Die Courtlands sprachen oft davon, dass sie eines Tages ihr eigenes Haus haben wollten, aber Myrtle hatte schon fast jede Hoffnung aufgegeben, und Alfred wusste, dass es unmöglich wäre, außer … es wurde etwas aus diesem Omaha-Deal. Es gab in Verdon kein anderes Haus zu mieten. Alle anderen besaßen ihr eigenes.

Er vermutete zu Recht, dass Myrtle trotz ihrer Armut alles andere als unzufrieden mit ihrer Ehe war. Von allen Fargos war sie diejenige, die gewusst hatte, was sie bekommen würde, und sie hatte es bekommen und war zufrieden damit. Es ging auf ihr Konto, dass er viele Manieren und Schrullen aus seinem früheren Leben beibehielt, die er ansonsten abgelegt hätte. Für die Allgemeinheit von Verdon war er einfach nur ein Engländer, der pleite in die Stadt gekommen und jetzt nur ein Bankangestellter war, der fünfzig Dollar im Monat machte. In Verdon war das alles, wozu er es je bringen würde. Aber hier in seinem Zuhause war er Alfred, Lord Courtland; und sosehr er von dieser Vortäuschung auch erschöpft und gelangweilt sein mochte, ihr zuliebe hielt er sie aufrecht. Es war das Einzige, was er für sie tun konnte.

Sie rief nach ihm, und er ging in die Küche. Als er den Tisch sah, wurden seine Augen spontan feucht. Der Anblick ihres eleganten silbernen Hochzeitsbestecks, das in all seiner überreichlichen und glänzenden Fülle für ihre kargen Mahlzeiten fast vollständig ausgebreitet war, rührte ihn immer. Er spürte den Impuls, sie in seine Arme zu schließen und leidenschaftlich zu küssen, aber er wusste, dass sie ein weniger befriedigendes, dafür mehr korrektes Küsschen vorziehen würde. Das gab er ihr, rückte den Stuhl für sie zurecht und setzte sich.

»Ich fürchte, meine Schwester ist nicht sehr rücksichtsvoll zu dir«, sagte sie und köpfte genüsslich ihr Ei. »Es ist … uh … ein scheußliches Wetter, um eine so lange Fahrt zu unternehmen.«

»Scheußlich«, stimmte er ernst zu. »Aber was soll man machen?«

»Nichts, schätze ich. Wenn es um die eigene Schwester … die eigene Schwägerin geht, muss man Opfer bringen.«

»Sehr richtig. Trotz der Unannehmlichkeiten, die es einem bereitet.«

Sie warf ihm einen kurzen stechenden Blick zu, der fast schon misstrauisch war, aber sie konnte in seinem Gesichtsausdruck keinen Hinweis darauf entdecken, dass er sich womöglich über sie lustig machte.

»Aber es sieht dennoch so aus«, sagte sie, »als würde Edie mit ihren eigenen Problemen zurechtkommen. Es ist nicht besonders nett von ihr, mit ihren Beschwerden zur Familie zu kommen und dich in die Sache reinzuziehen.«

»Oh, das hat sie nicht«, sagte Courtland. »Ich dachte, ich hätte erklärt, wie es war. Der alte Jabowsky hat eine Andeutung darüber gemacht, als er im Laden des Hufschmieds war, und natürlich haben wir das innerhalb von einer Stunde mitbekommen. Barkley wäre auch selbst hingefahren, aber« – er lächelte trocken – »für Barkley wäre es ein wenig unangemessen, sich auf den Weg zu machen, um bei einer Bande von Hunkies nach dem Rechten zu sehen.«

»Mir ist nicht klar, warum überhaupt einer von euch etwas unternehmen sollte«, sagte Myrtle.

Courtlands schmale, gewölbte Augenbrauen schossen nach oben. Er schien nah dran zu sein, etwas zu sagen; zuckte dann mit den Schultern, als würde er einen unangenehmen Gedanken verwerfen, und wandte sich wieder seinen Eiern zu.

Myrtle senkte ihre Augen, fühlte sich unbehaglich. »Ich fürchte, ich höre mich an, als würde mich Edies Wohlergehen nicht interessieren ... so habe ich das nicht gemeint.«

»Natürlich hast du das nicht«, sagte Alfred.

»Ich habe dabei nur an dich gedacht. Ich habe den Eindruck, dass sich eines der engeren Familienmitglieder ...«

»Eines der engeren Familienmitglieder sollte besser nicht mal davon hören«, sagte Courtland bestimmt. »Das ist genau das, was Barkley vermeiden möchte. Er hat nicht einmal Bella etwas davon erzählt, aus Angst, sie könnte es zu Grant weitertratschen. Ich glaube nicht, dass er selbst irgendetwas unternehmen würde, aber ... oh, es tut mir leid, Liebes ...«

»Das ist schon in Ordnung, Liebling.« Sie schenkte ihm ein Lächeln voller Verständnis und Vergebung. »Ich kenne doch Grant.«

»Gut, du weißt, was passieren würde, wenn Sherman oder dein Vater von dieser Geschichte Wind bekommen. Du weißt, was sie tun würden, wenn sie hören, dass eine Bande von dreckigen Bohunks Edie runtergemacht hat. Das würde Mord geben.« Er hob verächtlich die Schultern. »Nicht dass uns diese Hunkies kümmern würden, aber wir wollen nicht, dass die Familie in einen Mord reingezogen wird. Und natürlich auch, weil die Bank keine Kunden verlieren will. Letzteres ist Barks größte Sorge.«

Er spähte auf seine Armbanduhr, sein einziger Besitz, der einen echten Wert hatte, und stand auf.

»Ich muss los. Ich sollte schon längst auf dem Weg sein.«

»Wirst du heute Abend wieder zurück sein?«

»Oh, wahrscheinlich.«

Sie folgte ihm ins Wohnzimmer und war ihm mit dem Überzieher aus Kuhfell behilflich. Er band sich einen Schal um den Kopf und stülpte seinen Hut darüber. Seine Kappe mit den Ohrenschützern wäre erheblich nützlicher gewesen, aber heute ging es weniger um Komfort. Er musste einem Auftrag entsprechend aussehen, mit dem er sich bestens auskannte – der Auftrag eines Lords, der in Verwaltungsangelegenheiten den Bauernstand aufsuchte.

In dem Moment, als er hinaustreten wollte, ging er mit der Entschuldigung, er müsse sich ein sauberes Taschentuch besorgen, ins Schlafzimmer, um seine Hundepeitsche herauszuholen, ein Relikt aus sonnigeren Tagen. Er rollte das eingeölte Leder zusammen und stopfte es tief in seine Tasche.

Er gab Myrtle wieder ein Küsschen und verließ das Haus.

Niedergeschlagen sah sie zu, wie er wegfuhr. Dann ging sie mit einem vornehmen Stirnrunzeln auf ihrem nachdenklichen, hübsch geformten Gesicht in die Küche und überprüfte die Dose mit der Quecksilbersalbe.

Sie war schon wieder fast leer, obwohl er sie vor weniger als einem Monat bekommen hatte. Sie kam aus irgendeiner Stadt im Osten, und jede Dose kostete zehn Dollar. Selbstverständlich war sie nie so indiskret gewesen, den Grund dafür aus ihm herauszupressen; und ohnehin glaubte sie, Bescheid zu wissen. Er hatte ein oder zwei vage Bemerkungen fallen lassen, und der Rest hatte sich durch ihre Nichtbeachtung ergeben. Sie glaubte, dass es für eine normale Funktion von Männern war, vergleichbar mit der Menstruation einer Frau, aber natürlich erheblich schmerzvoller. Sie dachte, dass es wahrscheinlich etwas mit seiner Zeugungsfähigkeit zu tun hatte – etwas, das vollkommen in Ordnung war, selbstverständlich.

Die Hausarbeit in ihrem kleinen Heim war in einer Stunde erledigt, und sie nahm ein Buch und versuchte zu lesen. Das meiste von dem überschüssigen Geld, das sie zur Verfügung hatten, gaben sie für Bücher und diese Salbe aus. Nach ein paar Minuten legte sie das Buch weg, saß da und schaute trostlos aus dem Fenster. Wenn man von anderen Menschen Unterhaltung erwartete, war es unvermeidlich, dass man auch ihnen eine Unterhaltung bot, und deshalb ging sie selten raus, um einen Besuch zu machen. Sie hatte kein Geld, um damit shoppen zu gehen, und außerdem konnte sie sowieso nicht ohne Begleitung in die Stadt. Sie dachte an Bobbie, lächelte und wünschte, er wäre nicht in der Schule. Wenn er bei ihr wäre, würden sie Spiele zusammen machen – nette, ruhige, gebildete Spiele selbstverständlich –, und danach würden sie zusammen den Tee einnehmen, und sie würde ihm beibringen, wie sich kleine englische Gentlemen benahmen.

Bobbie war wirklich ein furchtbar gutes … ein exzellentes Kind.

Edie hatte keine Ahnung, wie sie ihn erziehen sollte.

Sie fragte sich, was mit ihr nicht stimmte, dass sie keine Kinder bekam.

Es würde nicht viel mehr kosten, ein Kind zu haben. Nur eins. Wenn Edie eines bekommen konnte, warum dann nicht sie? Wenn Edie ein Kind haben konnte, mit ihrem Ehemann, der weiß Gott wo war, warum konnte …

Sie fragte sich, was mit ihr nicht stimmte.

Sie sprang impulsiv auf und zog die Vorhänge zu. Mit einem seltsamen Leuchten in ihren Augen, die voller Selbstzweifel waren, wandte sie sich wieder dem kühlen, schäbigen Zimmer zu. Mit freundlicher Bestimmtheit lächelte sie das abgewetzte, von Sprungfedern durchbohrte Sofa an.

»Komm her, mein kleiner Alfred«, gurrte sie.

»Aber sicher, meine liebe Mutter. Ist es Zeit für unseren Conrad?«

»In ein paar Minuten. Ich serviere dir einen überaus wunderbaren Tee. Brötchen und Erdbeerkonfitüre, und … und … frische Bücklinge!«

»Aber das ist ja ausgezeichnet, Mutter!«

Von einem plötzlichen Gefühl von Illoyalität überwältigt, brach sie das Spiel ab und fing mit einem anderen an: das Wie-glücklich-ich-bin-Spiel.

Sie dachte daran, wie gut aussehend, wie brillant,

wie gebildet Alfred war. Sie erinnerte sich, dass er sie beim Essen immer zuerst bediente, ehe er sich selbst nahm; die Art, wie er allzu schnell seinen Appetit stillte, wenn es nur wenig zu essen gab. Und er war immer daran interessiert, was sie zu sagen hatte. Er verspottete und lachte sie nicht höhnisch aus wie Pa und Sherman, wann immer Josephine oder Ma irgendwas sagten.

Sie ließ ihre Gedanken zu dem Abend zurückschweifen, als er zum ersten Mal nach Verdon gekommen war. Er hatte so süß ausgesehen, so nett, wie er die Straße heruntergekommen war, ein Fernglas über die Schultern gehängt und in jeder Hand eine teure Tasche aus verziertem Leder. Und, ja, der arme Schatz hatte sich unter den einen Arm einen Sack mit Lebensmitteln geklemmt und unter den anderen eine Bratpfanne. Die Tagediebe aus der Stadt waren dafür verantwortlich. Sie hatten gesagt: »Aber klar doch, Fremder. Du gehst hier in der Gegend einfach irgendwohin und steckst dir einen Claim ab. Geh mal raus zu Lincoln Fargos Hof. Der hat mehr Land, als dass er wüsste, was er damit anfangen soll, und der gibt dir was. Aber nimm deine eigenen Fressalien mit. Link isst nichts außer Bärenfleisch.«

Und so war er zum Hoftor gekommen, sah so süß und lächerlich aus, und hatte Pa gefragt, ob er was dagegen hätte, ihm ein paar Hundert Morgen Land zu geben. Und Pa hatte zu ihm gesagt, er würde ihm tausend geben, wenn er sie haben wollte, aber dass es schlauer von ihm wäre, wenn er in die Sandhills raufgehen würde, wo es immer noch eine Menge Gold gäbe.

Alfred hatte alle seine Taschen und sonstiges Zeug abgestellt, damit er an seine Hutkrempe tippen und Pa anständig danken konnte, und dann hatte er angefangen, wieder alles aufzuheben. Aber jedes Mal, wenn er sich eins von den Stücken griff, ließ er irgendwas fallen.

Und dann war sie herausgekommen und hatte ihm die Wahrheit gesagt. Und er hatte so nett gelächelt, sogar gelacht, und sich nicht im Geringsten anmerken lassen, wie enttäuscht er war. Und Pa hatte gelacht und gesagt, er wäre selbst schon viele Male ein größerer verdammter Dummkopf gewesen, und dann Alfred aufgefordert, hereinzukommen und zum Abendessen zu bleiben.

Und …

Myrtle sprang auf und rannte in die Küche. Sie zog einen Deckel vom Herd und sah, dass das Feuer fast ausgegangen war. Sie schnappte sich den Kohleneimer und riss die Hintertür auf, die zum Schuppen führte, der an das stille Örtchen drangebaut war. Sie füllte den Eimer und betrachtete missbilligend den knappen Vorrat, der übrig blieb. Es kam ihr so vor, als wäre ihnen immer irgendwas ausgegangen. Aber normalerweise waren es Kohlen. Obwohl sie sich solche Mühe gab, sorgsam damit umzugehen. Sie hatten keinen Heizofen, nur den Küchenherd, in dem sie das Feuer immer ausgehen ließ, so hart versuchte sie zu sparen. An manchen Tagen ließ sie es ausgehen und ging mit ihren Kleidern ins Bett, um es warm genug zu haben.

Wieder im Haus, öffnete sie die Herdklappe und schob ein paar mickrige Kohlenstücke auf die Kohlenschaufel. Sie hob sie mit Bedauern auf, denn das bedeutete, ein oder zwei Pennies auszugeben, und das hasste sie.

Vielleicht wäre es eine gute Idee, heute im Bett zu bleiben. Alfred würde erst spät nach Hause kommen. Sie könnte um fünf herum aufstehen und hätte noch genug Zeit, damit das Haus warm und das Abendessen zubereitet wäre.

Sie legte den Deckel wieder auf den Ofen und ließ die Kohlen in den Eimer zurückgleiten. Sie schüttete Wasser in die Schüssel am Waschtisch, wusch sich die Spuren von Kohlenstaub von den Händen und ging ins Schlafzimmer. Sie zog ihren Mantel an, ein langes, schwarzes, maßgeschneidertes Stück, das ihr bis zu den Knöcheln reichte, und deckte das Bett auf.

Mit einem kleinen Seufzer wandte sie sich dann davon ab. Heute nicht. Sie konnte es heute nicht ertragen.

Fast verbissen holte sie ihren mit Straußenfedern geschmückten Hut aus dem Kleiderschrank, stülpte ihn sich aufs Haupt und befestigte ihn mit einer langen Hutnadel, deren Ende mit Strass besetzt war. Sie eilte aus der Vordertür und über den Weg davon, ehe sie ihre Absicht ändern konnte.

Bella und sie hatten vieles gemeinsam. Die Männer, mit denen sie lebten, waren beide Bankiers, und sie war nicht viel älter als Bella. Sie konnten sich über dieselben Themen unterhalten und über die Bewohner dieser kümmerlichen, komischen, kleinen Stadt lachen. Bella mochte sie – jedenfalls mehr, als sie irgendeine der anderen Frauen mochte –, und sie würde den Besuch nicht erwidern. Bella machte nie Besuche. Sie behauptete, sie würde das für albern halten – ein Haufen von dummen alten Hühnern, die zwischen ihren Häusern hin und her rannten. Sie meinte damit natürlich nicht sie, Myrtle, denn sie war nicht alt, und sie waren ja Cousinen, und Barkley kam nie zum Mittagessen nach Hause, also wäre es in Ordnung.

Es sollte auch besser in Ordnung sein! Wenn nicht, würde sie es Grant erzählen, und selbst wenn er sonst auf niemanden hörte, auf sie würde Grant hören, und wie würde das dann Miss Bella Barkley schmecken?

Als sie sich dem Eingang des braunen, zweistöckigen Barkley-Hauses näherte, sah Myrtle, dass alle Vorhänge zugezogen waren, und hob ihre Nase um zwei oder drei Zentimeter. Bella machte sich immer über die Art lustig, wie die Leute glotzten, wenn sie an ihrem Haus vorbeigingen. (Als ob sie so viel hätte, das irgendjemand sehen wollte!) Sie hatte eines Tages sogar zur alten Mrs. Purnell rausgerufen und sie gefragt, ob sie sich nicht gleich direkt ans Fenster stellen wolle.

Myrtle rümpfte die Nase und nahm sich insgeheim vor, ihre eigenen Vorhänge zugezogen zu lassen.

Ihre Füße machten kein Geräusch im Schnee, als sie die Veranda überquerte, und ihr Klopfen unterbrach die Stille ohne jede Vorwarnung.

Es kam keine Antwort auf ihre Aufforderung, aber sie hörte ein verräterisches Trippeln von drinnen. Entschlossen klopfte sie wieder. Wahrscheinlich lag sie immer noch nicht angekleidet herum, und jetzt war es fast schon Mittag! Würde ihr Spaß machen, sie so zu erwischen, nur einmal, nur um zu sehen, welche Entschuldigung sie vorbringen würde.

Sie klopfte.

Sie fragte geziert: »Bella? Das bin nur ich … ich.«

Sie war peinlich berührt und bearbeitete jetzt die Tür mit einem regelrechten Trommelfeuer. Bella war im Haus und wusste, dass sie hier war. Sie konnte jetzt nicht einfach so wieder gehen, ohne sie zu sehen und ihr mitzuteilen, dass sie auf ihrem Weg anderswohin nur vorbeischauen wollte, um kurz Hallo zu sagen, und dass sie wirklich nur ein paar Minuten bleiben könne.

»Bella! Hier ist Myrtle!«, rief sie.

Und dann wurde sie rot. Als sie hörte, wie Bella über den Flur kam und am Riegel herumfummelte; weil dem ein gemurmelter, aber gut hörbarer Fluch vorausgegangen war.

Die Tür öffnete sich ein paar Zentimeter, und Mrs. Courtland errötete noch stärker. Bella trug weinrote Hauspantoffeln mit gigantischen weißen Pompoms und einen dünnen Morgenmantel aus roter Seide … und sonst nichts! Kein Fetzchen mehr. Und sogar eine ihrer … ein Stück von ihrem Busen war entblößt. Sie starrte das Mädchen tadelnd an, und die schwarzen, boshaft glitzernden Augen des Mädchens sahen unerschrocken in ihre.

Sie war ein großes, gut gebautes Girl mit einer gewagten Frisur, die ein Bündel von schwarz gelockten Fransen auf ihrer Stirn präsentierte. Als sie Myrtle kühl ansah, spielte ein genervtes Lächeln um ihre roten Lippen. Sie zog den Morgenmantel etwas enger zusammen und verpasste ihren Fransenlocken ein gelangweiltes Fingerschnippen.

»Was gibt's?«, sagte sie.

»Also … also, ich bin grade zufällig vorbeigekommen, Bella …«

»Ja?«

»Weil … weil, ich habe dich schon so lange nicht mehr gesehen, ich dachte, ich schau mal kurz vorbei, um zu sehen, wie's dir geht.«

»Mir geht's gut«, sagte Bella. »Ich hatte mich hingelegt.«

»Oh. Dann … ich hoffe, du bist nicht krank.«

»Nein. Aber ich werde mich jetzt wieder hinlegen.«

»So … aber wenn du dich hinlegst, dann musst du ja krank sein.«

»Nicht unbedingt«, sagte Bella, und in den boshaften Tiefen ihrer Augen tauchte etwas amüsiert Heimliches auf. »Ist das der einzige Zustand, in dem du dich hinlegst?«

Myrtle errötete. Sie stammelte idiotische, sinnlose Sachen. Sie hörte sich selbst sagen, ob sie eine Tasse Tee ausleihen könne, obwohl Tee bei Gott die einzige Sache war, von der sie und Alfred immer jede Menge hatten.

Bella willigte mit einem schroffen Schulterzucken ein.

»Einen Moment«, sagte sie und wollte die Tür schon schließen. Aber selbst sie war zu so einer Gemeinheit nicht fähig. Sie ließ die Tür ein paar Zentimeter offen und verschwand.

Mrs. Courtland zitterte vor Scham und wartete.

Mit ihrer angeborenen Schüchternheit und den Selbstzweifeln hatte sie vergessen, was sie von Bella denken sollte. Sie konnte nur daran denken, was Bella von ihr halten musste. Vielleicht hatte sie eines Tages ins Haus hereingeschaut und sie mit den Kleidern im Bett gesehen. Das war es, worauf sie mit diesem Sich-hinlegen-Gerede angespielt haben musste.

Vielleicht würde sie ihrem Vater etwas davon erzählen, und er würde eine Bemerkung zu Alfred machen. Vielleicht hatte er das bereits getan! Alfred würde es niemals erwähnen, er war doch so zurückhaltend, aber er wäre furchtbar verletzt.

Sie war fast den Tränen nahe. Armer Alfred! Er war so gut zu ihr, und sie hatte ihm diese Schande gemacht.

Ein Windstoß schlug die Tür an die Wand zurück und riss sie aus ihren Tagträumen. Ohne nachzudenken, streckte sie sich in die Wohnung hinein, um sie wieder zu schließen. Sie hatte kein Verlangen danach, herumzuschnüffeln – zugegeben, hatte sie schon, aber das war nicht der Grund, warum sie's tat. Kohlen waren teuer, und es war nicht einfach, sein Haus angenehm warm zu halten. Jeder andere hätte dasselbe getan.

Wo sie schon mal den Kopf durch die Tür geschoben hatte, war es nur allzu menschlich, dass sie sich im Raum umsah.

Und so passierte es, dass sie Grant entdeckte, wie er auf dem Sofa lag, fast nackt.

Er verfluchte sie und versuchte, eine Decke über sich zu ziehen, und in der Küche ließ Bella die Teetasse fallen und kam reingestürmt. Sie packte die Frau des kleinen Bankangestellten bei den Schultern, fing an, sie zu schütteln, und drohte ihr, sie würde sich an ihrem Ehemann rächen, wenn sie es weitererzählte. Und während seine Geliebte so außer sich war, dass seiner Schwester die Haare ins Gesicht fielen, murmelte Grant nach dem ersten Schock einen schwachen Protest.

»Sie wird nichts sagen, Bella. Myrtle ist nicht so.«

»Darauf kannst du aber wetten, dass sie's nicht tun wird«, schnappte Bella und ließ ihr Opfer los. Und mit einem höhnischen Lachen schob sie sie aus der Tür.

Myrtle ging nach Hause, quer über die Grundstücke, wimmernd, verängstigt, krank. Und diesmal freute sie sich darauf, ins Bett zu kriechen.

10.

Der nordische Menschenschlag gehörte im Valley zu den beliebtesten und am meisten respektierten, speziell die Deutschen. Durch ihre Herkunft waren sie geborene Kolonisten, sie wussten, wie sie sich an neuen Orten anpassten, wie man sich einfügte. Das Wichtigste von allem aber war, dass sie nicht mit leeren Händen ins Land gekommen waren; sie waren von ihrem Heimatboden nicht verjagt worden, sondern aus eigenem Willen gekommen. Es wurde allgemein anerkannt, dass die Besten eines ehrgeizigen Volks nach Amerika gekommen waren, weil ihnen ihr eigenes Land nicht genügend Möglichkeiten bot. Sie waren stolze und arbeitsame Leute, bereit und gewillt zu kaufen, was nötig war, und großzügig bis zur Selbstaufgabe.

Kurz gesagt, sie waren die Antithese zu den Hunkies und Rooshans. Und auf die Letzteren sahen sie sogar von einem hochmütigeren Gipfel runter, als es die ansässigen Amerikaner taten. Und Tatsache war, dass ihre Haltung in einem nicht geringen Maße dafür verantwortlich war, wie die Amerikaner über die »Ausländer« dachten.

Die Deutschen verheirateten sich in erheblichem Ausmaß mit dem in Amerika geborenen Lager – was die Vermischung möglich machte, war ihr Protestantismus und ihr gleichbleibender Sinn für das Praktische. Der deutsche Bursche führte seine neue Frau ohne Ausnahme in ein Heim, das ebenso gut oder besser war wie das, aus dem sie kam, und er war immer dazu bereit und in der Lage, mittellose Schwiegereltern zu unterstützen. Die deutschen Girls hatten immer eine gute Mitgift. Aber sie waren bekannt dafür, so exzellente Hausfrauen und Mütter zu sein, dass sie ohnehin die besten Partien geheiratet hätten.

Philo Barkley sagte einmal, es hätte für Weiße keinen Wert mehr, im Valley zu bleiben, wenn alle Deutschen, aufgrund welchen Unglücks auch immer, vertrieben würden.

Die Deutschen erhielten aus Übersee Zeitungen und Magazine in ihrer eigenen Sprache, aber sie waren penibel darin, nationale oder lokale amerikanische Publikationen zu abonnieren; wogegen allerdings niemand etwas hatte. Auch hatte niemand was dagegen, dass sie auf ihren eigenen Schulen beharrten, in denen Deutsch und deutsche Geschichte Hauptfächer waren. Es ersparte dem Land einfach eine Menge Geld, oder nicht? Und jeder wusste, dass die deutschen Schulen besser als unsere waren.

Der deutsche Schullehrer hatte einen Universitätsabschluss und sprach fünf Sprachen fließend. Er war nicht mit diesen albernen Girls zu vergleichen, die mit der achten Klasse abgeschlossen hatten, anschließend sechs Monate auf eine weiterführende Schule gegangen und dann zurückgekommen waren, um zu unterrichten. Was er verdiente, wusste niemand, aber wenn man ihn nach seiner Erscheinung und seinem Lebensstandard beurteilte, war es mehr als angemessen. Und er wurde in bar ausbezahlt, nicht mit Optionsscheinen.

Es war noch nicht Mittag, als Courtland die Farm von Wilhelm Deutsch erreichte, aber er kannte seine Bauern gut und fuhr dennoch in den Hof.

Zwei grinsende Deutsch-Jungs führten sein Pferd in die Scheune, um es zu tränken, zu füttern und zu striegeln; und der fette, strahlende alte Wilhelm führte ihn in den Salon. Bei den Deutschen war der Salon nicht der Raum für Beerdigungen und Hochzeiten. Sie benutzten ihn jeden Tag.

Ein blondes Mädchen in einem makellosen Hauskleid servierte ihnen Bier, und ein anderes brachte eine Kiste mit exzellenten Zigarren. Ohne sich selbst kleinzumachen, ließ ihn die Familie spüren, dass sie sich durch seine Anwesenheit geehrt fühlten. Courtlands Reserviertheit schmolz so weit dahin, dass er es schaffte, eine Geschichte zu erzählen, die im County schon zur Legende geworden war:

Ein altes deutsches Ehepaar kam in die Bank, um eine Farm zu kaufen, und angeblich hatten sie den Kaufpreis von fünfunddreißigtausend Dollar in einem Jutesack mitgebracht. Als das Geld gezählt wurde, stellte sich jedoch heraus, dass es zweitausend Dollar zu wenig waren, und das alte Ehepaar sah sich konsterniert an.

Dann brach die alte Frau das peinliche Schweigen mit einem Seufzer des Bedauerns. »Das stimmt schon,

Papa«, strahlte sie, »ich hab nur den falschen Sack mitgenommen.«

Wilhelm brüllte vor Lachen über den Witz, obwohl er ihn schon oft gehört hatte.

»Ich hab nur den falschen Sack mitgenommen«, wiederholte er immer wieder anerkennend, und seine Hängebacken wackelten immer noch vor Lachen, als sie zum Essen gerufen wurden.

Ein derartiges Mittagessen hatte Courtland nicht mehr gegessen seit – nun, seit er das letzte Mal auf der Deutsch-Farm vorbeigeschaut hatte. Und als er sie schließlich widerwillig verließ, fühlte er sich träge und schläfrig. Glücklicherweise hatte ihm Wilhelm eine Flasche Apfelschnaps als Abschiedsgeschenk gegeben, und ein paar Schluck davon vertrieben die Schläfrigkeit.

Oder es war vielleicht doch nicht so glücklich.

Er hatte seit langer Zeit nichts mehr getrunken, und was er heute trank, schien eine sonderbare Wirkung auf ihn zu haben. Es machte ihn nicht betrunken. Es machte irgendetwas anderes mit ihm, und es wirkte auf eine Art, dass er sich dessen kaum bewusst war. Er dachte daran, dass er fünfzig Cent von seinem eigenen Geld für das Gespann hatte nehmen müssen, weil Barkley ihm nicht genug für einen angemessenen Auftritt gegeben hatte. Und in seinem Kopf entstand das geradezu überwältigende Bedürfnis, zur Bank zurückzukehren und Barkley zu sagen, was er von ihm hielt. Es schien die Sache zu sein, die er tun musste, die Sache, die schon so lange in seinem Unterbewusstsein rumorte, und er hatte keine Kontrolle darüber, besaß nichts Ausgleichendes, das ihn besonnen gemacht und es verhindert hätte. Allein die Tatsache, dass er auf der Straße keinen Platz entdeckte, um umzudrehen, ließ ihn auf seinem Weg bleiben, bis sich der Impuls schließlich verflüchtigte.

Er kam gegen zwei Uhr nachmittags bei Jabowskis Hof an. Der alte Mann kam zum Scheunentor, und Courtland blieb in seinem Buggy und machte mit der Peitsche brüskierende Gesten.

Als Jabowski bei ihm war, holte er ein Blatt Papier aus seiner Tasche und starrte ihn kalt an, bis das vorsichtige Lächeln aus dem einem Neandertaler ähnlichen Gesicht des Mannes verschwunden war.

Dann: »Jabowski«, stieß er aus. »Die Bank hat einen Schuldschein über fünfzehnhundert Dollar von Ihnen. Ich bin hier, um ihn einzutreiben.«

»Ja?«, sagte der alte Mann dümmlich. »Ich habe nicht fuffznhunnert. Ich kein Zeichen bekommen. In die Frühling …«

»Das ist eine Zahlungsaufforderung. Wissen Sie, was *Aufforderung* bedeutet? Es bedeutet, wenn wir etwas haben wollen, dann bezahlen Sie!«

»Aber ich nicht haben!«

»Wollen Sie, dass wir Ihnen Ihre Pferde, Kühe, Gerätschaften und Wagen wegnehmen? Alles, was Sie für die Landwirtschaft brauchen?«

Jabowski schüttelte den Kopf. Hilflos nahm er seine abgetragene Pelzkappe ab und drehte sie in seinen faltigen Händen.

»Was iss?«, stammelte er. »Jabowski immer zahlt. Jeder weiß, ich zahlt … ich … ich was Schlechtes gemacht?«

»Das ist schon besser«, sagte Courtland. »Jetzt fangen wir an, uns zu verstehen. Sie sind der Vorstand der Schulbehörde von diesem Bezirk, Jabowski. Es ist Ihre Verantwortung, den anderen durch die Art, wie Sie die Lehrerin behandeln, ein Beispiel zu geben. Das haben Sie nicht getan. Haben Sie nicht, richtig?«

»Also …« Jabowski zuckte mit den Schultern, und der Anflug eines Lächelns kehrte in sein Gesicht zurück.

»Diese groß gewachsenen bösartigen Jungs in diesem Distrikt haben ihr eine Menge Ärger gemacht, und Sie haben nicht das Geringste getan, um das zu stoppen.«

Jabowski zuckte wieder mit den Schultern. »Sie schlägt Jungs, für mich in Ordnung. Jungs schlagen sie … und?«

Courtland ließ ihn nicht aus den Augen, als er einen langen Zug aus der Flasche nahm und seine kleine, mit Silber eingefasste Meerschaumpfeife stopfte. Er riss ein Streichholz an, hielt es an den Tabak und schnippte das brennende Stäbchen auf den Hunky.

»Wenn Mrs. Dillon das nächste Mal hier irgendwelchen Ärger hat«, sagte er, »werden Sie unsere Schuldscheine bezahlen, oder wir holen uns alles, was Sie haben. Verstanden?«

Der alte Mann nickte mit dem Kopf. »Yah«, flüsterte er.

»Und das ist noch nicht alles«, fuhr Courtland fort, mit einem unerschütterlichen, verächtlichen, hasserfüllten Blick. »Wissen Sie, was eine Knute ist? Kennen Sie Cossack?«

»Yah.« Es war nicht einmal ein Wispern, nur eine erschrockene Lippenbewegung.

»Gut, solche Dinge haben wir in diesem Land. Sie haben bisher einfach nur Glück gehabt. Falls ich jemals hören sollte, dass Mrs. Dillon ...«

»Nein! Nein! Ich ... ich mache gut.«

»Sollten Sie auch besser«, sagte Courtland. Er gab dem Pferd ein scharfes Kommando und fuhr davon.

Er sprach mit drei weiteren führenden Männern der Gemeinde und erreichte um drei Uhr das kleine weiße Schulhaus – früh genug, denn die Schule war während der Wintermonate nicht vor fünf aus. Im Frühling, wenn es mit der Farmarbeit langsam richtig losging, konnte sie mittags enden oder manchmal sogar für einige Tage geschlossen bleiben.

Edie Dillon sah ihn heranfahren und ging auf die offene Veranda hinaus, um ihn zu begrüßen.

»Nein, Alf«, sagte sie erfreut und wunderte sich über den seltsamen Ausdruck in seinen Augen, »was führt dich denn hierher?«

»Du«, sagte er freundlich und zog einen Handschuh aus, um ihr die Hand zu schütteln. »Wir haben gehört, dass du hier eine schwere Zeit hast, Edie.«

»Ja, aber ich komme schon selbst damit klar.«

»Gutes Mädchen«, sagte er. »Aber wir wollen dir die Sache etwas leichter machen. Ich habe in der Gegend ein paar von diesen Hunkies besucht und sie darüber informiert, wie die Bank gewisse Angelegenheiten betrachtet. Falls ich ein paar Minuten mit dir reinkommen kann, dann klären wir die Sache ein für alle Mal.«

»Aber ... Ja, komm doch rein.«

Sie warf ihren Kopf herum und nahm seinen Arm. Sie war immer noch tief davon getroffen, dass sie so gedemütigt worden war. Das wollte sie aber gerne mal sehen, wie sich diese großen Flegel benahmen, wenn sie es mit einem Mann zu tun hatten.

Courtland lächelte trügerisch und sah sich im Raum um. Er war etwa sieben auf fünfzehn Meter groß und bot dreiundvierzig Schülern Platz, die in acht Klassen unterteilt waren. Die Grundschüler saßen auf der einen Seite des Raums, nahe den Fenstern; von dort aus wurden die Altersstufen mit jeder Reihe höher, bis zu den Schülern der achten Klasse auf der gegenüberliegenden Seite.

»Wer von denen sind die Czerny-Jungs?«, fragte Alfred in den gesamten Raum hinein.

»Heute ist nur einer hier«, sagte Edie und deutete auf ihn. »Mike. Joseph ist nicht da. Aber, Alf ...«

»Ich verstehe«, sagte Alfred und ging die Reihe entlang, die der Wand am nächsten war. Er blieb stehen und sah auf das breite Gesicht mit den hohen Wangenknochen eines etwa sechzehnjährigen Jungen herab. Er war ein stämmiger, breitschultriger junger Mann, und er sah dem Bankangestellten gleichmütig in die Augen.

»Du bist also Mike Czerny. Weißt du, warum ich hier bin, Czerny?«

»Nein«, sagte Czerny. »Ist mir auch egal. Mein Vater sitzt in der Schulbehörde.«

»Ja, ich weiß. Ich habe mit deinem Vater gesprochen. Ich habe ihm gesagt, dass ich hergekommen bin, um dir die Prügel deines Lebens zu verpassen …«

»Alf!«

»Und er hatte nicht das Geringste dagegen. Steh auf!«

Auf der Wange des Jungen zuckte ein winziger Muskel. »Ich bin Amerikaner. Das ist nicht die alte Heimat. Mein Vater hat das nicht zu bestimmen, ob ich Prügel bekomme.«

»Du bist ein Schwein. Wirst du jetzt endlich aufstehen?«

»Ich bin Amer…«

Courtland schlug ihm mit der Hundepeitsche, die er doppelt genommen hatte, ins Gesicht.

Edie schrie auf, aber ihr Schrei ging im Kreischen des Jungen unter. Das Blut spritzte aus seinem Gesicht nach allen Seiten, und ein großer roter Striemen wand sich wie eine Schlange über seine Backen. Er kam taumelnd auf die Beine, halb blind, und seine großen Fäuste ballten und öffneten sich wirkungslos. Wenn Courtland ihn mit der Hand geschlagen hätte, hätte er gekämpft, aber die Peitsche … die Peitsche hatte ihm etwas angetan. Sie hatte etwas Schlimmeres als nur seine Haut aufgerissen – etwas, das nie verheilen und immer gären würde. In diesem Moment war er mit seinem Vater vereint, und mit dessen Vätern.

Courtland packte ihn am Kragen und zerrte ihn nach vorn. Und dort ging der Junge vor der Tafel auf die Knie. Er versuchte nicht zu fliehen. Nein. Du bist nicht geflohen. Noch hast du gekämpft. Nein. Du hast nicht gekämpft.

Er kniete unterwürfig da und versuchte nur, mit den Armen seinen Kopf zu schützen. Und als Courtland wieder und wieder die Hundepeitsche schwang, war der einzige Ton, der von ihm kam, ein tiefes Schluchzen, ein fast animalisches Heulen.

Endlich hörte der Bankangestellte auf und trat ihn brutal mit seinem Stiefel.

»Jetzt geh raus an die Pumpe und wasch dich. Wälz dich im Schnee.« Er lachte kalt. »Und wenn du das nächste Mal Lust bekommst, deiner Lehrerin irgendwas anzutun, erinnere dich einfach daran.«

Der Junge schlich sich raus.

Courtland fasste den Raum wieder ins Auge, und das Chaos in seinem Gehirn wurde etwas schwächer. Es war merkwürdig, dachte er: Wenn man einen Deutschen oder Amerikaner dermaßen verprügelte, bekäme man es mit der ganzen Sippe zu tun. Aber diese Hunkies – wenn man einen auspeitschte, peitschte man sie alle aus. Sie waren sogar schlimmer als Nigger. Nigger hatten letztlich doch Manieren.

Er sah in ihre angespannten, erstarrten Gesichter – sie waren so verdammt erschrocken, dass sie Angst hatten, tief Luft zu holen! Und dann sah er, dass einige der kleinen Kinder still vor sich hin weinten; er sah die dicken Tränen, die über ihre breiten verhärmten Gesichter liefen; und er zuckte zusammen, und die Peitsche glitt ihm aus der Hand.

»Es tut mir leid, dass das nötig war«, sagte er fest. »Es

macht mir keinen Spaß« – er fuhr sich mit einer Hand über die Stirn –, »ich hoffe, es wird nie wieder nötig sein.«

Als er sich zu Edie umdrehte, sah sie, dass sein Gesicht das blasseste im ganzen Zimmer war. Sie nickte, als er sie ansah.

»Ihr seid für heute entlassen, Kinder. Geht sofort nach Hause und … und habt keine Angst davor, wiederzukommen. Wir werden von jetzt an gut miteinander auskommen.«

Sie rührten sich nicht von der Stelle.

»Alf …«

Jetzt wandte er sich an sie. »Geht jetzt. Und seid nach dieser Sache freundlich zu Mrs. Dillon.«

In einer Reihe gingen sie stumm zur Garderobe, und Edie sah ihnen nach, wie sie durch den Hof und die Straße runtergingen. Ohne die üblichen Rufe und Gespräche. Sie kam ins Klassenzimmer zurück und entdeckte die Pfützen unter den Tischen, an denen die kleinen Kinder saßen, und für einen Moment war sie so wütend, wie sie angewidert war.

Aber wo gibt es eine Frau, die auf einen Mann wütend sein könnte, der für sie gekämpft hat, mit welchen Fehlern auch immer?

Sie kniete sich neben den Tisch, an dem Alfred saß und seinen Kopf in den zitternden Händen hielt, und berührte zärtlich seine kurzen braunen Haare.

»Alf«, sagte sie.

»Ich fürchte, ich habe die Sache völlig verpfuscht, Edie.«

»Nein, hast du nicht«, sagte sie loyal. »Du hast genau das Richtige getan. Ich wünschte nur, du hättest diesem Kecklik-Jungen dieselbe Medizin verabreicht.«

Er lächelte schwach. »Ich fürchte … ich fürchte, ich habe nach der Czerny-Behandlung alles vergessen.«

»Ja, und das ist genauso in Ordnung. Nach dem, was du ihnen heute klargemacht hast, werden sie alle aufpassen, was sie tun.« Sie strich ihm wieder über den Kopf. »Es ist lange her, seit ich einen Mann hatte, auf den ich mich stützen kann, Alf.«

»Arme Edie. Ich bewundere dich sehr, weißt du.«

»Und ich bewundere dich ebenso!«

»Ich kann mir vorstellen, dass es für dich hier oben schrecklich einsam ist.«

»Ja … also …«, sagte Edie.

Seine Freundlichkeit und der Schock über das, was an diesem Nachmittag passiert war, überwältigten sie. Und sie schämte sich, als sie merkte, dass sie nicht anders konnte, als zu weinen.

»Oh, A-alf«, schluchzte sie. »Du … du weißt ja nicht. Niemand wird je verstehen, was ich …«

»Ich weiß es. Und du musst das nicht länger tun.«

»Ich … ich muss aber!«

Er widersprach ihrer Aussage nicht. Es war nutzlos. Was konnte er schon tun, um ihr zu helfen? Er legte einen Arm um sie und drückte ihren Kopf an seine Schulter. Er spürte, wie ihr Rücken unter der steifen gestärkten Hemdbluse zitterte; er spürte ihre bebenden Brüste an seiner Brust. Und er war nahe dran, ihr einen Kuss auf die Stirn zu drücken. Was ihn davon abhielt, war nicht die moralische Verfehlung. Für Courtland wurde etwas Unmoralisches nur dann zu einer Schande, wenn es entdeckt wurde, und er konnte nicht erkennen, dass diese Möglichkeit hier bestand. Er wich davor zurück, weil er Angst hatte und weil er sie liebte. Er hatte Angst vor den körperlichen Auswirkungen, die es auf sie haben könnte, selbst so eine kleine Sache wie ein Kuss auf die Stirn. Selbst wenn er sie nur an seine Schulter drückte oder ihre Hand berührte, könnte er sie gefährden.

Myrtle ... Damals war er sich nicht sicher gewesen, und es war zu spät, um daran jetzt noch etwas zu ändern. Und der Rest der Stadt interessierte ihn weniger als ein Schnippen mit seinen sorgfältig gepflegten Fingern. Aber die tapfere kleine Edie – er würde ihr niemals Leid zufügen.

Er stand auf, zog sie mit sich hoch und bemühte sich um ein nettes Lächeln.

»Und jetzt sind wir wieder in Ordnung. Du kannst dich auch nicht wie ein Baby benehmen. Das ist ein Privileg, das für uns Männer reserviert ist!«

Edie lächelte und trocknete sich die Augen. Sie war beschämt, aber mehr als das war sie vage enttäuscht.

»Es tut mir leid, Alf. Mir wird's gleich wieder besser gehen.«

»Natürlich wird es das. Du hattest einfach mehr zu ertragen, als eine Frau allein schaffen kann. Edie ...?«

»J-ja?«

»Vielleicht wäre es besser, wenn du nicht so verschlossen wärst. Wenn du deine Probleme ein wenig mit anderen teilen könntest.«

Sie nickte. »Ich glaube, du hast recht, Alf.«

»Ich will nicht neugierig sein, aber …«

»Natürlich nicht.«

»Was hast du für Pläne? Hast du je wieder von deinem … hm … Ehemann gehört?«

»Nein.«

»Wartest du … äh … darauf? Ich meine, es geht mich absolut nichts an, und wenn du lieber nicht darüber reden …«

»Es macht mir nichts aus, dir das zu sagen, Alf.« Sie drehte sich um, sah aus dem Fenster und biss sich auf die Lippen. »Ich weiß nicht, ob ich je wieder etwas von ihm höre oder nicht. Ich möchte, dass du das weißt. Es war nicht so, wie die Leute dachten. Er ist nicht einfach so weggelaufen und hat mich allein gelassen.«

»Klar, dass er das nicht getan hat«, sagte Courtland mitfühlend. »Wie auch, als dein Ehemann.«

»Er war Rechtsanwalt, weißt du …«

»Und nach allem, was ich gehört habe, ein sehr guter.«

»Einer der besten in Oklahoma. Er hat hundertdreiundzwanzig Fälle in Folge gewonnen, aber die letzten beiden … nun, die hat er verloren. Und das waren bedeutende Fälle, und er war der Meinung, er hätte sie gewinnen müssen. Er glaubte, dass es seine Schuld war, dass die Männer gehängt wurden. Er konnte sich nicht damit abfinden …«

»Ich vermute, er hat zu … hm … trinken angefangen? Nicht dass man ihm einen Vorwurf machen könnte, aber …«

»Nein, er hat nicht getrunken. Er hat nur gebrütet. Er wollte keinen weiteren Fall übernehmen. Er hat nur … er hat überhaupt nichts mehr getan. Ich war furchtbar besorgt, und ich fürchte, ich bin ihm auf die Nerven gegangen. Aber wir mussten an Bobbie denken und … ja, und die Art, wie er sich benahm, war so sinnlos. Und dann … ist er weggegangen.«

»Ohne dir ein Wort zu sagen oder seinen Freunden Bescheid zu geben …«

»Ja«, sagte Edie tonlos. »Er machte sich eines Morgens auf den Weg in die Stadt, aber er kam nie in seinem Büro an. Und niemand hat ihn danach je wiedergesehen. Er ist einfach … verschwunden. Ich bin so lange dageblieben, wie ich konnte, und habe versucht, ihn ausfindig zu machen. Schließlich habe ich unser letztes Geld genommen und kam nach Hause … Das ist die ganze Geschichte, Alf.«

Alfred schüttelte voller Mitgefühl den Kopf.

»Ich glaube nicht, dass du mit diesem Schulunterricht jemals viel weiterkommen wirst. Dieses Geschäft mit Optionsscheinen, du musst wissen …«

»Ja. Und das macht mich verrückt!«, erklärte Edie Dillon. »Meine Güte, Alf! Diese Leute wissen nicht, was harte Zeiten sind. Sie sollten mal sehen, wie es in den Städten aussieht. Warum wollen sie sich denn Geld leihen, wenn sie genauso gut in bar zahlen könnten?«

»Ich schätze, das ist die menschliche Natur. Bezahl nie die Schulden, die du auf deine Enkelkinder abladen kannst. Und da sind außerdem noch die Bankiers: Wir machen eine Menge Geld mit Optionsscheinen und haben natürlich ein Interesse daran, dass es so weitergeht.« Er zuckte mit den Schultern. »Aber um auf dich zurückzukommen …«

»Ich habe einfach keine Ahnung, Alf. Ich dachte, ich könnte vielleicht genug sparen, um im Frühling vielleicht ein Hutgeschäft in Verdon zu eröffnen.«

»Ich bin nicht sicher, ob das ein lohnendes Geschäft wäre, Edie. Wenn ich nach meiner eigenen Beobachtung gehe, dann hat niemand in Verdon in den letzten fünf Jahren einen neuen Hut gekauft … außer Bella Barkley.«

Mrs. Dillon lachte. »Ja, und ich habe auch an das Hotel gedacht. Der alte Duncan war nicht mehr in der Lage, es weiterzuführen, seit seine Frau starb, und das könnte Geld bringen. Aber er will als Anzahlung nicht weniger als fünfhundert Dollar.«

Courtland nickte. Er zögerte.

»Edie, ich denke, ich bin im Frühjahr möglicherweise in der Lage, dir so viel geben zu können, vielleicht mehr.« Er hob die Hand und grinste. »Ich weiß, das klingt komisch von jemandem, der so nah an der Pleite ist wie ich. Aber es könnte eben sein, dass ich's tun kann.«

»Oh … Du meinst, du könntest etwas erben?«

»So was Ähnliches. Und wenn's dazu kommt, kannst du auf mich zählen, dass ich dir helfe.«

»Also, das ist großartig, Alf!«

»Aber du solltest zu niemandem ein Wort darüber sagen. Wenn du in den Ferien nach Hause kommst, solltest du nicht mal gegenüber Bobbie die kleinste Bemerkung fallen lassen.«

»Werde ich nicht.« Unbewusst schob Mrs. Dillon ihr Kinn nach vorn. »Wir Fargos wissen, wie man ein Geheimnis für sich behält. Aber wie geht's Bobbie, Alf? Ich mache mir immer solche Sorgen um ihn.«

»Du musst dir keine Sorgen mehr machen. Er kommt sehr gut zurecht.«

»Und … und vermisst er mich sehr?«

»Natürlich. Aber er ist glücklich und bei guter Gesundheit und macht sich gut in der Schule, also mach dir wegen ihm keine Gedanken. Kümmer dich besser um Edie Dillon. Und dann im Frühling … wir werden sehen.«

»Also gut, Alf.« Sie lächelte tapfer. »Wie du meinst.«

»Gut, ich muss mich auf den Weg machen. Sieht so aus, als würde es wieder zu schneien anfangen, und mir wär's lieber, wenn es mich nicht nach Einbruch der Dunkelheit erwischt.«

»Und das möchte ich auch nicht«, sagte Edie. Und unterdrückte ihre Einsamkeit.

Er streifte seine Handschuhe über, verstaute die Hundepeitsche in seiner Tasche und schüttelte ihr die Hand.

Sie stand in der Tür, bis sein Gespann nur noch ein Fleck weit draußen war.

Der Raum war kalt geworden, aber es hatte keinen Sinn, ihn wieder anzuheizen. Der Distrikt knauserte mit Kohlen mehr als die meisten anderen. Sie dachte, sie sollte sich besser wieder auf den Weg zu den Jabowskis machen. Sie fragte sich, wie sie sich verhalten würden, und ein kleiner Schauer lief durch ihren Körper. Und was, wenn einige von den Czernys oder einige von den anderen ihr auf dem Weg auflauerten? Was würde sie tun, wenn …?

Sie sprang entschlossen auf und zog ihre Überschuhe, Schal und Mantel an. Sie ging raus zu dem kleinen Schuppen neben dem stillen Örtchen und sattelte und zäumte ihren alten Gaul auf. Mit zusammengepressten Lippen und einem absichtlich verächtlichen Zug um den Mund trabte sie den ausgefahrenen, von Schneewehen gesäumten Weg hinunter. Ihr Essenskübel klatschte gegen den Sattelknauf.

Sollten sie ihr nur mit irgendwas kommen! Sie würde es mit jeder Bande von Hunkies, die irgendwo auf diesem Planeten lebten, aufnehmen!

Als sie am Jabowski-Hof ankam, kam der alte Mann herausgerannt, und sie presste ihre Arme an den Körper und hielt die Zügel wie eine Peitsche in der Hand. Aber er war nur gekommen, um ihr die Steigbügel zu halten und den Gaul für sie in die Scheune zu führen.

An diesem Abend waren richtige Zudecken auf ihrem Bett – hübsche Sachen aus Seide und Wolle mit seltsamen Mustern; sicher Familienerbstücke.

Und am nächsten Tag, und an fast jedem der folgenden Tage, war Fleisch in ihrem Essen.

Es stand nicht genug Milch auf dem Tisch, wie auch immer …

11.

Jeff Parker, Rechtsanwalt, kreidete seinen Queue ein und zog eine Augenbraue hoch, als er sich das Durcheinander auf der anderen Seite des Pool-Tisches ansah.

»Also, mein Freund, du Bauerntölpel, ich schätze, ich habe jetzt mehr als genug Zeit mit dir vertrödelt. Ich werde dich jetzt mit einigen Twists aus meinem talentierten Handgelenk und ein bisschen Unterstützung von dieser magischen Bande vom Tisch verjagen.«

Sein Gegner grinste durch seine goldgefassten Zähne und spuckte großzügig in einen Spucknapf. »Hast du noch nicht geschafft«, meinte er.

»Wahrhaftig. Das ist wahr. Eine sehr scharfe Beobachtung«, zwitscherte Jeff. »Mir kommt da der Gedanke, dass einige unserer Freunde aus der Jury hier meine Fähigkeiten anzweifeln und sich dazu entschließen könnten, eine kleine Zusatzwette zu platzieren. Bargeld, versteht ihr. Maiskolben, Dünger und Maismehl werden auf keinen Fall angenommen.«

Die Tagediebe, die auf der Bank aufgereiht saßen, lachten brüllend.

»Was nimmst du denn für Zahlungsmittel, Jeff?«, fragte einer von ihnen.

»Geld, mein Junge. Etwas, das du noch nie gesehen hast.«

»Ah, haha …«

»Also … keine Wetten?«

Sie grinsten und schüttelten ihre Köpfe.

»Und du, mein lieber Dummkopf? Hast du noch was anderes als Spielgeld in deinen geflickten und abgetragenen Jeans?«

»Schieß«, sagte sein Gegner.

Jeff seufzte und konzentrierte sich auf den Tisch. Mühelos versenkte er eine Kugel nach der anderen. Er hob seinen Queue, als die letzten beiden Kugeln in ihre Löcher klackerten.

Der Bauernlümmel gab ihm verzagt ein Zehn-Cent-Stück und legte fünf auf den Tisch, und die Tagediebe brachen in ein dämliches Gelächter über seine Niederlage aus. Jeff zog seinen schwarzen Mantel aus feinem Wollstoff an, setzte seinen Fünf-Gallonen-Hut nachlässig auf und zog seine geblümte Weste zurecht. Seine Hosen waren aus Samtcord und saßen eng an den Hüften. Er hob die Beine ein wenig, damit sich die Manschetten über den Rand seiner hochhackigen Stiefel schlossen.

Wie von ihm beabsichtigt, sah er aus wie der berühmte Southwestern-Anwalt Temple Houston.

»Hey, Jeff, wann gehst du wieder in die achte Klasse zurück?«

»War ich schon, Witzbold. Haste nichts davon gehört, dass die Decke eingestürzt ist?«

»Hey, Jeff, wieso bist'n du nie in deinem Büro?«

»Ich hab keine Schweine wie ihr, die mich warm halten, ihr Tölpel. Und Kohlen sind teuer, und das Feuer geht so schnell aus.«

»Hey, Jeff, Old Man Simon hat eine Mausefalle in seiner Keksdose aufgebaut.«

»Ah? Und seh ich da Quetschungen an euren dreckigen Fingern?«

Er vollendete seinen Abgang, während sie immer noch lachten; und er hatte ein Grinsen und eine stichelnde Bemerkung auf den Lippen, als er auf seinen hohen Absätzen den glitschigen Gang runtermarschierte. Aber in seinem Inneren hatten ihn ihre Scherze verletzt; innen tat es weh.

Jeff Parker war der Sohn der Stiefschwester von Josephine Fargo. Einer aus den Sandhills, aus einer Familie mit vierzehn Kindern. Mit zwölf war er buchstäblich aus der Herde verstoßen worden. Rechtsanwalt Amos Ritten hatte ihn aufgenommen, im Austausch für kleinere Arbeiten wie Ausfegen und Feuermachen und hauptsächlich, um für ihn zum Saloon und wieder zurück zu trotten. Und nachdem er ein oder zwei Jahre massiv auf ihn eingeredet hatte, schaffte er es sogar, ihn in die Schule zu kriegen. Jeff hatte die acht Klassen in fünf Jahren absolviert. Er vertiefte sein Wissen durch eine allesfressende Lektüre und weil Ritten ihm einiges einpaukte, und so hatte er mit einundzwanzig die nicht allzu mühsamen Anwaltsprüfungen bestanden. Jetzt war er dreiundzwanzig.

Als Ritten im Jahr zuvor zum Richter des County gewählt worden war, hatte Jeff automatisch die Verwaltung seiner Kanzlei übernommen. Er war noch nie bei

Gericht gewesen. Er lebte von den wenigen und dürftigen Honoraren, die er für notarielle Angelegenheiten und die Beglaubigung von Urkunden und Testamenten erhielt. Davon, und von den Gewinnen beim Poolbillard und anderen Spielen. Und die Zukunft sah noch schlechter aus als die Gegenwart. Ritten konnte bei der nächsten Wahl verlieren, und falls das passierte, würde er notgedrungen seine Kanzlei zurückhaben wollen; und Jeff konnte sich nicht vorstellen, etwas in Konkurrenz zu dem Mann aufzuziehen, der so gut zu ihm gewesen war. Und falls Ritten im Amt blieb, tja, dann würde er es weiterhin zu nichts bringen.

Zum Donnerwetter, er wünschte sich, jemand würde ermordet werden oder so was. Irgendwas, das ihm ein paar Dollar und etwas Aufmerksamkeit einbrachte. Er wünschte sich, er wäre blind wie dieser Anwalt unten in Oklahoma, wie war denn sein Name gleich wieder, damit ihn die Leute in den Kongress wählen würden. Also, zum Donnerwetter, wenn er nur für eine Periode in den Staatsdienst käme – nur so lange –, würde er sich keine Sorgen mehr machen.

Er ging mit einem freundlichen Nicken an Alfred Courtland vorbei, und Courtland rief ihm nach.

»Oh, Parker. Sherman Fargo hat nach dir gesucht.«

»Du meinst, Josephine?«, sagte Jeff und blieb stehen.

»Nein, Sherman. Er war bei dir in der Kanzlei, aber du warst nicht da.«

»Tja, nein«, sagte der Anwalt. »Sherman hätte sich denken können, dass ich nicht da bin. Wo ist er jetzt?«

»Ich glaube, er und sein Vater sind zum Essen bei mir zu Hause. Wo bist du dann nachher?«

»Hier im Laden. Hm, er hat nicht gesagt, was er will, oder?«

»Ich sage ihm, wo du bist«, sagte Courtland.

Jeff ging in den Laden, er war verwirrt. Er konnte sich nicht vorstellen, was Sherman wollte, außer dass ihm Josephine ein paar alte Klamotten für ihn mitgegeben hatte. Jeder verarschte ihn deswegen, und er war schwer damit beschäftigt, es ihnen heimzuzahlen. Er hatte sowieso alles, was er an Kleidung benötigte.

Er hatte den Zeitpunkt, Simons Laden zu betreten, gut gewählt, denn alle diese Herumhänger waren jetzt zum Essen nach Hause gegangen. Er kramte in der Tasche seiner geblümten Weste, zog einen Nickel raus und warf ihn auf die Theke.

»Gib mir für fünf Cent Käse, Sim.«

»Sieht so aus, als würdest du alles rauswerfen, was?«, sagte Simon und erhob sich gemächlich von seinem Stuhl.

»Oh ja, so bin ich eben. Ich mach mir nicht mehr Gedanken über ’nen Nickel als die Schienen über eine Lokomotive.«

Er gab sich Mühe, den alten Mann aufzuziehen, während der Ladeninhaber die Glasglocke vom Käse nahm und zu schneiden begann. Aber der Scherz hatte nicht die erhoffte Wirkung.

»Mensch, Sim, das ist doch zu wenig für einen Nickel.«

»Du holst dir das, was du sonst noch brauchst, und in der Zeit ist es so viel wie für einen Nickel.«

»Na gut, zum Donnerwetter«, sagte der junge Anwalt, aber er nahm die gelbe Käseecke, die ihm auf dem Schnittmesser angeboten wurde.

Er bemühte sich an die Verkaufstheke, griff in die Dose mit den Crackern und holte einen Stapel davon heraus. Er biss große Stücke davon ab und knabberte sparsam am Käse.

Der Ladeninhaber sah ihm grinsend zu. Er mochte Jeff; die ganze Stadt mochte ihn. In gewisser Weise waren sie alle irgendwie stolz auf ihn.

»Jeff …«

»Was?«, sagte der junge Mann verdrießlich.

»Auf dem Ofen steht noch etwas Kaffee.«

Jeffs Gesicht verwandelte sich in sein übliches sonniges Lächeln. »Ah, da sagst du was, Sim. Leih mir doch mal diese Tasse da, geht das?«

Er nahm die Blechtasse, die ihm Simon reichte, hob die Kaffeekanne mithilfe seiner Bandana vom Kanonenofen und schnupperte mit einem glücklichen Gesichtsausdruck das Aroma. Er bat Simon um Kaffeesahne und bekam zur Antwort, er solle zur Hölle gehen. Er bediente sich am Zuckerglas und setzte sich dann auf den Tresen. Seine linke Hand streckte sich nach der Dose mit den Ingwerkeksen.

»Bedien dich«, seufzte Simon. »Aber stopf dir nicht die Taschen voll.«

»Sim, du verletzt mich in meinem hintersten Hinterteil. Du weißt, dass ich so was nicht tun würde.«

»Heute würdest du's nicht tun, das stimmt, weil ich ein Auge auf dich habe.«

»Ah, Sim, wenn ich erst im Gouverneurssessel sitze, wirst du diese Worte noch bereuen.«

»Das will ich erleben, dass du Gouverneur bist. Du würdest dir einen Billardtisch statt einem Schreibtisch ins Büro stellen.«

»Das ist eine gute Idee. Erinnere mich daran, wenn ich gewählt bin. Du kriegst von mir den Job, die Kugeln aufzubauen.«

Jeff plapperte und mampfte fröhlich weiter, während Kummer und Ehrgeiz still an seinem dünnen, unterentwickelten Körper nagten … Was sollte das alles? Was hatte es für einen Sinn? Würde es für den Rest seines Lebens so weitergehen – ein Sklave, der Hunger hatte und der Arsch der Stadt war? Er mochte einen Witz und genauso den nächsten, aber es war ziemlich hart, bei Laune zu bleiben, wenn man die meiste Zeit Hunger hatte und fror. Es war hart, wenn man sich ständig verteidigen und dabei so tun musste, als wär's nicht so.

Sherman Fargo polterte durch die Ladentür herein, und Jeff glitt hastig vom Tresen herunter.

»Na, ich grüße dich, Sherm!«, rief er lässig. »Was machen deine Testikel, und hast du 'n tolles Spektakel?«

Sherman knurrte finster. »Zur Hölle, wo warst du? Ich hab schon überall nach dir gesucht.«

»Oh«, sagte Jeff und tat erstaunt, »wolltest du mich sprechen?«

»Gottverdammt noch mal«, sagte Sherman, »warum sollte ich nach dir suchen, wenn ich dich nicht sprechen will? Eine Null von einem Anwalt bist du! Warum bist du nie in deinem Büro?«

»Tja …«, fing Jeff an, ehe ihm klar wurde, dass es wohl eine rhetorische Frage war.

»Also, komm schon!«, schnappte Sherman aufgedreht. »Ich hab jetzt schon den halben verdammten Tag mit dir verschwendet!«

Jeff Parker sagte nichts mehr. Halb trottete, halb marschierte er hinter dem Farmer her um die Ecke zu dem kleinen Holzbau mit seinem Büro neben dem Friseurladen. Lincoln Fargo war da, kaute ungeduldig auf seiner Zigarre, seine Hände klammerten sich an den Griff seines Stocks. Neben ihm auf dem Sofa (auf dem Jeff schlief) saß Mrs. Fargo. Sie trug einen Schal um ihre verkrampften Schultern. Ihr stumpfsinniges Gesicht war voller Angst.

Jeff fröstelte sichtlich, als er die Temperatur im Raum bemerkte und an seinen leeren Kohlenkasten dachte. Als Erstes ging er zu dem kleinen dreibeinigen Holzofen und drehte den Dämpfer auf.

»Also, was kann ich für euch tun?«, fragte er, steckte die Daumen in seine Westentaschen und lehnte sich gegen seinen Schreibtisch.

Sherman ließ sich schwer auf den einzigen Stuhl im Raum fallen. »Wahrscheinlich nichts«, sagte er. »Aber du bist der einzige Rechtsanwalt in der Stadt, deshalb mussten wir zu dir kommen.«

»Ich verstehe«, sagte Jeff.

»Es ist folgendermaßen«, sagte Sherman. »Ich und Pa haben vor, dass wir dieses Jahr das Vieh über den

Winter füttern, und wir haben das Geld dafür nicht, also dachten wir, wir könnten uns das Geld mit einem Kredit auf seine Farm leihen, und die läuft auf Mutters Namen, und wir sind zur Bank gegangen, und Barkley hat behauptet, dass der Rechtsanspruch unklar ist und dass wir keinen bekommen. Er ist natürlich nicht wirklich unklar, aber dieser verdammte Bark ist so korrekt und vorsichtig … also, was zur Hölle willst du in der Sache unternehmen?«

»Aber wieso denkt er, dass der Rechtsanspruch unklar ist? Es ist eine Heimstätte, auf die Gläubiger keinen Zugriff haben. Wenn der Rechtsanspruch darauf unklar ist, dann gilt das für alles in diesem County.«

»Ja, verdammt, aber … Pa, kannst du's ihm nicht erklären?«

Lincoln hustete mit einem krächzenden Geräusch und warf seiner Frau einen vernichtenden Blick zu. Er machte den Mund auf, um etwas zu sagen, überlegte es sich jedoch schnell anders, um ihr noch mal einen Blick zuzuwerfen, und stieß, als er das Ergebnis sah, ein zufriedenes, aber verächtliches Schnauben aus. Er lehnte sich auf seinem Stock vor und schwenkte seine Zigarre.

»Erinnerst du dich an diesen gottverdammten Prediger, der aus der Stadt gejagt wurde?«

»Ja«, sagte Jeff; und die Verwirrung verschwand aus seinem Gesichtsausdruck. »Oh, darum geht's, ja? Wir kriegen das sehr leicht geregelt. Wir müssen nicht mehr tun, als aufs Grundbuchamt zu gehen und …«

»Ich bin noch nicht fertig«, unterbrach ihn der alte Mann. »Es wäre sehr leicht zu regeln, wenn sie die Besitzurkunde auf den Prediger überschrieben hätte, wie der Rest von diesen verdammten Dummköpfen. Aber, oh nein … ihr ist was Besseres eingefallen …«

Lincoln lachte und spuckte verbittert aus, und der flackernde Blick, der aus den Winkeln seiner gelben Augen herausgeschossen kam, war wie ein Peitschenschlag.

»Mhm«, sagte Jeff Parker verständisvoll. »Tja, das ist natürlich was anderes.«

»Halt's Maul und hör auf, den Schlaumeier zu spielen. Das ist Zeitverschwendung … Was ich sagen wollte, ist, sie hat zugunsten von Gott überschrieben, und dieser gottverdammte Prediger hat die Besitzurkunde mitgenommen. Und wie, zur Hölle, willst du an Gott rankommen, um sie zurückzukriegen?«

Jeff runzelte bedeutsam die Stirn, er wollte in Gelächter ausbrechen, wusste jedoch, was dann passieren würde.

»Also«, sagte Sherman, »was wirst du in der Sache unternehmen?«

»Klar, ich werde das für euch regeln«, sagte Jeff sofort. »Das ist schließlich der Grund, warum ihr zu mir gekommen seid.«

»Wie willst du das anstellen?«, fragte Link.

»Das ist natürlich ein rechtliches Problem. Ich bin nicht sicher, ob ich's so erklären kann, dass ihr das versteht.«

»Kümmer dich nicht darum, was wir verstehen«, sagte Sherman schroff. »Mach einfach weiter und erklär uns das.«

»Also gut, Sherman. Aber es wird etwas Zeit in Anspruch nehmen.«

»Haben wir genug.«

Jeff zuckte mit den Schultern, setzte ein seriöses Gesicht auf und begann zu reden. Es entsprach nicht ganz der Wahrheit, dass er drei Tage lang ununterbrochen quatschen konnte, ohne dabei etwas zu sagen, wie die Leute behaupteten. Aber er konnte sehr lange quatschen und Belanglosigkeiten wie Tiefgründiges klingen lassen.

Als nach dreißig Minuten sogar Mrs. Fargo anfing, sich zu winden, schloss er seine Abhandlung mit einer weitschweifigen Handbewegung ab.

»Das ist also die aktuelle Sichtweise auf die Situation«, bemerkte er und erhob sich. »Um an die Wurzeln des Problems zu gelangen – die grundlegenden, fundamentalen und elementaren Rechtsprechungen –, müssen wir uns in die englischen Landwirtschaftsgesetze von 1773 vertiefen.«

Er holte einen zerlesenen Gesetzeskommentar von Blackstone aus dem Bücherregal, lehnte sich wieder an den Schreibtisch und fing an, durch die Seiten zu blättern. »Ah, ja. Da haben wir's … Also, es ist hauptsächlich eine Frage des *corpus delicti* oder sogar *habeas corpus* und hängt davon ab, ob der Fall unter kanonischem, allgemeinem oder kirchlichem Recht verhandelt wird. Mit anderen Worten, haben wir den Körper oder nicht, in diesem Fall den des Predigers …?«

»Ich wünschte, bei Gott, wir hätten ihn«, sagte Lincoln.

»Das würde die Dinge wahrscheinlich erheblich einfacher machen. Aber genauso wie es unter der Sonne nichts Neues gibt, so hat das Gesetz gegen alle Arten von Schikane und Veruntreuung weise Vorsorge getroffen – unabhängig davon, ob man alt, jung, schwach, mittelalt oder fast mittellos … Also, solange ihr immer noch genug Zeit habt, werde ich euch ein paar Seiten dazu vorlesen.«

Er las ihnen mit gleichmäßiger, sonorer Stimme vor, versicherte sich mit schnellen Blicken, dass ihre Augen voller Anerkennung waren, während er scheinbar einen Punkt nach dem anderen vortrug. Und Sherman und Lincoln gähnten und glotzten, und der Kopf der alten Frau nickte herab.

Kurz bevor sie alle eingeschlafen waren, klappte er das Buch endlich zusammen und warf es triumphierend auf den Tisch.

»Gut, das ist euer Fall«, sagte er.

Sherman nahm die Pfeife aus dem Mund und studierte den Pfeifenkopf. »Ja«, stimmte er zu, »das klingt gut.«

»Ich würd's nicht wissen, wenn's nicht so wäre«, sagte Lincoln freimütig. »Ich habe noch nie einen Rechtsanwalt getroffen, der nach Butter fragen könnte, ohne eine Kuh zu beschreiben.«

»Also sollen wir Jeff anheuern?«

»Ja, zur Hölle. Wir brauchen jemanden dafür.«

»In Ordnung, Jeff«, sagte Sherman und erhob sich von seinem Stuhl, »du machst dich noch heute an die Arbeit, und lass dich von mir nicht dabei erwischen, wie du in irgendwelchen Billardsalons oder Läden herumhängst, bevor du die Sache nicht im Kasten hast. Hörst du?«

»Sicher, Sherman. Ich meine, sicher nicht, Sherman. Ich werde die Angelegenheit in null Komma nichts für euch geklärt haben.«

Sie standen alle auf.

Der Anwalt wippte nervös auf seinen Absätzen.

»Ähm, nun, wenn man sich auf einen Fall wie diesen einlässt, ist mit Auslagen zu rechnen. Ich spreche ungern von Geld, wenn es um Blutsverwandte geht, besonders, wo sie so viel für mich getan haben, aber … hm …«

»Wie viel?«, sagte Sherman.

»Oh, sehr wenig. So um die fünfundzwanzig Dollar.«

»Wir werden dich bezahlen. Wenn du den Fall durchbringst.«

»Gut, aber weißt du, es ist üblich, etwas als Honorarvorschuss zu bezahlen. In einem Fall wie diesem bekomme ich normalerweise fünf Dollar.«

»Verdammt sollst du sein, wenn nicht«, höhnte Lincoln.

»Du hast noch nie einen Fall gehabt«, betonte Sherman. »Da. Ich geb dir zwei Dollar, und damit kommst du aus, bis das geklärt ist.«

»Ganz wie du meinst, Sherm, ganz wie du meinst«, sagte Jeff und begleitete sie zur Tür, ziemlich zufrieden.

Er schritt in seinem kleinen Büro auf und ab, ließ die beiden Silberdollars gegeneinander klicken und überlegte, ob er zuerst essen oder eine Tür weiter gehen sollte, um im Barbierladen ein Bad zu nehmen. Er hatte jetzt schon kein Bad mehr genommen, seit der Fluss zugefroren war, denn er war nicht in der Lage gewesen, die nötigen fünfzehn Cent zu sparen. Aber es war eine Ausgabe, die nicht mehr länger aufgeschoben werden konnte, besonders weil er sich mit Barkley würde treffen müssen. Er roch nicht so streng, wenn er im Freien war, und an Orten wie dem Billardsalon spielte es keine Rolle, weil die anderen alle einen schlimmeren Geruch als er verbreiteten. Aber in der Bank war es immer warm, und der Bankier selbst war in diesen Dingen ziemlich penibel. Und es würde kein gutes Licht auf den gesetzlichen Vertreter der einflussreichen Fargo-Familie werfen, wenn er ihre Geschäftsinteressen durch seinen Geruch gefährdete.

Vor seinem inneren Auge konnte er erkennen, warum Barkley bei diesem Darlehen so gehandelt hatte. Der Banker war die Vorsicht in Person, er neigte zu einer aberwitzigen Behutsamkeit und zur Ausarbeitung und weiteren Ausarbeitung von Belanglosigkeiten, um den Verdacht zu vermeiden, übereilt zu handeln. Wahrscheinlich hätte er das Darlehen genehmigt, wenn man ihm seine Zeit gelassen hätte; er hätte die Probleme mit der Besitzurkunde selbst bereinigt. Aber die Fargos waren nicht die Typen, die ihm diese Zeit ließen. Sie hatten versucht, ihn anzutreiben, und zugleich mit seiner unvermeidlich wachsenden Halsstarrigkeit war auch ihre Ungeduld größer geworden. Am Ende waren sie wahrscheinlich rausgestapft und hatten ihn als Blödmann beschimpft.

Es war keine Frage von Legalität, sondern von Taktgefühl. Bark wusste in seinem Herzen, dass der Besitz nicht unklar war. Es war nur eine Frage, wie man ihn dazu brachte, es zuzugeben, und Jeff Parker war der Bursche, der das schaffen konnte.

Barkley mochte Jeff so sehr, wie es nach all den Jahren nur möglich war, in denen ihm der Anwalt unverschämt geschmeichelt hatte. Solange es ihn kein Geld kostete, konnte Jeff alles von ihm haben, was er wollte. Er würde bei ihm vorbeikommen und ihm für eine Stunde oder so Honig ums Maul schmieren, und ehe er die Chance hatte zu kapieren, was da vor sich ging, hätte er ihn so weit, dass er über diese hitzköpfigen Fargos lachte, die abgerauscht waren, ehe er die Möglichkeit gehabt hatte, ihnen das Darlehen zu gewähren.

Es würde ganz einfach gehen. Tatsächlich war es zu einfach. Er wünschte, es wäre ein echter Fall, bei dem er ins Gericht marschieren und diesen Leuten zeigen könnte, was Sache war …

Plötzlich stockte ihm der Atem, und er sperrte seine klugen Augen weit auf. Er schlug sich mit der Hand an die Stirn. Ein echter Fall? Ein echter Fall? Zum Donnerwetter, woran hatte er denn die ganze Zeit gedacht!

Er sprang in die Luft und schlug die Absätze zusammen. Er riss die Tür auf, sprang die Stufen runter, schlitterte über den Gehsteig und stürmte über die Straße zum Gerichtsgebäude.

Als er im Gebäude war, wurde er jedoch von Bedenken und Selbstzweifeln gepackt, und fast ängstlich betrat er das Büro des Sheriffs.

»Hi, Jake. Wie geht's deiner Leber?«

Jake brummte und lehnte sich mit dem Stuhl an die Wand zurück.

»Setz dich einfach hin und vertreib dir die Zeit, wie du willst, aber sei still. Ich bin total fertig.«

»Pass auf, Jake, ich habe Arbeit für dich.«

»Huh-uh. Ich bin heute nicht zu Scherzen aufgelegt, Jeff. Ich bin total fertig.«

»Aber die Sache ist ernst«, insistierte der kleine Anwalt. »Ich möchte von dir, dass du einen Steckbrief für mich ausstellst. Ich weiß schon, der Bezirksstaatsanwalt sollte das machen, aber …«

Jake Phillips ließ die Stuhlbeine auf den Boden kippen.

»Sicher, kann ich machen, Jeff. Ned ist heute sowieso auf seiner Farm. Bei Gott, es ist ohnehin höchste Zeit, dass jemand hier mal irgendwas unternimmt. Weißt du, ich hab mich mit dem Sheriff drüben in Tuneybird unterhalten, und er hat mir erzählt, er hat nie weniger als …« Er kramte in seinem Schreibtisch nach einem Formular, während er weiter über den glücklichen Sheriff von Tuneybird County polterte, der sich mit dem Profit aus dem Essen für Gefangene eine Farm gekauft hatte. »Und denen gibt der kein so gutes Essen, wie ich das tue, Jeff. Der geht nicht zum Hotel rüber und wirft, sagen wir, ein Fünf-Cent-Stück pro Mahlzeit hin, was nicht mehr als korrekt wäre, wenn man bedenkt, dass er das County fünfundzwanzig Cent dafür blechen lässt. Nein, Sir, das macht der nicht. Er kocht ihnen einfach einmal die Woche einen Waschtrog voll Bohnen, und das ist alles, was sie kriegen ... Also, hinter wem bist du denn her, Jeff? Komisch, dass ich überhaupt nichts davon gehört habe.«

Jeff räusperte sich. »Also, es ist folgendermaßen ...«

»Hat dieser Altmeyer-Junge wieder Schweine geklaut? Ich wusste es!«

»Nein. Nein, es geht nicht um Altmeyer ...«

»Richtig. Ich hab ihn ja schon eingebuchtet ... Uhoh, Hank Murphy! Ich sage dir, Jeff, du sagst Mrs. Murphy, sie soll den Hurensohn rauswerfen. Er tut nicht das Geringste, um ihr zu helfen. Und der tut doch auch rein gar nichts für die Stadt. Es ...«

»Es geht nicht um Murphy, Jake.«

»Oh?« Der Sheriff ließ die Feder über dem Formular schweben. »Dann sagst du mir vielleicht besser mal den Namen von dem Typen.«

»Tja ... genau genommen ist er kein Typ.«

»Du willst doch nicht sagen, es ist 'ne Frau!«

»N-nein. Ich glaube schon, dass es ein Mann ist. So eine Art Mann.«

»Gut, wie ist sein Name?«

»Uh ... er hat zwei oder drei«, sagte der Anwalt verlegen.

»Dann gib mir einfach den, unter dem er hauptsächlich bekannt ist.«

Jeff befeuchtete seine Lippen. »Er lautet ... uh ... Jehovah«, stotterte er herum.

»G. Hovah«, wiederholte der Sheriff und tauchte die Feder ins Tintenfass. »Einer von diesen Hunkies, hm?«

»Also ... Ich bin mir nicht sicher.«

Jake sah auf das Blatt und runzelte die Stirn. »Weißt du, ich könnte schwören, dass mir der Name schon untergekommen ist … Wo lebt der?«

»Paradies.«

»Paradies? Wo ist das? Irgendein Kaff oben in den Sandhills?«

»N-nein«, stammelte Jeff unglücklich. »Es ist dort oben.«

»Wo oben, du dämlicher Idiot?«, brüllte der Sheriff. Und ging dann mit der Stimme besänftigend runter. »Ich weiß doch, dass das dein erster Fall ist und du etwas nervös bist, aber wir kriegen das schon hin. Wir haben G. Hovah, wohnhaft in Paradies, und alles, was du jetzt tun musst, ist, mir zu sagen, wo dieser Ort Paradies ist und was dieser Kerl Hovah getan hat und …«

Die kleinen Augen des Sheriffs blitzten verdächtig auf. »Paradies?«, murmelte er. »G. Hovah in Paradies? Jehovah … im … Himmel …« Er starrte den Anwalt an, und seine Backen verfärbten sich. »Also, du … du …!«

»Moment mal, Jake! Bitte! Lass mich er…«

»Jehovah im Paradies, stimmt das?«, brüllte Jake. »Gott verfluche dich, Jeff Parker, ich werde dich lehren, dich über das Gesetz lustig zu machen! Ich werde dir mit meinen eigenen Händen …«

Jake bewegte sich schwerfällig auf ihn zu und holte mit einer Faust aus, die wie ein Hammer war.

»A-also bitte, Jake!«

»Ich werd's dir zeigen!«

Jake schwang die Faust. Jeff wirbelte herum und flüchtete. Er schoss aus der Tür, und genau in dem Moment kam die lincolnesque Gestalt von Amos Ritten vorbei, und er hätte den Richter fast über den Haufen gerannt. Er stellte sich hinter den Richter, benutzte ihn als Schutzschild und drehte ihn an den Schultern herum, als der Sheriff ihn umhauen wollte.

»Richter«, heulte Jeff verzweifelt, »sagen Sie ihm, er soll mich in Ruhe lassen.«

»Ich werde dich in Ruhe lassen«, schnarrte Jake, »ich werde dich eigenhändig zu Gott befördern.«

Ritten presste einen Schluckauf durch seinen Bart, der ihm bis zur Brust reichte, und verräucherte die Halle mit dem Aroma eines Vierzigprozentigen. »Sch-schämt euch!«, rülpste er. »Ich sage, schämt – *hicks!* – euch, Gentlemen! Was hat diese lächerliche Aufführung zu bedeuten?«

Er hörte sich ihre wirren und lästerlichen Erklärungen an, während Jeff ihn mal in diese, dann in die andere Richtung drehte. Gemächlich breitete er eine Handfläche aus und drückte sie gegen die Brust des Sheriffs.

»Beruhige dich, Jake. Beruhige dich. Es ist alles wieder in Ordnung.«

»In Ordnung, ja? Ich werde …«

»Jeff hat einen Fehler gemacht, das ist alles. Er hätte zu mir kommen sollen anstatt zu dir.«

»Huh?«

»Ja, sicher. Es handelt sich um eine zivilrechtliche Angelegenheit, nicht um eine strafrechtliche … Jeff, du hättest Jake mit einer derartigen Sache nicht belästigen sollen.«

»Es tut mir leid, Richter.«

»Und du, Jake, als einer der obersten Exekutivbeamten in diesem County, hättest Jeff korrekt informieren müssen.«

»Stimmt, ich glaube, das hätte ich tun sollen«, lenkte der Sheriff beschämt ein.

Der Richter machte eine ausladende Handbewegung und hätte fast das Gleichgewicht dabei verloren. »Dann sind wir jetzt alle – *hicks!* – wieder Freunde. Du kommst mit mir, Jeff.«

Er schwankte durch die Halle weiter, stützte sich schwer auf seinen Protegé, und gemeinsam betraten sie den Gerichtssaal. Sie gingen am Podium an der Rückseite vorbei, das sich an der Hinterseite befand, in ein Vorzimmer; und der Richter ließ sich schwerfällig auf einen Holzstuhl fallen. Panik und Schweiß standen für einen Moment auf seinem Gesicht; mit behutsamer Hand suchte er nach etwas in seinen Gesäßtaschen. Dann strahlte er, als er eine intakte Halbliterflasche rausholte.

Er reichte Jeff die Flasche und riss sie ihm wieder aus der Hand, kaum dass der Anwalt seine Lippen angefeuchtet hatte. Er nahm einen großen Schluck und schien mit einem Mal nüchtern zu werden.

»Jeff«, sagte er, »manchmal glaube ich, du hast keinen Funken Verstand.«

»Aber, zum Donnerwetter, Richter! Ich glaube, ich sollte nicht …«

»Lass mich mal sehen, ob ich deinem ins Auge gefassten Aktionsplan folgen kann. Du wolltest einen Steckbrief ausgestellt bekommen und dich dann in deinem berüchtigten Ruf sonnen, während Jake in dieser Komödie deinen Unterstützer spielt. Dann hast du ein Schwurgerichtsverfahren geplant, mit dir als speziellem Anklagevertreter für die Fargo-Familie, und dachtest, du könntest dabei eine großartige Zeit haben, während du die Lorbeeren pflückst ... Jeff, Jeff!«

»Donnerwetter, Richter, es tut mir leid. Aber es sah nach einer dermaßen bombigen Chance ...«

»Was glaubst du, was die Steuerzahler davon halten würden, wenn der Sheriff seine Zeit mit solchem Blödsinn verschwendet? Was glaubst du, was sie davon halten würden, wenn das Gericht seine Zeit verschwendet, und von den Kosten für eine Jury und all das?«

»Ja, zum Donnerwetter, Richter. Aber es wäre lustig ...«

»Und das ist der schlimmste Teil von dem Ganzen. Es wäre nicht lustig; und du wärst der Arsch bei diesem Witz ... Du hast Mark Twain gelesen und Petroleum Nasby und Mr. Dooley. Weißt du, warum ihr Humor bei diesen Leuten ankommt? Es ist die Tatsache, dass man ihn nicht falsch verstehen kann, sondern nur als Humor. Du denkst, dass Jake dumm ist, aber das ist er nur relativ gesehen. Diese Leute haben schon so lange mit den Tatsachen gelebt, mit den nackten Tatsachen, dass sie nichts anderes verstehen können. Und genau so mussten sie sein, um existieren zu können. Wenn du einen Spaten einen Heurechen nennst, dann werden sie mit dir lachen. Wenn du ihn als Schaufel bezeichnest, dann lachen sie über dich. Sie werden denken, dass du's nicht besser weißt. Und was sie in diesem Fall sagen würden, ist ebenso offensichtlich wie unvermeidlich. Sie würden sagen: Weiß denn dieser dämliche Idiot nicht, dass er Gott nicht verhaften kann?«

Jeffs Augen weiteten sich langsam. »Donnerwetter, Richter, das würden sie, ja. Aber es ist so eine tolle Chance …«

»Und du wirst sie zu deinem Vorteil nutzen, aber in der richtigen Weise. Du gehst zurück in dein Büro und setzt die Anklageschrift auf: Fargo *vs.* Gott, mit dir als Anwalt. Ich persönlich werde dir das Geld geben, damit du es in die Zeitungen reinbekommst. Wenn Gott nicht bei Gericht erscheint, wirst du das Ding gewinnen. Damit haben wir weder irgendeine Zeit noch das Geld des Countys verschwendet, und du bekommst deine Lacher – die von der richtigen Sorte – und die Art Publicity, die du dir wünschst, wenn du's richtig behandelst.

Und jetzt geh und mach dich an die Arbeit. Und mach aus der Anklageschrift die lustigste verdammte Sache, die jemals irgendjemandem untergekommen ist. Mach es so komisch, dass jeder weiß, dass du nicht gotteslästerlich bist, sondern dass es nur ein verdammt guter Witz zwischen dir und ihnen und Gott ist. Und sei selbstsicher genug, deinen Namen reinzubringen, regelmäßig und oft.

Wenn du das richtig machst, wird jede Zeitung im Land die Anklage drucken. Jeder wird sich fragen, wer du bist. Sie werden sich fragen, warum du nicht weit oben in den Gremien der Regierung sitzt, wo ein so gewitzter junger Kerl sein sollte. Und dahin werden sie dich holen – wenn du es richtig anstellst.«

Jeff ging zurück in sein Büro und entwarf die Anklageschrift.

Und die nachfolgenden Entwicklungen machten deutlich, dass er es richtig anstellte.

12.

Der Frühling schlüpfte wie eine Jungfrau in das Bett des Tals. Im einen Moment angewidert, im nächsten rebellisch, kämpfte und heulte sie gegen den braunen Riesen. Sie berührte ihn mit ängstlichen Fingern, die mit jeder Berührung länger und länger verweilten; sie streichelte ihn schamlos. Sie keuchte, bedrängte ihn dann gierig, und zuletzt seufzte sie, und ihr Atem wurde warm und gleichmäßig. Und der Winter, diese Hure, stahl sich fort von der Couch, höhnisch lachend.

In seinem gediegenen Wohnsitz im Städtchen Verdon schaukelte Philo Barkley vor dem sparsam heruntergedrehten Heizofen und betrachtete seine Tochter mit ungewöhnlicher Anerkennung. Er war in ein Haus heimgekommen, das sich in exzellenter Ordnung befand, und zu einer Tochter, die vollständig bekleidet war, und er hatte eine der besten Mahlzeiten bekommen, die er seit Monaten gegessen hatte. Danach hatte sie ihm seine Hausschuhe und seine Pfeife gebracht; und jetzt saß sie ruhig auf der Couch und beschäftigte sich mit einem Nähkorb.

Sie war ein gutes Mädchen, stellte er fest. Die beste Tochter der Welt. Er bedauerte, dass er in der Vergangenheit so oft barsch mit ihr gesprochen hatte.

»Bella«, sagte er.

»Ja, Vater?« Sie sah strahlend zu ihm auf. »Kann ich dir irgendwas bringen?«

»Nein«, sagte er. »Nein, ich denke nicht.«

»Ich hol dir gerne alles, was du möchtest.«

»Nein. Ich habe nur über etwas nachgedacht.«

Sie wartete gespannt, als er einen Holzspan am Ofen entzündete und an seine Pfeife hielt. Sie wartete mit einem starren Lächeln auf ihrem dunklen, hitzigen Gesicht. Und Philo Barkley lehnte sich zurück und schloss die Augen. Die Dinge, die er zu sagen hatte, waren wichtig. Jeder einzelne Punkt. Wichtig genug, um darauf zu warten. Nach etwa zehn Minuten, als die Nerven des Mädchens zum Zerreißen gespannt waren, hatte er genügend meditiert, um weiter zu sprechen.

»Bella.«

»Ja, Vater?«

»Ich habe heute mit Tom Epps gesprochen.«

»Ja.«

»Also, Tom …« Er sah mit gerunzelter Stirn in seine Pfeife und zog schnell am Stiel. »Ich weiß nicht, was heute Abend mit dem Tabak nicht stimmt. Muss am Wetter liegen. Obwohl es in den letzten Tagen nicht wirklich feucht war, oder? Ich kann mich an keinen schöneren Tag als heute erinnern.«

»Es war angenehm«, sagte Bella, und ihre Finger, mit denen sie die Stopfnadel hielt, wurden weiß.

»Mm-hmm. Es wird nicht lange dauern, dann ist der Sommer da.«

»Worüber«, sagte Bella, »worüber hast du mit Tom gesprochen?«

»Oh ... Ja, Tom hat vor, die Chandler-Vertretung zu übernehmen. Du weißt, was ich mit *Chandler* meine. Es ist ein Automobil.«

»Ja, ich weiß.«

»Er hatte den Eindruck, dass er es gut hinbekommen würde, in Verbindung mit seinem Eisenwarengeschäft. Und für mich sah es auch so aus, dass er es gut schaffen könnte. Sicher, er benötigt natürlich etwas finanzielle Unterstützung, und ich sagte ihm, das ließe sich arrangieren. Ich sagte ihm, wir würden das unter bestimmten Umständen klarmachen, und das haben wir dann getan.«

Bella sah ihn mit einer Mischung aus Unverständnis und Ungeduld an.

»Ja, das ist schön«, sagte sie vage.

»Kannst du dir vorstellen, dass du eines fahren könntest?«

»Ein Automobil? Du meinst, du willst eines kaufen?«

»Ja, sicher«, sagte Philo. »Das wollte ich dir damit sagen. Ich werde eines zum Listenpreis bekommen. Wenn's nach Tom geht, ist es viel billiger, als sich ein Pferd zu halten. Und auch ein ganzes Stück bequemer.«

»Das ist ja wundervoll, Vater!«, sagte Bella aufrichtig erfreut.

»Dachte ich mir, dass dir das gefallen würde«, sagte er brummig. »Alles, was ich verlange, ist, dass du diesen Lackaffen Grant nicht ans Steuer lässt.«

»Oh, werde ich nicht!«, rief Bella, ehe sie ihre Augenbrauen ein wenig zusammenzog. »Warum kannst du Grant nicht leiden, Vater?«

»Er taugt einfach nichts. Er will nichts tun.«

»Er würde, wenn er eine Chance bekäme.«

»Und außerdem ist er auch dein Cousin.« Er schüttelte verärgert den Kopf. »Es macht einfach keinen guten Eindruck, Bella.«

Bellas Augen blitzten auf. Von Schuldgefühlen getrieben, war sie äußerst empfindlich geworden, wenn die Rede auf Grant kam. Und weil sie in jeder Hinsicht wie seine Frau für ihn war, vom Namen abgesehen, war sie auch sofort bereit, ihn zu verteidigen. Sie liebte ihn nicht, war aber zu der Überzeugung gekommen, dass sie es musste, um für ihn das zu sein, was sie war. Und es war die Pflicht einer liebenden Frau, den Geliebten mit Zähnen und Klauen zu verteidigen.

Angesichts dieser Gefühle war sie von ihren Worten mehr überrascht als ihr Vater.

»Weißt du«, sagte sie nachdenklich, »ich glaube, ich gebe dir recht, Vater. Je öfter ich Grant sehe, desto weniger mag ich ihn.«

»Huh? Warum triffst du ihn dann weiterhin?«

»Ganz einfach, weil ich praktisch muss!«, rief Bella mit aufgerissenen Augen. »Er ist ja schließlich mein Cousin. Und du weißt doch, dass die Fargos schon wütend auf uns sind, wegen diesem Wirbel, in den du … in den Jeff Parker sie reingezogen hat. Sie glauben, du bist dafür verantwortlich, dass das ganze Land über sie lacht.«

Barkley knurrte. »Es war ihre eigene verdammte Schuld«, erklärte er.

»Wie auch immer, Vater, es wäre nicht gut für uns, mit der ganzen Familie zu brechen. Sie sind nicht nur unsere Blutsverwandten, sondern einflussreiche Leute. Sie könnten deinem Geschäft schaden.«

»Ja … ja, vielleicht«, gab Barkley zu. Er war gerührt, dass sich seine Tochter für seine Geschäfte interessierte. Es war nett von ihr, dass sie sich, zu seinem Vorteil, weiterhin mit diesem Schnösel traf. Aber deswegen hatte er auch nicht mehr für Grant übrig, und er wollte nicht, dass Bella ihn traf.

Und so sagte er es.

»Weißt du, wie alt ich bin, Vater? An meinem nächsten Geburtstag werde ich dreiundzwanzig.«

»Schön und gut, aber du kannst Grant nicht heiraten.«

»Natürlich kann ich das nicht. Ich würde ihn nicht mal mehr sehen, wenn's nicht wegen dem wäre, was ich dir grade gesagt habe. Aber ich sollte mal übers Heiraten nachdenken. Wenn ich's nicht bald tue, wirst du eine alte Jungfer als Tochter an deiner Seite haben.«

»Gut«, sagte Philo und zog an seiner Pfeife, »ich weiß nicht, was da zu tun ist.«

»Hier ist weit und breit niemand, den ich heiraten könnte.«

»Nein, das ist Fakt.«

»Was denkst du, was ich tun sollte, Vater? Du weißt von diesen Dingen mehr als ich. Ich bin schließlich nur eine Frau.«

Philo schaukelte heftiger und versuchte, sich nicht anmerken zu lassen, wie erfreut und geschmeichelt er war. Ihm wurde klar, dass er sie ziemlich selbstsüchtig behandelt hatte. Er wollte nicht, dass sie älter wurde und unverheiratet blieb – nur sie beide allein im Haus. Auf einmal wurde ihm bewusst, dass er sich Enkelkinder wünschte. Er wünschte sich einen Sohn – einen Schwiegersohn, der in die Bank einsteigen (und eine beträchtliche Summe Geld investieren) würde –, einen, der etwas darstellte, der gut zu Bella wäre und ihn bewunderte und genau das tat, worum er gebeten wurde.

»Es ist zu dumm«, sagte er, »dass es hier nicht wie damals in Ohio ist. Wäre es wie früher in Ohio, dann wären hier eine Menge guter und solider junger Burschen.«

»Das ist zu dumm«, sagte Bella.

Philo dachte etwas länger darüber nach, und Bella machte mit ihrer Näharbeit weiter, setzte einen Stich nach dem anderen.

»Niemand von meinen Verwandten, die noch dort sind, hat viel Geld«, sagte der Bankier. »Es sind gute Leute, aber sie haben nicht viel.«

»Ich weiß. Du bist der große Mann der Familie, Vater.«

»Ja, ich habe dafür gearbeitet«, sagte Philo aufgeräumt.

»Ganz sicher hast du das.«

»Also, wie ich schon gesagt habe. Falls du dorthin zurückgehen willst, müsstest du einen ordentlichen Batzen Geld mitnehmen, um ihnen auszuhelfen und die Auslagen zu bestreiten, die man mit Gesellschaften und Ähnlichem hat. Etwa zweitausend Dollar vielleicht.«

Bella lächelte ihn strahlend an, sagte jedoch nichts. Sie traute sich nicht zu, in diesem Moment etwas zu sagen.

»Wenn du gehst, möchte ich, dass du gut ausgestattet bist«, erklärte Barkley. Ich bin nicht geizig, wenn es darum geht, dass meine Tochter den angemessenen Ehemann bekommt.«

»Natürlich bist du das nicht. Du bist niemals geizig.«

»Aber die Leute sagen, dass ich das bin.«

»Bist du aber nicht«, bekräftigte Bella. »Du bist der netteste, beste Vater der Welt. Ich weiß nicht, wie ich das je aushalten soll, von dir weg zu sein.«

Philo strahlte.

»Schön, darüber müssen wir uns heute noch keine Sorgen machen.«

»Was … was meinst du damit, Vater?«

»In diesem Herbst kommt eine kleine geschäftliche Angelegenheit auf mich zu. Etwas, das ich ziemlich gut erledigen sollte. Ich denke, du hättest genug Zeit, wenn du dich danach auf den Weg machst.«

»Oh«, sagte Bella. »Oh.«

Durch reine Willenskraft schaffte sie es, sich zu beherrschen. Sie hatte so behutsam daran gearbeitet, ihn an den Punkt zu lenken, an dem sie ihn haben wollte, und jetzt – *Herbst*! Monate weit weg! Wie sollte sie das ertragen – ihn –, bis zum Herbst ohne Grant? Sie wollte schreien.

Stattdessen verharrte sie da, wo sie war, blieb ruhig bei ihrer Näharbeit und plauderte weitere dreißig Minuten. Und dann erhob sie sich, wie jemand, der sich an eine unangenehme, aber wichtige Verpflichtung erinnert.

»Oh, du meine Güte! Ich muss ja zu Myrtle Courtland rübergehen!«

»Wozu das denn?«, protestierte ihr Vater.

»Tja, das solltest du mich nicht fragen«, sagte Bella geheimnisvoll.

»Aber ich will es wissen. Was gibt's denn, weswegen du sie treffen musst?«

»Gut … weißt du, ich möchte, dass du morgen zum Mittagessen nach Hause kommst.«

»Nein, das weiß ich nicht«, sagte Philo.

»Aber ich weiß es. Und ich muss rüber zu Myrtle, um ein spezielles Rezept abzuholen.«

»Oh«, sagte der Bankier, zugleich erfreut und verärgert. »Du wirst aber nicht allzu lange wegbleiben, oder?«

»Nur ein bisschen. Nicht mehr als ein oder zwei Stunden.«

»Das ist aber schon eine Weile.«

Bella lächelte ihm zu, kniff ihn in die Wange und verschwand im Hausflur.

»Ich bin so schnell zurück, wie ich kann. Ich wäre doch auch lieber bei dir.«

Er hörte die Tür hinter ihr zufallen, lehnte sich im Schaukelstuhl zurück und entspannte sich zufrieden. Sie *war* ein gutes Mädchen, bekräftigte er für sich und unterdrückte ein vages Gefühl von Unruhe. Ein gutes Mädchen, genau wie ihre Mutter. Wenn sie erst einmal verheiratet wäre und ein Kind oder zwei hätte, würde sie ihr beunruhigendes Temperament und ihre Impulsivität schon verlieren.

Er fragte sich, woher sie diese Charaktereigenschaften hatte. Ihre Mutter war nicht so gewesen, und er war es sicher auch nicht. Es sah manchmal fast so aus, als wäre sie ein Außenseiter. Ihre Mutter war dagegen eine so ruhige und unkomplizierte Frau gewesen, wie es sich ein Mann nur wünschen konnte. Leidenschaftlich, sicher, aber auch nicht mehr flatterhaft als er selbst.

Er fragte sich, woher Bella …

Dann stoppte er diesen Zug in seinen Gedanken abrupt.

Die Frauen waren doch alle ziemlich gleich, auf die Dauer gesehen. Sie kochten, nähten, tratschten und hatten Kinder. Das war alles, was sie kannten. So sollte es sein, natürlich, und so war es auch. Wenn man zu ihnen etwas über das Geschäft sagte oder ihnen auch nur eine Kleinigkeit hinwarf, die über den Alltag hinausging, gingen sie gleich in die Luft. Flatterhaft. Das war ihre typische Art, und dagegen konnten sie nichts machen. Und, Gott schütze sie, er wollte nichts dagegen machen.

Er hob den *Omaha Bee* vom Boden auf, überflog ein paar Artikel und ließ ihn allmählich auf seinen Schoß gleiten:

Also diese Suffragetten. Was dachten die sich dabei? Sie waren doch selbst Frauen und sollten die Frauen kennen. Was sollten die Frauen mit dem Stimmrecht anfangen, wenn sie es erhielten? Was wussten sie von Politik oder Business, oder von irgendwas, das über den Haushalt hinausging? Sie hätten das Land so schnell ins Chaos gestürzt, wie ein Tänzchen dauerte. Es würde ein Chaos geben. Es wäre so schlimm, wie es nach '65 war, als sie alle diese unwissenden Nigger auf das Land losgelassen hatten.

Sie hätten wieder genau dieselben Verhältnisse.

Während er so saß und sinnierte, hatte Bella das Haus verlassen und eilte auf einem Holzsteg in nördlicher Richtung. Das Barkley-Anwesen lag am Stadtrand, und vor dem Haus stand ein Ahorngehölz. Nachdem sie also die Stadt verlassen und das Gehölz umgangen hatte und das schief hängende Eingangstor zum Jahrmarktsplatz erreichte, war sie sich sicher, dass sie niemand beobachtet hatte.

Es war endlich dunkel geworden. Darauf hatte sie gewartet, während sie die Zeit mit ihrem Vater vertrödelte.

Sie stieß an das Holztor, dessen Unterkannte sich bis in den Schlamm verzogen hatte, und betrat das Gelände. Sie ging an den verlassenen Ständen für das Federvieh vorbei, sprang über Pfützen, die sich aus Regen und geschmolzenem Schnee gebildet hatten, und blieb vor dem kleinen Aufbau – es war der Softdrink-Stand – vor der Tribüne stehen. Der natürlich so verlassen war wie alles andere; die Tür war geschlossen, und die Holzläden, die auch als Sonnenschutz dienten, waren heruntergelassen und schlossen bündig mit der zerschrammten Theke ab.

Für einen Moment wurde sie von einer Angst gepackt, die so unbegründet wie schrecklich war; und sie zitterte, wie sie manchmal vor Furcht zitterte, wenn sie von einem Geräusch aus dem Schlaf gerissen wurde. Es war eine sinnlose, schreckliche Sache und dennoch so real, dass sie fast kehrtgemacht hätte und weggerannt wäre. Es kam ihr so vor, als wäre die Tür der Eingang ins Totenreich: Sie schien sich selbst dabei beobachten zu können, wie sie hindurchging, hinein in einen Höllenschlund, eine dunkle Untiefe, in der der aufgeblähte Körper eines Zentauren träge dahintrieb, Schlick waberte aus seinen grauenhaft sanften Nüstern.

Das Gefühl kam und verschwand. Wie ein unaussprechlicher Gegenstand, der von einer unbefleckten Bettdecke entfernt worden war, hinterließ es nichts als einen nebelhaften Eindruck, irgendwie beunruhigend, jedoch ohne den greifbaren Schrecken hervorzurufen, zu dem der Gegenstand selbst inspiriert haben könnte und hatte.

»Grant«, rief sie und öffnete die Tür.

Er saß am Tisch in der Ecke der Bude, mit dem Rücken an der Wand, und sein Kinn ruhte auf der Brust. Er antwortete ihr nicht, und sie ließ die Tür zufallen und ging rasch zu ihm.

»Grant, Darling«, sagte sie und strich die ungekämmten Haare zurecht, die unter der Krempe seines Huts hervorschauten. »Wach auf, Liebling.«

Schlaftrunken murmelte er etwas und setzte sich auf. Beinahe brutal entzog er sich ihren begehrlichen Fingern und schob seinen Derby auf den Hinterkopf.

»Mir geht's gut«, sagte er. Seine Stimme klang verärgert.

»Hast du geschlafen, Darling?«

»Sieht so aus«, sagte er knapp. »Ich warte jetzt seit fast einer Stunde in diesem Loch.«

»Tut mir leid. Ich konnte nicht früher verschwinden.«

»Oh, ist schon okay.«

Bella versteifte sich. Es lag nicht in ihrer Natur, sich schuldig zu fühlen oder sich zu entschuldigen, und das bisschen Geduld, das sie hatte, wurde von ihrem Vater permanent überstrapaziert. Um ihrer selbst willen weigerte sie sich, Grant so zu sehen, wie er war. Sie war nicht bereit, sich einzugestehen, dass sie sich für ihn und sich selbst schämte.

»Ich hab dir was mitgebracht«, sagte sie.

»Hast du das?«

»Mhmm. Hier.« Sie tastete in der Dunkelheit nach seiner Manteltasche und stopfte einen Geldschein hinein. »Geht's jetzt besser?«

»Vielen Dank.« Wenigstens raffte er sich dazu auf, ihre Hand zu drücken.

»Ich habe auch ein paar gute Neuigkeiten für dich, Schatz. Wir werden bald in der Lage sein, von hier wegzugehen.«

Er richtete sich auf, mit ehrlichem Interesse. »Ja? Wann?«

»Na ja … nicht vor Herbst, mein Lieber. Aber …«

»Ach, verflucht!«

»So lange ist das doch nicht, Grant. Und dann können wir wirklich weggehen, und so, dass alles passt. Wir haben etwas, auf das wir bauen können. Vater wird mir das Geld geben.«

»Um mit mir wegzugehen?«

»Natürlich nicht, Dummerchen … Liebling. Aber dafür werde ich es benutzen. Wir werden wieder in den Osten gehen, irgendwohin, und du kannst irgendwas zu tun finden – irgendwas Passendes –, und, ja, alles wird gut werden. Wir werden einfach nur noch so leben, wie es uns gefällt, und nie wieder an diesen verdammten Ort zurückkommen, und wenn das irgendjemandem nicht passt, soll er sich einfach zum Teufel scheren!«

Sie plapperte atemlos weiter und weckte allmählich seine Begeisterung.

»Hey, das wird toll, Bella!«

»Wie sollt's denn anders sein? Und du kannst dir jetzt schon die Gesichter der Leute in der ganzen Gegend vorstellen, wenn sie mitbekommen, was wir getan haben.«

Sie lachten zusammen.

»Wir müssen ein gutes Stück weit weggehen«, sagte er.

»Oh, ich weiß nicht, Grant. Ich kann da nichts erkennen, wovor wir uns besonders fürchten müssten. Wir sind beide über einundzwanzig.«

»Ja, sicher, aber …«

Aus einem bestimmten Grund entschloss er sich, dass es besser wäre, den Satz nicht zu beenden. In seinem Herzen fürchtete er sich vor dem Mädchen ebenso sehr, wie sie sich für ihn schämte; und natürlich musste er alles tun, was er konnte, um ihr zu zeigen, dass er sich nicht fürchtete. Er hatte sich nie die Fähigkeit erworben, Furcht zu verarbeiten. Der Geschmack von Furcht war nur immer bitterer geworden, mit jedem einzelnen Mal von den Tausenden Malen, die man sie ihm eingejagt hatte.

Er kam langsam auf die Beine und schlang seine Arme um sie. Er legte seine Hände auf ihren drallen Hintern, der trotz des Korsetts, in dem er eingezwängt war, verführerisch war, und schob sie grob auf den Tisch. Er presste ein Knie zwischen ihre und drückte sie nach hinten, zwang sie, sich zurückzulegen. Er ignorierte ihre Proteste, als er ihre Bluse aufknöpfte und dann Schicht für Schicht ihre Unterröcke nach oben schlug …

»Grant!«, keuchte sie. »Oh, Grant …«

»Tu ich dir weh?«

»Oh … ja-a … Darling …«

»Das ist ja schlimm.«

Nach einer Stunde verließ er sie, stolzierte in Richtung Stadt davon, um das Geld, das sie ihm gegeben hatte, in Drinks umzusetzen. Um genau das zu tun, was sie befürchtet hatte.

So gut es in der dunklen kleinen Bude ging, brachte sie ihre Kleider und Haare wieder in Ordnung und versuchte sich vorzeigbar herzurichten. Sie weinte ein bisschen, hasste sich selbst dafür und ließ eine Menge Flüche vom Stapel. Zittrig schlich sie sich aus der Bude, fühlte sich gedemütigt und ausgelaugt.

Als sie das Tor erreichte, taumelte sie plötzlich; sie lehnte sich an das raue Holz, krümmte sich zusammen und kotzte. Einige Minuten lang stand sie so da, schnappte nach Luft, hatte den Schal zurückgeschlagen, um die kalte, reinigende Luft auf der Stirn zu spüren. Schließlich hatte sie nichts mehr im Leib, und mit dem, was herausgekommen war, schien sich auch die Schande verflüchtigt zu haben.

Sie lachte auf und reckte den Kopf hoch. Dann ging sie durch das Tor weiter, und ihre schönen schwarzen Augen blitzten stolz im Licht der ersten Abendsterne.

13.

Sherman und Lincoln Fargo hatten es mit dem Füttern ihrer Rinder in diesem Jahr sehr gut getroffen. Es lief nicht so gut, wie es Sherman erwartet hatte, allerdings verliefen wenige Dinge im Leben nach Shermans Erwartungen, und das galt für alle seine Erwartungen.

Wie auch immer, er hatte eine anständige Summe Geld verdient, und diese Tatsache, verbunden mit der Verärgerung über den Mähdrescher und der Vermutung, dass sein Winterweizen weitgehend kaputtgegangen war, veranlasste ihn, sich eines Abends hinzusetzen und einen Brief von beträchtlicher Länge an die World-Wide Harvester Company zu verfassen. Darin erläuterte er, dass er vorhabe, sich ausschließlich auf Viehzucht zu beschränken, und deshalb nur noch wenig Getreide anbauen würde, abgesehen von Futtermais, und ersuchte höflich darum, World-Wide solle zum baldmöglichsten Zeitpunkt kommen und den Mähdrescher wieder abholen. Er erklärte, dass er als Mann zu seinem Wort stehen würde, komme was wolle, und sie den Betrag, den sie von ihm erhalten hatten, behalten könnten – obwohl er ihn selbst weiß Gott gebrauchen könnte. Seine verdammten Schuldscheine müssten sie ihm nicht zurücksenden, sondern könnten sie einem vielleicht nützlichen Zweck zuführen.

Postwendend erhielt er einen Brief von World-Wide, in dem sie sich für seinen Brief bedankten – an dem sie alle Spaß gehabt hätten – und bedauerten, dass sie nicht in der Lage wären, den Mähdrescher zurückzunehmen oder seine Schuldscheine zurückzusenden. In jedem Fall waren sie hochachtungsvoll, mit der Hoffnung, es auch weiterhin sein zu dürfen, sein ergebenster Diener.

Sherman schrieb zurück und teilte ihnen mit, dass er sich bezüglich seiner Absichten doch wohl verdammt klar ausgedrückt hätte und dass die meisten Leute in diesem Landstrich wussten, dass, wenn er etwas sagte, es bei Gott genau das war, was er meinte, und dass er eben keinen Weizen mehr anbauen würde und dass er ihren gottverdammten Schrotthaufen nicht mehr brauchen würde, und das wäre alles, was er zu sagen hätte.

Die Harvester Company antwortete, dass sie bei der Fälligkeit des nächsten Schuldscheins prompte Bezahlung erwarteten.

Sherman antwortete, dass sie es erwarten und zur Hölle gehen könnten.

Der nächste Brief, den er bekam (sehr schnell), war von der Rechtsabteilung der Company. Sie schickten ihm eine Kopie des Kaufvertrags und brachten ihre berechtigte Hoffnung zum Ausdruck, dass er seinen Zahlungsverpflichtungen umgehend nachkomme, um sich die mit einem Gerichtsverfahren verbundenen erheblichen Ausgaben und Unannehmlichkeiten zu ersparen.

Diesen Brief beantwortete Sherman nicht. Nach Ablauf von einigen Tagen wurde die Harvester Company von Jeff Parker auf dem frisch gedruckten Briefpapier seiner Kanzlei angeschrieben:

Gentlemen:
Mein Klient, Sherman Fargo, hat mir Ihre Korrespondenz übergeben. Über Ihre Firma habe ich seit langem nur Gutes gehört; deshalb ist Ihre Haltung gegenüber Mr. Fargo, der mit mir ebenso verwandt ist wie mit den meisten der bedeutenden Familien in dieser Gemeinde, eine äußerst schmerzvolle Überraschung für mich.

Mr. Fargo hat Ihnen bereits annähernd eine Hälfte des Werts, oder, wie ich es nennen würde, vom Preis des Mähdreschers bezahlt; und er hat seine Bereitschaft bekundet, Ihnen diesen Betrag als Ausgleich für alles zu überlassen, was dieser Maschine durch Abnutzung und Tränen zugefügt wurde. Sind Ihre Geräte so kurzlebig, dass sie schon nach einer Saison komplett überholt werden müssen? Ist denn der Betrag, den Sie bereits erhalten haben, nicht mehr als ausreichend, um die Maschine wieder in ihren ursprünglichen, guten Zustand zu bringen und Ihnen damit einen erheblichen Profit beim Wiederverkauf zu gewährleisten? Das sind Punkte, die im Falle eines Gerichtsprozesses unvermeidlich offen zur

Sprache kommen würden. Sie würden zwangsläufig zu weitreichenden Diskussionen bei Ihren übrigen Kunden führen, sowohl bei den potenziellen als auch den aktuellen. Wie schon gesagt, bin ich, nachdem ich bisher immer der Meinung war, dass ein Produkt von Ihnen ein gutes Produkt ist, über Ihr Verhalten im Fall von Mr. Fargo verwundert.

Ich möchte außerdem darauf hinweisen, dass Mr. Fargo verschiedene andere Gerätschaften von Ihnen gekauft und bis zum heutigen Tag keine Äußerung getätigt hat, er wäre nicht bereit, diese zu bezahlen.

Mit vorzüglicher Hochachtung verbleibe ich Ihr
Jefferson Parker, Rechtsanwalt

Als der Brief in der Rechtsabteilung von Harvester Company ankam, wurde er an den für diesen Fall zuständigen Anwalt weitergeleitet. Er las ihn mit offener Bewunderung. Und zeigte ihn mit einem Glucksen seinem Chef.

»Was hältst du davon, eh? Da gibt's einen Mann, den wir mal kennenlernen sollten.«

Der Chef stimmte ihm lachend zu. »Sag mal, vor einer Weile hab ich von dem schon mal was gehört. Im letzten Winter. Das ist der Bursche, der Gott verklagt hat, erinnerst du dich?«

»Jetzt, wo du's sagst, George, ich wusste, dass mir der Name bekannt vorkommt!« Der Untergebene schlug sich aufs Knie. »War das nicht die verdammteste Geschichte, von der du je gehört hast?«

»Verdammt schlau. Der Junge ist auf dem Weg nach oben … Ich sag dir, was wir tun werden, Johnnie. Wir lassen das die Verkaufsabteilung regeln. Bill Simpson kann das wahrscheinlich wieder gradebiegen, wenn er das nächste Mal in der Gegend unterwegs ist. Wenn er das nicht kann, werden wir das einfach abschreiben müssen.«

»Und du willst, dass ich Parker schreibe?«

»Erklär ihm, das war alles ein Missverständnis – du weißt schon, wie man das elegant rüberbringt –, und dass der Vertreter unserer Verkaufsabteilung in der Angelegenheit mit Mr. Fargo ein zufriedenstellendes Schlichtungsangebot machen wird. Hm … oh, ja. Noch besser, die Zahlstelle soll ihm einen Scheck über zweihundert ausstellen, und sag ihm, insofern der Fehler auf unserer Seite liegt, möchten wir ihm etwas für seine Unannehmlichkeiten bezahlen und Mr. Fargos Honorarvorschuss übernehmen und … und so weiter und so fort. Eine Sache noch. Wenn du dich erkundigen könntest, was er davon hält, unser Mitarbeiter für dieses Gebiet zu werden …«

Auf die Art wurde es erledigt.

Jeff eröffnete ein Konto bei der Bank, nahm sich im Hotel ein Zimmer inklusive der Mahlzeiten und fing an, fast jede Woche ein Bad zu nehmen. Eine logische Konsequenz war auch, dass Bill Simpson, der Star der World-Wide-Handelsvertreter, an einem strahlenden Frühlingsmorgen nach Verdon kam.

Er nahm mit Jeff zusammen ein Frühstück ein und verbrachte anschließend eine Stunde mit dem Werkzeughändler. Dann machte er sich zu Fuß auf den Weg zu Shermans Farm, obwohl er sich im Pferdestall das teuerste Gespann hätte mieten können.

Sherman und seine beiden Söhne reparierten die Zäune an den Feldern, die an der Straße lagen, und deshalb ging der Vertreter nicht bis zum Hof weiter. Stattdessen sprang er stillschweigend über den Straßengraben, hängte seinen Mantel über einen Pfosten und machte sich an die Arbeit.

Sherman schaute überrascht auf, als sich der Draht exakt so straff spannte, wie er es haben wollte. Er zischte ziemlich grob einen Gruß.

»Grüß dich, Sherman«, schmetterte der Handelsvertreter. »Überrascht, mich hier draußen zu sehen?«

»Also, ja und nein«, sagte Sherman vorsichtig.

»Ich hab gehört, dass dir irgendein verdammter Idiot aus dem Büro ein oder zwei unverschämte Briefe geschrieben hat.«

»Ummm.«

»Wenn ich da gewesen wäre, wär das nie passiert. Ich habe denen die Hölle heißgemacht deswegen, Sherm.«

»Na gut«, sagte der Farmer, »ich glaube, ich kann genauso fies werden wie jeder andere.«

»Du hast's denen genau richtig gezeigt«, erklärte der Vertreter, »und das hab ich ihnen auch gesagt. Ich habe gesagt, da seht ihr, was ihr mit euren Beleidigungen angerichtet habt – seid hingegangen und habt einen meiner besten Kunden beleidigt. Wenn das die Art ist, wie ihr arbeiten wollt, dann fangt mal besser an, euch nach einem neuen Vertreter umzusehen. Ich hab gesagt, jeder, der mich kennt, weiß, dass es bei mir keine krummen Touren gibt, und mit einer Firma, die das nicht genauso sieht, will ich nichts zu tun haben. Oh, ich hab denen klargemacht, wie der Deal für mich aussieht, Sherm. Ich hab gesagt, Sherman Fargo ist ein Mann, der zu seinem Wort steht, und er braucht diesen Mähdrescher wirklich und hat vor, ihn zu behalten …«

Sherman schnaubte verächtlich, und sein hartes Gesicht nahm seinen normalen Ausdruck von argwöhnischer Skepsis an.

»Oh nein, ich brauch ihn nicht, und ich werde ihn nicht behalten. Und du kannst das Ding einfach in deine Pfeife stopfen und rauchen.«

»In Ordnung, Sherm«, sagte der Vertreter sanftmütig.

»Ich werde das nächste Jahr wieder füttern. Ich werd nichts anderes tun außer Füttern.«

»Du kennst deinen eigenen Betrieb am besten, Sherm. Steht mir nicht zu, dir zu sagen, was du tun sollst.«

»Jedenfalls ist der verdammte Drescher nichts als ein Haufen Schrott. Ich bin ein Mann, der sein Wort hält …«

»Sicher bist du das.«

»Aber ich bin kein gottverdammter Idiot. Und deshalb, Bill, ist es auch nicht richtig, dass man von mir erwartet, ihn zu behalten und dafür zu bezahlen!«

»Das musst du nicht, Sherm. Ich würde ihn eher aus meiner eigenen Tasche bezahlen, bevor ich zulasse, dass du irgendwas behältst, mit dem du nicht zufrieden warst.«

Sherman wollte gerade anfangen, etwas anderes zu sagen, aber er brach ab, um verlegen zu fluchen, und schlug einen eingebildeten Sandfloh von seinem Ohr.

»Gottverdammt«, sagte er und wandte sich an seine Söhne, »was steht ihr hier rum und glotzt blöd. Warum arbeitet ihr nicht ein bisschen, statt Mr. Simpson alles machen zu lassen?«

Ted und Gus zappelten nervös herum und grinsten sich an.

»Er hat den Drahtspanner, Dad.«

»Das stimmt, den hab ich«, dröhnte der Vertreter. »Lass sie mich mal 'ne Weile ablösen, Sherm. Bin doch 'n alter Hase in dem Job.«

»Aber das ist doch nicht … ich meine …«

»Ich weiß«, sagte Simpson nüchtern. »Ich mach's einfach, weil's mir Spaß macht. Ich geh gern raus, um zur Abwechslung mal ein bisschen richtig zu arbeiten. Ich will dich zu nichts verpflichten. Ich hab deinen Vertrag und die Schuldscheine genau hier in meiner Tasche, und wenn du mich später dein Telefon benutzen lässt, geb ich unserem Händler Bescheid, dass er rauskommt und den Drescher abholt. Wie klingt das?«

»Gut«, sagte der Farmer, mehr denn je aus der Fassung gebracht, »aber du bleibst doch auf jeden Fall zum Mittagessen, oder?«

»Darauf kannst du dein Leben verwetten, dass ich das

tun werde! Ich hab mich darauf gefreut, bei dir zu Hause zu essen, seit ich das erste Mal hier draußen war.«

Sherman blickte finster drein, versuchte zu verbergen, dass er geschmeichelt war, und kommandierte seine Söhne barsch nach Hause.

»Ihr seid hier sowieso nutzlos. Ihr könnt damit anfangen, die Scheune aufzuräumen. Aber geht zuerst ins Haus und sagt eurer Mutter, dass wir Gesellschaft haben; und sagt ihr, sie soll zur Abwechslung mal was auf den Tisch bringen.«

Die Jungs brauchten keine zweite Einladung, um zu verschwinden, und als sie sicher außer Ruf- oder besser gesagt Fluchweite waren, fingen sie an, sich mit Erdklumpen zu duellieren. Sie lieferten Shermans Botschaft bei ihrer Mutter ab, die sie ebenfalls ermahnte, der längst überfälligen Pflicht nachzukommen, die Scheune sauber zu machen. Sie ermahnte sie so kräftig, dass sie, als sie in der Scheune waren, erst mal einige Zeit damit verbrachten, sich mit heruntergelassenen Hosen in die Pferdetränke zu hocken. Als die Temperatur ihrer Ärsche wieder halbwegs normal war, stiegen sie auf den Heuboden, gruben ihr Flugzeug aus dem Heu aus und fingen an, die Tragflächen zu kürzen.

Währenddessen waren Sherman und der Vertreter weiter damit beschäftigt, den Zaun zu reparieren. Hin und wieder machte Simpson eine Bemerkung, und der Farmer gab eine unbeholfene Antwort, aber die meiste Zeit herrschte Schweigen. Sherman wusste eigentlich nicht, was er sagen sollte. Was seinen Standpunkt betraf, kannte er kein Dazwischen: Entweder er konnte einen Mann leiden, oder er konnte ihn nicht leiden. Und Bill konnte er leiden. Bill hatte zweifellos von Anfang an und bis heute fair mit ihm gespielt, und er machte alles, worum er ihn gebeten hatte. Aber … oh, zur Hölle.

Er klemmte den Hemmschuh in die Drahtrolle und richtete sich auf.

»Ich mag's nicht, wenn man mich zum Idioten macht, egal weswegen, Bill«, sagte er abrupt.

»Ich habe nicht die Absicht, dich zum Idioten zu machen, Sherm.«

»Stimmt, tust du nicht. Aber … verdammt, Bill, gib mir 'ne Antwort. Glaubst du nicht auch, dass es schlau von mir ist, wenn ich mit Aufzucht weitermache, anstatt Getreide anzubauen?«

Der Vertreter schien darüber nachzudenken. »Vielleicht ist es das, so wie's aussieht, Sherm. Letztes Jahr war ein verteufelt gutes Jahr für Aufzucht.«

»Glaubst du, es wird auf dieser Höhe bleiben?«

»Tja, eine Menge Leute glauben, dass es so sein wird. Praktisch in jeder Region, in der ich war, planen die Farmer eine Umstellung. Sie können nicht alle falschliegen.«

Sherman nickte. Legte plötzlich die Stirn in Falten und sah den Handelsvertreter scharf an, dessen Gesichtsausdruck jedoch arglos war.

»Aber, Hölle«, führte der Farmer aus, »wenn das jeder macht, gibt's mit Aufzucht kein Geld zu verdienen!«

Simpson sah ihn an und dann zu Boden. Er sagte nichts.

»Ist es denn nicht so, Bill?«

»Denke ich auch, ja, Sherman«, sagte der Vertreter ruhig. »Tatsache ist, dass ich absolut überzeugt davon bin. Aber … warte mal kurz.« Er nahm seinen Mantel vom Zaunpfosten, zog ein Bündel Papiere heraus und gab sie dem Farmer. »Das sind deine Schuldscheine, Sherm. Ich möchte, dass du sie zurücknimmst, bevor wir über irgendwas weiterreden.«

»Aber jetzt pass mal auf«, sagte Sherman. »Vielleicht …«

»Jetzt kann ich dir genau erklären, was ich denke, und du kannst sicher sein, dass ich nicht voreingenommen bin. Ich kann dir meine ehrliche Meinung sagen, die ich mir auf meinen Fahrten durch den ganzen Mittleren Westen erworben habe, und du kannst sicher sein, dass es absolut ehrlich ist. Jetzt weißt du, dass es nicht irgendwas ist, das ich erfinde, um dich dazu zu bringen, den Mähdrescher zu behalten. Jetzt weißt du, dass ich dich nicht belüge …«

»Aber, also«, druckste Sherman kleinlaut herum. »Ich habe nicht befürchtet, dass du lügen …«

»Gut, das ist meine Sicht der Dinge, Sherm. Das vergangene Jahr war ein schlechtes, für das Land als Ganzes betrachtet, oder? Viele Leute ohne Arbeit; Geld so rar wie Hühnerzähne. Habe ich recht?«

»Da hast du absolut recht«, stimmte Sherman zu.

»Aber trotz dieser Fakten gingen Schweine und Rinder rauf, stimmt's? Die Leute hatten kein Geld, um sie sich zu kaufen, aber dennoch waren sie teuer. Und warum waren sie teuer? Tja, weil die Getreideernte schlecht war.«

»Ebenfalls richtig«, nickte Sherman.

»Okay. Es gab nicht die geringste Rinderknappheit; du weißt es von den Eröffnungskursen im Herbst. Rinder waren im Herbst unten wie die Hölle, als die Leute, die nicht füttern konnten, verkaufen mussten. Es gibt im Moment nicht den geringsten Mangel an Rindern, weniger als jemals zuvor, und dieses Jahr wird's mit Getreide eine Rekordernte geben. Deshalb sag ich's ganz offen, Sherm, das ist das schlechteste Jahr, das du dir zum Füttern aussuchen kannst.«

»Gut«, seufzte Sherman, der es hasste, eine Idee aufzugeben, »vielleicht hast du recht, Bill.«

»Das habe ich, verstehst du nicht, Sherman?«

»Sieht absolut so aus, dass du recht hast.«

»Sherm«, sagte der Vertreter und beugte sich ein wenig vor, um seinem Kunden mit noch größerer Ernsthaftigkeit ins Gesicht zu sehen, »Sherm, ich werde dir jetzt etwas sagen: Dies wird eines der besten Jahre für Weizen werden, die wir je hatten. Ich sage das, und du weißt, dass wir jede Art von landwirtschaftlichen Geräten verkaufen: Getreidepflanzmaschinen, Getreideernter, Eggen ... du weißt, dass wir das tun. Wenn ich an deiner Stelle wäre, würde ich alles, was mir zur Verfügung steht, mit Weizen aussäen, so spät's auch ist. Und wenn ich außerdem noch Land in die Finger bekommen würde, würde ich dort aussäen. Das wird eine Riesensache, Sherm! Es muss so sein. Die Leute werden nicht in der Lage sein, viel zu kaufen außer Brot, und deshalb werden sie mehr davon essen.«

»Bei Gott«, sagte Sherman, »das ergibt einen Sinn!«

»Ist dir das klar, Sherm? Es wird einfach kein Fleisch geben, das so billig wie Brot ist. Und die Leute essen ohnehin immer Brot. Ich sage dir, das ist eine Chance, um schwer was reinzuholen!«

Sherman hielt ihm die Schuldscheine mit einer heftigen Bewegung hin.

»Willst du wirklich, dass ich sie zurücknehme, Sherm?«

»Du hast verdammt recht«, erklärte der Farmer voller Überzeugung. »Und jetzt lass uns zum Haus raufgehen und mittagessen.«

Sie aßen, und anschließend sah sich der Vertreter den Mähdrescher an. Er stimmte Sherman zu, dass das verdammte Ding eine Menge mehr Öl benötigte, als ihm zustand, aber wies darauf hin, dass das in seiner Natur lag und man nichts anderes tun konnte, als ihm seinen Willen zu lassen. Sherman gab zu, dass das so sein könnte, aber erhob fluchend Einspruch gegen die Ausgaben. Simpson bestand darauf, dass er von ihrem Händler in der Stadt ein Fass umsonst geliefert bekommen würde.

Er lehnte das Angebot ab, in die Stadt zurückgefahren zu werden, und machte sich wieder zu Fuß auf den Weg. Etwa eine Stunde später sprang er über das Tor von Wilhelm Deutschs Farm.

Der alte Deutsche pflügte gemächlich ein dreieckiges Feld direkt am Hofgebäude. Und Simpson, kaum dass er sich vorgestellt hatte, bot ihm an, ihn für ein paar Reihen abzulösen.

Er warf seinen Mantel wieder über einen Pfosten, legte sich die Leinen um den Nacken und trieb die Pferde mit einem Schnalzen an. Die Pflugschar begann sich durch die fruchtbare braune Erde zu pflügen, und die Furche war genau so, wie sie sein sollte, nicht zu flach, nicht zu tief. Aus den Augenwinkeln linste Simpson zu Deutsch, um zu sehen, wie sein Pflügen bei ihm ankam. Aber der Farmer stapfte einfach nur neben ihm dahin, paffte mit stoischem Gesicht an seiner Pfeife.

»Was halten Sie davon?«, sagte der Vertreter schließlich, von der Gleichgültigkeit des Farmers verärgert. »Ich wette, Sie haben gedacht, ich würde Unheil anrichten, stimmt's?«

»Nein, wieso denn?«, sagte Deutsch. »Es wäre sehr töricht von Ihnen, wenn Sie zu pflügen versuchten, ohne es zu können. Wenn Sie es nicht gut genug könnten, um mich zufriedenzustellen, warum sollten Sie es mir anbieten?«

Simpson lachte verlegen. »Ihr Deutschen durchschaut einen Kerl eben genau.«

»Ich bin ein amerikanischer Bürger, Mr. Simpson.«

»Sicher, sicher«, sagte der Handelsvertreter hastig. »Das war nicht beleidigend gemeint, Mr. Deutsch.«

»Habe ich auch nicht so verstanden«, sagte Deutsch.

»Sind Sie mit dem Anpflanzen nicht etwas spät?«

»Oh, was ich anpflanze, habe ich erledigt. Auf diesem Stück Land pflanze ich nichts an. Ich grabe es nur um und lasse es brach liegen.«

»Oh«, sagte Simpson. »Haben Sie dieses Jahr viel Weizen angebaut?«

»Ungefähr die übliche Menge.«

Sie stapften weiter bis zum Ende der Reihe, und der Vertreter wendete den Pflug fachmännisch. Er hätte nicht gesagt, dass er die Deutschen nicht leiden konnte, denn sie waren aufrechte Leute und hatten immer genug Geld, um das zu kaufen, was sie benötigten. Aber irgendwie war es schwierig, mit ihnen Geschäfte zu machen. Dieser alte Rotzpopel war so ziemlich der seltsamste, auf den er bisher getroffen war.

»Schon mal dran gedacht, einen Pflug zu kaufen, auf dem man sitzen kann?«, fragte er beiläufig.

»Nein. Warum sollte ich einen Pflug brauchen, auf dem ich sitzen kann?«

»Na ja … also, die sparen einem eine Menge Arbeit. Sie sparen Zeit.«

»Aber warum sollte ich Arbeit sparen? Für wen sollte ich die sparen? Meine Jungs und ich, das ist es doch, weswegen wir hier sind. Was wir tun wollen, ist arbeiten, und Zeit, davon haben wir genug.«

»Ich verstehe«, nickte der Vertreter. »Ich schätze, das ist eine Möglichkeit, die Sache zu betrachten … Ah, ich hatte heute eine nette lange Unterhaltung mit Sherman Fargo. Er glaubt, es wird ein großartiges Jahr für Weizen. Er wird auf allem, was er in die Finger bekommen kann, Weizen anbauen.«

Deutsch hob interessiert die Augenbrauen. Er besaß ein Stück Land, das er verkaufen oder verpachten wollte, und Sherman wusste davon. Wenn Letzterer also vorbeikam, um etwas auszuhandeln, was er zweifellos tun würde, würde er (Deutsch) mit dem Preis hochgehen.

»Und Sie sagen also, dass Sie nicht viel Weizen anbauen?«, insistierte der Vertreter.

»Nein, das habe ich nicht gesagt«, sagte der Farmer. »Es ist so, Mr. Simpson, lassen Sie uns stehen bleiben und eine Minute miteinander reden.« Er schenkte dem Vertreter ein freundliches Lächeln, und Simpson zog die Leinen über den Kopf und wickelte sie um die Handgriffe des Pflugs.

»Mr. Fargo ist ein guter Farmer«, fing der alte Mann diplomatisch an. »Alle meine Freunde hier im Tal sind gute Farmer. Aber ich habe eine andere Art von Landwirtschaft gelernt als sie, und ich kann sie nur so betreiben, wie ich's kenne. Verstehen Sie? Ich kritisiere sie nicht.«

»Sicher, sicher. Fahren Sie fort, Mr. Deutsch.«

»Gut, also, es ist folgendermaßen. Von einem zum nächsten Jahr ändere ich meine Pläne immer ein wenig; im letzten Jahr, letzten Winter, kaufte ich Getreide und Rinder und fütterte wie die anderen auch und verdiente Geld damit wie die anderen. Aber ich bin nicht wie die anderen, aus folgendem Grund: Ich betreibe die Landwirtschaft nicht mit dem Blick von einem zum nächsten Jahr … Sie sagen jetzt, das nächste Jahr wird ein gutes für Weizen. Mag sein, dass Sie recht haben …«

»Das ist meine ehrliche Meinung, Mr. Deutsch, dass dieses Jahr das größte …«

»Gut. Und vielleicht haben Sie recht. Kann auch sein, dass das nächste Jahr noch größer wird, und das nächste und so weiter, zehn Jahre lang. Ich baue die nächsten zehn Jahre Weizen an und mache jedes Jahr eine Menge Geld, und was habe ich dann am Ende? Nichts.«

»Nichts? Wie kommen Sie zu …«

»Ich hätte keine Farm mehr. Der Boden würde es nicht ertragen. Jetzt sagen Sie, Sie wollten damit nicht gesagt haben, dass ich zehn Jahre lang Weizen anbauen sollte, aber wissen Sie, das ist das Prinzip. Die Versuchung, nach dem schnellen Profit zu greifen. Aber ich kann auf diese Art keine Landwirtschaft betreiben, weil ich weiß, dass es falsch ist. Ich arbeite mit einem Fruchtwechsel-Plan, das ist die Art, wie ich vorgehe. Dieser Plan reicht hundertsechzig Jahre weit in die Zukunft.«

Der Vertreter vergaß sein Taktgefühl dermaßen, dass er brüllend auflachte. Vielleicht dachte er auch, der Farmer würde sich über ihn lustig machen.

»Hundertsechzig Jahre!«, lachte er. »Dann sind Sie doch nicht mal mehr hier.«

Der Farmer nickte langsam und starrte ihn an. »Das ist richtig, Mr. Simpson. Ich werde dann nicht mehr hier sein.«

Simpson wurde rot. »Entschuldigen Sie. Ich habe das nicht so gemeint, wie's geklungen hat. Es war nur etwas … uh … sehr seltsam …«

»Ja, ich schätze, das ist es, wenn man den Leuten, die hundertsechzig Jahre nach uns leben, einen Gedanken widmet … den Enkeln unserer Enkelkinder und ihren Kindern, sollten wir sagen.«

»Ja, hm …«

»Aber sehen Sie es mal so, Mr. Simpson. Angenommen, ich hätte nur vor, in der Zeit, in der ich und meine Kinder leben, mein Land auszubeuten. Es würde in der ganzen Zeit, in der wir davon leben, immer schlechter und schlechter werden, oder? Es würde sich nicht auf einen Schlag verschlechtern. Wenn wir die Hälfte unseres Lebens hinter uns haben, würden wir nur noch die Hälfte von dem Ertrag bekommen, den wir in der Anfangszeit hatten.«

»Ich schätze, da haben Sie recht.«

»Haben Sie schon mal eines der Bulletins des Landwirtschaftsministeriums gelesen, Mr. Simpson?«

»Ja, sicher«, log der Vertreter. »Ich habe einige davon gelesen.«

»Es gibt eines über Trockenfeldbau in den Vereinigten Staaten … Sie sollten es sich besorgen. Laut diesem Bulletin kann der Farmer in diesem Land damit rechnen, dass er auf seine Investition einen Profit von ungefähr drei Prozent pro Jahr erhält. Das gilt für Getreide, Rinderhaltung, alles …«

Simpson musste wieder lachen. Er sah keine Möglichkeit, etwas zu verkaufen, und wurde langsam müde.

»Drei Prozent!«, spottete er. »Also, Mr. Deutsch, ich kann Ihnen genau hier in meinem Territorium Farmer zeigen, die holen …«

»Aber das gilt für *jedes* Jahr«, unterbrach ihn der Deutsche behutsam. »Ein Durchschnittswert für die schlechten und die guten Jahre. Und ich glaube, dass er ein klein wenig hoch gegriffen ist. Das hört sich nicht nach einem großen Geschäft an, aber über einen Zeitraum von vierzig Jahren summiert sich das auf etwa sechzigtausend Dollar für eine Investition wie meine. Und in hundertsechzig Jahren summiert es sich auf etwa eine Viertelmillion Dollar … und dieses Land wird dann in hundertsechzig Jahren immer noch seine drei Prozent einbringen … Aber ich schweife von dem ab, was ich sagen wollte. Wenn mein Land jetzt, in seiner Blütezeit, nur drei Prozent einbringt, welche Erträge wird es dann am Ende einer Periode von vierzig Jahren einbringen, wenn es keine längere Lebensdauer hat? Vielleicht ein Prozent, eh … das ist nicht mal genug, um davon zu leben. Und welche Stellung hätten dann meine Kinder und ihre Familien in diesem Tal?«

Simpson legte sich die Leinen wieder um den Hals und die Hände an die Griffe des Pflugs.

»Das Gespräch hat mich jedenfalls gefreut«, erklärte er. »Dennoch wird's langsam Zeit für mich, wieder in die Stadt zu gehen.«

Deutsch lächelte und lachte dann laut. »Sie sind ein sehr geduldiger Mann, Mr. Simpson. Hat Ihre Company Heuwender und Heuballenpressen zu verkaufen?«

»Haben wir natürlich! Unser Händler hier kann sie nur nicht präsentieren, er hat nicht den … den Platz, aber …«

»Gut. Ich werde Ihnen einen Wender abkaufen, auch einen Presser. Die beste Qualität, die Sie haben, bitte.«

»Klar, versprochen!«, strahlte der Vertreter. »Ich bin hocherfreut, Ihre Bestellung zu erhalten. Und Sie bekommen sie auch rechtzeitig geliefert. Könnte jedoch sein, dass ich in den nächsten vier Wochen nicht in der Lage bin, die Lieferung für Sie zu erledigen.«

»So?«

»Yup. Es sieht so aus, als könnten wir einen Streik an der Backe haben. Eine Bande von diesen Radikalen hat sich zusammengeschlossen, und sie fordern einen Zehn-Stunden-Tag, eine Stunde Mittagspause und eine Menge verrücktes Zeug wie Aufenthaltsräume und Ärzte, die sie behandeln, wenn ihnen der kleine Finger wehtut oder sie Rückenschmerzen bekommen ... Oh, das sind Aussichten, Mr. Deutsch! Sie würden es nicht glauben, was sich manche von diesen Vögeln für Frechheiten herausnehmen ...«

Seine Stimme versank in Schweigen, und sein finsteres Gesicht kam ihm lächerlich vor. Weil ihm plötzlich bewusst geworden war, dass er mit seinem normalerweise anpassungsfähigen Auftreten schon wieder eine Unstimmigkeit mit dem alten Mann verursacht hatte.

»Ich glaube, ich sollte besser meinen Mund halten«, sagte er kindisch. »Sieht so aus, als würde ich mit allem, was ich sage, ins Fettnäpfchen treten.«

»Nein«, sagte der alte Mann gutmütig, »ich wollte nur gerade fragen, warum die Firma den Männern nicht das gegeben hat, was sie wollten.«

»Ja ... aber ... aber warum sollten sie! Dazu sind sie nicht verpflichtet! Es gibt viele andere Männer, die verdammt froh wären, wenn sie ihre Jobs haben könnten!«

Deutsch schüttelte den Kopf und sah in die Weite, er schien von einem Krähenschwarm, der über einem entfernten Heuschober schwebte, abgelenkt zu sein. Er dachte, dass sich die Städte vielleicht noch mehr Gedanken um die Zukunft machen sollten, als es das Land machte. Sie sollten auf vierzig, achtzig, hundertsechzig Jahre planen, um Sicherheit für die Bevölkerung zu schaffen, die wie eine starke und gesunde Ebene war – oder sie bekamen eine überarbeitete, geschwächte, unterernährte und unfruchtbare Wüste.

Der Vertreter lächelte gönnerhaft. »Sie verstehen einfach nicht, wie das mit diesen Gewerkschaften ist, Mr. Deutsch. Sie haben Ihr ganzes Leben auf einer Farm verbracht.«

»Das habe ich nicht«, sagte der Farmer. »In der alten Heimat, in Mecklenburg, habe ich einige Jahre lang in einer Fabrik gearbeitet. Es war eine Ziegelfabrik, und dort hatten wir eine sehr gute Gewerkschaft. Wir hatten Aufenthaltsräume und medizinische Betreuung und einen Zehn-Stunden-Tag – konnten aber auch für eine Zulage länger arbeiten –, und wir hatten zweimal am Tag Pausen, in denen wir uns ausruhten und aßen. Zu den Pausen erhielten Verkäufer Zutritt, die Sandwiches, Kuchen, Kaffee, Bier anboten …«

»Ha, ha!« Simpson brach in Gelächter aus und unternahm einen letzten Versuch, bei Deutsch einen guten Eindruck zu machen. »Ich würde wetten, dass ihr nicht viel Arbeit geschafft habt, stimmt's?«

Der Farmer seufzte. Er bückte sich, hob einen braunen Erdklumpen auf und zerrieb ihn zwischen den Fingern. »Vielleicht«, sagte er, »sollten wir besser wieder weitermachen.«

14.

Courtland hatte den Czerny-Jungen viel schlimmer verletzt, als er je gedacht hätte, und als der Junge nach Hause kam, wurde er von seinem Vater noch mal verprügelt und zur Strafe im Stall eingesperrt. Das war natürlich berechtigt, denn der junge Czerny hatte mit seinem schlechten Benehmen das Leben der ganzen Familie in Gefahr gebracht … In dieser Nacht fing er an, vor Schmerzen zu heulen, und seine Mutter schlich sich zu ihm hinaus und schob ihm eine Untertasse mit Fett unter dem versperrten Tor durch. Mit seinen vor Kälte steifen Fingern ließ er sie auf den Stallboden fallen, und als er sein geschwollenes und zertrümmertes Gesicht einrieb, hatte er Dung an seinen Fingern … Am nächsten Morgen redete er wirr, und am Abend war sein Kopf auf das Doppelte seiner normalen Größe angeschwollen; er war ein eiternder, blutender, blinder Haufen Elend. Sie konnten dort draußen keinen Doktor bekommen, und ein Doktor hätte auch nichts für ihn tun können; und außerdem liebten sie ihn und wollten nicht, dass er mitgenommen wurde. Als seine Krankheit nicht mehr zu kontrollieren war, ketteten sie ihn im Keller an, und dort blieb er drei Monate. Als es Herbst wurde, schien er wieder völlig normal zu sein – außer was sein Aussehen betraf. Sein Gesicht sah aus, als ob es mit einem Brandeisen bearbeitet worden wäre; sein Mund war so zerfressen und wie mit Klauen aufgekratzt, dass er fast zweimal so groß wie ursprünglich war, und in seinen verrotteten Kiefern steckten nur noch wenige Zahnstumpen. Er war fast vollständig erblindet, aber er konnte noch genug sehen, um zu wissen, was die anderen sahen, und er konnte hören. Er war ein Monster; und ein Monster konnte nicht mehr in die Schule zurückkehren, er konnte keine Herzallerliebste besuchen, er konnte noch nicht mal einen Ritt in die Stadt unternehmen. Er konnte nur außer Sichtweite gehalten werden, nur versteckt und mit Arbeit beschäftigt werden. Und das war es, was mit ihm geschah. Und die anderen Hunkies, die das Geheimnis kannten, behielten es mit den Czernys für sich. So vergingen die Tage, die Wochen, die Monate für den Jungen, das Monster namens Mike Czerny. Allmählich bekam er mehr persönliche Freiheiten. Er konnte den Hof nicht verlassen, aber er wurde nicht mehr so streng beaufsichtigt. Und manchmal schlich er sich von seiner Schufterei davon und legte sich, versteckt, nah an der Straße auf die Lauer. Spähte mit seinen fast blinden Augen nach den hin und wieder Vorbeikommenden. Und wartete …

15.

Von seinem Platz im Raucherabteil sah Alfred Courtland auf die bräunliche Landschaft hinaus, ohne die geringste Freude, die ein Mann, der dabei war, sein Glück zu machen, empfinden sollte. In seiner Reisetasche aus gutem englischen Leder, die zwischen seinen Füßen lag, waren zwei Pakete mit Geldscheinen, die sich auf insgesamt fünfundzwanzigtausend Dollar beliefen; und er hatte vor, dieses Geld ganz allein für sich zu behalten. Barkley hatte es ihm ohne jede Absicherung geben müssen, und es gab keine legalen Maßnahmen, die er ergreifen konnte, um es zurückzubekommen. Er hatte sogar nicht mal einen Grund, die Stadt zu verlassen, als er es einmal in den Fingern hatte. Er fragte sich, warum er sich überhaupt die Mühe machte, nach Omaha zu fahren. Er fragte sich, warum, und wusste es. Er wusste, warum er deprimiert war.

Er griff in die Brusttasche seines eleganten, aber altmodischen Anzugs, zog einen Umschlag heraus und entnahm ihm die Papiere, die er enthielt. Das eine war ein drei beidseitig beschriebene Seiten langes Schriftstück, das Instruktionen über die Methoden und Formen des Handels enthielt, die er an der Börse von Omaha tätigen sollte. Das andere war ein einzelnes

Blatt vom Briefpapier der Bank, mit Unterschrift von Barkley und der Aussage, dass der Besitzer ein Mann von Ansehen war, der von ihm, Barkley, als Begleichung für eine alte Schuld kürzlich die Summe von fünfundzwanzigtausend Dollar erhalten habe.

Nachdem er sie nur einen Moment lang studiert hatte, zerriss Courtland die Instruktionen in kleine Fetzen und warf sie aus dem leicht geöffneten Fenster. Das zweite Schriftstück legte er in die Reisetasche mit dem Geld.

Courtland lächelte ein wenig verächtlich und starrte wieder auf die Landschaft. Es war dumm von dem Bankier gewesen, sich voll und ganz in seine Hände zu begeben, aber weil er spekulieren wollte, ohne dass sein eigener Name reingezogen wurde, hatte es keine andere Möglichkeit gegeben, die Sache anzugehen. Nun, es würde ihn auch in den Bankrott treiben, denn es war sein privates Geld und nicht das der Bank. In der Bank war nur sehr wenig Bargeld vorhanden. Es war nicht profitabel, und es bestand keine Notwendigkeit. Im Lauf der Jahre hatte sich außerdem eine beträchtliche Summe von Kapital aus der Gemeinde in Barkleys Händen konzentriert. Es war seine eigene Privatbank, über die es faktisch keinerlei Kontrolle gab. Er hatte das Geld anderer Leute verliehen, sich den Löwenanteil der Profite genommen und heimlich in die eigene Tasche gesteckt. Und am Ende war er so weit gekommen, das zu nehmen, was er in Jahren angehäuft hatte, und einem Engländer zu übergeben, der für Überweisungen zuständig war.

Courtland schätzte, dass dieses Geld in etwa das gesamte Vermögen des Bankiers war. Er war von der Qualität seiner eigenen Ideen so überzeugt und so selbstsicher, immer das Richtige zu tun, dass er nur wenig behalten hatte.

Auf jeden Fall, dachte Courtland trocken, würde es Barkley guttun, rauszugehen und eine Weile zu arbeiten. Vielleicht könnte er selbst sich irgendeinen niederen Job für ihn ausdenken – natürlich etwas, bei dem er nicht mit Geld in Kontakt kommen würde. Wäre ihm ein Genuss, ihn in der Nähe zu haben und zu beobachten, wie er sich mit zehn oder zwölf Dollar die Woche durchzuschlagen versuchte. Und, jawohl, ihm würde sicher immer etwas einfallen, damit er Feuer unterm Arsch hatte. Er würde ihn ohne Grund missbilligend anglotzen, wenn er eine harmlose Bemerkung machte. Ihn warten lassen, ohne nervös zu werden, während er, Courtland, überlegte, welche Aufgabe er als Nächstes anpacken sollte und wie er sie anpacken sollte.

Ja, das wäre ein gutes Gefühl. Es wäre nur eine angemessene Bezahlung für alles, was er während der letzten acht Jahre erleiden musste. Vielleicht könnte sich Edie, falls sie das Hotel übernahm, einen guten Job für Bark ausdenken. Er war stumpf genug, um einen guten Portier abzugeben, und er war so verdammt geizig, dass er von den Papierschnitzeln leben könnte, die er aufsammelte.

Und was Bella betraf, war es an der Zeit, dass sie professionell an der Karriere zu arbeiten anfing, für die sie geeignet war. Er wusste sehr gut, was zwischen ihr und

Grant lief, und er kannte dessen finanzielle Lage. Wäre doch eine Schande für so ein nettes Weibsstück, wenn sie's weiter für umsonst machte, selbst wenn sie nicht gezwungen war, ihren Lebensunterhalt damit zu verdienen. Aber …

Ein kranker Ausdruck fiel plötzlich über das Gesicht des Bankangestellten, und er lehnte sich vor und massierte mit den Händen seinen Kopf. Er erhob sich, wusch sich am Porzellanbecken das Gesicht, blieb stehen und starrte auf sein Abbild im kupfergerahmten Spiegel.

Gott!, dachte er und versuchte, hinter die regungslose Maske zu sehen. Was ist mit mir passiert? Warum werde ich so schlecht, ich bin schon so schlecht geworden, wie sie es sind! Bark ist nie mit Absicht bösartig zu mir gewesen. Er hat mich so betrachtet, wie ein Vater seinen Sohn betrachtet. Er hat mir seine Lebensersparnisse anvertraut, und ich bin drauf und dran, sie ihm wegzunehmen – *ich bin drauf und dran* –, aber ich hasse ihn nicht und hoffe, er hasst mich nicht. Ich denke nicht, dass ich schlau bin, noch dass er es verdient, reingelegt zu werden – so wie sie es sehen werden. Ich bin nicht stolz auf mich. Gott steh mir bei, niemals stolz auf solche Sachen zu sein, so wie sie stolz sind … Bella, seine Tochter, über die ich nichts sagen kann, außer dass sie mit Sicherheit eine Lady ist. Ich würde jeden Mann niederschlagen, der etwas anderes von ihr behauptet, obwohl ich weiß …

Er starrte immer noch sein Spiegelbild an, und seine Hände klammerten sich an das Becken, als der Zugverkäufer die Vorhänge auseinanderschob und den Kopf reinsteckte.

»Geht's Ihnen gut, Skipper?«

»Skipper?« Courtland fuhr herum und musterte ihn von oben bis unten. »Haben Sie mit mir geredet?«

»Gut, also, das war keine Beleidigung«, sagte der Zugverkäufer, einigermaßen kleinlaut von der barschen Stimme und dem stechenden Blick. »Ich hab nur gesehen, dass Sie sich über das Becken beugen, und dachte, Sie sind vielleicht krank.«

»Ich bin in Ordnung.«

»Jawohl, Sir, Captain! Bin schon wieder weg!« Er begann einen hektischen Rückzug, wollte mit seinem großen Korb wieder in den Mittelgang rauskommen. Aber Courtland hielt ihn mit einer Handbewegung auf.

»Moment mal. Ich bin etwas durcheinander. Was haben Sie zu trinken dabei?«

»Ich zeig's Ihnen! Ich zeig's Ihnen, General!« Der Verkäufer strahlte. »Sie setzen sich einfach nur hin, und ich kümmere mich um Sie.«

In jenen Tagen war der Zugverkäufer vollkommen abhängig von der Firma, die ihn beschäftigte, und das ist er zu einem gewissen Grad bis heute. Er war nicht nur durch die Prozente seiner Verkäufe von ihnen abhängig, sondern sie schluckten obendrein sein Barkapital, indem er sein »Angebot« von ihnen übernehmen musste, fast verdorbenes Obst, leicht verderbliche Sandwiches und unverkäuflichen Nippes. Wenn er dann keine höhere Warenverpflichtung übernehmen konnte oder wollte, feuerten sie ihn und stellten einen anderen

Verkäufer ein. Der Einzelne (in jenen Tagen, versteht sich) konnte im Wettbewerb mit einer Corporation auf keinen grünen Zweig kommen; der Zugverkäufer, der zu überleben hoffte, konnte das deshalb nur auf Kosten der Reisenden schaffen und mit der Preisgabe seiner eigenen Moralvorstellungen. Wer sich über die schnelle Verbreitung eines schmutzigen Witzes wunderte, hatte noch nie das Angebot des Zugverkäufers an pornografischen Heftchen gesehen. Der Zugverkäufer verdiente sich nämlich seine grünen Scheinchen bevorzugt mit eher schmutzigen Geschäften. Er war ein Händler von Blechuhren und Glasdiamanten. Er verkaufte markierte Karten und gezinkte Würfel. Und fast immer verkaufte er Whisky.

»Ja, Sir, Boss. Also, möchten Sie etwas Kaltes?«

»Bitte«, sagte Courtland.

»Etwas Kaltes, haben Sie gesagt.«

»Bitte.«

»Ah … Sie wollen nicht vielleicht irgendwas Heißes, oder?«

Courtland sah ihn mit festem Blick an. »Worauf wollen Sie denn hinaus?«

»Ja, hm, also, uh, als ich gesehen hab, dass es Ihnen schlecht geht, dachte ich, Sie könnten vielleicht so was mögen …»Er öffnete seinen Mantel und ließ eine Flasche sehen. »Die letzte, die ich hab«, log er. »Wenn Sie sie wollen, sollten Sie besser sofort zugreifen, Boss.«

Der Bankangestellte zögerte. Er hatte seit dem Tag, als er den Czerny-Jungen verprügelt hatte, keinen

Schnaps mehr angerührt und damals beschlossen, nie wieder zu trinken. Aber das war schon lange her, und in seinem Hinterkopf hatte er die Erinnerung an die vielen Gelegenheiten, bei denen er es vergnüglich und harmlos genossen hatte. Außerdem war es eine lange Fahrt bis Omaha, und der Zug war langsam, und er brauchte etwas, um sich aufzumuntern.

Er bezahlte zwei Dollar für die Flasche und ging in die Toilette, um einen Schluck zu nehmen. Er kam wieder heraus, rauchte eine Pfeife und ging wieder in die Toilette.

Als er fünf Minuten später den nächsten Schluck nahm, blieb er an seinem Platz sitzen.

Dreißig Minuten später stand er auf, steckte die Flasche in seine Jackentasche und machte sich auf den Weg, um den Zugführer zu suchen. Er hatte die Absicht, ihm ein oder zwei Sachen über diesen Zug zu sagen, und es waren keineswegs Komplimente.

Das Gleisbett war uneben, und er wurde von einer Seite des Mittelgangs zur anderen hin und her geschleudert. Seine schwere Reisetasche knallte gegen die anderen Passagiere und brachte ihm viele böse Blicke ein, und von manchen mehr als nur Blicke. Als er durch den zweiten Waggon ging, packte ihn eine Hand am Ellbogen, und schon wurde er runtergezogen und fand sich auf einer Bank neben Jeff Parker.

Er zog seinen Ellbogen energisch aus der Hand des Anwalts und betrachtete das lächelnde Gesicht des jungen Mannes mit Misstrauen.

»Was machst du denn hier?«, fragte er.

»Na, ich fahre nach Lincoln ins Parlament! Du hast doch wohl mitbekommen, dass ich gewählt wurde, oder nicht?«

»Wieso habe ich dich am Bahnhof nicht gesehen?«

»Weil ich schon seit dem frühen Morgen da war«, grinste Jeff. »Ich glaube, ich bin eingestiegen, noch ehe er ganz zum Halten gekommen war; wollte ihn auf keinen Fall verpassen. Ich schätze, du musst später gekommen sein.«

Der Engländer starrte ihn kalt an, und Jeffs Lächeln wurde breiter.

»Sag mal, du hast einen getrunken und dann noch ein paar, stimmt's? Hast du noch was für einen armen Politiker übrig?«

»Du willst einen Drink?«

»Zum Donnerwetter, ja!«

Courtland wedelte mit der Hand. »Dann geh und besorg dir einen Becher.«

»Das geht schon. Ich brauch keinen Becher.«

»Ich denke, du brauchst einen.«

»Von mir aus« – Parker stand grinsend auf –, »du bist der Doktor.«

Es kam ihm nicht in den Sinn, dass man ihn beleidigt hatte – nicht mal, als er zurückkam und Courtland aus der Flasche trank und ihm seinen Drink in den Pappbecher kippte. Er dachte, dass es etwas komisch war, aber dass Engländer eben komische Leute waren. In seinem ganzen harten, von Hunger geprägten Leben war nie jemand mit Absicht böse zu ihm gewesen. Man hatte raue Scherze mit ihm getrieben und ihn verflucht und verarscht, aber er wusste, so wie jeder solche Sachen immer weiß, dass sie ihn mochten.

Er senkte die Flasche, die Courtland in der Hand hielt, um sich noch einen Drink in seinen Becher zu gießen, und lehnte sich glücklich zurück. Er hatte seine Cowboy-Montur abgelegt, weil sie für einen Gentleman des Parlaments zu auffällig war. Jetzt trug er einen brandneuen Anzug aus feinem schwarzen Tuch und einen modischen Homburger-Hut und echte Lederschuhe; und zum ersten Mal in seinem Leben befand sich eine Uhr am Ende der schweren Kette, die über seiner Brust baumelte.

»Wie findest du das?«, fragte er stolz, als er das rübenförmige Instrument aus seiner Weste zog. »Schönes Stück, eh?«

»Blech«, sagte Courtland.

»Tatsächlich?« Dem jungen Mann fiel das Gesicht runter. »Aber der Bursche, der hier durchgeht und Soda und Zeug verkauft, hat gesagt, es wäre massives Gold!«

Der Engländer lachte unangenehm.

»Andererseits«, redete Parker weiter, »schätze ich, dass ich nicht allzu viel verloren habe. Ich hab ihm ein falsches Goldstück gegeben, das ich als Talisman in der Tasche hatte.«

»Ihr seid alle gleich«, sagte Courtland und nahm wieder einen Schluck. »Immer darauf aus, jemanden übers Ohr zu hauen.«

»Aber er dachte, er würde mich übers Ohr hauen!«

»Ihr seid alle gleich«, wiederholte Courtland.

Der Anwalt musterte ihn unbehaglich. Es war nicht seine Aufgabe, Alf Courtland zu sagen, was er zu tun hatte und was nicht. Aber er schien sich nicht so zu verhalten, wie es der alte Alf normalerweise tat. Er schien nicht betrunken zu sein, aber er benahm sich einfach nicht richtig. Er fragte sich, was er deswegen unternehmen sollte.

»Also was mich betrifft, ich glaube, ich habe genug«, sagte er leichthin.

»Du meinst, dass ich genug habe?«

»Ah, also, das habe ich nicht gesagt, Alf.«

»Das ist noch was, wo ihr alle gleich seid. Ihr steckt eure Nasen immer in die Angelegenheiten von anderen Leuten.«

»Uh ... wohin bist du eigentlich unterwegs, Alf?«, sagte Parker, weil ihm nichts anderes einfiel, was er sagen könnte.

»Da haben wir's. Ich habe mich schon gefragt, wann du das fragen würdest.«

»Ich meine, es geht mich ja nichts an, aber ...«

»Da hast du sicher recht, das tut's nicht.«

»Jetzt mach doch mal langsam!«, forderte Jeff verzweifelt, und ein Gefühl, das ihm vollkommen fremd vorkam, breitete sich in seinem schmalen kleinen Körper aus. »Ich wollte doch nur sagen, dass ich hoffe, dass du auch nach Lincoln fährst. Ich bin noch nie aus Verdon rausgekommen, weißt du, und das macht mir ein wenig Angst. Und da dachte ich nur, wie nett es wäre, wenn wir in dieselbe Stadt fahren und du mir sozusagen die Fallstricke zeigen könntest.«

Er sah den Engländer mit flehenden, ehrlichen Augen an, und Courtland lehnte sich im Sitz zurück und lachte. Eine andere Antwort gab er nicht.

Jeff, sehr blass im Gesicht, sah aus dem Fenster. Er dachte, dass er letztlich eben doch nur Abschaum war. Er hatte hart dafür gearbeitet und alles dafür getan, was er konnte, um ein anderes Leben zu führen. Und er hatte sich so gut gefühlt, als er in den Zug stieg, um ins Parlament zu verschwinden, mit Geld in den Taschen und guten Klamotten und … und das alles. Und jetzt war er wieder nur einfach Abschaum.

»Jetzt bist du also ein Vertreter des Volks«, sagte Courtland.

»J-ja.«

»Du bist ein Scharlatan, weißt du.«

»Nein!«, sagte Jeff. »NEIN, bin ich nicht.«

»Du bist ein Clown. Und das Bemitleidenswerte daran ist, dass du dich selbst nicht so sehen kannst, wie dich die anderen sehen. Was weißt du über die Gesetzgebung, das dich dazu berechtigt, irgendetwas anderes zu tun, als die Bücher im Büro irgendeines Ganoven abzustauben? Warum …«

Der kleine Anwalt wirbelte herum und schlug ihn.

Es war ein scharfer Schlag mit der offenen Hand aufs Maul, und das half ihm sehr, um ihn wieder klar denken zu lassen. Und der in diesem Moment herbeieilende Zugführer erledigte den Rest.

»Jetzt reicht's hier«, sagte er und zog den Engländer auf die Beine. »Ich habe Sie schon länger beobachtet. Ich habe schon beobachtet, wie Sie aus Ihrer Flasche gesoffen und diesen armen Jungen hier übel angequatscht haben. Aber sicher, und er hätte es Ihnen mit der Faust zeigen sollen!«

»Es tut mir leid, Jeff«, sagte Courtland. »Ich habe nicht drüber nachgedacht, was ich da sage.« Er fühlte sich elend, angeekelt vor sich selbst, und er war auch erschrocken.

»Hau einfach ab hier!«, sagte Jeff, sein Gesicht war weiß.

»Es tut mir leid …«

»H-hau ab!« Der kleine Anwalt brüllte fast.

Der Zugführer gab Courtland einen Schubs. »Sie haben den Jungen gehört. Also, ab mit Ihnen. Gehen Sie in Ihren Raucherwaggon zurück und bleiben Sie da!«

Courtland ging los, zurück durch den Mittelgang, seine Reisetasche schwingend und gegen die Sitze schlagend. Irgendwie schaffte er das Spießrutenlaufen durch die wütenden und ihn anzüglich angrinsenden Gesichter und erreichte den Raucherwaggon. Er setzte sich zitternd hin, der Schweiß lief ihm runter.

Bitter verfluchte er sich selbst.

Was für ein guter Zeitpunkt, um Krach zu schlagen! Und um sich mit Jeff Parker zu streiten, bei allen Leuten einer der beliebtesten Männer in seiner Stadt! Er gab nicht Jeff die Schuld für das, was er getan hatte. Er konnte nur hoffen, dass dies das Ende dieser Affäre wäre. Und er befürchtete insgeheim, dass es das nicht war. Jeff hatte viele Freunde; er war ein bedeutender Mann geworden. Während er … also, er, bis heute, war gerade mal gelitten, nicht beliebt.

Warum, dachte er gequält, warum habe ich das getan? Was ist über mich gekommen?

Unendlich schlimmer als die Angst vor dem, was Jeff tun könnte, war das Wissen, dass er den jungen Mann so unverzeihlich und tief verletzt hatte. Auch er hatte ihn immer gut leiden können. Natürlich belustigten ihn seine hochtrabende Sprache und seine schrillen Manierismen; und er konnte sich nicht dazu durchringen, ihn wie eines der wirklich starken politischen Urgesteine anzuerkennen. Aber er hatte ihn immer gemocht. Er wünschte sich, ihn jetzt treffen zu können, um sich angemessen bei ihm zu entschuldigen; aber das stand natürlich außerhalb jeder Frage. Es war zu früh, und der Zugführer würde ihn zweifellos in die Mangel nehmen, wenn er wieder anfinge herumzuwandern. Aber er würde mit ihm reden müssen. Er würde keine Ruhe haben, ehe er's nicht getan hätte.

Er erschauderte, als er an das Geld in der Tasche dachte. Angenommen, er wäre in eine echte Auseinandersetzung geraten, und sie hätten ihn durchsucht! Jeff hätte ihnen gesagt, dass er ein Bankkassierer war, und dann mit diesen fünfundzwanzigtausend Dollar …!

Ein Arzt, das war es, was er brauchte. Und er brauchte schon seit Langem einen. Wenn er nach Omaha kam …

Omaha? Wieso war's denn nötig, ausgerechnet dorthin zu fahren? Lincoln war auch eine große Stadt und würde seinen Absichten genauso entsprechen wie Omaha. Es gab sicher gute Ärzte in der Hauptstadt.

Ein gespenstisches Lächeln kehrte in sein wohlerzogenes Gesicht zurück. Grand Island war ein Verkehrsknotenpunkt. Jeff würde dort in einen anderen Zug umsteigen, um nach Lincoln zu kommen, und er würde ebenfalls aussteigen. Er würde ihn dazu bringen, sich seine Entschuldigung anzuhören, und mit ihm weiter nach Lincoln fahren. Er würde ihm die Fallstricke zeigen, wie es sich Jeff von ihm erhofft hatte, und sie wären wieder Freunde.

Mit einem Seufzer der Erleichterung streckte er sich auf den Strohpolstern aus.

Ohne sich dessen bewusst zu sein, zog er die Flasche aus seiner Tasche und nahm einen Schluck.

Fast im selben Moment realisierte er, was er getan hatte, und verschluckte sich und würgte. Aber zu seiner Genugtuung hatte er immer noch ein freundschaftliches Gefühl gegenüber Jeff und fühlte sich verpflichtet, sich zu entschuldigen. Auch innerlich fühlte er sich besser. Stabiler. Er nahm noch einen Schluck – nur um sich selbst zu überprüfen –, und seine Entscheidung, gegenüber dem Anwalt etwas wiedergutzumachen, hatte sich nur gefestigt.

Als der Zug in Grand Island einfuhr, war die Flasche leer.

Die Vestibüle der Waggons waren auf beiden Seiten offen (es gab keine Vorrichtung, um sie zu schließen), und in seiner Hektik, rauszukommen, stieg Courtland auf der Seite aus, die gegenüber dem Bahnhof lag. Er sah sich um, verwirrt von den vielen Schienen und Güterwaggons, und war unfähig zu kapieren, was geschehen war. Als es ihm klar wurde, hatte sich der Zug wieder in Bewegung gesetzt, und er konnte nicht mehr über das Vestibül zurück, um auf die andere Seite zu kommen.

Fluchend schnappte er sich die Tasche und rannte auf dem Ascheboden des Bahngeländes los in Richtung des Zugendes. Er hatte es fast erreicht, als der Zug abrupt stoppte, rumpelte und anfing, wieder zurückzufahren. Und Courtland, keuchend, wütend, rannte Richtung Lokomotive. Endlich gelang es ihm, daran vorbei und auf den großen betonierten Bahnsteig zu kommen, um im selben Moment einen Mann zu entdecken, der das Bahnhofsgebäude betrat und von dem er dachte, er wäre Parker.

»Jeff!«, brüllte er und fing wieder zu rennen an. »He, Jeff!«

Der Mann blieb weder stehen, noch sah er sich um, und Courtland rannte weiter, brüllend und fluchend.

Er kam zur Station, an der jetzt ziemlich viel los war, und sah sich um. Sein Mantel war falsch zugeknöpft. Sein Derby saß verrückt schief auf seinem Kopf. Sein Blick war wild.

»Jeff!«, grölte er, während die Leute ihn anstarrten. »Verdammich, Mann, wo bist du?«

Eine Hand packte ihn an der Schulter, und er sah überrascht in das bullige Gesicht eines Polizisten mit blauem Mantel und grauem Helm. Ärgerlich versuchte er sich loszureißen.

»Nimm deine Hand von mir weg, du Idiot! Ich versuche …«

»Oh, ich bin ein Idiot, ja?«

Der Griff des Polizisten verlagerte sich und wurde

stärker. Courtland wurde durchgeschüttelt, bis seine Zähne klapperten, und dann durch den Bahnhof davongeschleift, wobei er sinnlos kicherte.

An das, was danach passierte, konnte er sich kaum erinnern. Es war wie ein Albtraum, dessen blanker Schrecken sich erschöpft hatte und aus dem Gedächtnis gestrichen wurde. Er wurde über den Gehsteig gezerrt bis in eine Art geschlossenen Käfig, und vom anderen Ende spähte der Polizist zu ihm herein. Er war in einem Raum mit mehr Polizisten, und da war einer, der keinen Hut trug und der meistens das Verhör führte.

»Sie haben dieses Geld gestohlen!«

»Habe ich nicht! Da ist ein Brief dabei …«

»Den haben Sie selbst geschrieben.«

»Aber ich sage Ihnen doch, dass ich das nicht getan habe!«

»Jerry, hol diesen Barkley ans Telefon. Wir werden bald wissen, was hier los ist.«

16.

Jeff Parker hatte Alfred Courtland am Bahnhof weder gesehen, noch erfuhr er von seiner Verhaftung. Unmittelbar nach Ankunft in Grand Island stieg er aus dem Zug und ging ein paar Blocks die Straße hoch, bis er an einem Saloon vorbeikam, der ihm gefiel. Sein Zug nach Lincoln ging erst am späten Abend, und er hatte einige Zeit totzuschlagen. Zudem fühlte er sich sehr niedergeschlagen und wollte so weit wie möglich weg von jeder Person, die gehört haben könnte, was Courtland zu ihm gesagt hatte.

Er betrat den Saloon, ließ den Barkeeper seine Reisetasche unter den Tresen stellen und bezahlte einen Nickel für ein großes Glas Bier. Er ging nach hinten, wo das *Free Lunch* aufgebaut war, und baute sich ein Sandwich aus Roggenbrot, Lyoner, Zunge, Schinken, Gurken und Senf. Zufrieden begann er zu mampfen und nippte am Bier.

Das hier war viel besser, als in eines dieser protzigen Restaurants rund um den Bahnhof zu gehen, wo sie einem fünfzehn oder zwanzig Cent für eine Mahlzeit aufbrummten, dachte er. Und es gab noch einen Grund, in einen Saloon zu gehen: Er musste so viel Geld wie möglich sparen.

Der Barkeeper zog die Stirn in Falten, als der kleine Bursche sich noch ein Sandwich belegte; dann lächelte er jedoch unerklärlicherweise.

»Hungrig, was, alter Scout?«, sagte er direkt.

»Ich?« Jeff machte große Augen und schien darüber nachzudenken. »Stimmt, irgendwie schon. Auf dem Weg hierher kam ich an einem toten Pferd vorbei, und meine Zähne schnappten so laut zu, dass es aufsprang und weglief.«

Der Barkeeper brüllte vor Lachen, und sein Bauch zitterte.

»Habt ihr Burschen das gehört?«, rief er. »Dieser Gentleman hat gesagt, er war so hungrig … er hat gesagt, seine Zähne haben so laut zugeschnappt, dass ein totes Pferd aufgesprungen und weggelaufen ist.«

Die Stammgäste des Lokals grinsten und kamen langsam an die Bar geschlendert. Sie sahen Jeff erwartungsvoll an, und er war ihnen mit einem weiteren Witz zu Diensten. Es gab wieder brüllendes Gelächter. Der Barkeeper erklärte, es wäre die verdammt lustigste Sache gewesen, die er je gehört hätte, und gab eine Runde aufs Haus aus. Dann gab ein anderer eine aus. Und eine dritte Runde. Plötzlich registrierte Jeff, dass vor ihm ein halbes Dutzend Biere standen, und als er eine Hand in Richtung Free Lunch ausstreckte, lächelte der Barkeeper nur und nickte.

Er fing an aufzublühen. Er war jemand. Alf war einfach nur bösartig, zum Donnerwetter, und er würde das nicht vergessen. Er würde es ihm schon zurückzahlen. Aber er hatte dieses schmerzhafte, unsichere

Gefühl nicht mehr im Bauch. Er fühlte sich wieder so gut, wie er sich gefühlt hatte, als er in Verdon in den Zug gestiegen war. Menschenskinder, er fühlte sich sogar besser!

Er war jemand!

»Auf welchem Gebiet sind Sie unterwegs, Mister?«

»Ich bin Rechtsanwalt. Ich wurde gerade ins Parlament gewählt.«

»Na, so ist's recht! Welches County?«

»Verdon.«

»Also, zur Hölle«, sagte der Barkeeper, kicherte wieder und wühlte in einer Schublade. »Hölle, genau, ich wusste doch, dass ich Sie schon mal gesehen habe! Seht her, Gents. Hier hab ich das Bild und den Zeitungsausschnitt. Er ist der Mann, der Gott verklagt hat!«

Sie betrachteten ihn mit Bewunderung, und Jeffs schmale Brust wurde größer. Der Barkeeper setzte seine Brille auf und las den Zeitungsausschnitt laut vor. Und die Bar bebte vor Lachen. Von dem Spektakel angezogen, schneiten von der Straße Leute herein. Das Lokal füllte sich.

Ein feiner Pinkel mit einem Derby-Hut schob sich bis in die vordersten Reihen durch.

»Senator, es wäre mir eine Ehre, Ihnen die Hand zu schütteln!«

»Aber selbstverständlich«, sagte Jeff.

»Geben Sie sie mir auch, Senator!«

Sie drängten sich um ihn, schlugen ihm auf die Schultern (aber freundlich), versuchten ihm die Hand zu schütteln, und Jeffs Glücksgefühle wurden so groß, dass er glaubte, er würde platzen.

»Gentlemen, Gentlemen!«, sagte der Barkeeper offiziell, während er versuchte, die ungewohnte Flut von Kunden zu bedienen. »Wir wollen doch nicht, dass der Senator erledigt ist!«

»Lassen Sie sie nur«, rief Jeff fröhlich. »Mir gefällt's!«

Er verputzte ein Bier nach dem anderen und aß so viel, dass er nicht mehr davon spürte als ein leicht überschwängliches Gefühl. Er hielt den Laden mit seinen Witzen weiter am Krachen. Zu ihrer Erbauung erfand er einen Prozess, bei dem er angeblich der Verteidiger gewesen war. Den Barkeeper ließ er dabei den Richter und die Thekensteher die Jury spielen.

Sie johlten, bis ihnen Tränen über die Backen liefen, während er herumstolzierte und Faxen machte und mit überraschend sonorer Stimme tobte. Als er seine Stimme dann zu einem Flüstern senkte und von Mutterliebe sprach und vom Zuhause in der Abenddämmerung und dem Kleinen auf dem Knie seines Vaters, waren echte Tränen auf ihren zerfurchten, gottlosen Gesichtern.

Mit tränenüberströmten Wangen schlug der Barkeeper plötzlich die überquellende Geldschublade zu und sperrte sie ab.

»In Gottes Namen, Gents, damit schließe ich!«

»Ach, nein, Jack!« Es gab einen Proteststurm.

»Wartet mal eine Sekunde!« Der Barkeeper hob seine Hand. »Es wäre nicht richtig, den Senator den ganzen Tag an einem einzigen Ort hier festzunageln! Was wäre das denn für 'ne Gastfreundschaft, die wir einem

Mann wie dem Senator damit erweisen? Hiermit erkläre ich, dass ich dem Senator jetzt die Stadt zeigen werde!«

Für einen Moment war Stille. Dann:

»Wir gehen alle mit!«

Der Schlachtruf machte die Runde.

Brüllend und lachend, während sie immer noch ihre geröteten Augen trockneten, drängten sie Jeff auf die Straße hinaus. Wie durch ein Wunder erschien ein halbes Dutzend Pferdegespanne. Jeff wurde in eines davon geschoben, und der feine Pinkel, der Barkeeper und ein Untersuchungsbeamter mit einem brutalen Gesicht zwängten sich mit ihm rein. Ihr Pferd führte die lärmende Prozession an. Die anderen trappelten hinter ihnen her.

Sie führten ihn in eine Bierhalle, und sehr zu ihrem und seinem Vergnügen küssten ihn die Showgirls und brachten ihn ziemlich durcheinander.

Sie führten ihn in ein schickes Restaurant, wo er so liebenswürdig war, ein großes Steak-Dinner zu essen, abgesehen von einem Dutzend roher Austern und verschiedenen anderen Delikatessen.

Sie schleppten ihn in einen Saloon nach dem anderen, und in jedem Lokal ließ man ihn hochleben und machte einen Wirbel.

Zuletzt brachten sie ihn zum Zug und kümmerten sich darum, dass er einen guten Platz bekam, gaben dem Zugführer und jedem anderen Bahnbediensteten, den sie in die Finger kriegten, viele ernste Anweisungen, besonders gut auf ihn aufzupassen. Und als der Zug losfuhr, standen sie unter seinem Fenster oder rannten am Bahnsteig nebenher, brüllten, lachten, rührselig betrunken, wünschten ihm viel Glück und baten ihn wiederzukommen.

Gerührt von ihrer Gutherzigkeit, schlief er ein.

Früh am nächsten Morgen wurde er in Lincoln vom sanften Rütteln des Zugführers aufgeweckt.

»Sie hatten ziemlich einen sitzen, eh, Senator?«

»Kann man so sagen«, stöhnte Jeff.

»Na, holen Sie sich einen Kaffee, und Sie werden sich gleich viel besser fühlen.«

Die Erwähnung von Kaffee, die ihn sofort an Geld erinnerte, versetzte den Anwalt in Panik. Vorsichtig zog er seine lange Geldbörse mit dem Schnappverschluss heraus und öffnete sie. Mit zittrigen Händen zählte er die wenigen Scheine.

Es war alles da. Er seufzte, runzelte dann die Stirn, als er die Ausbeulung an seiner Weste bemerkte. Er griff in die Tasche und zog ein anderes, festes Bündel Scheine heraus. Unter dem Gummiband war ein Zettel:

Von den Jungs, in Dankbarkeit, für ein Ticket,
um uns wieder zu besuchen.

»Holen Sie sich einen Kaffee«, wiederholte der Zugführer. »Sie werden …«

»Kaffee?«, sagte Jeff verständnislos. »Zum Donnerwetter! Ich brauche keinen Kaffee!«

Pfeifend schnappte er sich seine Reisetasche und stolzierte aus dem Zug.

Er war schon wieder ausgehungert, als er sich auf den Weg in die O Street machte, aber er entschied sich, an den vielen Restaurants vorbeizugehen, die an dieser Durchgangsstraße lagen. Trotz allem würde er in ein etwas abseits gelegenes Hotel einchecken. Er war viel besser aufgestellt, als er erwartet hatte, aber es gab keinen Grund, Geld rauszuwerfen. Im Hotel würde ein Frühstück bereitstehen, und sofern es im Zimmer inbegriffen war, konnte er es auch gleich einnehmen.

Ein paar Blocks die Straße rauf entdeckte er ein Hotel, das ihm hervorragend zu seinem neuen Lebensabschnitt zu passen schien. Er ging hinein, gestattete dem Hotelpagen, ihm die Tasche aus der Hand zu nehmen, und trug sich schwungvoll ins Gästebuch ein.

»Ich habe vor, eine Weile hierzubleiben«, verkündete er. »Welchen Preis können Sie mir machen?«

»Also …« Der Hotelangestellte unterzog ihn einer schnellen Musterung. Der junge Mann sah nicht so aus, als würde er großen Wert auf Kleidung legen, aber er hatte eine gewisse Haltung an sich; und in diesem Land konnte man einen Mann nicht immer nach seiner Kleidung einschätzen.

»So um die drei Dollar?«, schlug er vor.

»Das wäre doch fein«, erklärte Jeff erleichtert.

Er hatte damit gerechnet, für Zimmer und Essen insgesamt vier oder fünf Dollar die Woche zu bezahlen. Vielleicht sogar sieben. Über drei konnte er sich wirklich nicht beschweren.

Der Rezeptionist nahm einen Schlüssel vom Brett und ließ ihn zum Pagen über den Tresen gleiten.

»Bring Mr. Parker auf 914.«

»Zu welcher Zeit ist das Frühstück bereit?«, fragte Jeff.

»Nun … äh … es ist doch jederzeit bereit, Mr. Parker.«

»Na«, sagte der Anwalt dreist, »dann sollen die sich mal auf die Socken…«

Der Hotelangestellte lachte, und Jeff lachte ebenfalls; er war noch nie in Ärger geraten, wenn er mit jemandem zusammen lachte.

»Ha, ha. Sehr gut, Mr. Parker. Ich werd's ihnen sagen.«

Er sah dem Anwalt lächelnd nach, als dieser hinter dem Hotelboy davonstolzierte.

Jeff bekam die Fahrt nach oben mit dem Aufzug gut hin, es verblüffte ihn zu sehr, um Angst davor zu haben. Nonchalant betrat er Zimmer 914 und rieb sich das Gesicht mit dem Taschentuch ab, um seine Bewunderung zu verbergen. Er hatte befürchtet, dass sie ihn für drei Dollar die Woche irgendwo auf dem Dachboden unterbringen oder ihm zusammen mit jemand anderem ein Zimmer geben würden. Aber das … Donnerwetter!

Er wandte sich wichtigtuerisch an den Hotelboy, mit der Absicht, ihm klarzumachen, dass er ein Mann von Welt und an die angenehmeren Dinge des Lebens gewöhnt war.

»Wo ist denn das Badezimmer?«, fragte er.

»Gleich hier, Sir!« Der Hotelboy hörte auf, an der Jalousie herumzufummeln, und kam zu einer Tür herbeigeeilt. Er schwang sie mit einer Geste auf, die Jeff zur Inspektion einlud.

Jeff tat es. Besah sich die makellose Badewanne und Toilette, die gefliesten Böden und Wände und ging mit gerunzelter Stirn ins Zimmer zurück. Es gefiel ihm nicht. Es gefiel ihm kein bisschen. Dennoch machte es keinen guten Eindruck, wenn man irgendwo eingezogen war, schon am ersten Tag mit Beschwerden anzukommen.

»Ist alles in Ordnung, Sir?«

»Wird schon gehen, schätze ich«, sagte Jeff wegwerfend.

»Uh … gibt es sonst noch was, Sir?«

»Ich glaube nicht«, setzte Jeff an, ehe er mit einem schnellen Blick auf den Bediensteten und weil er schnell darin war, die Stimmung von anderen zu spüren, sah, dass irgendwas von ihm erwartet wurde.

»Oh«, sagte er freundlich, »ich vermute, Sie können ein wenig Geld gebrauchen, oder?«

»Na ja …« Der Junge grinste.

»Du solltest Klartext sprechen!«, sagte der Anwalt. Wühlte in seiner Tasche, fischte ein Fünfzig-Cent-Stück heraus und warf es ihm zu.

»Ich danke Ihnen, Sir!«, sagte der Junge und verabschiedete sich.

»Gut … hm … ist in Ordnung«, sagte Jeff, in Verlegenheit gebracht.

Er hatte erwartet, etwas Wechselgeld zurückzubekommen, schließlich konnte man drei Dollar pro Woche nicht auf fünfzig Cent pro Tag umrechnen. Aber vielleicht hatte der Junge nichts dabei oder würde es später hochbringen.

Der Hotelboy ging wieder nach unten und kam dabei zu dem Entschluss, dass Mr. Parker einer war, der Geld springen ließ. Der für die Zimmer zuständige Hotelangestellte ergänzte den Kommentar damit, dass Mr. Parker ein Spaßvogel sei. Die Neuigkeiten verbreiteten sich schnell im ganzen Hotel, und damit auch seine Personenbeschreibung.

Währenddessen untersuchte Jeff das Badezimmer noch einmal mit Abscheu.

Seiner Ansicht nach war es nicht sehr rücksichtsvoll, das Bad in das Zimmer von einem der Mieter einzubauen. Es hätte im Flur sein müssen. So würden zu jeder Zeit Leute hereinplatzen, um es zu benutzen. Und er könnte seine Tür nicht verschließen, weil sie zweifellos keinen Schlüssel besaßen. Außerdem musste er aufpassen, wenn er seine Kleidung wechselte.

Sehr verärgert öffnete er seine Reisetasche und holte ein frisches Paar Strümpfe und ein Stück stark riechende, gelbe Seife heraus. Er setzte sich aufs Bett, zog seine Schuhe und Strümpfe aus, bückte sich und schnüffelte an seinen Füßen. Ja. Sie konnten es schon vertragen, gewaschen zu werden. Vielleicht sogar …

Mit besorgtem Blick auf die Tür zog er Mantel und Hemd aus und streifte das Unterhemd von seinen schmalen Schultern. Er schnüffelte wieder. Mit einem reumütigen Kopfschütteln fällte er eine Entscheidung. Er würde ein Bad nehmen müssen. Er stank ziemlich nach Bier, Schweiß und Tabak. Er musste.

Aber wie sollte er das hinbekommen?

Angenommen, jemand wollte hinein, während er drin war?

Nach einigen Sekunden beunruhigter Abwägungen ging er zum Schreibtisch und kritzelte auf die Rückseite eines Blatt Briefpapiers eine Botschaft:

NEHME EIN BAD. KOMMEN SIE REIN
SIE SIND DER NÄCHSTE

Er hielt die Erklärung vor sich hin, studierte sie, strich dann die Unterzeile durch. Sie war unnötig und überlagerte die Hauptsache an der Meldung. Er ging zur Tür und fixierte das Blatt an der Außenseite mithilfe des kleinen Clips, an dem die Zimmernummer befestigt war.

Er ließ die Tür als Zeichen der Gastfreundschaft fünf Zentimeter offen stehen, zerrte sich hastig die Kleider vom Leib und rannte ins Badezimmer. Einen Moment später stürzte er heraus, griff sich Hose und Unterwäsche und rannte wieder rein.

Obwohl er die Ohren aufgesperrt hatte, hörte er niemanden reinkommen und blieb eine ganze halbe Stunde in der Wanne. Die Wanne war viel besser als die, die sie in Verdon im Hotel oder im Friseurladen hatten. In Verdon wurde das Wasser mit einer Flamme erhitzt, die direkt unter der Wanne angebracht war, und man musste sich ständig von einer zur anderen Seite bewegen und die ganze Zeit herumtanzen, während man sich wusch. Aber hier kam das Wasser direkt aus den Hähnen.

Schließlich stieg er heraus auf den gefliesten Boden, zog Unterwäsche und Hose an und betrat pfeifend das Schlafzimmer.

Er blieb stehen, die schrillen Töne erstarben auf seinen Lippen. Er schnappte nach Luft.

»Oh, Mann«, sagte er entschuldigend, »warten Sie schon sehr lange?«

»Oh, ein paar Minuten.«

Sein Gast war der fetteste Mensch, den Jeff Parker je gesehen hatte. Er war sogar noch fetter als Josephine Fargo. Der Hut, der auf seinem massiven Schädel saß, erinnerte Jeff an das alte Sprichwort von der Erdnuss auf einem Elefanten. Aber er grinste nicht, denn hier war offensichtlich ein Mann von Gewicht. Er rollte seine Zigarre zwischen seinen dicken Fingern und streckte eine Hand aus, ohne aufzustehen.

»Ich bin Cassidy, Senator. Die meisten der Jungs nennen mich Jiggs.«

Jeff machte einen Schritt vor und packte seine Hand. »Freut mich, Sie kennenzulernen, Jiggs«, sagte er locker. »Gehen Sie einfach rein.«

»Wohin reingehen?« Cassidys Augen blitzten.

»Wollen Sie nicht das Badezimmer benutzen?«

»Also im Moment nicht«, sagte der fette Mann. »Vielleicht später.« Seine Augen blitzten wieder, und er senkte den Blick auf seine Zigarre. »Das ist das verrückteste Hotel, das mir je untergekommen ist, Senator. Die haben in jedem Zimmer ein Bad.«

»Oh«, sagte Jeff. »Ich dachte einfach …«

»Das hab ich auch gedacht, als ich das erste Mal hier

abgestiegen bin ... Wie ich gehört habe, hatten Sie eine recht gute Zeit in Grand Island gestern.«

Jeff wurde rot. »Um Himmels willen! Ich habe gehofft, es würde sich nicht herumsprechen.«

»Sie sollten stolz darauf sein. Ein Mann, der sich so schnell Freunde machen kann, hat eine Menge für sich.«

»Gut, aber ... hm ... wie kam's denn, dass Sie davon erfahren haben, Jiggs?«

»Oh, es ist mein Beruf, solche Sachen zu wissen.« Er wedelte mit seiner Zigarre herum, und Jeff hatte irgendwie das Gefühl, dass es das Zimmer des Dicken war anstatt sein eigenes. »Setzen Sie sich doch einfach, und machen Sie es sich bequem, Senator. Ich möchte mich mit Ihnen unterhalten.«

Jeff setzte sich und begann seine Schuhe anzuziehen. »Ich schätze«, sagte er höflich, »ich muss mich ziemlich schnell auf den Weg ins Parlament machen.«

»Da gehen Sie lieber nicht hin«, sagte Cassidy.

»Ich ... nicht?«

»Hm-hm. Die tun da heute überhaupt nichts.«

»Also ... uh ... woher wissen Sie das, Jiggs? Ich denke, sie könnten was tun.«

»Hm-hm«, wiederholte der fette Mann lahm. »Es werden nur zwei Gesetzesvorlagen eingebracht. Das eine ist ein Gesetz, das theatralische Aufführungen am Sonntag verbietet. Das andere möchte die Steuern für die Saloon-Industrie erhöhen.«

»Aber, zum Donnerwetter!«, sagte Jeff. »Das ist ziemlich wichtig.«

»Beide Anträge werden zurückgestellt, Senator.«

»Zurückgestellt? Woher wollen Sie …«

»M-hm. Sie werden immer eingebracht und immer zurückgestellt.« Er seufzte und fuchtelte wieder herum, als Jeff etwas sagen wollte. »Schau'n Sie, Senator, bei diesen Gesetzesvorlagen ist es nicht beabsichtigt, dass sie durchkommen. Sie sind nur eine Geste. Das Parlament will damit der Theater- und der Getränke-Industrie nur zeigen, dass man sich für ihr Geschäfte interessiert.«

»Oh«, sagte Jeff.

»M-hm. Sie könnten doch ein paar Kisten guten Whisky gebrauchen, oder, Senator? Sie hätten doch nichts dagegen, Saisonkarten für alle Shows zu bekommen? Eben …«

Er zuckte mit den Schultern und faltete seine Hände über dem Bauch.

»Sie sehen also, Sie würden nur Ihre Zeit verschwenden, wenn Sie heute dorthin gehen. Worüber ich mich mit Ihnen unterhalten möchte, ist viel wichtiger. Sie müssen wissen, ich vertrete, ohne dass es offiziell wäre, einen Ihrer größten Wähler.«

»Wen meinen Sie damit?«

»Die Eisenbahn natürlich.« Der fette Mann schien verärgert zu sein, dass er gezwungen war, eine Antwort auf etwas so Naheliegendes zu geben. »Ja, ich repräsentiere einen Ihrer größten Wähler, Senator. Und weil ich weiß, dass Sie ein Anwalt von großem Talent sind … nebenbei, ich habe Ihre Anklageschrift im Fall Fargo *vs.* Gott gelesen …«

»Haben Sie wirklich?« Jeff grinste.

»Aber sicher habe ich. Es war großartig ... Aber, was ich gerade sagen wollte, die Eisenbahngesellschaft hat mich beauftragt, Sie in gewissen rechtlichen Angelegenheiten zu konsultieren. Man hat mich gebeten, Sie nach Ihrer Meinung zu fragen – Ihrer privaten Meinung –, hinsichtlich verschiedener Probleme, die in Ihrem Bezirk auftreten. Und man hat mich autorisiert, Sie für Ihre Dienste beträchtlich zu entschädigen ... Sind Sie an diesem Angebot interessiert, Senator?«

»Nein«, sagte Jeff.

»Moment, lassen Sie uns nicht voreilig ...«

»Gehen Sie, oder ich werfe Sie raus!«

Er war schon bereit, gegen den Lobbyisten vorzugehen; dann wurde ihm und dem fetten Mann im selben Moment bewusst, wie lächerlich seine Drohung war. Sie brachen in Gelächter aus; und noch bevor Jeff damit aufhörte, fing der fette Mann wieder zu sprechen an.

»Sie haben mich völlig falsch verstanden, Senator. Hören Sie mal zu. Ich versuche nicht, Sie zu bestechen. Bestechung ist, wenn Sie dafür bezahlen, damit jemand etwas für Sie tut, richtig?«

»Das ist richtig. Aber ...«

Der fette Mann griff in seine Innentasche und zog einen Umschlag heraus. Er warf ihn auf die Kommode. »In diesem Umschlag sind tausend Dollar ... Moment, warten Sie! Hören Sie sich an, was ich zu sagen habe. Dieses Geld gehört Ihnen, egal, welche Meinung Sie mir mitteilen. Wenn sie den Interessen der Eisenbahn widerspricht, gehört es dennoch Ihnen. Ich werde es dort liegen lassen, bedanke mich bei Ihnen und stehe auf und geh raus. Also, das ist doch keine Bestechung, oder?«

Jeff grinste. »Aber sicher, das ist es.«

»Nein, ist es nicht, Senator. Es ist nur eine Anerkennung dafür, dass Sie sich – negativ oder positiv – für die Angelegenheiten der Eisenbahn interessieren. Ich will Ihnen das nicht aufdrängen; aber ich will Ihnen eine Frage stellen: Was glauben Sie, wie Sie von Ihrem Salär als Parlamentarier leben können?«

»Ich werde schon damit zurechtkommen«, stellte der Anwalt klar.

»Wie denn? Was zahlen Sie für dieses Zimmer ... drei oder vier Dollar am Tag?«

»Drei oder vier Dollar am Tag!«, rief Jeff. »Natürlich nicht. Ich zahle ...«

Er bekam plötzlich keine Luft mehr, als sich ein scheußlicher Verdacht über ihm aufbaute. Wütend und zitternd sank er auf das Bett zurück.

»M-hm«, sagte Cassidy. »Viele von den Jungs machen diesen Fehler.«

»Ich muss hier raus!«

»Wo wollen Sie hin? Was soll denn ein prominenter Mann wie Sie tun, ein Mann, der mit solchen Angelegenheiten beschäftigt ist ... in einer Männerpension absteigen? Das ist ungefähr das, was Sie mit Ihrem Salär bezahlen können. Und dabei müssen Sie sich wahrscheinlich auch noch selbst um Ihre Wäsche kümmern.«

»Gut … wie kommen alle anderen Parlamentarier damit zurecht?«

Cassidy breitete seine Arme aus. »Was glauben Sie?«

»Sind Sie sicher«, sagte Jeff niedergeschlagen, »dass die mir drei Dollar pro Tag berechnen?«

»An der Tür ist eine Preisliste, falls Sie's nachprüfen wollen. Und die Mahlzeiten sind nicht im Preis enthalten; und es ist wirklich der kleinste Teil Ihrer Ausgaben. Ich schätze« – er blinzelte nachdenklich –, »Sie brauchen zum Leben vielleicht doppelt so viel, wie Sie verdienen. Wenn Sie sehr sparsam sind.«

Jeff ächzte; und der fette Mann hob seine Augenbrauen.

»Warum fühlen Sie sich schlecht deswegen, Senator? Es ist alles in Ordnung. Ihre Wähler bezahlen Ihnen nicht genug, um davon leben zu können, weil sie darauf vertrauen, dass Sie den Rest selbst schaffen. Ich biete Ihnen diese Möglichkeit an. Ich zeige Ihnen, wie sich ein Mann in Ihrer Position behaupten und zugleich die Grundlage für seine Wiederwahl schaffen kann. Sie sind ein brillanter Mann. Ich bin überrascht, dass Sie diese kleine Angelegenheit so aufgeregt hat.«

Der Anwalt lächelte schwach.

»Hm … worum ging's denn, bei dem Sie meinen Rat haben wollten?«

»Schön, also, es ist nur ein einfaches Problem, heute.« Er hob einen Finger. »Einfach, aber wichtig. Ich möchte damit natürlich nicht sagen, dass wir es später nicht mit irgendwas Schwierigerem zu tun haben werden.«

»Verstehe.« Jeff nickte. »Aber worum geht's heute?«

»Sind Sie der Meinung, dass es regnen wird?«

»Aber nein.« Jeff sah ihn verständnislos an. »Glaube ich nicht, dass es das tun wird.«

»Ich danke Ihnen vielmals«, sagte der fette Mann. Er hievte sich aus dem Stuhl, schüttelte herzlich Jeffs schlaffe Hand und watschelte raus.

Der Umschlag blieb auf der Kommode liegen.

17.

Der Polizeichef persönlich begleitete Alfred Courtland zum Bahnhof. Seit er mit Philo Barkley gesprochen hatte, entschuldigte er sich ständig, und das machte er immer noch, als der Zug nach Omaha einfuhr.

»Ich hoffe sehr, Sie werden uns das nicht nachtragen«, wiederholte er, zum vielleicht fünfzigsten Mal.

»Ist schon in Ordnung«, sagte Courtland.

»Es war eine Art Missgeschick der Natur, wissen Sie … gut, kommen Sie mal wieder und besuchen Sie uns.«

»Werde ich machen«, sagte Courtland.

»Uh … also, es tut mir wirklich leid, wie gesagt, aber Sie wissen ja, wie es mit solchen Sachen ist, und es würde nie wieder vorkommen, und …«

»Ich verstehe«, sagte Courtland. Er hob seine Tasche auf, als der Zug zum Stehen kam, und nickte schroff. »Ich muss einsteigen. Goodbye.«

»Goodbye und viel Glück«, sagte der Polizeichef mit demütiger Herzlichkeit. Er wollte seine Hand ausstrecken, aber der Engländer hatte sich schon abgewendet.

Was ihn betraf, war Courtland, im Gegensatz zu seinem Benehmen, sehr zufrieden mit dem Ausgang der Affäre. Es hätte ihm nichts Besseres passieren können, als verhaftet zu werden. Die Polizei hatte Barkley angerufen, Informationen gefordert und sich geweigert, irgendwelche herauszugeben, so wie es seit Anbeginn der Zeit jede Polizei machte.

Und der nicht besonders helle Bankier hatte eindeutig und nachdrücklich erklärt, dass das Geld Courtland gehörte. Das konnte er nie mehr zurücknehmen. Courtland hatte das Gesetz selbst als Zeugen. Falls Barkley so wenig Stolz hatte, dass er seine Dummheit vor Gericht offenbarte, würde er nie wieder ein Bein auf den Boden bekommen.

Damit war die Sache in Ordnung. Wenn nur alles andere so einfach erledigt werden könnte. Courtland lehnte sich im Sitz zurück, dachte nach, versuchte zu schlafen.

Nun, vielleicht würde ja auch alles andere gut verlaufen. Vielleicht würde ihm ein Dreh einfallen, um sich mit Jeff zu versöhnen. Vielleicht würden die Ärzte …

Er schlief ein, voller Hoffnungen.

Er kam in Omaha am frühen Abend an und trug sich im besten Hotel der Stadt ein. Nach dem Dinner ging er in eine Show und hatte nach seiner Rückkehr ins Hotel einige Drinks an der Bar. Sie hatten offensichtlich keinerlei üble Auswirkungen auf ihn. Im Gegenteil, sie versetzten ihn nur in eine angenehme Stimmung, wie früher, wenn er getrunken hatte.

Er schlief gut in dieser Nacht, aß ein herzhaftes Frühstück und stellte sich dem Hotelmanager vor. Der Manager behandelte ihn mit einem Respekt, der an Unterwürfigkeit grenzte (der Rezeptionist hatte ihm von dem Geld berichtet, das Courtland im Hoteltresor deponiert hatte).

»Ich bin in einigen geschäftlichen Angelegenheiten hier, die noch nicht abgeschlossen sind«, erläuterte der Engländer, »und ich möchte meine freie Zeit nutzen, um eine sorgfältige medizinische Untersuchung durchführen zu lassen. Können Sie einen guten Arzt empfehlen?«

»Viel besser als das«, erklärte der Manager. »Die Doktoren McClintic und Tower haben genau hier im Hotel eine Praxis. Ich nehme an, ihre Reputation ist Ihnen bekannt?«

»Nun, ja, ich glaube schon.«

»Sie sind genau die Richtigen, die Sie konsultieren sollten. Ich kann sie ohne Einschränkung empfehlen. Soll ich versuchen, ob ich einen Termin für Sie bekommen kann?«

»Wenn Sie bitte so nett wären.«

Der Manager nahm sein Tischtelefon, wählte eine Nummer und sprach ein paar Minuten lang in die Sprechmuschel. Er hängte ein und lächelte stolz.

»Ich konnte sie davon überzeugen, Sie sofort zu empfangen«, sagte er, nahm Courtland am Arm und führte ihn zum Aufzug. »Sie sind in der obersten Etage. Dr. McClintic und Dr. Tower sind im Tower. Ha, ha!«

Courtland betrat den Aufzug. Einen Moment später ging er in einen abgeschlossenen Korridor hinaus, der zu einem Empfangsraum umfunktioniert worden war. Eine gepflegte Vorzimmerdame erhob sich vom Tisch und begrüßte ihn.

»Mr. Courtland? Wenn Sie bitte gleich durch diese Tür gehen.«

Er ging durch die angewiesene Tür und wurde von einer hübschen, weiß gekleideten Krankenschwester empfangen, die ihn durch einen engen, aseptisch riechenden Flur in einen anderen Raum führte. Er lag über der Straße und war spärlich eingerichtet, abgesehen von einem mit Metall und Leder beschlagenen, verstellbaren Tisch.

»Bitte ziehen Sie Jacke und Hemd aus und legen Sie sich hin«, wies sie ihn knapp an. Dann ließ sie ihn allein.

Courtland lächelte reumütig, als er die Kleidungsstücke auszog und sich auf den Tisch legte. Diese ganze Show; das würde was kosten. Aber was machte das schon?

Die Tür krachte auf, und er erblickte über sich das gerötete Gesicht eines Riesen von einem Mann um die sechzig. Abgesehen von seinem weißen Kittel und der undefinierbaren Ausstrahlung von guter Ausbildung, hätte man ihn für einen Hufschmied oder Barkeeper halten können.

»Ich bin McClintic«, sagte er mit dröhnender Stimme. »Also, was für ein Problem haben Sie?«

»Ja, ich weiß nicht genau, Doktor …«

»Sie wissen es nicht?« McClintic zwinkerte aufmunternd ganz allgemein ins Zimmer. »Warum zum Teufel erwarten Sie dann von mir, dass ich's wissen sollte?«

Courtland lächelte, von der Art des großen Mannes ermutigt. Er fing an zu erklären, dass er gewisse unerklärliche Dinge tun würde, manchmal, wenn er was getrunken hatte.

»Was für Dinge?«

»Also, gestern habe ich einen Mann beleidigt, den ich tatsächlich sehr gut leiden kann. Und das Komische daran ist, dass ich zu dem Zeitpunkt nur ein paar Drinks hatte. Ich kann nicht verstehen …«

»Warten Sie einen Moment!«, unterbrach ihn McClintic, als die Tür aufging. »Tower, was halten Sie von diesem Gentleman? Er sagt, er macht merkwürdige Dinge, wenn er was getrunken hat. So was in der Art habe ich noch nie gehört, Sie vielleicht?« Er zwinkerte wieder.

»Sehr eigenartig«, stimmte ihm Dr. Tower zu und kam zum Tisch rüber.

Er war in so gut wie jeder Hinsicht das Gegenteil von McClintic. Er war dünn, klein und so blass, dass seine Haut fast durchsichtig zu sein schien. Hinter den Brillengläsern mit dem dicken Rahmen sahen seine Augen aus wie zwei fette graue Wanzen.

»Warum kratzen Sie ständig an Ihrer Brust?«, fragte er mit trockener, leiser Stimme.

»Das ist noch eine Sache, nach der ich fragen wollte«, sagte Courtland. »Es ist …«

Er brach ab, als Tower sein Unterhemd aufknöpfte und seine Brust frei machte. Beide Ärzte beugten sich über ihn.

»Wie lange haben Sie diesen Ausschlag schon?«

»Also, es kommt und geht. Ich habe es diesmal seit drei oder vier Monaten.«

»Hatten Sie das jemals an irgendeinem anderen Körperteil?« Das war McClintic.

»Ja, ich hatte es an mehreren verschiedenen Stellen.«

»Wann ist es Ihnen zum ersten Mal aufgefallen? Das heißt, wann ist es zum ersten Mal an irgendeiner Stelle Ihres Körpers aufgetreten?«

Courtland zögerte.

»Nur ungefähr.«

»Nun«, sagte der Engländer, »vor sechs oder höchstens sieben Jahren.«

Die Ärzte richteten sich auf. Courtland war sich nicht sicher, aber er hatte den Eindruck, dass sie Blicke ausgetauscht hatten. Er war sich nicht sicher, aber irgendwie ahnte er, dass sie einander zugenickt hatten.

»Ist … ist es eine ernste Krankheit?«, sagte er ängstlich.

»Sie kümmern sich jetzt nur um Ihre eigenen Angelegenheiten«, sagte McClintic schroff. »Wir werden uns um Sie kümmern.«

Er befestigte den Reflexspiegel aus Metall an seiner Stirn und beugte sich über den Engländer. Er schob zuerst das eine, dann das andere Lid zurück und starrte in Courtlands Augen. Er nickte mit dem Kopf seinem Partner zu, und Tower wiederholte den Vorgang.

Und als sie diesmal zurücktraten, gab es keinen Zweifel, dass sie einander zunickten.

»Ich muss Ihnen ein oder zwei persönliche Fragen stellen, alter Knabe«, sagte McClintic.

»Schon in Ordnung.«

»Hatten Sie jemals eine Entzündung an Ihrem Geschlechtsorgan?«

»Nein.«

»Sind Sie sicher?«, fragte Tower mit seiner trockenen Stimme. »Nicht einmal eine sehr kleine Entzündung … sagen wir, so groß wie ein Stecknadelkopf?«

»Also jetzt, wo Sie's sagen, ich glaube, so was könnte ich gehabt haben. Wie auch immer, es hat mich nie gestört.«

»Es ging wieder weg, ja? Und dann, ein paar Monate später, ist dieser Ausschlag ausgebrochen. Richtig?«

»Das ist richtig.«

»Haben Sie … hatten Sie kurze Zeit, bevor diese Entzündung kam, Geschlechtsverkehr?«

»Was?« Courtland sah ihn verblüfft an, er verstand die Frage nicht sofort. »Also, das war keine kurze Zeit. Soweit ich mich erinnere, waren es etwa dreißig Tage.«

McClintic stieß ein kräftiges Kichern aus. »Dreißig Tage ist ziemlich kurz in einem Leben, junger Mann … Gut, was denken Sie, Doktor?«

Tower zuckte mit den Schultern.

»Wollen Sie eine Punktur versuchen?«

»Das halte ich für wenig sinnvoll. Die Reaktion könnte nach einem so langen Zeitraum sehr leicht negativ sein.«

»Glauben Sie nicht, wir könnten anhand der Rückenmarksflüssigkeit etwas entdecken?«

»Ein ganze Menge, schätze ich«, sagte Tower trocken; und McClintic schien ein Gelächter zu unterdrücken.

Tower schrubbte sich seine Hände und verließ den

Raum, um ihn während Courtlands Anwesenheit nicht wieder zu betreten. Der große Doktor sah Courtland nachdenklich an und schüttelte den Kopf. Und plötzlich kam dem Engländer die Luft im Zimmer zum Ersticken vor.

»Ist es etwas Ernstes?«, fragte er.

McClintic gab keine Antwort. Er ging ans Ende des Tisches und glitt mit einer Hand unter Courtlands Hinterkopf.

»Verheiratet, Mr. Courtland?«

»Nein.«

»Das ist gut. Sehr gut.«

»Ich bin verheiratet«, sagte Courtland unvermittelt. »Gibt es irgendwas ...«

»Keine Kinder?«

»Nein.«

»Schön, das ist gut, letzten Endes. Sind Sie halbwegs gut gestellt, finanziell?«

»Ziemlich.«

»Das ist ebenfalls gut. Können Sie meine Finger da spüren ... wissen Sie, welcher Teil des Gehirns das ist?«

»Wusste ich mal, aber ich hab's vergessen.«

»Das ist das Zerebellum. Es ist die koordinierende oder auch Steuerungszentrale für das Zerebrum und die Medulla oblongata. Grob verkürzt gesagt, es hält die anderen Gehirnteile auf der richtigen Spur ... hindert sie daran, sich wie verdammte Idioten zu benehmen.«

»Ich verstehe.«

»Ich glaube nicht, dass ich weitertrinken würde,

wenn ich Sie wäre, Mr. Courtland. Sie müssen dieses kleine Gehirn da hinten so funktionstüchtig wie möglich halten. Was davon noch übrig ist.«

Courtland setzte sich mit einem Schrei auf. »Was davon noch übrig ist? Was meinen Sie damit?«

»Es tut mir leid. Sie haben Syphilis, und sie hat sich auf Ihr Gehirn ausgebreitet.«

Der Engländer schwankte, ihm war schwindlig. Das Zimmer schien sich zu drehen. Tapfer hielt er sich am Tischrand fest und biss sich auf die Lippen, um bei Verstand zu bleiben. Er öffnete wieder die Augen, brachte ein Lächeln zustande und schob sich vom Tisch auf die Beine.

»Ich danke Ihnen vielmals, Doktor. Sagen Sie mir bitte, was ich Ihnen schulde …«

»Nichts. Nein, das meine ich ernst. Es gibt nichts, was wir für Sie tun könnten.«

»Es gibt keine Medizin oder Behandlung jedweder Art …«

»Nicht in diesem Stadium der Angelegenheit. Wenn wir es, sagen wir, sechs Monate nach der Infektion angepackt hätten, aber jetzt …« Er verzog den Mund und schüttelte den Kopf. »Es ist die verdammte Heimlichtuerei mit Sachen dieser Art, die daran schuld ist. Manchmal denke ich, die ganze verdammte amerikanische Bevölkerung würde lieber an Gonorrhoe sterben, als den Mund aufzumachen. Sie kennen die Symptome von diesen Krankheiten nicht. Sie wollen sie anscheinend auch nicht wissen. Infolgedessen sind unsere Friedhöfe und Irrenhäuser …« Er brach abrupt ab, und sein gutmütiges Gesicht hatte einen bedauernden Ausdruck. »Es tut mir leid, Courtland.«

»Ist schon in Ordnung«, nickte der Engländer.

Wahrscheinlich weil er etwas in der Art schon die ganze Zeit vermutet hatte, gab es keine Schockreaktion nach dem ersten brutalen Statement des Arztes. Da war nicht mal eine große Angst. Seine ersten Gefühle waren Bedauern, für das, was er Myrtle angetan hatte, und Dankbarkeit, dass er sie gut versorgt zurücklassen würde, wenn das unvermeidliche Ende gekommen war.

Er verbrachte den Tag damit, einige Ohrringe und Halsketten für sie auszusuchen und ein paar Accessoires für sich selbst zu kaufen. Außerdem eröffnete er Konten bei zwei Banken und deponierte den größten Teil seines Geldes. Am nächsten Morgen nahm er den Zug nach Verdon.

Fünfzehn Minuten bevor der Zug in die Stadt einfuhr, holte er die Viertelliter-Flasche Whisky aus seiner Reisetasche und trank sie aus. Er wusste, was das mit ihm anstellen würde. Es war nötig für das, was er tun musste.

Mit misstrauischen Augen ließ ihn Bella in das Haus des Bankiers eintreten. Ohne ihren Gruß zu erwidern, der nicht im Geringsten freundlich war, drängte sich Courtland hinter ihr her und betrat das Esszimmer.

Das Abendessen stand auf dem Tisch, und als Barkley sich erhob, ließ er die Serviette unter dem Kinn stecken. Auf seinem Gesicht lag ein starrer, väterlich misstrauischer Ausdruck, und er stieß mit seiner Gabel in Richtung Courtland, noch ehe dieser ganz im Zimmer war.

»Um das gleich mal klarzustellen, Alf, du hast eine Menge zu erklären. Einige Typen aus Grand Island haben mich angerufen und wollten wissen, ob das dein Geld wäre, und ich sagte, das wäre es, und …«

»Ist es auch. Ich werde es behalten, damit du's weißt.«

Barkley machte eine ungeduldige Handbewegung. »Pass auf, Alf. Das ist jetzt nicht der Zeitpunkt für Witze. Ich möchte wissen, was du mit diesen Geschäften erreicht hast, und dann erklärst du besser …«

»Ich habe keinerlei Geschäfte gemacht. Wie gesagt: Ich behalte das Geld für mich.«

»Was?« Der Bankier sank auf seinen Sessel. »Wovon redest du, Alf? Du kannst dieses Geld nicht behalten.«

»Was sollte mich davon abhalten?«, sagte Courtland kühl. »Es ist einfach nur ein Vertrauensbruch.«

»Aber … aber, Alf, es ist mein Geld.«

»Das war es mal, Bark.«

»Was soll das alles, Vater?« Bella fegte hinüber an die Seite ihres Vaters, ohne ihren stechenden Blick von Courtland abzulassen. »Hat er etwa Geld von dir geklaut?«

Barkley nickte, gebrochen. »Fünfundzwanzigtausend Dollar.«

»Fünfundzwanzig …!« Das Mädchen schnappte nach Luft. Selbst mit ihrem begrenzten Wissen über Finanzen wusste sie ungefähr, was diese Summe bedeutete – dass es praktisch alles war, was sie hatten. »Du gibst das zurück, hörst du? Ich … wir brauchen unser Geld! Ich werde dich dazu zwingen, dass du's zurückgibst!«

Courtland beobachtete ihre Bemühungen mit einem kalten, unangenehmen Lächeln auf den Lippen. Leidenschaftslos dachte er, dass er sie noch nie schöner gesehen hatte. Ihre Augen waren große schwarze brennende Löcher. Ihr Gesicht hatte die Farbe von fetter Sahne, auf der Rosenblüten schwammen. Über ihrem gewagten, tief ausgeschnittenen Mieder präsentierten sich ihre vollen Brüste, halb entblößt von den Wogen ihrer Leidenschaft.

»Du gibst es zurück!«, wiederholte sie.

»Ich werde dir einen Weg vorschlagen, wie du's dir zurückverdienen kannst«, sagte er.

Ihr stockte der Atem. »Also … du … du …«

Sie war schon drauf und dran, sich wütend auf ihn zu stürzen. Aber etwas an seiner Haltung – die Art, wie er lässig auf den Fußballen schaukelte, sein Lächeln, seine Augen – ließ sie plötzlich stoppen: die Erkenntnis, dass er sie schlagen würde und dass er Spaß daran hätte.

Sie taumelte zurück, die Hand vor dem Mund. Und Barkley beobachtete ihre Blicke nur stupide, ohne die Bedeutung zu begreifen. Sein Kopf war einzig und allein von dem Gedanken an sein verlorenes Vermögen beherrscht. Denn inzwischen war ihm klar geworden, dass es verloren war.

»Was … was soll ich denn tun?«, stammelte er, seine Stimme voller Selbstmitleid. »Was sollen die Leute denken?«

»Sie müssen es nicht erfahren«, sagte Courtland. »Ich werde sagen, dass ich etwas Geld geerbt habe; sie werden es glauben. Und du warst so lange im Geschirr, dass es niemandem verdächtig vorkommt, wenn du dich zurückziehst. Ich kaufe dir dein Inventar ab und übernehme deine Zahlungsverpflichtungen. Ich weiß, dass du nicht komplett pleite bist. Was soll's, zum Teufel? Du hast dein Haus hier. Du kannst später ein kleines Unternehmen aufziehen. Wenn du in den letzten acht Jahren wie ich gelebt hättest, würdest du dich für ziemlich wohlhabend halten.«

Die nur schwach glimmenden Kohlen von Barkleys Zorn brachen plötzlich in Flammen aus. Mit einem Fluch sprang er aus seinem Sessel, riss die Türen des Einbauschranks auf und holte eine Schrotflinte heraus. Er richtete die beiden Läufe auf seinen Angestellten und zog beide Abzugshämmer nach hinten.

»Gott verfluche dich, Alf! Gib das Geld her!«

»Das Geld ist in Omaha, Bark. Auf der Bank.«

»Dann wirst du mir einen Scheck dafür ausstellen. Ich will das bestätigt haben, bevor …«

»Nein«, sagte Courtland.

»Du wirst das tun, oder ich werde dich töten!«

»Ich werde es nicht tun. Mach doch und töte mich, wenn du willst.«

Courtland lachte freundlich und fing an, seine Handschuhe anzuziehen. Er sah Bella an und zwinkerte ihr zu. Und der Finger des Bankiers krümmte sich um die Abzüge des Gewehrs.

»Ich mach keinen Spaß mit dir, Alf. Es ist mir ernst, ich will dieses Geld haben.«

»Oder mein Leben«, nickte Courtland. »Du bekommst das Geld nicht, also kannst du genauso gut anfangen zu schießen.«

»Ich meine es ernst!«, beharrte Barkley.

»Ich meine, was ich sage, genauso ernst. Ich werde dir das Geld nicht zurückgeben. Wenn du mich töten willst, nur zu. Ich kann nicht behaupten, dass ich dir die geringste Schuld daran gebe.«

Die Schrotflinte schwankte. Langsam senkte sich die Doppelläufige.

Der Bankier rieb sich mit der Hand über die Stirn.

»Alf«, stammelte er herzzerreißend, »was ist denn bloß über dich gekommen? Bist du krank, Mann?«

»So könnte man's ausdrücken.«

»Gib mir das Geld, Alf. Überschreib's mir einfach wieder zurück, und wir vergessen alles ...«

»Nein.«

Barkley starrte ihn perplex an. Er öffnete den Mund, um etwas zu sagen, aber im Tumult der Impulse, ihm entweder zu drohen oder zu flehen, versagte ihm die Stimme. Er sackte in seinem Sessel zusammen, den Mund aufgesperrt wie ein Kind.

»Du!«, sagte Bella.

Und Courtland wandte sich zu ihr. »Ja? Wolltest du etwas sagen?«

»Vergiss es«, sagte sie missmutig.

Courtland blickte von ihr zu Barkley. Er lachte. Abrupt kehrte er ihnen den Rücken zu und ging raus.

Myrtle Courtland sah ihn übers Grundstück kommen. Aber sie machte natürlich nicht etwas so Undamenhaftes, wie etwa raus- und ihm entgegenzugehen. Sie wartete, bis er die Veranda betreten hatte; dann schwang sie mit einer theatralischen Geste das Fliegengitter auf, streckte einen Arm aus und bot den verlockenden Anblick einer förmlich dargebotenen Hand.

Er lachte.

Er drängte sich hinter ihr hinein.

Verwirrt ließ Myrtle das Fliegengitter zufallen und schloss erst im Nachhinein die Tür.

Courtland stand in der Mitte des schäbigen Zimmers und lächelte seltsam, die Hände auf den Hüften. Ein wenig zaghaft machte sie einen Schritt auf ihn zu.

»Ich bin so froh, dass du wieder da bist, Liebling.«

»Wozu hast du denn dieses Band da um den Hals? Glaubst du nicht, dass jeder sieht, dass du's von deinem Unterhemd abgetrennt hast?«

»Oh«, hauchte Myrtle. »Oh, Alfred!«

»Ja, mach weiter. Wieso bietest du mir keine Tasse Tee an? Sag mir bloß nicht, du hast nicht ungefähr eine Gallone bereit.«

Myrtles Lippen zitterten. »Ich ... ich bring dir sofort eine, Alf ...«

Plötzlich fing er zu schreien an. »Gott verfluche dich und deinen Tee! Glaubst du, ich will drin baden? Du mit deinem Gehabe, du aufgeblasene Zwei-Penny-Tante! Eine Kuh bist du! Eine gottverdammte Kuh mit einem langen Hals! Du gehörst auf eine Weide, wo du genug Platz hast, mit deinem dünnen Arsch herumzustolzieren ...«

Er tobte weiter, beschimpfte sie. Und die Tränen,

die sich in Myrtles Augen angesammelt hatten, vergingen wieder. Und ihre Lippen hörten zu zittern auf, und ihre Schultern strafften sich. Und sie schien größer zu werden. Schließlich hörte er auf, und sein Körper sackte zusammen; und dann umfasste er ihre Knie und schluchzte heftig; und sie streichelte sein Haar. Sie streichelte es und starrte ins Leere.

»Es ist alles gut, Liebling«, sagte sie, und ohne es zu verstehen, wusste sie Bescheid. »Alles gut.«

18.

In diesem Jahr gab es in Verdon viel zu tratschen:

Alfred Courtland übernahm die Bank, und Philo Barkley startete von zu Hause aus ein Unternehmen für Kleinkredite und Kommissionsgeschäfte.

Jeff Parker verkaufte sich an die Eisenbahn (es gab letztlich einen eindeutigen Beweis).

Link Fargo hatte einen Schlaganfall, der ihn für einige Monate ans Bett fesselte.

Edie Dillon hatte das Hotel gekauft.

Und Grant Fargo fing beim *Verdon Eye* zu arbeiten an.

Von allen diesen Ereignissen führte Letzteres zu den meisten Kommentaren. Lincoln Fargo behauptete, dass diese Meldung zu seinem Schlaganfall geführt hätte; und alle anderen waren mehr oder weniger ähnlich davon aufgewühlt. Zu Beginn jedes Tages bildeten sich Gruppen, um zu den schmutzigen Fenstern des *Eye* zu gehen und dem eleganten jungen Schriftsetzer bei der Arbeit zuzusehen; und dann gingen sie kopfschüttelnd davon und erklärten, dass nun doch noch ein Wunder geschehen sei. Es gab welche, die Grant auf der Straße anhielten und sich über seine Griesgrämigkeit hinwegsetzten, um seinen Puls und die Stirn zu fühlen, und

Erstaunen vortäuschten, dass sich ein Mann, der so offensichtlich krank war, auf den Beinen halten konnte. Andere beharrten darauf, dass er überhaupt nicht der echte Grant, sondern ein Doppelgänger war, und wollten ernsthaft wissen, wo er seinen Körper versteckt hätte.

Grant ertrug es, weil er weder den Charakter noch die physische Stärke hatte, um sich gegen all den Spott zu wehren. Und allmählich beruhigte sich die Lage.

Grant hatte natürlich keine Lust gehabt, arbeiten zu gehen. Er hatte diese unerklärliche Angst vor einer Beschäftigung, die sich bei jedem einstellt, der lange arbeitslos war. Aber Bella hatte darauf bestanden, er müsste etwas arbeiten, angesichts der Tatsache, dass sie nun nicht an das erwartete Geld von ihrem Vater rankommen konnte, und wenn Bella auf etwas insistierte, war das sehr schwer abzulehnen. Und außerdem war zu der Zeit ihr Körper für ihn schon zu einer Notwendigkeit wie Essen und Trinken geworden. Ja, sogar wie das Trinken.

Deshalb hatte er beim *Eye* zu arbeiten angefangen, und bald war er nicht besonders unzufrieden damit. Sein Verdienst von acht Dollar pro Woche war ein reichliches Taschengeld. Zu Hause hatte er eine exzellente freie Kost und Logis. Und er hatte Bella. Er genoss alle Vorzüge einer Ehefrau, ohne einen der Nachteile zu haben. Es war ein angenehmes, leichtes Leben, und er war bereit, es unbegrenzt so weiterlaufen zu lassen.

Bella war das, naturgemäß, nicht.

Sie fing an, Grant zu verachten, obwohl ihr der Geschlechtsverkehr mit ihm Freude machte. Ehrlich, wie sie zu sich selbst war, wusste sie, dass sie es mit einem anderen Mann – mit fast jedem beliebigen Mann – mehr genießen würde. Sie hatte vor, ihn nur zu benutzen, um aus der Stadt zu kommen und sie in einer großen Stadt einzuführen (sie hatte sich in den Kopf gesetzt, Schauspielerin zu werden). Sie glaubte, dass er sein Geld sparte, damit sie irgendwann zusammen abhauen konnten.

Als der Scheck ihres Vaters geplatzt war, hatte sie angefangen, ihn nüchtern zu betrachten. Eines Abends, als er mit der Arbeit fertig war, parkte sie ihren großen roten Chandler an der Druckerei und holte ihn ab.

Einerseits freute er sich, sie zu sehen, andererseits nicht. Jeder wusste, dass sie zusammen waren, aber es gab keinen Grund, die Tatsache zur Schau zu stellen. Außerdem war es seine Angewohnheit, nach der Arbeit auf ein paar Drinks im Saloon vorbeizuschauen – ein paar für sich und ein paar für den Barkeeper.

Dennoch war er wie immer hin und weg, wenn er sie sah. Es war Frühlingsanfang, und das Verdeck des Autos war unten, und in ihrem leinernen Staubmantel und dem weißen Schleier gegen den Fahrtwind sah sie aus wie ein Bild in einem Kalender. Er zog den anderen Staubmantel an, der auf dem Sitz lag, setzte eine Leinenkappe mit einem Schild aus Zelluloid auf und stieg neben ihr ein.

»Würde es dir etwas ausmachen, am Saloon zu halten?«, fragte er, als sie den Gang einlegte.

Sie runzelte ein wenig die Stirn. »Ich glaube nicht.«

»Ich will mir nur eine Zigarre holen«, log er. »Dauert nur eine Minute.«

»Ist gut«, sagte sie.

Sie hielt ein Stück hinter dem Saloon, und er sprang raus und lief rein. Es dauerte fünf Minuten, ehe er zurückkam und fröhlich an einer Zigarre paffte.

Sie ließ das Auto so schnell davonschießen, dass sein Kopf zurückschlug, und knatternd fuhren sie aus der Stadt in Richtung der Hügel, ohne zu sprechen. Er beobachtete sie heimlich, während sie auf der zerfurchten Straße von einer auf die andere Seite schlingerten. Verängstigt von ihrer gefährlichen Geschwindigkeit von achtzehn Meilen pro Stunde, griff er schließlich hinüber und versuchte leicht panisch, an den Gashebel am Lenkrad zu kommen.

Sie wollte seine Hand mit dem Ellbogen wegschieben und verriss dabei das Lenkrad. Das ungünstigerweise vorderlastige Auto schleuderte, schoss auf den Straßengraben zu, schlingerte dann in die Fahrrinne zurück und fuhr schaukelnd und stampfend weiter.

»Was sollte das denn?«, fragte er wütend, als er endlich wieder sprechen konnte.

»Dasselbe frage ich dich, Mr. Grant Fargo.«

»Du weißt, dass du zu schnell gefahren bist!«

»Ich glaube, ich weiß, wie man fährt. Lass von jetzt an bloß deine Hände vom Lenkrad!«

»Mir fällt noch was Besseres ein«, erklärte er grimmig. »Ich werde nicht mehr in dieses Auto einsteigen.«

Sie lachte gehässig. »Du Feigling! Hat Mu-Muttis kleiner Liebling Angst gekriegt?«

»Ach, macht mir doch nichts aus«, sagte Grant. »Aber stell dir mal vor, wir wären die Straße überm Fluss gefahren, und so was passiert. Stell dir vor, wir wären über die Klippe geschleudert. Wie würdest du dich dann fühlen?«

»Das ist einfach.« Sie zuckte mit den Schultern und sah, sogar von ihrem Schleier verhüllt, sexy aus. »Ich würde gar nichts fühlen.«

Ihre Stimme war flapsig, aber innerlich hatte ihr etwas Angst eingejagt. Nicht der Beinaheunfall von eben. Etwas anderes. Etwas, das sie gespürt hatte, was sie auch in dieser Nacht empfunden zu haben schien, als sie Grant am Rummelplatz getroffen hatte.

Spontan legte sie eine Hand auf sein Knie; und einen Moment später legte sich seine Hand über ihre. Sie lächelten sich an, und er rutschte auf der Sitzbank näher zu ihr.

Nach und nach ließen sie die scheinbar grenzenlose Aussicht auf fruchtbare grüne Wiesen und große Scheunen und ausladende Häuser hinter sich. Das Land fing an, sich wellenartig zu senken und zu erheben, und es war, als würde da ein Sog arbeiten und all seine Schönheit und seinen Reichtum nach unten und in das Tal hinter ihnen hineinziehen.

Sand breitete sich über die fruchtbare schwarze Erde aus, und was sich da ausbreitete, wurde immer mehr, bis schließlich nur noch Sand da war. Die Zäune verschwanden oder waren trostlos zwischen nutzlosen Zaunpfählen eingesackt; Sonnenblumen und Sandbänke erhoben sich triumphierend über struppige, schlaffe Getreidereihen. Zwischen den jungen Weizentrieben fraßen sich Besen- und Podagrakraut durch. Rinder gab es nur wenige, und die wanderten verloren durch die Ödnis und zeigten ihre großen Rippen. Die wenigen Pferde – Klappergäule – standen Kopf an Schwanz beieinander, schwangen apathisch ihre Schwänze, um die Sandfliegen zu vertreiben, und stupsten hin und wieder ihre Nüstern in das verkümmerte, bittere Gras.

Es gab keine richtigen Scheunen, nur aufrecht stehende Balken, die sich an der Spitze mit anderen Balken kreuzten und mit Heu bedeckt waren, manchmal auch mit einem Misthaufen beschwert, als Schutz gegen den Nordwind. Die Häuser waren zunächst ungestrichene Ein-Raum-Holzhäuser; dann mit Grasnarben bedeckte Hütten; dann Unterstände – Hügel im verheerenden Sand, nur durch die Länge eines Ofenrohrs, das aus dem Dach ragte, als Behausungen zu erkennen.

Das waren die ärmsten Leute in dieser Gegend. Und dennoch waren sie Weiße. Sie waren Amerikaner. Und wenn man sie dazu aufgefordert hätte, hätten sie sich gewissenhaft zu den damit verbundenen Verpflichtungen bekannt. Es gab hier keine Hausfrau, die – egal, wie sehr sie Hunger leiden musste, überarbeitet war und zu viele Kinder hatte – für einen vorbeikommenden Fremden nicht ihre letzte Legehenne geschlachtet und ihm ihre letzte Unze Essbares angeboten hätte … wenn er, wie sie, weiß und Amerikaner war. Und jeder ihrer hageren Ehemänner in ihren zerlumpten Overalls und den durchlöcherten Stiefeln wäre zwanzig Meilen gelaufen, um demselben Fremden behilflich zu sein, und hätte alles außer einen Dank dafür abgelehnt.

Deshalb winkten Grant und Bella liebenswürdig, als sie vorbeifuhren. Sie winkten den Knirpsen mit den Rotznasen und den Kleidern aus Getreidesäcken zu. Sie hoben ihre Hände in Richtung der düsteren Gestalten in den Eingängen von Grashütten und Unterständen. Sie machten es und meinten es ohne jeden Snobismus.

Denn das Land war groß und einsam, und Amerikaner hielten zusammen.

Als sie schließlich die höchste der stetig ansteigenden Erhebungen hinaufgefahren waren, war der Sand so gut wie verschwunden, und die Räder des Chandler rollten ruhig über Steine dahin. Sie fuhren zwischen zwei zusammengefallenen Pfählen durch, passierten einen umzäunten Unterstand und hielten neben einer uralten Strohhütte. Die Außenfront war von den Jahren und vom Wetter eingeschwärzt. Aber auf einer Seite war sie tief eingesunken, und dort waren die Wände sauber, sauber und gelb wie der Boden.

Grant sah sich um und schüttelte verwundert den Kopf.

»Das ist komisch, weißt du. Pa sagt, dass das hier früher einer der besten Bauernhöfe im Land war.«

»Was ist damit passiert?«

»Pa sagt, alles wurde über Nacht weggeweht.«

»Blödsinn. Wie kann's eine Farm wegwehen? Komm schon und hilf mir raus.«

Er stieg aus und ging um das Auto herum auf ihre

Seite. Sie öffnete die tief liegende Tür, ergriff seine Hände und sprang leichtfüßig auf den Boden. Er küsste sie und presste ihren Körper an seinen; dann betraten sie Arm in Arm die Aushebung in der Strohhütte.

Er breitete seinen Staubmantel für sie aus, half ihr aus ihrem eigenen heraus und legte ihn als Decke darauf. Ohne Umstände ließ sie sich nieder. Während er sie mit klopfendem Herzen beobachtete, löste sie ihre Strapse, zog ihr Kleid und die Petticoats hoch um ihre weißen Hüften und schob ihr Korsett nach oben.

Dann legte sie sich zurück und sah ihn an, eine ihrer seidigen schwarzen Augenbrauen mit offener Provokation hochgezogen.

»Glaubst du eigentlich, dass du jemals genug gesehen hast?«

»Niemals!«

»Na, wenn du jetzt genug geglotzt hast, gibt es noch was anderes zu ...«

Es war merkwürdig, wie süß und weich das Stroh davor war, und wie stechend und bitter danach.

Bella setzte sich plötzlich auf und fing an, ihre Strümpfe wieder zu befestigen. Zwischen ihren Brüsten war ein Strohhalm. Sie wischte ihn verärgert weg, voller Ekel, der umso mehr bitter schien, weil er ihr selbst nicht bewusst war. Grant ruhte sich immer noch aus, versuchte ihre Schulter zu streicheln, und sie lehnte sich nach vorn und weg von ihm.

»Grant«, sagte sie, »du hast heute Abend im Saloon was getrunken, stimmt's?«

»Nur einen«, log er. »Was ist damit?«

»Gehst du da jeden Abend rein?«

»Oh, nein. Nur hin und wieder.«

»Wie viel Geld hast du inzwischen gespart, Grant?«

»Also lass mich mal überlegen«, sagte der Schriftsetzer und tat so, als würde er nachdenken. »Hm ... fünfzig Dollar.«

»Du hast gesagt, es wären sechzig, als ich dich letztes Mal gefragt habe.«

»Habe ich das nicht gesagt? Ich meinte sechzig.«

Bella lachte, und ein kalter Schauer lief über Grants Rückgrat. Sie änderte ihre Stimmung so plötzlich; da kam er nicht mit. Nur einen Moment davor ...

»Du glaubst mir also nicht?«, fragte er aggressiv.

»Willst du, dass ich's tue?«

»Mach, was du willst.«

Die Augen des Mädchens glühten auf, und für einen Moment saß sie da und starrte vor sich hin. Innerlich verfluchte sie sich. Sie wusste, was er war, wie er war. Warum hatte sie ihn so lange damit durchkommen lassen, ohne mit ihm Schluss zu machen?

Sie saß da und sah nach vorn, verbarg ihr Gesicht vor ihm, und dann schlich sich eine Idee in ihr hurenhaftes Gehirn, die so einfach war, dass sie sich wunderte, warum sie nicht schon früher draufgekommen war. Als sie sich endlich wieder zu ihm umdrehte, war ihre Stimme voller Demut und bemühter Offenheit.

»Es macht mir nichts aus, wenn du's nicht geschafft hast, irgendwas zu sparen, mein Lieber.«

»Gut, hab ich aber trotzdem«, insistierte er missmutig.

»Nein, hast du nicht, Liebling, und das ist schon in Ordnung. Ich weiß, dass du's furchtbar hart versucht hast und dass es dir ernst damit war, aber dass du's einfach nicht schaffen konntest. Du verdienst schließlich nur acht Dollar die Woche; und wenn du dir jeden Tag einen Drink oder so kaufst und vielleicht ein oder zwei Zigarren, dann ist eben alles weg.«

»Das geht ziemlich schnell, stimmt«, gab Grant zu.

»Du hast überhaupt nichts gespart, oder, Darling?«

»Also, ich … ich …«

»Hast du?« Sie berührte sein Ohr mit ihren Lippen und ließ sie dort.

»Uh … also … ich glaube, habe ich nicht, Bella«, sagte Grant. *»AUTSCH!«*

Mit wütendem Gelächter rappelte sich Bella auf, während sich Grant auf dem Stroh herumwälzte und sich das Ohr hielt, in das sie ihn gebissen hatte.

»Du kleine Hure!«, stöhnte er.

»Du wirst merken, dass ich 'ne Hure bin … eine Wolfshure«, schnappte sie, »noch bevor ich mit dir fertig bin! Du hast genug Spaß mit mir gehabt, Mr. Grant Fargo …«

»Und du hast keinen gehabt, schätze ich!«

»Sicher hab ich das. Sonst hätte ich's nicht gemacht. Aber das ist jetzt völlig nebensächlich. Ich wollte schon lange von hier weggehen, aber es hat keine große Rolle gespielt, ob ich's getan hab oder nicht. Jetzt spielt es eine Rolle. Jetzt muss ich weg von hier. Verstehst du, was ich damit sagen will, Grant?«

»Du meinst doch nicht etwa, d-du bist schwanger?«

»Warum nicht? Hast du gedacht, wir könnten es ewig so weitertreiben? Ich bin drei Wochen über meine Periode, genau jetzt. Ich dachte, es hätte keinen Sinn, dich damit zu verwirren, und ich dachte ohnehin, du würdest etwas Geld sparen. Ich dachte, in den nächsten zwei oder drei Monaten, wenn es so weit ist, dass ich wegmuss, hättest du genug beisammen.«

Grant sah sie geschockt an. Wie in einem Taumel kam er auf die Beine.

»D-du belügst mich!«, brüllte er.

»Und ich vermute, dein Plan ist, acht Monate abzuwarten, um zu sehen, ob ich das tue?«

»Nein ... nein, natürlich nicht. Ich ... ich weiß einfach nicht, was wir tun sollen, Bella. Wenn wir irgendwo unten im Süden wären, wo ich ein paar Ärzte kenne ...«

Seine Stimme versackte in sinnlosem Gestammel, während sie ihn verächtlich anstarrte.

»Ich werde irgendwo ein wenig was zusammenkratzen«, sagte er schließlich. »Genug für mich, um nach Omaha oder Kansas City zu kommen. Ich werde einen Job finden und dir Geld schicken, um ...«

»Nein, wirst du nicht, Grant.«

»Warum denn?«

»Du würdest mir keinerlei Geld schicken. Du würdest nicht zurückkommen. Du würdest mich hier zurücklassen, und ich könnte zusehen, wie ich selber damit klarkomme. Nein. Du wirst genug für uns beide besorgen, um zu verschwinden, und versuch lieber nicht irgendwas anderes. Falls es auch nur einen Tag gibt, an dem ich dich nicht sehe, erzähle ich's meinem Vater, und wir werden dafür sorgen, dass man dich schnappt und zurückbringt, wo auch immer du bist.«

Grant zitterte. Sie hatte seine Gedanken genau gelesen; und er wusste, dass sie genau das tun würde, womit sie ihm gedroht hatte. Sie würde ihn zurückschaffen, um ihrem Vater gegenüberzutreten und, das Schlimmste von allem, seiner eigenen Familie. Gereizt fragte er sich, warum sie nicht wie die übliche Heldin handeln und den Namen des Mannes bis zuletzt verheimlichen konnte.

Als hätte sein letzter Gedanke sich mit dem in ihrem Kopf gekreuzt, sagte sie jetzt:

»Und denk nicht mal dran, dass du jemand anderem die Schuld geben könntest, Grant. Jeder weiß, dass ich nie mit einem anderen als dir gegangen bin.«

»Ich habe an nichts dergleichen gedacht«, protestierte er gedemütigt. »Ich weiß einfach nur nicht, welchen Weg man einschlagen könnte. Kannst du denn von deinem Vater überhaupt kein Geld bekommen? Schließlich hat er doch versprochen …«

»Er hat eben seine Meinung geändert, und du weißt, wie er ist, wenn er sich entschieden hat, etwas nicht zu tun.« Nicht einmal Grant gegenüber würde sie die Dummheit ihres Vaters aufdecken.

Grant schüttelte hilflos seinen Kopf.

»Aber ich weiß einfach nicht, was ich tun soll, Bella! Ich weiß nicht, woher ich Geld bekommen soll.«

»Du kannst anfangen zu sparen, das ist schon mal eine Sache. Ich kann ein paar Dollar zusammenkratzen. Wir werden es schaffen, rauszukommen.«

»Du hast keine Ahnung, wie es in den Städten ist, Bella. Man braucht eine Menge Geld. Kann sein, dass ich nicht sofort in der Lage bin, arbeiten zu gehen. Es kann einen oder zwei Monate dauern, bevor ich irgendwas finde, und in der ganzen Zeit müssen wir von was leben.«

Bella streifte ihren Staubmantel über und machte sich auf den Weg zum Auto. Er trampelte unglücklich hinter ihr her.

»Ich weiß einfach nicht, was wir tun könnten, Bella«, wiederholte er.

»Gut«, sagte das Mädchen, »dann fang mal besser an, drüber nachzudenken.«

Die folgenden Wochen waren die scheußlichsten in Grant Fargos Laufbahn.

Aufgrund seiner verzweifelten Notlage brütete er eine Idee nach der anderen aus, und sie alle kamen totgeboren auf die Welt.

Er fing damit an, dass er eine Lohnerhöhung auf zehn Dollar die Woche forderte und den störrischen Besitzer des *Eye* damit antrieb, dass er für einen Tag die Arbeit niederlegte. Seine Forderung überschnitt sich ausgerechnet mit der Ankunft eines herumziehenden Schriftsetzers in der Stadt, und es dauerte zwei Wochen, ehe der sich wieder aus dem Job hinausgesoffen hatte. Während dieser zwei Wochen verdiente Grant nichts, und er kehrte zu seinem alten Lohn an seinen Arbeitsplatz zurück.

Weil er so gut wie ohne die Dinge auskam, die zum Leben notwendig waren – so ähnlich drückte er es aus –, schaffte er es, dreißig Dollar zu sparen. Und die verlor er, als er etwas versuchte, das zweifellos zu den lächerlichsten Zielen gehört, die ein Mann haben kann: bei einem Inside-Straight die fehlende Karte zu bekommen. Er wurde auch böse zusammengestaucht, als er das todsichere Blatt überprüfte, das der Gewinner auf der Hand gehabt hatte.

Er wagte es natürlich nicht, Bella von diesen verunglückten Abenteuern zu erzählen. Sie war auch so schon schwierig genug.

Weil sie darauf bestand (obwohl er ihr versicherte, dass es nichts bringen würde), schrieb er eine Reihe von Freunden aus alten Tagen an und bat um ein Darlehen. Zu seiner großen Verwunderung erhielt er insgesamt zwanzig Dollar, aber als er sie ihr erfreut überbrachte, wurde es schwieriger als je zuvor, mit ihr klarzukommen ... Er konnte also doch Geld auftreiben, wenn er es wirklich wollte! Schön und gut, dann müsste er einfach weiterschreiben und mehr reinholen. Man musste auf sein Gerede nichts geben, dass das keinen Sinn hatte. Das war das, was er anfangs gesagt hatte.

Also schrieb er noch mal und erhielt nichts. Und sie weigerte sich, ihm zu glauben.

Er bot Sherman an, für fünfzig Cent pro Abend Routinearbeiten zu übernehmen, und Sherman stellte ihn mit fröhlichem Grinsen ein. Der Nettolohn für seine Arbeiten waren fünfzehn Cent (er hielt etwas weniger als eine Stunde durch), ein ruinierter Anzug (Ted hatte ihn in den Trog mit Essensabfällen geschubst) und ein lahmer Rücken (Gus hatte Getreide auf ihn geschüttet und die Schweine mit Rufen angelockt).

Er war wirklich eine bemitleidenswerte Gestalt. Von Bella, der er zu helfen versuchte, bekam er nicht den geringsten Zuspruch.

Er schickte einen kostbaren Fünf-Dollar-Schein an einen Inserenten in einem Wochenblatt, und als das nicht etikettierte Paket kam und er es ihr schenkte, sagte sie verächtlich zu ihm, er solle es selbst trinken.

Zuletzt fing sie an, ihm gegenüber die Meinung zu vertreten, dass nichts anderes übrig bliebe, als es seinem Vater zu sagen.

»Aber ... aber das kannst du doch nicht machen, Bella!«

»Ich würd's auch lieber nicht machen, Grant.«

»Ich weiß, dass du wütend auf mich bist, aber wozu sollte das gut sein?«

»Oh, ich kann mir vorstellen, dass er uns das Geld geben würde, um von hier wegzukommen.«

»Ja, aber du bist meine Cousine, und ... und ... er hat mich gewarnt ... und er und Sherman ... du weißt nicht, wie sie sind, Bella!«

»Also« – nachdenklich – »ich glaube, ich habe eine ziemlich gute Vorstellung davon, wie sie sind.«

»Bitte sag es ihnen nicht, Bella!«

»Ja, ich möchte das auch lieber nicht tun, Grant.«

»Ich werde das Geld irgendwie auftreiben. Aber erzähl's ihnen nicht!«

»Wäre mir auch lieber, Grant. Aber dann musst du dich jetzt beeilen. Es bleibt nicht mehr viel Zeit.«

19.

Doc Jones korrigierte den Verband am Kopf von Bob Dillon ein letztes Mal, betupfte ihn abermals mit Arnika und klappte dann seine Arzttasche zu. Er zwinkerte dem Jungen freundschaftlich zu, und Bob schloss die Augen teilnahmslos.

»Wird er wieder gesund, Doc?«, fragte Mrs. Dillon. Sie zupfte an ihrer schmutzigen grauen Schürze.

»Oh, sicher. Er hat nur einen leichten Schock. Durch den Riss in seinem Kopf wird er etwas von seinem Übermut verlieren. Sicher, er wird wieder gesund.«

Mrs. Dillon seufzte. »Gut, das ist ein Segen. Ich habe weiß Gott schon genug Ärger, auch ohne dass ihm etwas passiert. Was schulde ich Ihnen, Doc?«

»Oh, ich schätze, ein Dollar wäre ganz in Ordnung, Edie. Und was hast du übrigens gesagt, wie das passiert ist?«

»Also, er war draußen auf Shermans Hof«, erklärte Edie und holte einen Silberdollar aus ihrer Tasche, »und Sie wissen ja, dass Sherman diese beiden Jungs hat, Ted und Gus ...«

»Allerdings weiß ich das.«

»Anscheinend hatten sie eine Art Vehikel, von dem sie dachten, es könnte fliegen, und das haben sie vom

Dachboden der Scheune rausgeschoben. Bobby saß drin und steuerte das verdammte Ding, und sie schoben es an und sprangen auf sein Ende – den Schwanz nennt man's, glaub ich –, als es zum Tor rausschoss. Es überschlug sich und zerkrachte in tausend Stücke; ich weiß auch nicht, warum sie nicht alle dabei getötet wurden. Fast hätte es Josephine umgebracht.«

»Wie denn das?«, fragte der Doktor interessiert.

»Sie war rausgegangen, um nach Ted und Gus zu suchen. Sie hatte Arbeit, die sie erledigen sollten, glaube ich, und sie versuchte sich an sie ranzuschleichen. Sie war fast am Scheunentor, als diese Flugmaschine aus dem Heuboden rausgeschossen kam und fast genau auf sie draufgestürzt wäre.«

Der Doktor kicherte. »Ted und Gus wurden nicht verletzt, eh? Ich wette, dass Josephine ihnen eine Abreibung verpasst hat!«

»Sie sind weggerannt, bevor sie die Möglichkeit dazu hatte. Aber ich vermute, das wird sie tun, wenn sie wieder auftauchen.«

Doc Jones steckte sein Honorar in seinen Geldbeutel und setzte seinen Hut auf. Mrs. Dillon warf einen ängstlichen Blick auf ihren Sohn.

»Ist es in Ordnung, wenn ich ihn allein lasse, Doc? Ich hab so viel Arbeit zu erledigen …«

»Sicher, das ist in Ordnung. Lass ihn einfach ausruhen. Wenn er irgendwas braucht, kann er danach rufen.«

Er ging mit ihr durch den mit Strohmatten ausgelegten Korridor und dann in die Lobby hinunter. Dort blieb er für einen Moment stehen und betrachtete alles, die abgewetzten Ledersessel, die großen Spucknäpfe aus Blech, den splitterigen Boden.

»Du hast das Haus ganz schön rausgeputzt, Edie«, sagte er anerkennend.

»Das war auch nötig«, gab Edie Dillon zu. »So einen Verhau haben Sie noch nie gesehen, Doc. Und die Bettwanzen … mein Gott!«

»Bist du die inzwischen losgeworden?«

»Nicht vollständig. Obwohl ich alles versucht habe, was mir eingefallen ist. Kerosin und roter Pfeffer und Schwefelkerzen.«

»Ist 'ne Menge Arbeit, die loszuwerden«, stimmte der Doktor zu, »und das warme Wetter macht's noch schlimmer. Wenn wir im Herbst einen ordentlichen Frost bekommen, wird er sie alle vernichten.«

»Ja, das hoffe ich auch.«

»Und wie läuft das Geschäft, Edie?«

»Oh, nicht schlecht«, sagte Mrs. Dillon. »Die Vertreter sollten jetzt, wo die Straßen frei sind, bald bei uns durchkommen, und nächste Woche wird die Chautauqua-Truppe hier sein. Wenn ich nur nicht so viel für Hilfskräfte bezahlen müsste! Wissen Sie, ich hab das älteste der DeHart-Mädchen geholt, um für mich zu kochen und die Zimmer zu machen – nur um mich zu unterstützen, wohlgemerkt –, und ich muss ihr vier Dollar die Woche zahlen!«

Der Doktor schüttelte grimmig den Kopf. »Großartige Sache, wirklich. Bei uns arbeitet eines der Moss-Mädchen, und sie macht rein gar nichts, und wir bezahlen ihr zwei-fünfzig die Woche. Zwei-fünfzig, nur um den Haushalt für Mrs. Doc und mich zu führen!«

Mrs. Dillon sagte, es wäre eine Schande. Doc Jones sagte, wenn von diesen Mädchen jemals welche in die Welt hinaus und für ihren Lebensunterhalt *arbeiten* müssten, würden sie schon mitbekommen, wie der Hase lief. Er wollte aufbrechen, als er noch mal zögernd stehen blieb.

»Uh, wo wir schon dabei sind, Edie, hast du jemals wieder was von deinem Ehemann gehört?«

»Ja, ich hab da was gehört«, sagte Edie und bedauerte das Eingeständnis sofort.

»Oh?«

»Es war nichts Wichtiges.«

»Nichts Wichtiges, eh?«

»Nein«, sagte Mrs. Dillon.

Das Gesicht des guten Doktors verkrampfte sich etwas, hellte sich dann auf, als er sich an etwas erinnerte. »Ich werde nie vergessen, wie ich Bob das erste Mal getroffen habe. Das war, als er hier bei der Eisenbahn als Heizer war. Du weißt ja, er hatte so was wie einen Nervenzusammenbruch, als er als Rechtsanwalt für die Eisenbahn tätig war, und er hat diesen Job als Heizer angenommen, um wieder gesund zu werden …«

»Ja, ich weiß«, sagte Edie mit einem Hauch von Ungeduld.

»Also, er kam in meine Praxis in seinen Arbeitsklamotten … und ich wusste nicht, wer er war, weißt du, und ich hatte das Medizinstudium noch nicht lange hinter mir und war, glaube ich, etwas selbstgefällig und … oh, ja, ich vergaß zu erwähnen, dass er sich irgendwie am Arm verletzt hatte. Also sag ich zu ihm« – er kicherte –, »ich sag: ›Wo hast du denn Schmerzen am Arm, mein guter Mann?‹ Und er schaute mich so etwas verschlafen an, wie er das manchmal machte, weißt du …«

»Ich weiß.« Edie Dillon biss sich auf die Lippen.

»… und er sagt: ›Ich bin mir nicht sicher, Doktor. Meine medizinischen Kenntnisse sind ziemlich mangelhaft. Ich kann nicht entscheiden, ob es die Speiche oder die Elle ist.‹« Doc Jones lachte auf. »Er hat mir natürlich einen Dämpfer verpasst.«

»Er war ein verdammt smarter Mann«, sagte Mrs. Dillon.

»Ein brillanter Mann. Er ist … uh … bei guter Gesundheit, hoffe ich?«

»Ja … ich glaube schon. Danke, dass Sie gekommen sind, Doc. Ich muss jetzt wieder in die Küche.«

»Aber natürlich«, sagte Doc Jones verletzt. »Geh nur, Edie.« Er ging ziemlich enttäuscht aus der Tür, und Mrs. Dillon ging in die Küche, um das überbezahlte DeHart-Mädchen bei der Arbeit anzutreiben.

Im Stockwerk darüber kroch Bob Dillon von seinem Krankenlager, ging zum Fenster und pinkelte auf die rückseitige Veranda. Er blieb eine Weile so stehen, sah dem Wasser zu, wie es sich auf verschiedenen Wegen über die Teerpappe schlängelte, und fragte sich, warum es nicht nur einen Weg nahm, wie es sein sollte. Als er wieder ins Bett schlüpfte, hatte er das befriedigende Gefühl, etwas geleistet zu haben. Aus irgendeinem Grund schien es besser zu sein, auf das Dach zu pinkeln als in den Pott. Auch da fragte er sich, warum das so war.

Er war vollständig in der Lage, wieder auf den Beinen zu sein, aber irgendwas sagte ihm, dass seine Verletzungen eine Belohnung verdient hatten und sie ihm auch einbringen würden. Deshalb blieb er, wo er war, und fing zu weinen und stöhnen an (als er sicher war, dass das Dach getrocknet war). Und nachdem er sofort mit einem Liter Eiscreme belohnt worden war, fiel er in einen Schlaf voller Träume über eine sogar noch bessere Zukunft.

In den nächsten Tagen hatte er allen Grund, seiner kurzen Karriere als Flugkapitän dankbar zu sein.

Ted und Gus besuchten ihn, hatten reichlich Vorräte an Maiskolbenpfeifen und Rauchtabak dabei, und sie verbrachten einen ausgelassenen halben Tag damit, ihr Abenteuer wiederaufleben zu lassen. Es stellte sich heraus, dass Josephine, nachdem sie nur knapp entkommen war, mit einem Nervenzusammenbruch umgekippt war und ihnen deshalb nicht wie versprochen die Haut abziehen konnte, und mit jubilierendem Horror freuten sie sich schon auf ihre Wiedergenesung.

Alf Courtland sah fast jeden Tag vorbei und hatte immer Bücher und Süßigkeiten als Geschenk dabei.

Sherman kam ein- oder zweimal, um ihn freundschaftlich zu verfluchen und damit zu drohen, ihm die Ohren abzuschneiden.

Grant Fargo, der sein Mittagessen kostenlos im Hotel einnahm, besuchte ihn einmal. Aber er blieb nicht lange. Aufgrund einer merkwürdigen Koinzidenz wählte der Junge, der sich wegen Bewegungsmangel und Völlerei eine ernsthafte Verstopfung zugezogen hatte, die Zeit seines Besuchs, um sich auf den Pott zu setzen. Und sein junger dandyesker Onkel flüchtete angeekelt aus dem Zimmer.

Von allen Besuchen waren die der kleinen Paulie Pulasky die besten. Paulies Familie gehörte die Konditorei, und sie brachte immer Eiscreme und andere gute Sachen mit. Aber Bob hätte sich auch mehr über ihren Besuch gefreut als über jeden anderen, selbst wenn sie nichts mitgebracht hätte.

Paulie Pulasky und er waren Verliebte. Sie hatten es sich selbst nie eingestanden, geschweige denn der Allgemeinheit, aber trotzdem war es die Wahrheit.

Paulies Eltern waren Hunkies der zweiten Generation, aber die meisten Leute betrachteten sie als Weiße. Manche Leute meinten, sie wären sogar besser als viele Weiße. John Pulasky (seinen wirklichen Vornamen konnte man nicht aussprechen) hatte ein gutes Geschäft und ein beachtliches Bankkonto, und er war sehr gefragt, um bei Tanzveranstaltungen die Sets anzukündigen. Mrs. Pulasky führte einen blitzsauberen Haushalt und wusch und bügelte zweimal die Woche, und niemand hatte ein besseres Händchen, um eine Quiltrunde oder ein Teekränzchen zu organisieren. Für alle war es ein großer Jammer, dass sie Katholiken waren, aber angesichts ihrer vielen anderen Tugenden waren die Leute geneigt, tolerant zu sein. Und hatte man etwa nicht John Pulasky dabei beobachtet, wie er an einem

Freitag Fleisch kaufte? Und als Dutch Schnorr ihn deswegen aufgezogen hatte, hatte er's ihm mit Humor heimgezahlt!

Oh, die Pulaskys waren in Ordnung! So ziemlich jedenfalls.

Am letzten Tag seiner Rekonvaleszenz besuchte Paulie Bob mit Eiscreme und Cookies. Und nachdem Mrs. Dillon Teller und Löffel gebracht hatte, ließ sie die beiden allein.

Paulie und Bob beäugten sich schüchtern. Er war furchtbar clever, dachte sie. Ihr Vater hatte gesagt, Mr. Dillon wäre ein furchtbar cleverer Mann, und ihre Mutter hatte gesagt, sie müsste auf ihr Benehmen achten.

Bob dachte, dass Paulie schön war. Ihr braunes Haar – das ihr tatsächlich bis zur Taille reichte – war über den Ohren zu zwei Schnecken geflochten; und ihr Gesicht war rund und rosig und zart wie Creme; und sie hatte große, demütige, schiefergraue Augen mit langen dunklen Wimpern.

Beide musterten einander, und jeder tat so, als würde er den anderen nicht mustern. Gleichzeitig hoben sie ihre Teller und leckten sie ab.

»Weißt du, was du bist?«, sagte Bob plötzlich. »Du bist ein Yahoo.«

Paulie kicherte demütig. »Bin ich nicht, bestimmt nicht! Was ist ein Yahoo?«

»Das sind Leute, die keine Pferde sind. Es gibt zwei Sorten von Leuten: die Pferde, die Whinny-ums, und diese Yahoos. Genau so steht es in diesem Buch, das Alf mir gegeben hat. *Gul-Gul-lie–vers Reisen* heißt es.«

Paulie kicherte wieder. »Dann bist du auch ein Yahoo«, wagte sie ängstlich zu sagen.

»Da steht alles darüber drin«, sagte Bob, ihre Bemerkung ignorierend. »Gul-*lie*-ver lebte eine lange, lange Zeit mit den Whinny-ums, und als er nach Hause kam, wollte er seine Frau nicht küssen, weil er sich wegen ihr schämte, weil sie ein Yahoo war.«

»Also«, sagte Paulie und schlug ihre großen grauen Augen nieder, »ich denke nicht, dass er sich so hätte benehmen sollen.«

»Ho, ho! Ich hab den Eindruck, du hältst dich für klüger als das Buch!«

»Ich denke«, sagte Paulie, »er hätte sie küssen sollen. Er war 'ne lange Zeit weg, und … und« – ihre Stimme senkte sich zu einem Flüstern – »sie hat es sicher g-gebraucht.«

Der Junge sah sie mit gerunzelter Stirn an, und eine beunruhigende, aber nicht unangenehme Erregung fuhr durch seinen linkischen Körper.

»Ich glaube«, sagte er, »ich glaube, du denkst, ich … ich glaube, du denkst, ich … du denkst, ich …«

Sie schüttelte ihren Kopf, zweideutig. Sie schien ganz auf das komplizierte Häkelmuster in ihrem makellosen und steif gestärkten Kleid konzentriert zu sein.

»Ich glaube … ich glaube, du denkst … du kommst jetzt mal her, Paulie!«

»Huh-uh.« Sie erhob sich, kam etwas näher zum Bett und zupfte an ihrem Kleid. »Huh-uh, Bobbie.«

»Du kommst jetzt mal her!«

»Huh-uh, na gut.«

»Schweine sagen *huh-uh*«, deklamierte der Junge. »Zwick sie in den Schwanz, und sie sagen *uh-huh.*«

Sie wurde rot und kicherte. »Ich bin aber kein Schwein.«

»Du kommst jetzt mal her!«

»Ich … ich bin hier …«

Er hatte sich aufgesetzt, und irgendwie neigte sich jetzt sein Körper ihrem entgegen, ebenso wie ihrer sich zu ihm zu dehnen schien. Das kleine, runde, rosige und cremige Gesicht kam näher und näher, und die großen Augen wurden größer. Dann schlossen sie sich, und ihre Lippen berührten sich, und ihre Arme umklammerten einander. Sie küssten sich wieder und wieder, tätschelten einander ungeschickt, der linkische Junge mit dem ernsten Gesicht und das kleine Mädchen in seiner frischen rosa Schürze. Und die Liebe und das süße Gefühl, von dem sie erfüllt waren, war nichts, was man mit Worten wiedergeben könnte …

Plötzlich riss sie sich von ihm los und fing zu seinem Erstaunen zu weinen an.

»Du magst mich nicht! Du wirst mich niemals mögen! Ich geh nach Hause!«

»Paulie!«, sagte er. »Geh nicht … wein doch nicht …«

Aber sie war schon draußen.

Sie hastete durch die Lobby und war in einem so offensichtlichen Zustand, dass Mrs. Dillon sie aufzuhalten versuchte, aber in diesem Moment klingelte das Telefon, und sie war stattdessen gezwungen ranzugehen.

»Ja, Alf«, sagte sie, »hier ist Edie.« Sie runzelte etwas die Stirn, weil Alf sich bei einer Gelegenheit ihr gegenüber sehr merkwürdig verhalten hatte.

»Wäre es vielleicht möglich, dass du jetzt sofort zur Bank kommen könntest?«

»Also ... ich weiß nicht. Was gibt's denn, Alf?«

»Das möchte ich lieber nicht am Telefon besprechen. Aber es ist wichtig.«

»Gut ... ich komme gleich rüber.«

Sie schob ihre Schürze unter die Zigarrentheke, richtete ihre Haare und eilte aus der Tür. Es war in Ordnung, dachte sie, mitten am Tag wie jetzt. Sie wäre ausreichend sicher. Aber Alf hatte sich in jener Nacht so seltsam benommen, als er ins Hotel gekommen war. Es war spät, und sie hatte Angst, er könnte die Gäste aufwecken, und seine Augen hatten so einen seltsamen Ausdruck ... Aber egal, wahrscheinlich hatte er nur einen oder zwei Drinks zu viel gehabt. Es war nicht Alfs Art, sich so aufzuführen.

Sie hätte nicht zugegeben, wie erleichtert sie war, als sie Sherman aus dem Eisenwarenladen stapfen sah. Sie rief seinen Namen und rannte dann die wenigen Schritte, um ihn einzuholen.

»Alf hat mich grade gebeten, zur Bank rüberzukommen«, erklärte sie. »Er meinte, es sei wichtig, aber er wollte mir am Telefon nicht sagen, worum's geht. Ich frage ...«

»Ich begleite dich«, sagte ihr Bruder sofort. »Frag ich mich auch, worum's gehen könnte.«

Gemeinsam betraten sie die Bank, ihre Neugier

stand ihnen ins Gesicht geschrieben. Courtland begrüßte sie mit freundlicher Reserviertheit und führte sie zu seinem Schreibtisch, wo sie der Kassierer nicht hören konnte.

»Vor ein paar Minuten habe ich kurz die Bank verlassen«, fing er vorsichtig an, »um ein paar Zigarren zu kaufen. Während ich weg war, hat der junge Higgins dort drüben einen Scheck über zweihundert Dollar eingelöst – für Grant.«

Edie zog scharf die Luft ein. Sherman schnaubte: »Hätte er doch wissen müssen, dass Grant niemals …«

»Der Scheck war von Lincoln, Sherman. Ich meine, er trug die Unterschrift deines Vaters. Es ist eine ziemlich prägnante Signatur, und Higgins dachte, es sei schon in Ordnung, ihn einzulösen.«

»Pa würde Grant nie auch nur zweihundert Cent geben«, sagte Edie bestimmt.

»Ich zeige euch den Scheck. Es könnte …«

»Zur Hölle«, sagte Sherman, »nicht nötig, sich den Scheck anzusehen. Ich sage dir, es ist eine Fälschung.«

»Ich war mir selbst ziemlich sicher, dass es das ist«, nickte Courtland. »Aber ich war mir einfach nicht im Klaren darüber, was damit passieren soll. Ich weiß, dass Lincoln krank ist, und ich möchte ihn damit nicht belästigen, und …« Er breitete die Hände aus, eine Einladung, ihm eine Lösung vorzuschlagen.

»Gottverflucht soll der Arsch sein«, sagte Sherman. »Ich hätte nicht gedacht, dass er blöd genug ist, um was in der Art durchzuziehen. Obwohl ich wusste, dass er sogar verdammt unglaublich blöd ist. Ich frage mich, wie er sich das vorgestellt hat, damit durchzukommen?«

Von weit oben im Tal dröhnte das lange Pfeifen des Zugs furchterregend über die Ortschaft hinweg. Und Sherman stieß seinen Stuhl, mit einem Fluch auf den Lippen, zurück.

»Das ist es! Der Hurensohn will abhauen!«, brüllte er und schwang seinen stämmigen Körper zur Tür.

»Sherman!«, schrie Edie. »Mach nichts, was du …«

»Den schnapp ich mir!«, rief Sherman, und im nächsten Moment lief er schon den halben Block runter.

Er sprang in seinen Buggy und gab dem Pferd ein schnalzendes Kommando, kaum dass er die Zügel gelöst hatte. Der Fuchs legte die Ohren an und setzte zum Sprung an. Zwei Räder wurden auf den Gehweg hochgezogen, und für einen gefährlichen Moment stand der Buggy auf der Kippe. Dann machte der Fuchs noch einen Sprung, brach in Galopp aus, und sie schossen aus der Stadt in Richtung Bahnhof.

Von da aus, wo er auf dem Bahnsteig auf und ab ging, sah Grant Fargo, wie die Staubwolke auf der Straße schnell näher kam. Aber er konnte nicht genau erkennen, worum es sich dabei handelte, bis es die Bahngleise überquert hatte, und es gab ohnehin nichts, was er hätte tun können. Der Zug war immer noch eine oder zwei Meilen entfernt.

Er war so geschockt, dass er nicht mal einen Fluch ausstoßen konnte, als er beobachtete, wie sein Bruder ausstieg, die Peitsche aus der Halterung am Buggy nahm und gemächlich auf ihn zugewalzt kam. Seine

Knie zitterten; sein ganzer Körper schlotterte, als hätte er Schüttelfrost. Er leckte sich über die Lippen, und seine Zunge fühlte sich rau und trocken an.

»Wolltest du irgendwohin?«, sagte Sherman in seinem nur mühsam beherrschten, explodierenden Tonfall.

»W-wieso, nein«, stotterte Grant. »N-nein, ich will nirgendwohin.«

»Nur hergekommen, um dir den Zug anzusehen, vermute ich«, nickte Sherman. »Macht dir doch nichts aus, wenn ich mir das mit dir ansehe, oder? Sag's nur, wenn's dir was ausmacht. Weißt du ja, dass es nicht meine Art ist, mich aufzudrängen.«

Grant schüttelte unglücklich den Kopf. »Es macht mir nichts aus«, flüsterte er.

»Na, freut mich zu hören, dass du das sagst«, erklärte Sherman. »Kann mich nicht erinnern, wann ich irgendwas gehört habe, das mich so gefreut hat.« Seine Pfeife ragte aus einem Winkel seines wettergegerbten Munds, und er bog die Peitsche und prüfte sie kritisch. »Was hältst du von dieser Peitsche?«, fragte er, während er die Spitze hin und her schnellen ließ. »Meinst du, die taugt was?«

»Sherman! Du bist nicht ...«

»Hatte noch keine Gelegenheit, sie auszuprobieren«, erklärte er. »Ich war nie so der Typ, der Pferde schlägt, und die alte Lady hat für die Jungs ihre Schlangenpeitsche. Aber wahrscheinlich werde ich sie eh bald abbrechen, und dann muss ich mir den Kopf nicht mehr deswegen zerbrechen.«

Grant war nah an einem Kollaps. Seine Lippen bewegten sich, aber er brachte kein Wort heraus.

»Was hast du gesagt?«, sagte Sherman jovial und legte eine Hand ans Ohr. »Egal. Lass uns einfach den Zug ansehen und Spaß haben.«

Mit verlogener Kumpelhaftigkeit legte er seinem Bruder eine Hand auf die Schulter, als der Zug in den Bahnhof gedampft kam, und mit ihm auch eine grausame Anspielung auf die Vorzüge des Reisens und die möglichen – nein, die wahrscheinlichen – Unannehmlichkeiten zu Hause. Und Grant zitterte und bebte und hatte keine Worte.

Der Zugführer stieg aus, ging in die Station und kam einen Moment später mit einigen Papieren wieder heraus. Er musterte die beiden Männer kühl, und Sherman schenkte ihm ein höfliches Wie-geht's-denn-so. Er warf einen pflichtbewussten Blick auf die Eingangshalle, packte die Haltestange und rief: »Ein-stei-gen!«

Der Zug ruckte und rollte davon.

Sherman hatte lange genug gespielt. Sein dürrer Vorrat an Humor war erschöpft.

»Hast du irgendwo so 'ne kleine Tasche versteckt?«, verlangte er zu wissen.

»N-nein, Sherman.«

Sherman wies mit der Peitsche den Weg. »Schwachkopf!«

Mit hängendem Kopf trottete Grant los, und Sherman ging arrogant hinter ihm her. Als sie den Buggy erreichten, sah er sich schnell nach allen Seiten um, ob sie irgendjemand beobachtete. Dann holte er aus und verpasste seinem Bruder mit all seiner geballten Kraft einen Tritt.

Grant kreischte auf und landete, alle viere von sich gestreckt, kopfüber im Wagen. Sherman stieg über ihn und auf ihn drauf, und gab dem Fuchs ein Schnalzen. Sie schaukelten die Straße hinunter, die aus der Stadt führte.

Auf ihrem Beobachtungsposten hinter dem Getreidesilo fluchte Bella Barkley lang und verbittert. Dieser Waschlappen!, dachte sie, als sie den Chandler startete und auf die Straße zurücksetzte. Diese rückgratlose Qualle! Wenn er etwas Mumm gehabt hätte, wenn er sich etwas gegen Sherman gewehrt hätte, hätten sie abhauen können. Und wären jetzt schon im Zug und ein paar Meilen weit weg.

Sie lenkte das Auto heimwärts und fragte sich, wie sie ihre Taschen ins Haus schaffen könnte, ohne gesehen zu werden.

Dieser verfluchte Grant! Oh, verflucht, verflucht, verflucht sollte er sein! Sie wünschte, sie könnte ihm selbst in den Arsch treten.

20.

Lincoln Fargo fühlte sich wieder bestens und munter wie ein Fohlen. Ebenso wie er seinem Sohn die Schuld an seinem Schlaganfall gegeben hatte, als dieser wieder zu arbeiten anfing, erklärte er jetzt, dass Grants abenteuerlicher Ausflug in die Fälscherbranche und das Nachspiel ihn wieder zum Leben erweckt hätten. Er sagte, dass die Flüche, die er über den Dandy ausgestoßen habe, seinen Kreislauf vom letzten Rest dieses lähmenden Ärgernisses gereinigt hätten. Er sagte, dass der Zwang, seinen Sohn die Pferdepeitsche spüren zu lassen, stark gewesen sei, seine Vernunft aber noch stärker; der eigentliche Grund jedoch waren seine widerspenstigen Muskeln.

Er peitschte Grant nicht aus, wie er es geschworen hatte, weil er der Meinung war, dass der Junge genug gelitten hatte, und weil er (so ähnlich drückte er es aus) keine Peitsche hatte, die er dafür verschwenden könnte, und weil er außerdem das Ansehen seines Sohns nicht dadurch steigern wollte, dass er dieselbe Peitsche später für ein Tier benutzte (man musste auch den Stolz des Tiers dabei bedenken). In jedem Fall war der alte Mann wieder auf den Beinen. Und heute stolzierte er durchs Wohnzimmer seines Hauses, hatte seine besten Hosen an und seine saubersten Gamaschen; und sein großer schwarzer Hut war unternehmungslustig tief über sein schiefes Auge gezogen.

In der Küche legte er eine Pause ein, schwang den Stock, paffte an seiner langen schwarzen Pfeife und ließ seiner Frau Zeit, vom Herd aufzusehen und zu protestieren.

Sie musterte ihn, und ihr verdrießliches Gesicht verzog sich zu einem Stirnrunzeln.

»Was denkst du denn, wo du hingehst?«, fragte sie herausfordernd.

»Ich geh zur Hölle. Willst du mitkommen?« Link schwenkte seinen Stock mit einer primitiven Freude.

»Du wirst keinen Spaziergang in die Stadt machen. Du weißt, was Doc Jones zu dir gesagt hat.«

»Zur Hölle mit Doc Jones. Ich hab den Eindruck, du denkst, er weiß besser, wie's mir geht, als ich.«

Er schnaubte vor Vergnügen über seine unwiderlegbare Logik und starrte sehnsüchtig aus dem Fenster auf ein vorbeilaufendes Huhn. Das Huhn verharrte und sah zu ihm herein. Unbewusst zuckten seine Finger.

»Also, ich geh jetzt«, verkündete er.

»Ich weiß, was du vorhast. Du ziehst los, um dein Geld beim Pokern rauszuwerfen.«

»Nein, tu ich sicher nicht«, leugnete er. »Ich werd's Gott schenken.«

Prustend und hustend ging er aus der Tür. Während der Monate seiner Rekonvaleszenz waren die Hühner sorglos gewachsen, und einige hatten ihn sogar noch nie gesehen; sechs von ihnen erwischte er mit dem

Griff seines Stocks, ehe sie kapierten, dass die friedlichen Tage vorbei waren. Zur Melodie ihres Gezeters marschierte er durchs Tor hinaus. Glücklich verfluchte er sie, verhöhnte sie, während sie mit ihren nackten roten Ärschen, die aus dem Kranz ihrer vor Schreck gespreizten Schwanzfedern hervorragten, flüchteten.

»Ihr seid ja ein gottverdammt schöner Anblick«, höhnte er. »Nur Arsch und nichts im Hirn.«

Er kam zu dem Entschluss, dass er an einem der nächsten Sonntage einen Haufen von diesen gottverdammten Dingern zum Essen haben wollte.

Er kam zu dem Entschluss, dass es ein höllenmäßig schöner Tag war.

Als er am Haus von Doc Jones vorbeikam, war er gezwungen, ein paar Minuten zu rasten und sich an den Zaun zu lehnen. Und am Haus von Rory Blake machte er wieder halt.

Aber zur Hölle damit, er war das erste Mal seit Monaten draußen; und jetzt war er immerhin schon am Stadtrand. Hölle, jeder verspürte doch hin und wieder die Lust, anzuhalten und auszuruhen. Er klammerte sich wieder an seinen Stock und spazierte weiter, aber etwas langsamer; und er war insgeheim dankbar, als er seinen Enkel Robert Dillon entdeckte, der auf dem Rasen vor dem Gerichtsgebäude herumlungerte.

»Grüß dich!«, rief er und lehnte sich mit dem Rücken an eine Hauswand. »Was machst du denn da drüben?«

Bob kam über die Straße geschlurft, wobei er mit seinen nackten Füßen kleine Choo-choo-Staubwolken produzierte.

»Hi, Grandpa«, sagte er. »Wo gehst du hin?«

»Wo gehst du hin?«, gab der alte Mann zurück. »Wieso bist du nicht im Hotel und hilfst deiner Mutter?«

»Sie will mich da nicht haben«, sagte der Junge wahrheitsgemäß. »Sie sagt, ich bin nur ein Ärgernis und soll verschwinden und ihr nicht zwischen den beiden Beinen herumstehen.«

»Also gottverdammt, wenn du kein Prachtexemplar bist!«

»Wo gehst du hin, Grandpa?«

»Das ist etwas, das ich weiß und das du herausfinden musst.«

»Geh mit mir fischen, Grandpa. Du hast schon lange versprochen, mich mitzunehmen, und hast es nie gemacht.« Er wand sich ein bisschen, seine Augen begierig auf das Gesicht seines Großvaters fixiert. »Geh mit mir fischen, Grandpa.«

»Gottverdammich, wenn ich's nicht wollte«, knurrte Lincoln, immer noch nicht in der Lage weiterzugehen. »Vor allem weiß ich schon jetzt, dass sich die Fische die Angelrute schnappen würden, und du hängst am Haken.«

»Nein, würden sie nicht, Grandpa. Ich werd's richtig machen.«

»Darauf wette ich! Oh, nein! Jeder Junge, der glaubt, er könnte mit einem Haufen Zwei-mal-vier-Zoll-Bretter aus einem Heuboden fliegen, ist keine gute Gesellschaft für mich.«

Der Junge zappelte besorgt. »Aber ich werde es richtig machen, Grandpa. Werde ich, versprochen.«

Der alte Mann, der sich ausruhte, schien darüber nachzudenken. Er wies darauf hin, dass man sich die Sache mit dem Köder überlegen müsste. Und er meldete übertriebene Zweifel daran an, dass sein Enkelsohn einen Köderwurm erkennen würde, selbst wenn er ihm mit einer Marke im Ohr und einer Gebrauchsanweisung erscheinen würde.

»Wir brauchen keine Würmer, Grandpa! Ich besorg uns etwas Leber«, sagte Bob und wand sich immer mehr.

Na gut, aber was war mit den Angelruten, bohrte der alte Mann weiter. Und lehnte die Vorschläge des Jungen, um das Problem zu lösen, fluchend und rundweg ab … Oh, nein, sie würden am Fluss keine Angelruten bekommen. Nicht ums Verrecken. Bob würde sich zweifellos eine Klapperschlange schnappen und es damit versuchen.

Er erklärte, er sei ein vernünftiger Mann, der nicht mehr als üblich auf sein Leben aufpasse. Er habe zwar keinerlei Angst vor dem Tod, sagte er, aber er habe keine Lust auf unangenehme Schicksalsschläge, wie beispielsweise von einer Wassermokassinotter verschlungen oder von einem Fisch totgebissen oder von verbogenen Nadeln tödlich verstümmelt zu werden. Und deshalb, solange Bob ihm nicht versichern könnte, wie …

Bobs Kopf glühte vor Eifer, als er ihm hysterisch erklärte, wie sie den Ausflug sicher und gemütlich durchführen könnten. Und als Lincoln traurig den Kopf schüttelte, bot ihm der Junge verschiedene Möglichkeiten an – ein Dutzend. Aber an jedem Plan hatte der alte Mann etwas auszusetzen. Er hasse es genauso, sagte er … er würde auch gerne fischen gehen.

Er machte eine Andeutung, dass es einfach zu dumm war, dass sich eine Anlage zu Schwachsinn auf seinen Enkelsohn übertragen hätte.

Der ultimative Abschluss, den Jungen auf den Arm zu nehmen, war etwas, das Lincoln einen »Tanz« nannte, ein Ausdruck, der die Kunst der Terpsichore selbst in ihren gröbsten Anfängen beleidigte.

Der verletzte Junge umklammerte seinen Bauch wie jemand, der sich an grünen Äpfeln überfressen hat. Er war mehr als nur geknickt, zuckte mit dem Kopf hin und her, hüpfte zuerst auf dem einen, dann auf dem anderen Bein – wie ein Gockel auf einer heißen Herdplatte. Und dazu stieß er die ganze Zeit Schreie aus, die so voller Qual und Wut waren, als wollte er jeden Coyoten in den entfernten Sandhills in den Schatten stellen:

»Du-u hast es ver-spro-chen, Grandpa-a-a! Du-hu hast ver-spro-chen, mi-hich z-zum Fiiie-schen mi-it-zu-nehmen …!«

Wenn er sich derartig aufführte, war es die Methode seiner Mutter, ihn zu schütteln, bis seine Zähne klapperten. Und seine Großmutter hatte ihn immer mit einem Geschirrtuch geschlagen oder mit einer Handvoll Scheuerlappen für das Butterfass oder etwas ähnlich Ekelhaftem. Lincoln, nachdem er sich ausgeruht und amüsiert hatte, hakte an diesem Tag einfach seinen Gehstock in die Hosenträger des Jungen und zog an. Und Bob setzte es auf dem Gehsteig auf den Hosenboden, und er war mit einem Schlag still.

»Was, zur Hölle, bellst du hier herum?«, fragte er und hatte plötzlich so eine Ahnung im Kopf. »Ich hab doch gesagt, dass ich dich zum Fischen mitnehme.«

»H-hast du-u niiicht ... *was!*«, sagte Bob und sprang auf.

»Aber klar«, sagte Lincoln leichthin. »Wir werden uns einen schönen Haufen von diesen Burschen schnappen.«

Der Junge hüpfte vor Freude auf und ab. »Verdammte Hölle! Ich geh und hol die Köder!«

»Jetzt mal langsam mit den Pferden ...«, fing Lincoln an.

Aber der Junge war schon einen Block weiter und rannte in die Metzgerei von Dutch Schnorr.

Unter den Jungs im Ort waren beunruhigende Gerüchte über die Metzgerei im Umlauf. Es hieß, dass mehr als ein unglückseliger Junge den Laden betreten hatte, um dann nie wieder gesehen zu werden, außer in der nicht mehr erkennbaren Form von Wurst. Der Besitzer, ein stumpfgesichtiger Holländer mit kleinen Schweinsohren, achtete auf seine Reputation und gab sich alle Mühe, sie wachzuhalten. Während er innerlich vor Vergnügen platzte, machte er anzügliche Bemerkungen über das Gewicht eines Jungen oder bestand darauf, dass er sich die Instrumente ansah, mit denen man Wurst machte.

»Und?«, sagte er jetzt, während er ein langes Messer wetzte. »Wass wills tu?«

Bob entschied sich, dass sie am Fluss etwas zu essen brauchten. Er bat zitternd um ein Stück Fleischwurst für fünf Cent, für fünf Cent Schweinskopfsülze und ein Pfund Leber.

Finster und wild dreinschauend, wickelte der Metzger die Einkäufe ein und legte sie auf die Theke. Bob spähte über die Schulter zur Tür. Sein Großvater sollte doch inzwischen nachgekommen sein. Er sollte jetzt reinkommen.

»Und?«, sagte Dutch.

»G-grandpa wird es bezahlen«, stotterte der Junge. »Kennen Sie Grandpa?«

»Nein«, sagte Dutch ausdruckslos.

»A-also … a-also, er ist mein Großvater. E-er hat das Geld.« Von Angst gepackt, schob er sich Zentimeter für Zentimeter auf dem Sägemehl zurück.

»So!«, sagte der Metzger und wetzte sein Messer. »Es gipt schonn Großvätta. Ich tenke, ich werde erssmal …«

Er kam um die Verkaufstheke herum.

Bob flüchtete mit einem wilden Schrei.

Ein paar Häuser weiter oben an der Straße schnappte ihn sich wieder sein Großvater und hielt ihm eine mit Flüchen vollgestopfte Predigt über die Gefahren der Frechheit und schickte ihn mit dem Geld für die Einkäufe zurück. Als Bob sah, wie sich der Metzger vor Lachen den Bauch hielt, machte er sich mit einem schafsköpfigen Grinsen auf den Weg. Er nahm seine Tüte und zahlte den Dime, den er schuldig war (Leber taugte natürlich nur als Katzenfutter oder Köder und kostete nichts).

Er holte seinen Großvater in dem Moment ein, als er die Stufen betreten wollte, die zum Opernhaus führten, und wiederholte lautstark seine Forderung, dass sie zum Fischen gehen sollten.

»Gottverdammt, wir werden gehen!«

»Wann? Da drin gibt's keine Fische.«

»Gibt's nicht, zur Hölle!«, schnarrte der alte Mann mit heimlicher Freude. »Aber das hat dich jetzt nicht zu interessieren. Wir werden zum Fischen gehen. Aber du hörst jetzt auf, mir auf die Nerven zu gehen, oder ich werde dich nicht mitnehmen.«

»Du wirst mich wirklich zum Fischen mitnehmen?«

»Das werde ich wirklich«, sagte Lincoln und fing keuchend und kichernd an, die Stufen hochzusteigen.

Das Opernhaus gehörte, was jedoch etwas unklar war, den Masons, den Odd Fellows, den Eagles und der Gemeinde. *De facto* aber waren die Veteranen der Grand Army die Inhaber. Heute waren drei von ihnen anwesend, sie spielten Karten auf einem wackligen Tisch unten vor der Bühne: Captain Ball, Captain Finigan und Veterinär-Sergeant Doc Hallup.

Sie begrüßten Lincoln mit freundschaftlichen Kraftausdrücken, die sich beim Anblick seines Enkels zu unqualifizierten Kraftausdrücken steigerten. Aber Lincoln machte sich über ihre Proteste nur lustig und nahm sich einen Stuhl.

»Zur Hölle, er wird nur eine kleine Weile hierbleiben. Er wird bald fischen gehen.«

»Warum kann er nicht jetzt gehen?«

»Wird er ja bald machen. Also los. Gebt mir ein Blatt.

Oder habt ihr Schiss, dass ich euch euer ganzes Geld abnehme?«

Provoziert von seinem Spott, erlaubten die alten Männer Lincoln einzusteigen und Bob zu bleiben – ein Anflug von Geistesschwäche, für den sie sich bis zum Tag ihres Todes verfluchten.

In der nächsten halben Stunde kippte der Junge (a) einen Spucknapf über die Füße der beiden Captains, wobei er zugleich eine brennende Zigarre in eine Manschette von Docs Stiefeln beförderte; (b) krabbelte unter den Fußboden und musste befreit werden; (c) schwang sich an einem Vorhangseil von der Bühne und stieß den Kartentisch um.

Das letztere Missgeschick, das natürlich die Karten durcheinanderbrachte, passierte in dem Moment, als Lincoln schwer am Bluffen war und gleich hätte aufdecken müssen. Dennoch täuschte er Entsetzen vor.

»Also, Bobbie«, sagte er so milde, dass der Junge in Schockstarre verfiel. »Das hättest du nicht tun sollen.«

»Hätte er nicht tun sollen!«, heulte Capt'n Finigan. »Du scheuchst den Schlingel jetzt raus zu seinen Fischen!«

Lincoln erhob sich bedauernd. »Schon gut. Aber ich verlasse euch höchst ungern.«

»Du gehst? Du wirst nicht gehen!«, knurrte Doc Hallup. »Nicht jetzt, nachdem du so viel gewonnen hast.«

»Aber ich muss gehen, wenn er geht. Ich muss auf ihn aufpassen.«

»Warum, zur Hölle, hast du uns das nicht von Anfang an gesagt?«, fragte Capt'n Ball.

Aber die drei sahen ein, dass sie in der Falle saßen.

Doc schnappte sich einen Dollar aus dem Pott und warf ihn Bob Dillon zu. »Geh nach draußen«, kommandierte er. »Und komm nicht eher zurück, bis du jeden Penny ausgegeben hast.«

Der Junge hob die Münze auf und verschwand auf die Straße. Knurrend und fluchend nahmen die vier alten Männer ihr Spiel wieder auf.

»Ich habe in meinem ganzen Leben noch nichts Schlimmeres erlebt!«, erklärte Doc Hallup.

»Ich schon«, sagte Capt'n Finigan. »Aber ich hatte immer eine Artillerie, die mich beschützte.«

»Er stört mich so gut wie gar nicht«, sagte Lincoln unschuldig.

Inzwischen war Bob beim Gemischtwarenladen angekommen, der damals in den Kleinstädten das Gegenstück zu den modernen Five-and-Ten-Läden war. Old Man Sneaky Anderson, der rheumatische Eigentümer, fing ihn an der Tür ab; und nachdem er sein Geld vorgezeigt hatte und gewarnt worden war, welche furchtbaren Konsequenzen es hätte, wenn er Sachen anfasste, durfte er eintreten. Der Junge begann ziellos in den übervollen Gängen umherzuschweifen, ging an einem traumhaften Regal nach dem anderen vorbei und zwang den alten Sneaky, hinter ihm herzukriechen. Er kaufte sich eine riesige Tüte Red Hots und Lakritze; dann ging er wieder zurück ans andere Ende des Ladens, von wo er grade gekommen war, und holte sich eine Zündblättchenpistole und eine Menge Munition. Auf dem Rückweg zur Theke wählte er einige weiße

Badges aus, die Aufschriften wie »Bier-Inspektor« und »Küsst mich, Girls« trugen. Von diesem Regal aus startete er einen kompletten Rundgang durch das Geschäft, durchkreuzte die drei Gänge von einer bis zur anderen Seite, um schließlich noch ein Portemonnaie aus Kalbsleder zu kaufen.

Zu dem Zeitpunkt hatte sein Eklektizismus den Eigentümer so in Rage versetzt, dass ihm der alte Mann fünfzig Cent Wechselgeld in die Hand drückte und ihn aus der Tür schob.

Seinen nächsten Halt legte er bei der Konditorei und Bäckerei Pulasky ein, wo er, ohne sichtbare Anstrengung, vier Schoko-Eiscreme-Drinks vertilgte. Paulie war da und beobachtete schüchtern, wie er diese Heldentat vollbrachte, ihre schiefergrauen Augen voller Wärme und tiefer Hingabe. Natürlich bot er ihr nicht an, sie einzuladen; es wäre dumm gewesen, weil ihrem Vater das Geschäft gehörte und sie sich alles, was sie haben wollte, umsonst nehmen konnte.

Weil der Latz seines Overalls so gut wie vollständig mit den beschrifteten Buttons überzogen war, schenkte er ihr allerdings einen, für den er keinen Platz mehr gefunden hatte. Ihr kleines rundes Gesicht lief rosig an vor Freude über diesen Akt von Großzügigkeit (*sic*), und der dicke John Pulasky strahlte deswegen, während er mit Grimassen und gerunzelter Stirn seine Tochter anwies, sich von ihrer besten Seite zu zeigen.

Er schwankte aus der Konditorei und kam am Saloon vorbei. Als er drinnen an der Bar seinen Großvater und dessen Kumpane sah, wollte er schon hineingehen.

Aber sie zeigten ihm so ängstliche Gesichter und drohende Gesten, dass er vorbeiging und zum Opernhaus zurückkehrte.

Er ging zum Tisch und sah sich die Spielkarten an, und dann brachte er an einer ganzen Reihe davon mithilfe von angefeuchteten Red Hots und Lakritze recht kunstvolle Veränderungen an. Er schoss ein paar Mal mit der Pistole; er fand heraus, oder das dachte er zumindest, dass die übrigen Zündblättchenrollen Blindgänger wären. Zusammengeknüllt legte er die Rollen in einen Aschenbecher und schlenderte dann weiter, um sich an die Wand zu setzen.

Da saß er und schlief, als die alten Männer zu ihrem Spiel zurückkehrten und aufpassten, ihn nicht aufzuwecken.

Zwei Stunden vergingen, Lincoln verlor ständig, und die drei anderen alten Soldaten mussten feststellen, dass sie den Jungen jetzt nur noch mit leichter Abscheu betrachteten.

Doc Hallup, der gerade einen großen Pott eingestrichen hatte, riskierte sogar die Theorie, dass der Junge nicht wirklich durch und durch schlecht sei. Er sagte, er hielte es tatsächlich für möglich, dass der junge Dillon dem Tod durch den Strang entkommen und mit nichts Schlimmerem als lebenslänglicher Zwangsarbeit enden könnte.

Capt'n Finigan, der den Pott davor gewonnen hatte, blieb bei seiner eher konservativen und pessimistischen Sicht. Seiner Meinung nach war die Entwicklung des Jungen zu einem Ausmaß an Dekadenz herabgesunken, dass sie nur noch am Strick enden konnte oder, vielleicht, in siedendem Öl. Aber er schrieb die Schuld am Untergang des Burschen seiner schlechten Gesellschaft zu, namentlich – und es schmerzte ihn, das sagen zu müssen – Lincoln Fargo.

Lincoln prustete und grinste höhnisch, und Capt'n Ball nahm zwei Karten, um ein Full House zu bekommen. Capt'n Finigan bekam eine Straße mit Ass. Doc Hallup warf ein Kreuz weg und bekam dann einen Flush. Lincoln hatte nichts und gab keinen Zollbreit nach.

Die Einsätze drehten eine Runde nach der anderen, und Lincoln verfluchte im Stillen den Bluff, mit dem er durchzukommen versuchte.

Dann streckte der Doc, die Augen auf seine Karten fixiert, seine Hand aus und drückte die Zigarre im Aschenbecher aus.

Es gab eine erschütternde Explosion. Eine dichte Rauchwolke stieg an die Decke und kam als Funken sprühende Lawine wieder herunter. Der Tisch wurde umgeworfen, als die alten Männer darum kämpften rauszukommen. Eine Manschette von Doc Hallup hatte Feuer gefangen, und er war gezwungen, sie in einen Spucknapf zu stopfen. Zwangsläufig blieb seine Hand in dem Blechbehälter stecken. Und beim Versuch, sich zu befreien, schleuderte er ihn in die Bühnenkulisse, deren rötliche Putten sich schokoladenbraun verfärbten.

Nach Luft schnappend und mit wilden Blicken gingen die alten Soldaten – jedenfalls drei von ihnen – auf den Jungen zu. Aber irgendwie hatte er während des

Tumults weitergeschlafen, und ihre Habgier war stärker als ihr Wunsch nach Rache.

Der Tisch wurde wieder aufgestellt, die Einsätze zurückgelegt, und das Spiel ging weiter.

Nachdem eine weitere Stunde vergangen war, verschwand der Junge still hinter dem Wandschirm am Waschbecken.

In der Meinung, er hätte vier Dreien, drängte Doc Hallup seine Freunde, die Einsätze hochzujagen und draußen auf der Straße zu schlafen.

Capt'n Ball, der glaubte, einen Pik-Straight-Flush zu haben, fiel auf ihn herein.

Als es dann Zeit für den Showdown war, entpuppte sich Docs Vierer als zwei kleine Pärchen, und Capt'n Balls Blatt war alles andere als das, was es hätte sein sollen. Sie wollten wieder auf den Jungen losgehen, aber als sie ihn nicht entdecken konnten und glaubten, er wäre verschwunden, verlagerten sie ihren Zorn auf Lincoln.

Er sagte, sanftmütig, er könne nicht verstehen, warum sie so einen Wirbel machten. »Mich stört er nicht im Geringsten.«

Sie sagten, er wäre ein Hurensohn und der Hauptschuldige an den wenigen Niederlagen der Unionsarmee.

Capt'n Finigan forderte sie auf, Karten zu spielen.

Sie spielten, und Lincoln gewann konstant und rollte furchtbar entzückt mit seinen gelben Augen.

Währenddessen untersuchte der Junge das Fleischpaket. Er glaubte nicht, dass jetzt die richtige Zeit war, um mit dem Thema Fischen anzukommen, deshalb aß er die Schweinskopfsülze. Er konnte sich nicht vorstellen, dass man etwas Besseres damit anstellen könnte, während er mit der anderen Hand die fette rosige Fleischwurst nachdenklich hin und her drehte.

In einem neunjährigen Kopf fordert jeder Gegenstand den sofortigen Vergleich mit einem anderen; und die Fleischwurst bereitete Bob kein Problem. Dennoch war die Sache gleichermaßen zu einfach und zu schwierig. Er konnte sich nicht vorstellen, wie er die Straße hinunterschlenderte und die Wurst als Karikatur des einzigen Körperteils benutzte, dem sie ziemlich ähnlich sah, ohne zugleich das unvermeidliche Desaster auf sich zukommen zu sehen. Weil der Plan verblüffende Möglichkeiten bot, ließ er ihn nur widerwillig fallen und nahm sich den schuhförmigen Batzen Leber vor.

Es dauerte einige Momente, ehe ihm klar wurde, wonach die Leber aussah, und als ihm die Lösung einfiel, wunderte er sich, warum sie ihm nicht früher eingefallen war. Es war eine Zunge, natürlich. Jeder konnte erkennen, dass es eine Zunge war. Genau das war sie. Eine Zunge. Und eine Person musste schon irrsinnig pingelig sein, wenn sie etwas dagegen hatte, wenn ein Junge seine Zunge zeigte.

Er zog seine Lippen auseinander, klemmte sich das dicke Ende des glitschigen Stücks Fleisch ans Zahnfleisch und stellte sich vor den Spiegel. Das Ergebnis war noch besser, als er gehofft hatte.

Er nahm eine Handvoll Seife und rieb sie, bis sich Schaum bildete, verteilte ihn über die »Zunge« und schloss dann seine Lippen über dem Schaum.

Er machte Stielaugen und wäre fast über sich selbst erschrocken.

Er hatte ein Auge auf die Spieler, als er den Wandschirm langsam und vorsichtig verschob, bis er das Fenster verdeckte. Er war schon bereit, sich rauszulehnen; dann fielen seine Stielaugen auf die Vorhangschnur. Das war's. Die Vollendung.

Er wickelte sich die Schnur um den Hals.

Dann lehnte er sich aus dem Fenster über der Straße, mit hervorquellenden Augen, Sabber an »Zunge« und Mund und mit den Armen verzweifelt um Aufmerksamkeit rudernd.

Die kleine Paulie Pulasky entdeckte ihn als Erste. Sie hatte ihn dabei beobachtet, wie er ins Opernhaus ging, und sich dann vor dem Geschäft ihres Vaters herumgetrieben, nur um in den Genuss zu kommen, ihn noch einmal zu sehen.

Sie kicherte, als sie die Erscheinung im Fenster sah, ohne zu erkennen, dass es sich um ihre einzige und große Liebe Bobbie Dillon handelte. Aber als sie endlich kapierte, wer das war, und kapierte, dass er vor ihren eigenen Augen zugrunde ging, verfiel sie in ein derartiges Geheul und Klagegeschrei, dass sich die Straße fast sofort füllte.

John Pulasky warf einen Blick aus dem Fenster, presste ein Stoßgebet hervor und sprang über den Ladentisch. An der Tür stolperte er über die Türschwelle und schlug der Länge nach auf den Gehsteig. Obwohl ihn der Schmerz überwältigte, winkte er diejenigen, die ihm helfen wollten, weiter und flehte sie an, sie sollten dem sich strangulierenden Erben des Hauses Dillon beistehen.

Der junge Higgins und Alf Courtland kamen aus der Bank gerannt, und Courtland war so entsetzt, dass ihm seine schöne Meerschaumpfeife runterfiel und zerbrach.

Edie Dillon streckte den Kopf aus dem Hoteleingang. Sie schrie auf und kippte ohnmächtig nach hinten in die Lobby.

Der alte Wilhelm Deutsch kletterte auf die Sitzbank seines Buggy und versuchte, auf den Gehweg hinaufzufahren.

Hinky-dink Murphy, der Schrottsammler der Stadt, kurvte mit seinem Wagen um die Ecke und wurde von solcher Aufregung gepackt, dass er rückwärts in seinen Altöltank stürzte.

Überall Rufe, Gebrüll und Geschrei. In der ganzen Stadt und das Tal rauf und runter klingelten die Telefone und verbreiteten die Neuigkeit, dass sich Bob Dillon erhängt hätte.

Über diesen Aufruhr hinweg hörte Bob von hinten das abschließende Schaben und Stampfen, das das Ende des Kartenspiels markierte. Er hörte damit auf, die Arme zu schwenken, wickelte das Seil von seinem Hals und ließ die »Zunge« in die ausgestreckten Finger des alten Wilhelm fallen. Er holte seinen Großvater ein, gerade als dieser seinen drei Kumpanen hinaus auf den Treppenabsatz folgte, der hinunter zur Straße führte. Lincoln wünschte ihnen herzlich eine gute Nacht und dankte ihnen für ihre Beiträge. Sie antworteten mit Ausdrücken, die nicht gedruckt werden können.

»Und was hast du denn gerade getrieben?«, fragte Lincoln und drehte sich zu seinem Enkel um.

»Nichts«, sagte Bob und warf einen besorgten Blick die Treppe hinunter.

»Willst du eine Limonade? Du warst heute ein sehr braver Junge.«

»N-nein«, sagte der Junge. »Ich möchte nur, dass du mit mir nach Hause gehst.«

»Was hat dich denn so erschreckt?«

»Nichts.«

»Na gut«, sagte der alte Mann freundlich. »Ich schätze, ich sollte irgendwas für dich tun.«

Er stieg die Stufen runter, und Bob folgte ihm. Er trat ihm fast auf die Absätze. Er hat keine große Angst davor, was seine Mutter mit ihm tun würde; sie würde sich wahrscheinlich viel zu sehr freuen, ihn lebendig wiederzusehen, um irgendwas zu tun. Aber er machte sich heftige Gedanken darüber, welche Haltung der Rest der Stadt haben würde. Er fing an zu begreifen, dass der Scherz viel zu erfolgreich eingeschlagen hatte. Er hatte Angst, das simulierte Hängen könnte in den Köpfen der Stadtbewohner unangenehme Gedanken hervorgerufen haben.

Als er schon fast das Ende der Treppe erreicht hatte, wurde sich Lincoln bewusst, welches Spektakel auf der Straße los war, und er drehte sich um und starrte den Jungen streng an.

»Du hast nichts angestellt, eh?«

»Huh-uh.« Der Junge wand sich und vermied es, seinen Großvater anzusehen.

Lincoln fragte ihn ein paar Minuten aus, gab es aber schließlich auf. »Also, komm schon, gottverdammt. Halt dich an meiner Hand fest. Ich lass es nicht zu, dass sie dich töten. Für diesmal.«

Bob ergriff zögernd die schwielige Hand seines Großvaters und ließ sich dann hinter ihm herziehen. Sie erreichten das Treppenende und gingen auf den Gehsteig hinaus.

Die Menge stand immer noch da. Sogar der Buggy von Wilhelm Deutsch stand immer noch auf dem Gehweg. Bob sah sich ängstlich um, dann sah er sich frech um, und dann verärgert. Weil ihm niemand die geringste Aufmerksamkeit schenkte. Tatsächlich schienen sie es sogar zu vermeiden, ihn anzusehen.

Er schaute zu Lincoln auf und sah, wie das Habichtsgesicht des alten Mannes plötzlich mehr denn je den Ausdruck eines Habichts annahm. Lincoln zerrte ihn brutal weiter und bahnte sich mit seinen Schultern einen Weg bis in einen Kreis von Leuten.

»Was hast du da gesagt?«, fragte er. »Was hast du über Grant gesagt?«

»Nichts, Link.« Der Mann senkte verlegen den Blick. »Ich habe nur gesagt, dass er mit ihr zusammen war.«

»Mit wem?«

»Also … weißt du … das Barkley-Mädchen.«

Lincoln kaute auf seiner Zigarre herum. Seine Hand glitt unter den Haken seines Stocks. Die andere Hand schoss hervor und packte den Mann am Hemd.

»Warum, zur Hölle, sollte er nicht mit ihr zusammen gewesen sein? Ist doch bisschen wenig, um darüber zu quatschen, findest du nicht?«, fragte er weiter.

»Ich schwör's bei Gott, Link, ich habe nichts gegen Grant gesagt.«

»Also was hast du denn überhaupt gesagt?«

»Nichts. Ich schwöre bei …«

»Willst du, dass ich dich mit dem Stock verprügle?«

»Aber ich habe doch nichts gesagt, Link! Ich hab doch nur erwähnt, dass Grant mit ihr zusammen war, als sie ertrunken ist …«

21.

Am Ufer der Steilküste, über die das Auto gestürzt war, lag leichter Treibsand, und es dauerte bis zum Morgen, ehe sie die Leiche des Mädchens bergen und in die Stadt bringen konnten.

Im Keller des Ludlow-Bestattungsunternehmens beendete der Gerichtsmediziner Doc Jones etwa eine Stunde später seine Autopsie und zog ein weißes Laken über das, was einmal die Stadtschönheit gewesen war. Er sah zur Wand hinüber, wo Bezirksstaatsanwalt Ned Stufflebean und Sheriff Jake Phillips saßen, mit ihren Hüten auf dem Schoß, und signalisierte ihnen ein kaum merkliches Kopfschütteln. Dann drehte er sich um, ging zur gegenüberliegenden Wand und setzte sich neben Philo Barkley.

»Es tut mir leid, Bark. Es gab nichts, was ich hätte tun können.«

Barkley nickte dumpf. »Ich weiß, dass du getan hättest, was möglich gewesen wäre, Doc.«

»Es tut mir leid. Ich weiß, dass man in so einem Moment nicht viel sagen kann …«

»Denkst du … dass es sehr schlimm für sie war?«

»Ich weiß, dass es das nicht war, Bark. Das Genick ist gebrochen; sie war sofort tot.«

Der ehemalige Bankier erschauderte. Für einen Moment bewegte er stumm die Lippen.

»War sie in … gab es irgendeinen Grund, warum …?«

Jones legte eine Hand auf Barkleys Knie. »Ich weiß, was du sagen willst, Bark. Nein, Bella war nicht schwanger.«

Es war die Wahrheit, und Barkley erkannte es. Ein friedlicher Zug schien sich über sein verkrampftes, apathisches Gesicht zu legen.

Er stand langsam auf, knetete nervös seinen Hut.

»Also … ich schätze, es gibt nichts mehr … ich glaube, ich sollte besser nach Hause gehen. Es wird sicher seltsam wirken …«

Doc Jones schüttelte den Kopf, weil es sonst nichts mehr zu sagen gab.

Barkley zögerte. »War sie ein … ein gutes Mädchen, Doc?«

»Vollkommen«, log Jones.

»Ich wusste, dass sie das war. Ich wusste, dass sie das sein würde.«

Der gebrochene, alte Mann drehte sich um und ging die Treppe hoch.

Jake und Ned Stufflebean erhoben sich. Der Bezirksstaatsanwalt kam gähnend zum Tisch herüber.

»Schön, und wie sieht die in Wahrheit aus, Doc?«

»Sie haben gehört, was ich zu Bark gesagt habe.« Er konnte den Bezirksstaatsanwalt nicht besonders gut leiden. Stufflebean hatte einen Sohn, der in Omaha Medizin studierte.

»Ach, Quatsch«, sagte der Bezirksstaatsanwalt. »Ich

weiß, dass Sie auf Barkleys Gefühle Rücksicht nehmen wollten. Aber ich muss die Wahrheit erfahren. Jake und ich müssen das.«

»Sie kennen sie. Wenn Sie an meinem Wort zweifeln, müssen Sie aus Wheat City einen anderen Arzt kommen lassen.«

»Ich glaube nicht, dass Sie einen Grund haben, sich so zu verhalten«, sagte er; und der fette, beunruhigt dreinschauende Jake Phillips meldete sich:

»Wir zweifeln nicht an deinem Wort, Doc. Aber wir brauchen einen offiziellen Bericht. Das ist nur ... nur Hörensagen, was du Bark erzählt hast.«

»Gut, sie war nicht schwanger.«

»Wurde mit ihr rumgemacht?«

»Ich kann nicht erkennen, dass das bei diesem Fall eine Rolle spielen würde«, sagte Jones.

»Für mich sieht es so aus, dass es eine entscheidende Rolle spielen könnte«, sagte der Bezirksstaatsanwalt. »Falls Grant mit ihr rumgemacht hat und sie anfing, ihm mit einer Heirat auf die Nerven zu gehen ...«

Er brach ab, seine Worte schienen ihm vom harten Blick des Arztes in den Mund zurückgestopft zu werden.

»Sie haben vor«, sagte Jones, »den guten Namen dieses armen toten Mädchens zu diffamieren. Ist es so?«

»Sie wissen verdammt genau, dass es das nicht ist. Dies ist eine reine Justizangelegenheit ...«

»Versuchen Sie mir bloß nicht meine Pflichten zu erklären. Ich bin genauso ein Beamter dieses Countys wie Sie. Falls Sie zu einem Mädchen, das über sein Handeln frei entschieden hat, etwas konstruieren wollen, dann haben Sie einen ganz neuen Job für sich erfunden. Meiner Einschätzung nach haben etwa die Hälfte von ihnen in diesem County das ein oder andere Mal ihre Röcke hochgeschoben.«

»Sie wollen also meine Frage nicht beantworten?«, insistierte Ned.

»Ach, zur Hölle«, sagte Jake, »er hat sie beantwortet. Hör endlich auf damit, ihn festzunageln, Ned.«

Der Bezirksstaatsanwalt rammte sich seinen Hut auf den Kopf.

»Wie lauten Ihre Empfehlungen?«, fragte er förmlich.

»Ich glaube, ich verstehe Sie nicht, Stufflebean.«

»Sie sind der Gerichtsmediziner. Sollen wir diesen Fall zu den Akten legen oder … ahm … sollen wir ihn verfolgen?«

Ein süß-saures Lächeln spielte um die Lippen des Arztes. »Sie würden gern alles auf mich abwälzen, oder? Gut, das werden Sie nicht schaffen. Sie sind der Bezirksstaatsanwalt. Es ist Ihre und Jakes Aufgabe, Beweise zu finden. Bevor ihr mich um meine Meinung fragt, geht raus und bringt mir etwas, an dem ich arbeiten kann.«

»Aber, gottverdammt, wir … was erwarten Sie denn, was wir bringen sollen?«

»Das ist Ihr Problem. Wenn da nichts ist, na dann … ist da nichts.«

Mit einem dünnen Lächeln fing Doc Jones an, seine Instrumente zusammenzupacken, während der in Verlegenheit gebrachte Bezirksstaatsanwalt und der Sheriff die Treppe hochgingen. Bei dieser kleinen Sache war er schlauer als sie gewesen, und außerdem war er vollkommen im Recht. Sollte doch der alte Stuff bei den Fargos seinen Hals riskieren. Es wären verdammt wenige Patienten, die sein Sohn bekäme, wenn er nach Verdon kam, um zu praktizieren.

Unterdessen hatten der Sheriff und Stufflebean den Gehsteig erreicht und wurden sofort von einer Gruppe neugieriger Einwohner umringt.

Jake hob wichtigtuerisch eine Hand hoch. »Wir wissen keine Spur mehr als ihr, Leute. Alles, was wir euch zu diesem Zeitpunkt sagen können, ist, dass das arme Mädchen an einem Genickbruch gestorben ist.«

»Aber wir könnten schon bald einige Neuigkeiten haben«, sagte der Bezirksstaatsanwalt bedeutungsvoll. Und wurde mit einem Gemurmel von aufgeregten Vermutungen belohnt.

Jake schoss ihm einen besorgten Blick zu. »Nur vielleicht«, stellte er klar. »Lass uns gehen, Ned.«

Sie arbeiteten sich durch die Menge zur Klapperkiste des Sheriffs. Als sie losfuhren, hatte Stufflebean ebenfalls einen besorgten Blick.

»Ich schätze, das hätte ich nicht sagen sollen«, äußerte er vorsichtig.

»Na ja, ich glaube nicht, dass ich das getan hätte, Ned.«

»Nur deswegen, weil mir dieser verdammte Doc manchmal so auf die Nerven geht, ich kann nichts dafür.«

Jake stieß ein zwiespältiges Grunzen aus und schaffte es, gleichzeitig zu nicken und den Kopf zu schütteln. Er hatte nicht das Geringste gegen den Doc. Er wollte nicht, dass der Doc irgendwas gegen ihn hatte. Und zugleich war er durch seinen Job dazu gezwungen, mit dem Bezirksstaatsanwalt klarzukommen.

»Ich und die Fargos sind immer gut miteinander ausgekommen«, redete Stufflebean weiter. »Du weißt, dass ich der Letzte auf der Welt bin, der irgendetwas gegen sie sagen würde.«

»Sie sind mächtig feine Leute«, stimmte der Sheriff zu.

»Aber ich bin ein Beamter dieses Countys. Die Leute haben mich gewählt, damit ich einen bestimmten Job erledige, und bei Gott, genau das werde ich tun!«

»Klar, ich auch«, sagte Jake rechtschaffen und wich einem Schwein aus, das über die Straße lief. »Das werde ich ganz sicher versuchen, auf jeden Fall.«

»Ich erwarte von dir, dass du bei dieser Sache zu mir hältst, Jake.«

»Uh … uh, wie meinst du das, Ned?«

»Du weißt schon, was ich meine, Jake.« Der Bezirksstaatsanwalt zog unvermittelt den Kopf ein und dann mit einem Ruck an seinem Hut.

Sie holperten über die Eisenbahnschienen und fuhren knatternd an den Viehpferchen vorbei.

»Also«, sagte Jake, »ich tue immer meine Pflicht. Ich versuch's jedenfalls immer.«

Sie fuhren um eine Kurve und kamen ans Ende der Straße, die geradewegs zu Lincoln Fargos Farm führte. Von dieser Ecke aus war es nur etwas mehr als eine

Viertelmeile, und sie konnten die Ansammlung von Gespannen sehen, die Buggies und Wägen, die am Zaun vor dem Haus aufgereiht waren. Jake drosselte das Handgaspedal ein wenig, und die Klapperkiste wurde langsamer.

»Sieht so aus, als hätten sie Besuch«, sagte er.

»Ja«, sagte der Bezirksstaatsanwalt.

»Irgendwie hasse ich das, bei Leuten reinzuplatzen, wenn sie Besuch haben.«

Stufflebean streckte das Kinn vor, verärgert über diese Wendung der Ereignisse, die er leicht hätte vorhersehen können, das wurde ihm jetzt klar.

»Ich schätze mal«, sagte er, »dass der Besuch bleiben wird, bis wir mit Grant gesprochen haben.«

»Yeah, aber …«

»Das ist unser Job, Jake. Wir tun nur das, wofür wir bezahlt werden. Sie können es einem Mann nicht vorwerfen, dass er seinen Job erledigt.«

»Ja, aber das mussten sie bisher noch nie. Allerdings sind diese Fargos extrem merkwürdige Leute. Schrecklich gute Leute, aber merkwürdig.«

Der Blick des Bezirksstaatsanwalts war mürrisch und unsicher.

»Es ist unsere Pflicht«, beharrte er. »Und aus der könnten wir nicht mal rauskommen, wenn wir es wollten.«

»Ich würd's auch gar nicht versuchen.« Die Stimme des Sheriffs wurde ungewöhnlich hoch. »Ich kenne meine Pflichten, und ich erfülle sie. Zumindest versuche ich das immer.«

Um die Pferde nicht zu erschrecken, brachte er die Klapperkiste ein gutes Stück vor dem Tor zum Stehen. Er presste seinen Leib nach dem Bezirksstaatsanwalt durch die Tür, und dieser blieb am Straßenrand stehen und wartete auf ihn, bis er aus dem mit Unkraut überwucherten Graben geklettert war. Sie gingen den Fußweg hinunter und durch das Tor, wobei sie verstohlen über ihre Kleidung strichen.

Auf der Veranda tauschten Lincoln und Sherman Fargo Blicke aus. Dann unterhielten sie sich ruhig weiter, scheinbar ohne die Ankunft der beiden Beamten zu bemerken. Erst als Jake und der Bezirksstaatsanwalt so gut wie direkt vor ihnen standen, brachen der alte Mann und sein Sohn ihre ruhige und gelassene Konversation ab.

Als schließlich Lincoln Notiz von den gehemmten Lakaien des Gesetzes nahm, erlaubte er sich ein Schnauben voll verächtlicher Verwunderung, die er mit offensichtlichem Bemühen in einen Ausdruck des Vergnügens herabmildern konnte. Er nahm die Stiefel vom Pfosten und streckte die Hand aus, ohne sich zu erheben.

»Wie geht's euch, Jake … Ned? Freut mich, euch zu sehen.«

»Sehr gut, Link.« Sie schüttelten sich die Hände.

Sherman gab ihnen ebenfalls die Hand, wobei er sich halb aus dem Stuhl erhob. Seine Stimme, besser gesagt seine Worte behaupteten, er würde sich über diese Begegnung freuen, was sich in seinem Gesicht jedoch in keinster Weise bestätigte.

»Wo steckst du denn immer, Jake? Hab dich nicht oft gesehen in letzter Zeit.«

»Oh, ich krieg's hin, dass es immer viel zu tun gibt.«

»Baust du was an dieses Jahr?«

»Nein. Nein, keine Landwirtschaft«, räumte der Sheriff ein. »Aber es gibt auch sonst genug zu tun.«

Sherman hob mit höflichem Staunen eine Augenbraue und nickte dem Bezirksstaatsanwalt zu.

»Wie sieht dein Weizen dieses Jahr aus, Ned? Jemand hat mir erzählt, dass du einen ziemlich guten Bestand hast.«

»Also ich denke, das wird ganz ordentlich werden, Sherm«, sagte der Bezirksstaatsanwalt und hielt Shermans Blick mit einem absolut ebenbürtigen, festen Blick stand.

»Das ist doch gut«, sagte Sherman gleichmütig. »Ein Mann, der so lange Landwirtschaft betreibt wie du, sollte es ja auch ordentlich hinbekommen.«

»Das ist richtig«, stimmte ihm Stufflebean zu. »Ich bin schon eine ganze Weile Farmer.«

Sherman nickte. »Das ist es, was man braucht, in der Landwirtschaft wie in allem anderen. Erfahrung. Das ist es, was ich zu diesem Burschen gestern gesagt habe.«

»Oh?«

»Na, ich glaube, ich plaudere aus der Schule«, sagte Sherman herablassend.

»Hat jemand was gegen mich gesagt?«

»Oh, nein. Nicht wirklich *gegen* dich.«

»Was war das?« Stufflebean empörte sich.

»Also, es war wirklich nichts«, sagte Sherman. »Ich schätze, ich hätte das jetzt nicht auf den Tisch bringen sollen. Er hat nur gesagt, er wäre nicht der Meinung, dass du als Bezirksstaatsanwalt besonders gut bist, und ich habe dann höflich nachgefragt, woher er das wissen wolle. Ich sagte: ›Hölle, Ned hat doch erst zwei Amtsperioden, und er hatte noch nie einen richtigen Prozess, also kannst du doch nicht wissen, ob er die Fähigkeit hat, einen anzupacken oder nicht. Aber eins weiß ich‹, hab ich gesagt. ›Du lässt den alten Ned Stufflebean noch ein paar Amtszeiten im Job und gibst ihm die Chance, *Erfahrung* zu kriegen, und er wird bis aufs i-Tüpfelchen als Bezirksstaatsanwalt so gut sein wie als Farmer!‹«

»Na«, sagte Stufflebean, etwas verwirrt von dieser zweideutigen Schmeichelei und weil ihm nichts einfiel, was er dagegen vorbringen konnte.

Sherman Fargo lehnte sich vor und klopfte die Tabakreste aus seiner Pfeife. Als hätte ihm diese Aktion ein Signal gegeben, räusperte sich Lincoln.

»Möchten die Gentlemen sich nicht setzen? Ist ganz angenehm hier im Schatten.«

Jake und Ned sahen sich an.

»Ich … ich schätze, nein«, sagte der Sheriff stockend.

»Ich würde euch ja hereinbitten«, sagte Lincoln mit Grabesstimme. »Aber ihr wisst ja von der Tragödie, die es in unserer Familie gegeben hat. Wir sind alle ziemlich aus der Fassung deswegen.«

»Sicher. Sicher, das ist uns klar, wie's euch geht, Link«, sagte Jake ernst.

»Grant muss das Bett hüten, mit einem Schock und in tiefer Trauer«, sprach der alte Mann weiter. »Ihr wisst, dass er selbst nur mit Mühe und Not entkommen konnte, und Bella war für ihn alles auf der Welt.«

»Ja … ja«, sagte der Sheriff und fuhr sich mit der Zunge über die Lippen. »Ich weiß, dass sie das für ihn war.«

»Ich … wir möchten uns mit ihm unterhalten«, sagte Ned Stufflebean.

Lincolns gelbe Augen weiteten sich; dann zogen sie sich wieder zwischen die Lider zurück.

»Du meinst, ihr wollt euch durch das Fliegengitter mit ihm unterhalten?«, sagte er.

»Nein, das habe ich damit nicht gemeint.«

»Ned …«, sagte Jake halbherzig, aber der Bezirksstaatsanwalt schüttelte stur den Kopf.

»Wir würden gern hineingehen. Wir möchten mit ihm sprechen.«

Lincoln sah seinen Sohn an. Sherman zuckte mit den Schultern.

»Ich glaube, das ist schon in Ordnung, Pa. Grant freut sich immer, seine Freunde zu treffen. Wenn Jake und Ned vorbeischauen wollen, um ihm ihren Respekt zu erweisen, sehe ich keinen Grund, warum sie's nicht tun sollten.«

Stufflebeans Mund öffnete sich wütend, aber Sherman war schon aufgestanden und hielt ihnen die Tür auf.

»Kommt rein, Jungs, und fühlt euch wie zu Hause.«

Mit rotem Gesicht ging der Bezirksstaatsanwalt hinein, und hinter ihm presste sich der fette Jake Phillips durch, nachdem er den beiden Fargos einen entschuldigenden Blick zugeworfen hatte. Am Eingang zum Wohnzimmer wurde er abrupt gestoppt, als sein Kollege stehen blieb, der plötzlich an einer Paralyse in den Beinen erkrankt zu sein schien.

Jake linste über seine Schulter und konnte Stufflebeans Zögern sofort vollkommen verstehen.

Man hatte die große Liege fast in die Mitte des Raums gerückt, und darauf lag Grant, auf der Seite, mit einem Laken bedeckt.

Um ihn herum, an den Wänden aufgereiht und in den Türen, waren die Fargos und ihre Verwandten versammelt. Neben Mrs. Lincoln Fargo waren da Edie und Bob Dillon, Alf und Myrtle Courtland und Josephine Fargo und ihre Brut. Sie saß im größten Schaukelstuhl, den es im Haus gab, mit der kleinen Ruthie auf ihrem Schoß, und links und rechts von ihr standen ihre beiden niederträchtigen Söhne, flankiert von den beiden älteren Mädchen. Ihre Sandhill-Verwandtschaft war ebenfalls anwesend (Jake zählte acht im wahlberechtigten Alter), und in ihrer Mitte stand Jeff Parker und bildete die Speerspitze dieser Phalanx aus harten Gesichtern. Sein Gesicht war feierlich, die Daumen hatte er in der Weste eingehakt, und er musterte Ned Stufflebean von oben bis unten, als wollte er ihn vermessen. Außerdem waren die O'Fargoes da, angereist von weit oben im Tal, und der holländische Familienzweig aus Pennsylvania, die Faugutes – allesamt hitzige, zielstrebige und einflussreiche Leute. Leute mit einem rauen Naturell und weit zurückreichenden Erinnerungen.

Nur zwei aus dem Clan fehlten. Der eine hatte keinen großen Wert mehr, und die andere lag mit gebrochenem Genick im Keller des Bestattungsunternehmens.

Es gab für den Bezirksstaatsanwalt und den Sheriff keinen Platz, um sich in diesem Familienkreis ordentlich setzen zu können, deshalb stellten Sherman und Lincoln zwei Stühle etwas weiter in die Mitte des Zimmers. Die beiden Männer setzten sich und verzogen ihre Gesichter, um diesen unerbittlichen Kreis zu grüßen. Jake bürstete sich eine Spitzklette von seinem Overall, pickte sie dann hastig vom Boden auf und steckte sie in die Tasche. Stufflebean hustete und trocknete sein gerötetes Gesicht mit einem Tuch ab. Er fuhr sich mit einem Finger um den Kragen und sah Jake wütend an. Der Sheriff sah in die andere Richtung.

Niemand sagte ein Wort.

Der Bezirksstaatsanwalt drehte sich in seinem Stuhl um – er musste sich umdrehen, weil Sherman und Lincoln etwas hinter ihm standen.

»Ihr wisst, warum wir hier sind«, platzte es aus ihm heraus.

»Ja, sicher«, sagte Lincoln; und Sherman fügte hinzu: »Ihr wolltet Grant sehen.«

»Wir wollen mit ihm sprechen!«, erklärte Stufflebean.

»Gut … warum tust du's nicht?«

Stufflebean drehte sich wieder zurück. »Grant!«, sagte er.

»Was?« Grant rührte sich schwach.

»Ich möchte dir ein paar Fragen stellen. Ich möchte wissen, wie der Unfall … wie das passiert ist, Grant!«

Grant sah ihn teilnahmslos an. »Ich habe das bereits jedem erzählt.«

»Ja … gut, ich hätte gern, dass du es mir erzählst. Uns.«

Grant schauderte und schloss die Augen, und Mrs. Lincoln Fargo sah die Beamten verärgert an.

»Seht ihr denn nicht, dass es ihm nicht so gut geht, dass er was sagen könnte?«, fragte sie.

»Oh, ich werd's ihnen sagen, Ma«, sagte Grant mit gereizter Stimme. »Wir fuhren so dahin – sie am Steuer –, und sie ist furchtbar schnell gefahren, und ich sagte ihr, sie sollte besser langsamer fahren. Aber sie lachte nur, und ich langte rüber, um das Gas zu drosseln, und dabei hat sie irgendwie das Lenkrad herumgerissen, und das Nächste, an das ich mich erinnern kann, wir waren … sie war … ich sprang, und sie war …«

Seine Stimme brach, und er vergrub sein Gesicht schluchzend im Kissen. Und was auch immer die Schluchzer hervorgerufen hatte, an ihrer Echtheit konnte es keinen Zweifel geben.

Ein ungutes, wütendes Rumoren erfüllte das Zimmer.

Stufflebean wischte sich wieder über das Gesicht.

»Gut … gut, danke, Grant«, sagte er. »Mir tut das alles wirklich sehr leid, und ich hoffe, wir haben dich nicht gestört. Ich meine … also, ich bin der Bezirksstaatsanwalt, und Jake ist der Sheriff, und wir … wir müssen diese Dinge untersuchen.«

»Ich hätte euch alles sagen können, was er euch gesagt hat«, sagte Lincoln.

»Ja, aber … gut, wie auch immer …«

»Ich denke, wir sollten jetzt besser gehen«, sagte Jake abschließend und erhob sich von seinem Stuhl.

»Es tut mir sehr leid«, sagte Ned und erhob sich mit ihm.

»Gibt nichts, was dir leidtun müsste«, sagte Sherman. »Ihr Jungs habt nur eure Pflicht getan. Wir tragen ihnen deswegen nichts nach, oder, Pa?«

Nein, sagte Lincoln, nicht im Geringsten. Und dass er was für einen Mann übrighabe, der seine Pflicht erledigte. Jake sagte, dass er immer seine Pflicht getan habe; dass er's jedenfalls immer versucht hätte. Ned sagte, dass er glaube, sie sollten sich jetzt besser auf den Weg machen.

Die beiden Polizeibeamten gingen schweigend bis zum Gatter, als hätte ihnen jemand die Anordnung erteilt, nicht zu sprechen. Das Geklapper der alten Mühle und eine Viertelmeile Geschaukel waren nötig, dass sie ihre Stimme wiederfanden.

»Also«, sagte Jake grimmig und schaute starr nach vorn durch die Frontscheibe, »ich glaube, du hast ihnen gezeigt, was Sache ist, Ned.«

»Uh« – der Bezirksstaatsanwalt hielt ebenfalls den Blick geradeaus –, »glaubst du wirklich, dass ich das getan habe, Jake?«

»Darauf kannst du verdammt einen lassen, dass du das hast. Du bist der einzige Mann, der sagen kann, dass er's mit den Fargos aufgenommen hat und ihnen gesagt hat, wo's langgeht. Sind ja nicht weit gekommen beim Versuch, dich nicht reinzulassen!«

Stufflebean schob seinen Hut zurück und kreuzte die Beine. »Du selber hast dich aber auch nicht schlecht gemacht, Jake. Ist ein gutes Gefühl, einen Mann wie dich bei so einer Sache dabeizuhaben.«

»Ich hab nur meine Pflicht getan«, unterstrich Jake. »Letzten Endes …«

»Natürlich, es war nur eine besch… eine Routinebefragung. Es gab für niemanden von uns einen Anlass, in die Luft zu gehen.«

»Sicher nicht.«

»Wir hatten ein paar Fragen zu stellen, und wir haben sie gestellt, und Grant hat sie beantwortet; und das war alles, worum's dabei ging.«

»Und jetzt bringen wir die Sache zu Ende, ein für alle Mal.«

»Ein für alle Mal«, nickte der Bezirksstaatsanwalt.

Sie wackelten über die sandige Straße, zufriedene, bewährte und geprüfte Gesetzesvertreter, und jeder war sich über den Wert des anderen vollkommen bewusst.

Jake kicherte. »Aber sag mal, sind diese Fargos nicht trotzdem ein Haufen von Hitzköpfen?«

»Sind sie«, stimmte ihm Stufflebean zu.

Nahe der Brücke brachte Jake seine Klapperkiste zum Stehen, holte einen Kübel von hinten aus dem Kofferraum und füllte den kochenden Kühler mit Wasser aus einem Bayou. Dann fuhren sie etwa eine Meile weiter hinauf in hügeliges Weideland und erreichten schließlich die Klippen, die über dem Calamus aufragten. Dort stiegen sie aus und spähten vorsichtig – weil der Boden am Rand der Klippen unsicher war – die gut zwölf Meter zum Fluss hinunter.

Das große rote Auto lag auf dem Dach im Wasser und im Sand, und es war kaum mehr zu erkennen als ein Teil der großen Speichenräder. Ein Drahtseil war um die Hinterachse geschlungen und an einer Baumwurzel am Ufer befestigt, damit es nicht völlig abgetrieben wurde, ehe die passenden Geräte für eine Bergung zur Verfügung standen.

Jake schüttelte den Kopf. »Na gut, es sieht so aus, als wäre es so passiert, wie Grant gesagt hat.«

»Ich kann nichts entdecken, wie es anders passiert sein könnte«, pflichtete ihm der Bezirksstaatsanwalt bei. »Es ist sonnenklar, dass er das Auto da nicht drübergeschoben haben kann.«

Der Sheriff sah sich um und senkte seine Stimme zu einem Flüstern, zweifellos mit der Befürchtung, dass ihn die nahe Herde von Holstein-Rindern hören könnte.

»Ich sag dir was, Ned. Es ist nicht meine Art, Tote schlechtzumachen, und ich mein's auch nicht so; aber diese Bella Barkley war so ziemlich das wildeste Ding auf der Straße. Sie hat mich oft genug fast in den Straßengraben abgedrängt.«

Stufflebean schüttelte wissend den Kopf. »Sie war eben eine Frau, Jake. Und egal, wie du das siehst, aber für eine Frau gibt's nur einen Platz, und der ist im Haus.«

»Da bin ich vollkommen deiner Meinung«, sagte Jake. »Einhundert Prozent.«

Auf dem Rückweg in die Stadt kamen sie an einem ungewöhnlich großen Weizenfeld vorbei, das bald reif sein würde. Und als hätten sie sich abgesprochen, hielt der Sheriff seine Karre an, und sie stiegen aus. Stufflebean setzte über den Zaun, hielt dann einen Draht hoch und drückte den anderen mit dem Fuß nach unten, damit der Sheriff durchschlüpfen konnte.

Sie gingen bis zum Feldrand und runzelten die Stirn.

»Bei Gott«, sagte der Bezirksstaatsanwalt, »ich würde nie auf die Idee kommen, dass das ein Getreidefeld vom alten Deutsch ist, du vielleicht?«

»Aber, Hölle, es ist nicht seins!«, rief der Sheriff. »Es gehört Sherman Fargo. Erinnerst du dich nicht, er hat's von Deutsch übernommen.«

»Das stimmt, bei Gott! Hat er.«

Stufflebean bückte sich, grub mit den Fingern eine Grasnarbe vom Boden aus und berührte sie mit der Zunge.

»Probier das mal«, sagte er, nachdem er ausgespuckt hatte.

Der Sheriff probierte und spuckte ebenfalls aus. »Bitter wie der Arsch von 'nem Ziegenbock, oder?«

Sie schälten sich einige Proben aus den Weizenähren und zerkauten sie bedächtig. Und runzelten wieder die Stirn. Und dann riss Jake eine Pflanze raus und bestätigte damit seine schlimmsten Vorahnungen.

»Bei Gott«, flüsterte er, »siehst du das?«

»Getreiderost!«

Jake nickte düster, ließ die Pflanze fallen und starrte sie mit unbewusstem Horror an.

»Bei Gott«, flüsterte er noch mal und sprach das, was auch immer er hatte sagen wollen, nicht aus.

Stufflebean war ebenfalls zu mitgenommen, um etwas zu sagen. Schweigend gingen sie zu ihrem Gefährt zurück. Sprachlos, im Angesicht der Tragödie, die der von Rost befallene Weizen bedeutete.

»Meinst du, wir sollten Sherm was davon sagen?«, fragte Stufflebean, als sie sich ein gutes Stück vom Ort der Katastrophe entfernt hatten.

»Vielleicht weiß er es schon.«

»Er verhält sich nicht wie ein Mann, der weiß, dass sein Weizen von Getreiderost befallen ist«, sagte der Bezirksstaatsanwalt. »Wenn das mir passieren würde, dann würde es mich total verrückt machen, das weiß ich.«

Aber er stimmte zu, dass es wahrscheinlich nicht die beste Idee wäre, Sherman davon zu erzählen.

Sherman war etwas merkwürdig, wenn man ihn auf Sachen hinwies.

Als sie am Haus von Lincoln Fargo vorbeifuhren, hupten und winkten sie und riefen sogar zu dem alten Mann und seinem Sohn hinüber. Diese Art zu grüßen hätte man normalerweise für übermütig gehalten. Aber an diesem Tag nahmen es Lincoln und Sherman so hin, wie es gemeint war, und winkten und riefen zurück. Mit ihren flatternden Händen und heiseren »Ned«- und »Jake«-Rufen drückten sie ihr Verständnis und ihren Dank aus; sie versprachen damit ihre Treue bei zukünftigen Wahlen.

Und die beiden Beamten, stolz auf ihren Erfolg, den

sie ohne Kompromisse errungen hatten, tuckerten glücklich weiter auf der staubigen Straße dahin.

»Das war's dann«, sagte Lincoln und stützte seine Beine wieder auf. »Hast du Lust, *ihn* morgen früh zum Zug zu fahren?«

»Ich denke schon«, sagte Sherman. »Ich schätze, ich kann's einrichten. Denkst du, er wird in der Lage sein, morgen abzureisen?«

»Nach dem morgigen Tag wäre er nicht mehr in der Lage abzureisen«, sagte Lincoln.

Sherman lachte bitter, und Lincoln starrte in den Garten hinaus, mit einem verbitterten Ausdruck in den verschleierten Augen, voller Abscheu. Er wünschte, es gäbe einen Weg, Grant zu hängen, ohne dass der Name Fargo beschmutzt würde. Hinter dem Schatten eines Zweifels wusste er, dass sein Sohn des Mordes schuldig war.

Damit war auch sein letztes bisschen Stolz gestorben, und es gab nichts, womit er sich vormachen konnte, es wäre anders. Und jetzt war nur noch sehr wenig übrig, so furchtbar wenig von dieser überbordenden Handvoll Energie, mit der er sein Leben einst begonnen hatte.

22.

In seinem Zimmer im Verdon Hotel versuchte sich Jeff Parker auf das wichtigste Ereignis in seiner Karriere vorzubereiten. An diesem Abend würde die Angelegenheit stattfinden, vor der er große Angst hatte und der er so lange aus dem Weg gegangen war. Er würde endlich dafür zur Rechenschaft gezogen werden, dass er sich an die Eisenbahn verkauft hatte.

Es gab nichts, womit er sich herausreden konnte. Was sie gegen ihn in der Hand hatten, waren eine Kürzung der Bahnleistungen am Sonntag und eine Kürzung der Zeit, die für Laden und Entladen erlaubt war, ehe Wagenstandgeld bezahlt werden musste. Letzteres war das, weswegen sie sich besonders getroffen fühlten, und er konnte ihnen das nicht im Geringsten verübeln. Es bedeutete Tausende von Dollar für die Eisenbahn und ebenso viele Tausende weniger für ihre Kunden. Jeff wusste exakt, wie viel es war, weil er ein Viertel der Beute als seinen Anteil gefordert und erhalten hatte. Und so viel würde er auch weiterhin bekommen – solange er in der Position blieb, es einzutreiben.

Er stand vor dem Fenster, die Hände auf dem Rücken verschränkt, schaukelte auf seinen Absätzen, und sein schneller Verstand raste mit höchster Geschwindigkeit dahin. Seine blauen Augen waren ehrlich wie immer, aber in den Augenwinkeln waren kleine Krähenfüße. Sein Gesicht, jetzt etwas fülliger und rundlicher, war mehr denn je eine Maske von verschmitzter Unschuldigkeit. Er hatte an Gewicht zugelegt, und das hätte ihn untersetzt erscheinen lassen, aber er hatte es dadurch ausgeglichen, dass er seine Stiefel wieder hervorgeholt und sie mit höheren Absätzen versehen hatte. Kurzum, er sah dem alten Jeff Parker ziemlich ähnlich, dem Sandhill-Aufsteiger, der sich mit Pool durchgeschlagen und von Ingwerkeksen und Käse gelebt hatte und der Arsch der Stadt gewesen war.

Aber er war's nicht. Zum Donnerwetter, er war's nicht. Er sah auf die dunkle Straße hinunter, mit ihren vertrauten, unveränderlichen Gestalten und Plätzen, und es schauderte ihn. Mann, wie hielten es die Leute bloß hier aus? Wie hatte er es jemals hier ausgehalten? Und wo sollte er hingehen, wenn nicht hierher zurück, falls er die Schlacht heute Abend nicht gewann? Er hatte sehr wenig Geld gespart. Seine Familie hatte Hilfe benötigt und ihn darum gebeten, und er hatte sie ihnen großzügig gegeben, mit jungenhaftem Stolz darauf, dass er dazu in der Lage war. Und jetzt … Donnerwetter!

Er könnte natürlich behaupten, dass er nicht dazu fähig gewesen war, sich zu bedienen. Die Eisenbahn war mächtig und schlau und er nur ein Junge vom Land, der reingezogen worden war. Das könnte er sagen, und er würde es vielleicht schaffen, sie davon zu überzeugen. Und falls er's so machte, nun, dann wäre das sein Ende.

Sie würden vielleicht Scharfsinn tolerieren, falls man es irgendwie hinbekam, dass es für sie interessant aussah. Aber Dummheit, nein. Diese gewieften phlegmatischen Yankees konnten Blödheit nicht leiden, sie verabscheuten sie geradezu. Man musste nur eine ihrer Einrichtungen für Schwachsinnige besuchen, um zu erkennen, wie wenig Mitgefühl für geistig Hilflose sie aufbrachten.

Das stand also außer Frage. Er würde zugeben müssen, dass er wissentlich und willentlich ein Gauner war. Und er würde ihnen zeigen müssen, wie ... ihnen zeigen, wie ...

Es klopfte an der Tür.

Jeff wirbelte herum, durchschritt das Zimmer, lächelte, streckte die Hand aus und riss die Tür auf.

Edie Dillon stand da. Sie lächelte ihn mit milder Amüsiertheit an, und Jeff ließ die Hand verlegen sinken.

»Oh«, sagte er grinsend. »Ich dachte, es wäre ...«

»Ich weiß, Jeff«, sagte Edie entschuldigend. »Ich wollte nur kurz vorbeischauen, ob du auch genügend Stühle hast.«

»Aber ja. Es ist alles gut, Edie.«

»Schön, das war's auch schon, schätze ich«, sagte Mrs. Dillon und fuhr sich müde durch die Haare. »Heute war's aber sehr heiß, oder?«

»Das war's wirklich.«

»Gut, ich glaube, ich geh mal besser wieder in die Küche. Ich muss noch alles für morgen früh herrichten.«

Sie sah ihn zögerlich an und wollte sich schon auf den Weg machen; aber Jeff, wie immer ein scharfer Beobachter von Stimmungen, stoppte sie. In seinem Kopf schwirrte es von seinen eigenen Problemen, aber er mochte Edie, und sie war eine Fargo, und er war jetzt schwer der Meinung, selbst ein Teil des Fargo-Clans zu sein.

»Hast du … hm … irgendwas auf dem Herzen, Edie?«

»Also, ja, Jeff. Irgendwie schon. Aber ich möchte dich wirklich nicht stören.«

»Aber das ist doch vollkommen in Ordnung«, erklärte der Anwalt. »Ich hab noch ein paar Minuten. Komm rein und setz dich.«

Er schloss die Tür hinter ihr und stellte einen Stuhl nahe zu ihrem, wie es zu einem Anwalt passte, der sich um seinen Mandanten kümmerte.

»Also, worum geht's, Edie?«

»Es ist wegen Bob … nein, nicht Bobbie. Ich meine meinen Ehemann.«

»Oh?«, sagte Jeff, aufrichtig interessiert. »Hast du was von ihm gehört?«

»Genau genommen nicht. Ich hab was über ihn gehört. Ich habe vor einiger Zeit einen Brief von einem Mann bekommen, der mit ihm im Anwaltsgeschäft zusammengearbeitet hat. Er hat erzählt, er hätte Bob in El Paso, Texas, gesehen …«

Sie brach ab, senkte den Blick, rieb sich die Hände.

»Erzähl weiter, Edie.«

»Also, er sagte, Bob hätte nicht mal mit ihm sprechen wollen. Tat so, als würde er ihn nicht kennen. Er hat ihn nur von oben bis unten gemustert und ist weitergegangen.«

»War er sicher, dass es Bob war?«

»Ja, absolut. Und er kannte ihn so gut, dass er sich nicht täuschen konnte.«

Der kleine Anwalt schüttelte den Kopf. »Tja, Mensch, Edie. Ich weiß gar nicht, was ich sagen soll. War da … willst du, dass ich in der Sache irgendwas unternehme? Soll ich versuchen, irgendwas zu tun?«

»Was könntest du tun, Jeff?«

»Schon einiges«, erklärte Jeff. »Ich hab in meiner Position eine ganze Menge Kontakte; und er ist immer noch dein Ehemann. Wir könnten ihn wegen nicht geleisteter Unterhaltszahlungen drankriegen …«

»Oh, nein! Ich möchte nicht, dass du das tust!« Edie hob stolz ihren Kopf.

»Verstehe. Gut, vielleicht hättest du dann gerne die Scheidung. Du bist immer noch jung und …«

»Nein. Ich will keine Scheidung.«

Der Anwalt spreizte die Hände. »Was willst du, Edie?«

»Ich weiß es eben nicht genau. Ich dachte, dass er vielleicht in irgendwelchen Schwierigkeiten steckt, und falls er … also …«

»Glaubst du nicht, dass du, wie's jetzt ist, schon alle Hände voll zu tun hast?«

»Ja«, seufzte Mrs. Dillon. »Ich schätze, das hab ich. Aber ich dachte nur …«

Sie schüttelte ihren Kopf, lächelte tapfer und stand auf. Jeff warf einen Blick auf seine Uhr und erhob sich hastig mit ihr.

»Wir unterhalten uns noch mal drüber«, versprach er. »Egal, was du tun willst, ich versuche das für dich hinzubekommen.«

»Vielen Dank, Jeff. Es muntert mich immer etwas auf, wenn ich mit dir rede.«

Sie drehte sich um und lief eilig den Gang zur Hintertreppe hinunter, als sich die ersten von Jeffs Gästen näherten. Es waren die wichtigsten Männer der Stadt, und sie wollte nicht, dass sie sie so sahen.

Jeff blieb in der Tür stehen, um seine Wähler zu begrüßen; die Zugpferde der Partei, die ihn gewählt hatte. Er bot seine Hand nur einmal an, dem Ersten von ihnen. Danach blieb er nur so stehen und beantwortete ihre grimmigen Blicke mit einem ernsten und höflichen Nicken. Alfred Courtland kam als Letzter, und Jeff vermutete, dass er ihm die Hand geben würde. Aber der Anwalt machte keine Bewegúng, um sie ihm anzubieten. Sosehr er auch jede Unterstützung brauchte, die er auftreiben konnte, hatte er dennoch dem Bankier dessen Beleidigungen nicht verziehen.

Schließlich machte er die Tür zu, setzte sich selbst nahe dem Fenster an die Wand und warf einen schnellen Blick in die Runde. Neben Courtland waren da noch Tom Epps, Eisenwarenhändler und Chandler-Vertreter; Newt Ludlow vom Bestattungsunternehmen; der alte Simp vom Geschäft für Lebensmittel und Kurzwaren; Tod Myers, der Mann vom Getreidesilo; Postmeister Frank Henshaw; und Wilhelm Deutsch. Neben Courtland schien der alte Deutsche nicht so rachsüchtig zu sein, wie es jeder der anderen war. Nach Jeffs Einschätzung spiegelte seine Haltung nur seinen Wunsch dazuzugehören.

Als sich alle Augen auf Jeff richteten, herrschte für einen Moment Totenstille. Dann explodierte der Raum in einem Aufruhr, als alle auf einmal losredeten.

Die schneidende Stimme des alten Simp setzte sich schließlich durch.

»Ich schätze, du weißt, warum wir hier sind, Jeff. Wir wissen, dass du uns verkauft hast, und es gibt keine verdammte Entschuldigung, mit der du dich rausreden kannst. Aber wir sind gewillt, dich anzuhören.«

»Das ist wirklich sehr freundlich von euch«, sagte Jeff und realisierte im selben Moment, wie dumm sich diese Aussage anhörte.

»Kümmer dich nicht drum, wie freundlich wir sind«, sagte Epps. »Wir sind vielleicht nicht so freundlich, wie du das von uns denkst.«

»Gut, in Ordnung«, sagte Jeff. Und machte den nächsten Fehler. »Wenn das der Weg ist, den ihr einschlagen wollt, dann soll's dieser Weg sein. Aber bevor wir zu weit gehen, möchte ich euch nur daran erinnern, dass ich in diesem Tal durchaus ein paar Freunde habe. Viel mehr, als ihr vielleicht denkt.«

Er zuckte zusammen, als er sah, wie sie untereinander ein bitteres Lächeln austauschten. Postmeister Frank Henshaw kicherte ganz offen:

»Du glaubst, du brauchst die Partei nicht mehr, Jeff?«

»Also, aber nein. Natürlich meine ich das damit nicht«, sagte Jeff eilig.

»Vielleicht glaubst du, die Fargos können dich wählen«, sagte Tom Myers. »Ich sag dir jetzt, wie's ist. Es gibt in diesem Bezirk neben den Fargos noch gottverdammt viele Leute mehr.«

Courtland räusperte sich und sah ihn an, und der Silo-Betreiber wurde rot.

»Sollte keine Beleidigung sein, Alf«, sagte er schnell.

Courtland begutachtete seine Zigarrenspitze und sagte nichts.

»Verdammt noch mal, Jeff«, sagte Newt Ludlow, »wir haben dich gemocht, Junge.«

»Und ich mochte dich, Newt. Ich mochte euch alle, und das tue ich immer noch. Aber ihr habt gewusst, was man in dem Job verdient. Wie …«

»Du hast auch gewusst, was man da verdient, Jeff.«

»Du warst so verdammt dämlich in der ganzen Angelegenheit«, jammerte der alte Simp mit sich überschlagender Stimme. »Du hast es uns so gut wie unmöglich gemacht, dass wir dich wieder aufstellen. Es gibt in diesem Tal keinen Mann, keine Frau und kein Kind, das nicht weiß, dass du dich hast kaufen lassen.«

»Und das ist eine Tatsache«, sagte Tod Myers.

Sie sahen ihn abwartend an, und Jeff konnte den Blick nur mit hilflosem Schweigen erwidern. Allmählich verwandelten sich ihre Blicke von Zorn in Verachtung und dann in angewiderte Geringschätzung. Es war nicht so verwerflich, wenn einer raffiniert war; man konnte einen Mann nicht dafür beschuldigen, dass er sah, wo er selbst blieb, weil es schließlich todsicher kein anderer für ihn tun würde. Aber raffiniert zu sein und sich dabei erwischen zu lassen, wie man den Strohmann machte, das war unverzeihlich.

Postmeister Henshaw warf einen fragenden Blick in die Runde.

»Also, Jungs, ich denke, viel mehr gibt's nicht zu sagen, oder doch?«

»Ich schätze nicht.« Sie schüttelten ihre Köpfe.

Sie rutschten auf ihren Stühlen herum und strichen über ihre Hosen. Ein oder zwei erhoben sich.

»Wartet noch einen Moment«, sagte Jeff Parker.

»Kann ich keinen Sinn drin sehen.«

»Werdet ihr gleich«, sagte Jeff, und seine Stimme war kräftig und selbstsicher. Denn die magischen Worte, das »Sesam, öffne dich!« für seine Probleme, waren ihm endlich eingefallen.

»Ich habe von der Eisenbahn Geld genommen«, fing er an. »Eine Menge. Aber das ist nicht wichtig. Was zählt, ist, was ich für das Geld getan habe, richtig?«

»Das ist richtig«, nickte Ludlow.

»Wenn ich euch also beweisen könnte – damit ihr es dem County beweisen könnt –, dass ich in Wahrheit der Eisenbahn nur eine Falle gestellt habe (oh, und mich zugleich ein wenig bedient habe), dann wäre alles bestens, oder? Wenn ich euch zeigen könnte, wie ihr das Geld zurückbekommt und ein verdammtes Stück mehr, wäre ich wieder ganz oben, oder nicht?«

Die Köpfe nickten vage.

»Du musst es uns nur beweisen«, sagte Epps trocken.

»Das mache ich«, sagte Jeff und lehnte sich vor. »Es geht so: Steuern. Verpasst der Eisenbahn eine Steuererhöhung. Legt ihnen ordentlich was drauf.«

Der alte Deutsch brach in ein Gelächter aus, das

zweifellos als Zustimmung gemeint war. Simp und Epps zwinkerten sich zu. Henshaw kniff die Augen zusammen und überlegte. Nur Courtland meldete Widerspruch an. Er wollte das eigentlich nicht, fühlte sich jedoch als Finanzexperte der Gemeinde in aller Aufrichtigkeit dazu verpflichtet.

»Das ist eine gute Idee«, sagte er, sich fast entschuldigend. »Aber haben nicht schon einige Bezirke versucht, die Steuern der Eisenbahngesellschaft zu erhöhen, ohne irgendetwas zu erreichen?«

»Sicher haben sie das«, rief Jeff, wobei er sich an die ganze Runde wandte. »Aber seht ihr denn nicht, was die Eisenbahn in diesem Fall getan hat? Seht ihr nicht, dass ihr ihnen eine größere Steuerveranlagung anhängen könnt und dass sie keine Möglichkeit haben, sich rauszuwinden? Sie haben sich da selbst reingeritten – sie haben praktisch darum gebeten!«

Die Sache war für ihn so einfach, dass er von ihrem verständnislosen Stirngerunzel fast genervt war. Sogar Courtland, der angeblich so schlau war, kapierte den Punkt nicht.

»Seht her«, sagte er und unterdrückte ein Seufzen, »die Eisenbahn macht in diesem Bezirk mehr Geld denn je zuvor, stimmt's? Sie machen mehr Geld, und das schaffen sie mit einem reduzierten Service. Das werdet ihr doch zugeben, oder nicht?«

Ja, sie waren bereit, dem zuzustimmen.

»Na gut, wenn sie also mehr Geld verdienen – wenn sie von derselben Investition einen höheren Profit rausholen –, dann ist doch, zum Donnerwetter, diese Investition mehr wert. Sie kann steuerlich höher eingestuft werden, und, meine Güte, das werden sie bezahlen müssen! Sie haben sich an ihrem eigenen Seil aufgehängt!«

Jetzt erkannten sie es endlich. Ein Lächeln zuckte um ihre durchtriebenen Mäuler. Sie kicherten. Sie brüllten vor Lachen.

»Verdammt will ich sein«, schwor der alte Simp, »ich hab gewusst, dass Jeff einen Weg finden würde, um sich da rauszuziehen!«

Er schlug sich aufs Knie und zitterte vor Vergnügen, und die anderen strahlten vor Anerkennung für ihren ultraschlauen Volksvertreter. Angefeuert und aufgestachelt von ihrer guten Stimmung, hatte der junge Anwalt noch eine Inspiration.

Er hob eine Hand, und fast im selben Moment verfiel der Raum in eine respektvolle, freundliche Stille.

»Es gibt da noch etwas«, sagte er locker. »Es ist eine Möglichkeit für euch, um die Eisenbahn dazu zu bringen, einen besseren Service zu leisten, und auch, um euch selbst zu verbessern. Tom, du hast doch diese Automobile gesehen, die sie Trucks nennen, oder nicht?«

»Sicher hab ich das«, sagte der Chandler-Händler und erklärte es den anderen: »Ein Truck ist ungefähr dasselbe wie ein Automobil, aber er hat mehr Zugkraft und einen Aufbau mit Ladefläche hinten drauf – jede Art von Ladefläche, die du willst. In Grand Island und Omaha habe ich viele davon gesehen, wo sie die Straßen haben, auf denen man damit fahren kann.«

»Stellt euch nur mal vor«, sagte Jeff, »ihr hättet hier draußen Straßen, um damit fahren zu können. Sie würden sich sicher ziemlich schnell verkaufen, und sie wären eine echte Konkurrenz für die Eisenbahn.«

Sie sahen ihn zwar höflich, aber fassungslos an, denn schließlich hatte er an diesem Abend schon einen dreisten Hasen aus dem Hut gezogen.

»Aber du hast dafür die Straßen nicht, Jeff.«

»Aber ihr könnt sie haben«, beharrte der Anwalt. »Mit dem erhöhten Steuereinkommen, das ihr aus der Eisenbahn herauspressen könnt, seid ihr in der Lage, für den Rest des Bezirks die Abgaben zu senken. Sie werden Schlange stehen, um Straßen-Obligationen zu kaufen, wenn ihr ihnen klarmacht, was das für sie bedeutet, und vor Freude über ihr Glück aus dem Häuschen sein. Alf« – er wandte sich zum ersten Mal direkt an Courtland –, »bei diesen Straßen-Obligationen wäre gutes und ehrliches Geld für die Bank drin.«

»Ja, das wäre es«, stimmte der Bankier zu.

»Und, Tom, es würde bedeuten, eine Menge ...«

»Oh, davon bin ich überzeugt«, erklärte der Automobilhändler freimütig.

»Also, ich weiß nicht«, sagte Ludlow. »Es wären eine Menge Obligationen nötig, und der Bezirk steckt schon ziemlich tief in Schulden.«

»Ihr müsst nicht alles dafür bezahlen, gottverdammt«, sagte Jeff. »Ihr könnt den Staat dazu bringen einzusteigen. Ich zeige euch, wie das geht. Ihr habt doch kein Problem damit, wenn der Staat sein Geld hier im County ausgibt, oder doch?«

Grinsend lehnten sie es ab, so was zu haben. Je mehr man den Staat dafür melken konnte, desto besser.

»Da liegt der ganze Hase im Pfeffer, so wie ich das sehe«, sagte Tod Myers. »Du hast keine Möglichkeit, außerhalb des Countys etwas zu bauen. Du hast keine Möglichkeit, eine Verbindung mit irgendwas herzustellen. Und solang du das nicht kannst, wirst du der Eisenbahn nicht den geringsten Schaden zufügen, und es ist verdammt wenig, was für dich dabei rausspringt. Nicht genug, um die Ausgaben zu rechtfertigen.«

Es war ein Gedanke, den alle zuerst im Kopf gehabt hatten, und sogar Courtland und Epps waren gezwungen, dem Einwand zuzustimmen.

Jeff vergrub den Kopf in den Händen und stöhnte.

»Oh, Menschenskinder«, heulte er. Und seine Verzweiflung war so echt, dass sie wieder in Gelächter ausbrachen.

»Schon gut, Jeff, Junge«, sagte Frank Henshaw voller Zuneigung. »Du sagst, wie man's anstellt.«

»Seht ihr das denn nicht? Wenn du bis an die Countygrenze baust, zwingst du damit die anderen Countys, Straßen zu bauen. Wenn sie's nicht tun, würdet ihr damit den ganzen Handel nach Verdon strömen lassen. Sie werden bauen müssen. Ihr könnt sie zum Handeln zwingen!«

»Also, bei George!«, sagte Tod Myers.

»Er hat recht, bei Gott!«, rief Tom Epps.

»Ich sag's euch«, sagte der alte Simp, »du musst schon sehr früh aufstehen, wenn du an Jeff vorbeikommen willst.«

Wilhelm Deutsch fügte seinen gutturalen Beifall dem allgemeinen hinzu. Und als sie beim Hinausgehen eine Reihe bildeten, schenkte er, wie alle anderen, dem Anwalt einen herzlichen Händedruck und ein deutliches Nicken, mit dem er ihm seine wertvolle politische Unterstützung versprach. Seiner Meinung nach machte es keinen großen Unterschied, welche Person in das Amt gewählt wurde. Die Regierung war so organisiert, dass der Amtsinhaber und sein Bemühen, in der Institution zu überleben, ohne Rücksicht auf seinen persönlichen Standpunkt, rigoros beeinflusst und kleingemacht wurde.

Was Jeff betraf: Nachdem der erste Spaß vorbei war, wurde seine Sorge immer größer, welche Haltung die Eisenbahn ihm gegenüber einnehmen würde. Weil er sich sicher war, dass sie mitbekommen würden, wie er sie übers Ohr gehauen hatte.

Er kehrte nach Lincoln zurück und nahm wieder Quartier im Hotel, und jedes Mal, wenn es an seiner Tür klopfte, und jedes Mal, wenn er den fetten Lobbyisten Cassidy im Regierungsgebäude sah, zitterte er vor Angst.

Eines Tages im nächsten Frühjahr war es dann so weit, als eine wichtige Gesetzesvorlage, die die Eisenbahn betraf, vor das Parlament kam. Es hatte damit zu tun, die Eisenbahn bei ihrem miesen Vorgehen, was Rückzahlungen betraf, in die Schranken zu weisen; und Jeff, der einen Weg sah, sich wieder ins rechte Licht zu rücken, stand auf, um eine ernsthafte Rede im Interesse der Eisenbahn zu halten. Das war es, was er vorbringen wollte, aber er tat's nicht. Ebenso wie er an diesem gefährlichen Abend im Hotelzimmer in Verdon eine plötzliche Eingebung gehabt hatte, so überkam ihn auch jetzt eine:

Er sprach dreißig Minuten lang – und er schlitzte die Eisenbahn von oben bis unten auf. Er beschuldigte sie jedes Verbrechens, das den Statuten zuwiderlief, von denen er sicherheitshalber einige selbst erfunden hatte; und er war so leidenschaftlich, überzeugend und offensichtlich aufrichtig, dass die einschränkenden gesetzlichen Maßnahmen mit überwältigender Mehrheit angenommen wurden. Praktisch jede Zeitung im Staat druckte seine Rede ab. Von allem am wichtigsten war jedoch, dass ihn Cassidy an diesem Abend besuchte.

Jeff hatte ein Bad genommen und, wie es auf dem Land Sitte war, nicht daran gedacht, die Tür zu versperren. Und als er ins Schlafzimmer kam, war da Jiggs Cassidy und hatte es sich in einem großen Sessel gemütlich gemacht, genauso wie er's an jenem ersten Morgen getan hatte.

Jeff machte unschuldige große Augen.

»Wollten Sie das Badezimmer benutzen?«, fragte er.

»Also im Moment nicht. Vielleicht später.« Cassidy wedelte mit seiner Zigarre. »Schon mal drangedacht umzuziehen, Senator?«

»Überhaupt nicht«, sagte Jeff, »mir gefällt's hier irgendwie. Ich habe ein kleines Arrangement mit dem Hotelbesitzer-Verband getroffen, damit's mich nicht viel kostet.«

»Ummm.« Der fette Mann blinzelte wie ein Fisch. »So machen es viele von den Jungs. Aber ich habe nicht von Ihrem Zimmer gesprochen, Senator.«

»Nein?«

»Nein. Nicht von Ihrem Zimmer. Wir glauben, dass Sie an dem Ort, an dem Sie sich befinden, in gewisser Weise eingeschränkt sind. Nicht dass wir Sie deswegen beschuldigen, verstehen Sie« – er tippte die Asche von seiner Zigarre –, »es ist nur so, dass Sie in einem kleinen Ort, in dem jeder ein Auge auf Sie hat, ganz auf sich allein gestellt sind und deshalb so ein Gefühl haben, Sie müssten ständig herumzappeln. Wir sind der Meinung, Sie sollten umziehen, Senator.«

»Nach oben?«

»Generalstaatsanwalt.«

Jeff nickte ernst.

»Ich bin immer gewillt, den Anweisungen meiner Wähler zu folgen, Jiggs. Besonders denen meiner generösen.«

»Umm. Das sind die meisten der Jungs.«

Der fette Mann blinzelte wieder, erhob sich schwerfällig und schüttelte ihm die Hand. Er machte einen Schritt zur Tür.

»Eine Sache noch, Senator. Glauben Sie, dass es regnen wird?«

»Das tut's immer, Jiggs.«

»Ich glaube, Sie haben recht«, sagte Cassidy. »Ich danke Ihnen vielmals.«

Er watschelte zur Tür, während Jeff ihn grinsend beobachtete.

Diesmal lag kein dicker Umschlag auf der Ankleidekommode, und er hätte ihn nicht angenommen, wenn er dort gelegen hätte. Er war jetzt in seiner Karriere über die Umschlag-Ebene hinaus. Erfreut ging er auf und ab und musste plötzlich an Alfred Courtland denken, so wie er anscheinend immer in solchen Momenten an ihn denken musste, wenn er sich besonders gut fühlte. Und der Ausdruck auf seinem Jungengesicht war kein schöner Anblick …

23.

»Gottverflucht«, sagte Sherman Fargo, »es gibt nur eine Sache, die an dir nicht stimmt. Du hast keine Ahnung von Landwirtschaft.«

Alfred Courtland lächelte mit gelangweilter Höflichkeit. Das lag jetzt hinter ihm, auf diese Leute wütend zu sein. Er hatte sich an sie gewöhnt, und er hasste sich selbst viel zu sehr.

»Jawohl, hast du nicht, Alf«, sagte Sherman.

»Vielleicht hast du recht, Sherm.«

»Zum Teufel, ich weiß, dass ich recht habe.«

Courtlands Gesicht zuckte. Er massierte seinen Nasenrücken zwischen Daumen und Zeigefinger; als er bemerkte, dass seine Hand zitterte, hörte er damit auf. Inzwischen waren vier – fast fünf – Jahre vergangen, seit diese Ärzte in Omaha das Urteil über ihn gefällt hatten. Er spürte viele Anzeichen dafür, oder bildete sich ein, sie zu spüren, dass dieses Urteil bald an ihm vollstreckt werden würde. Sein Leben hatte sich in stumpfsinnigen, lauernden Horror verwandelt, aus dem Trinken die einzige Flucht war. Und das war keine Flucht – nur eine andere Art von Horror.

Und mit den Geschäften der Bank sah es nicht allzu gut aus. Er hatte sich die Straßen-Obligationen entgehen lassen und glaubte, dass das zweifellos Jeffs Einfluss war. Dennoch wollte er Jeff für das, was er getan hatte oder vielleicht tun würde, nicht beschuldigen. Was auch immer Jeff oder sonst jemand von ihm dachte, konnte nicht so schlimm sein wie das, was er von sich selbst dachte. Er wünschte sich nur, dass sie ihn in Ruhe ließen oder ihn schnell ins Jenseits beförderten. In seinem verrottenden Gehirn war aus der Welt ein riesiges Gefängnis für seine Qual geworden.

»Also«, sagte Sherman, »was sagst du dann, Alf?«

»Tut mir leid, Sherm.«

»Aber, Alf, das ist wahnsinnig! Ich kann im nächsten Jahr keinen Weizen anbauen.«

»Du hast doch alle Maschinen, Sherm. Dreschmaschinen und den Mähdrescher und diese automatischen Sämaschinen …«

»Zur Hölle, ich musste sie mir zulegen, oder nicht? Ich konnte die Fläche, auf der ich angebaut habe, ohne die Maschinen nicht bewirtschaften. Ich hab kein verdammtes Ding gekauft, das ich nicht brauchte!«

»Weiß ich. Weiß ich, dass du das nicht getan hast«, pflichtete ihm der Bankier bei. »Aber jetzt hast du das ganze Zeug und beabsichtigst, es nicht zu nutzen. Du hast so viel in Maschinen investiert und …«

»Ich hab bessere Aussichten als irgendjemand sonst im Land!«

Courtland legte seine Hände an die Tischkante. Er zog sie zurück und vergrub sie in seinen Taschen. Mit immenser Anstrengung schaffte er es, dass seine Stimme weiterhin dezent und geduldig blieb.

»Ich verstehe deinen Standpunkt, Sherm. Versuch jetzt mal meinen zu verstehen. Das Bankgeschäft hat sich in den letzten paar Jahren stark verändert. Es gibt nur noch halb so viele Kredite, wie es früher gegeben hat. Ich kann die Gesamtheit meiner eigenen Bankwechsel nicht eigenständig verwalten. Ich verwalte sie, das schon, aber ich brauche dafür die Unterstützung der großen Versicherungsgesellschaften und Kreditinstitute aus dem Osten. Ich muss dafür Darlehen besorgen, die ich für mich selbst aufnehme …«

»Gut, davon versteh ich nichts«, sagte Sherman. »Alles, was ich weiß, ist …«

»Ich versuch's zu erklären. Ich schreibe an eines dieser Unternehmen im Osten und sage Folgendes. Ich sage: ›Hier ist ein Mann mit siebenhundertfünfzig Morgen Land. Er hat in den letzten fünf Jahren Weizen angebaut und versteht sein Geschäft. Er hat alles, was für den Weizenanbau benötigt wird. Letztes Jahr hat die Ernte so viel eingebracht und das Jahr zuvor so viel, und so weiter.‹ Verstehst du, worauf ich hinauswill, Sherm? Sie können ihre Bleistifte rausholen und sehen in einer Minute, dass ich einen gut durchdachten Kredit aufgestellt habe. Sie …«

»Aber, gottverdammt, das ist nicht gut durchdacht!«

»Bitte, Sherm. Ich versuche nur, ihre Position zu erklären. Ich versuche dir nur klarzumachen, wie sie diese Dinge betrachten. Was auch immer du oder ich davon halten mögen, sie würden das für ein gutes Darlehen halten. Aber wenn ich zu ihnen komme und sage: ›Hier ist ein Mann, der hauptsächlich Weizenfarmer war. Er hat Tausende von Dollar in Maschinen zum Weizenanbau angelegt. Jetzt beabsichtigt er, mit dem Weizenanbau aufzuhören. Er will stattdessen auf hundertsechzig Mais anbauen und auf vierzig Kartoffeln und auf achtzig Zuckerrohr und auf sechzig Rüben und so weiter‹ – wenn ich ihnen das sage, werden sie den Kreditantrag nicht mal mit einer zehn Fuß langen Stange anfassen und … *und bei Gott, ich kann's nicht ändern!*«

Sherman stieß seinen Stuhl zurück. »Du musst das deswegen nicht dermaßen übel nehmen.«

»Es tut mir leid. Ich bin … ich bin heute nicht ganz bei mir.«

»Gut, dann eben Weizen«, sagte Sherman mürrisch, stapfte zur Tür raus und knallte sie hinter sich zu.

Sollte doch der verdammte Alf zur Hölle fahren. Er war übler als der alte Bark. Bark hatte keinen so lahmgelegt, dass er sein Land ruinieren musste, nur um einen Erntekredit zu bekommen.

Finster sah er die Straße runter. Er stapfte zu seinem Wagen, stemmte sich mit den Schultern einen Weg durch den Samstagstrubel. Er war heute mit dem Wagen gekommen, weil Josephine in den Buggy nicht reinkam, aber mitkommen wollte, obwohl er nicht verstand, warum zur Hölle sie heute mitkommen musste, wo sie schließlich seit zwei Jahren nicht mehr in der Stadt gewesen war.

Sie saß auf einem massiven Brett, das über dem Wagenaufbau lag. Auf einem zweiten Brett hinter ihr saßen die beiden ältesten Mädchen, die jetzt fast junge Frauen waren. Die kleine Ruthie, die nicht mehr so klein war, saß am Bordstein und malte Bilder in den Staub.

Ihr Vater zerrte sie mit einem heftigen Ruck auf die Beine. Mit einem höhnischen Grinsen betrachtete er das von der Sonne verbrannte Trio auf dem Wagen.

»Was zur Hölle sitzt ihr da herum?«, wollte er von seiner Frau wissen. »Glaubt ihr, dass vielleicht jemand ein Foto von euch machen will?«

Die Mädchen kicherten verlegen. Ihre Mutter, mit einem Sonnenhut auf dem geröteten Kopf, der die Form eines Kohleneimers hatte, versuchte die Stirn zu runzeln.

»Du weißt, warum«, fauchte sie.

»Huh-nein, ch-ich ch-weiß huh-nicht, w'rum«, äffte Sherman sie nach. »Ich dachte, ihr wärt schon alle zum Hotel gegangen. Was soll ich für euch tun … euch einen Ballen Heu bringen?«

Als er aufhörte, darüber nachzudenken, wurde ihm natürlich klar, dass Josephine nicht vom Wagen steigen konnte, wenn nicht etwas ungefähr auf gleicher Höhe mit der Wagenfläche so dastand, dass sie draufsteigen konnte. Zu Hause musste sie von der Veranda ein- und aussteigen. In der Stadt war der Block vor dem Hotel, an dem die Pferde festgemacht wurden, das einzige Ding, das hoch und massiv genug war, um ihren Bedürfnissen zu entsprechen.

Sherman vermutete, dass er nicht so lange in der Bank hätte bleiben und sie hier sitzen lassen sollen.

Aber verdammt noch mal, warum hatte sie nicht zu Hause bleiben können, wo sie hingehörte? Von ihr in Verlegenheit gebracht und zugleich beschämt von seinem eigenen Benehmen, fuhr er zum Hotel.

Er musste die Bretter, auf denen sie saßen, entfernen, und eine Seite des Aufbaurahmens, weil sie nicht drübersteigen konnte. Sie stand auf, und die beiden älteren Mädchen packten sie an den Ellbogen, und Sherman stand mit leicht ausgestreckten Händen vor ihr. Sie schob sich an den Rand der Ladefläche, und die Räder auf der anderen Seite hoben sich von der Straße. Sherman fluchte. Befahl ihr, auf das zu achten, was sie tat. Und die arme Josephine, nervös geworden und nicht in der Lage, irgendwas zu erkennen, das nicht mindestens fünf Fuß vor ihr lag, machte einen Fehltritt.

Ihr großer Fuß mit dem ofenrohrähnlichen Bein versank zwischen Pferdeblock und Wagen. Stöhnend und hechelnd ließ sie sich auf das andere Knie sinken, damit das eingeklemmte Bein nicht gebrochen wurde. Dabei wurde ihr Kleid hochgeschoben und entblößte ihre voluminösen, aus Mehlsäcken genähten Unterröcke. Kichernd und mit roten Gesichtern versuchten die Mädchen ihre Kleider wieder in Ordnung zu bringen. Sherman brüllte ordinäre Anweisungen. Josephine stöhnte und keuchte und weinte. Edie Dillon kam aus dem Hotel gerannt.

»Du hörst jetzt sofort auf mit diesen Ausdrücken, Sherm Fargo!«, rief sie. »Ein verdammt feiner Ehemann bist du!«

»Verdammt noch mal, Edie, warum ist sie nicht zu Hause geblieben?«

»Schluss jetzt, beweg dich einfach und hilf ihr. Kannst du dich nach vorn beugen, Josephine? Über den Pferdeblock?«

»H-ich glaube ja ...«

»So geht's, so ist es gut«, sagte Edie besänftigend. »Sherm, du gehst hier herum und hebst die Wagenfläche ein wenig an, damit sie den Fuß freibekommt.«

Sherman sagte noch ein oder zwei Worte, aber machte das, worum er gebeten wurde. Sie schafften es, dass Josephine über den Block ausgebreitet auf dem Bauch zu liegen kam. Dann fassten sie ihre Beine und drehten sie herum, bis ihr Hinterteil auf den Gehsteig zeigte. Sie ließ sich auf den Knien nieder und wurde von ihnen hochgezogen. Endlich war das schreckliche Abenteuer überstanden und sie stand sicher auf dem Gehsteig.

Edie führte den stolpernden Fleischberg zum Eingang und verpasste ihrem Bruder einen letzten missbilligenden Blick.

»Du solltest dich schämen«, sagte sie.

»Das tu ich«, sagte Sherm zerknirscht. »Gottverflucht, ich schäme mich.«

Er sah sich schnell um und wollte einen der Herumstehenden, die die Szene beobachtet hatten, beim Gaffen erwischen. Aber sie hatten sich alle klugerweise davongemacht. Er wischte sich mit seinem Taschentuch das Gesicht ab, rammte sich seine kurze Pfeife in den Mundwinkel und ging in Richtung des Ladens für Kurzwaren und Lebensmittel.

Die Tagediebe, die im Laden herumhingen, waren merkwürdig still, als er reinkam, und er glaubte, ein flüchtiges Grinsen auf dem verwitterten Gesicht vom alten Simp gesehen zu haben. Sollten sie doch lachen, bei Gott! Sollten sie nur einen kleinen Piep von sich geben! Er traktierte den Händler mit einem langen harten Blick; dann zog er seine Einkaufsliste aus der Tasche und knallte sie auf die Theke.

»Meinst du, du kannst das bis nächsten Sommer erledigen?«, fragte er.

»Seit wann hast du's denn dermaßen eilig?«, fragte der Händler schlagfertig. »Hat dir jemand ein Messer auf die Brust gesetzt?«

»Mach dir mal keine Sorgen deswegen«, sagte Sherman. »Mach einfach. Und wieg mir nicht bei allem zu wenig ab, wie du's sonst immer machst.«

Old Simps Mund wurde zu einer kalten schmalen Linie. Die Fargo-Familie machte seit bald fünfunddreißig Jahren mit ihm Geschäfte; er hatte Sherman schon gekannt, als dieser nicht mehr als eine kleine Rotznase war. Und jetzt blähte er sich hier auf wie ein Frosch und erwartete von ihm, dass er sprang.

»Du hältst mal besser deinen Kopf unter Wasser«, riet er ihm.

»Was war das?«, knurrte Sherman. »Was hast du zu mir gesagt, Simp?«

»Ich sagte«, wiederholte der Ladeninhaber, »du sollst deinen Kopf unter Wasser halten. Wieso hast du's denn so wahnsinnig eilig? Du bist doch den ganzen Tag in der Stadt, oder nicht?«

Sherman starrte ihn zornig an und schob den Kiefer vor; und der alte Mann gackerte.

»Verdammich, wenn du nicht mit jedem Tag mehr wie ein Ochsenfrosch aussiehst, Sherm! Ist doch so, Kumpels?«

Die Kumpels wanden sich verlegen und sagten nichts. Ein oder zwei von ihnen entschieden sich dafür, dass sie gehen mussten.

»Ist das hier ein Laden oder nicht?«, fragte Sherman, als wäre er ein Fremder in der Stadt. »Vielleicht bin ich hier an der falschen Adresse gelandet.«

»Du solltest wissen, ob's ein Laden ist oder nicht«, schnappte Simp.

Er wünschte sich sofort, dass er das nicht gesagt hätte, weil Sherman ihm sechshundert Dollar schuldete (zweihundert waren vom Jahr davor übertragen worden) und er den Stolz der Fargos kannte. Um nichts in der Welt hatte er Sherm beleidigen wollen; er versuchte zu beschwichtigen.

»Jetzt setz dich einfach dort drüben hin und beruhige dich«, sagte er. »Ich schätze, ich hab die Sachen für dich schnell beisammen, falls du jetzt …«

»Du wirst langsam etwas nervös wegen meiner Rechnung, richtig?«, fragte der Farmer unverschämt herausfordernd.

»Phhh! Was ist das denn für eine verrückte Unterhaltung? Setz dich einfach dorthin und …«

»Du denkst, ich könnte meine Schulden vielleicht nicht bezahlen?«, beharrte Sherman.

»Ich hab dich doch zu nichts gedrängt, oder?«

Sherman nickte sauer, als würde in dieser Bestätigung die Antwort auf seine Frage stecken.

»Ich verstehe«, sagte er. »Gut, wenn du dir Sorgen deswegen machst, sollte ich dich vielleicht besser nicht mehr anpumpen. Vielleicht sollte ich meine Einkäufe besser woanders erledigen.«

»Das hast du gesagt«, sagte der Ladeninhaber. »Von mir hast du nichts dergleichen gehört.« Aber als Sherman dann nicht damit aufhörte, ihn zornig und bedrohlich anzustarren, ging auch sein Temperament mit ihm durch, und seine sich überschlagende Stimme war schrill vor Entrüstung. »Gut, dann geh deiner Wege«, schrie er. »Verschwinde mit deinem gehässigen Gehabe! Mach deine Einkäufe verdammt noch mal woanders und dann schau, ob mich das kratzt!«

Er kam um die Theke herum und schlug mit seiner Schürze nach Sherman, wie er es früher getan hatte, als der Farmer nichts weiter als ein neugieriger, lästiger Balg war. Natürlich konnte Sherman den alten Mann nicht schlagen; er konnte sich nicht mal dazu durchringen, ihn angemessen zu verfluchen.

Er schnappte sich seine Liste und verließ den Laden, fühlte sich wertlos und frustriert.

Es gab nur einen anderen Lebensmittelladen in der Stadt, und nach den örtlichen Begriffen war das kein richtiges Geschäft. Es hieß, man stelle sich diesen verdammten Blödsinn vor, *Pick and Prosper*, und die Art, wie es geführt wurde, musste man gesehen haben. Es gab keinerlei Verkaufstheke, außer eine kleine direkt am Eingang. Alles war beleuchtet, sodass man das Angebot genau erkennen konnte – was offensichtlich keine gute Idee der nebulösen Eigentümer war. Als weiteren Beweis für ihren mangelnden Scharfsinn, falls man einen weiteren Beweis benötigte, hatten sie die Regale so aufgestellt, dass der Kunde alles erreichen und sich selbst bedienen konnte. Man würde höllisch draufzahlen, falls die Tagediebe jemals auf die Idee kamen, in diesem Laden herumzuhängen, hatten die Bürger weise festgestellt – aber manchen Leuten konnte man eben nicht helfen.

Neben der kleinen Theke am Eingang befand sich ein Ständer mit einem Stapel Körbe. Die Leute nahmen logischerweise an, dass sie zu verkaufen waren, und fragten sich, warum nicht ein paar davon zu Werbezwecken ins Schaufenster gelegt wurden. Aber niemand hatte das Geschäft jemals betreten, um den Grund dafür herauszufinden.

Sherman ging vor dem Geschäft ein paar Minuten langsam auf und ab und spähte mit rollenden Augen hinein. Er dachte, dass er sich dem alten Simp gegenüber falsch verhalten hatte. Er dachte, bei Gott, dass es aber doch nicht falsch war. Falls Simp immer noch nicht wusste, dass die Fargos ihre Schulden beglichen, dann war's an der Zeit, dass er's lernte!

Auf die Art ermutigt, brach Sherman sein Auf-und-ab-Gehen plötzlich ab und betrat das Geschäft. Es war leer, außer dem Burschen, der es führte und der nicht aus der Stadt war. Er kam in seiner sauberen weißen Schürze von hinten geschäftig herbeigeeilt und machte buchstäblich einen Diener vor dem Farmer.

»Ja, Sir. Kann ich Ihnen mit irgendetwas behilflich sein, Sir?«

Niemand hatte Sherman je »Sir« genannt, außer in einem Brief. Er grinste unsicher.

»Ich schätze, das können Sie, wie's aussieht, junger Freund«, erklärte er. »Ich hab hier eine ganz schöne Liste mit Zeug.«

»Jawohl, Sir!« Der Manager staunte beim Anblick der Liste nicht schlecht. »Nehmen Sie einfach so viele Körbe, wie Sie benötigen, Sir, und wenn es etwas gibt, das Sie nicht finden können, dann fragen Sie mich nur.«

»Sie … Sie meinen, ich soll *mich selbst* bedienen?«, fragte Sherman mit seiner gepressten, rauf- und runtergehenden Stimme nach.

»Das ist richtig, Sir!«

»Also«, sagte Sherman, schockiert von dieser verrückten Idee, »damit kenne ich mich nicht aus.«

Der Verkäufer lächelte ihn freundlich an. Er war ein magerer junger Mann mit Pustelnarben auf den Wangen und blonden Haaren, die in der Mitte gescheitelt waren.

»Ich sage Ihnen, was wir machen, Sir. Ich werde Ihnen helfen. Das ist nicht mein Job, aber ich habe eine Menge Zeit.«

»Gut, in Ordnung«, sagte Sherman tapfer. »Man muss alles mal ausprobieren.«

Er teilte sich die Liste mit dem Verkäufer. Mit mehr Selbstbewusstsein griff er sich ein paar Körbe und schlenderte zum Gang an der Wand.

Ohne hinzusehen, wählte er ein paar Artikel aus und legte sie sorgfältig in die Einkaufskörbe. Als er dann sah, dass sie ihn nicht bissen oder in seinen Händen explodierten, fing er an, mutiger zu werden. Es war wirklich einfach. Da war doch verdammt nichts dabei. Sicher, irgendwas war da schon dabei, es war eine Art Trick, aber er arbeitete daran, den Bogen rauszubekommen.

Es ärgerte ihn, wenn er daran dachte, dass der alte Simp mit dieser angenehmen Beschäftigung ein Vermögen gemacht hatte.

Sein schlaumeierischer Blick wanderte von der Liste zu den Regalen, und so befriedigte er ein Bedürfnis nach dem anderen. Manchmal ging er an einem Artikel vorbei und ließ ihn mit einem beruhigenden Gefühl von Sicherheit an seinem Platz. Dann warf er von der Seite einen Blick darauf, machte einen Schritt zurück, packte das dumme Ding mit festem Griff und versenkte es im Korb. Und grinste seine hilflosen und glücklosen Brüder und Schwestern anzüglich und triumphierend an.

Sollten sie nur versuchen, sich vor Sherman Fargo zu verstecken. Früher oder später würde er sie alle schnappen!

Er paffte zufrieden an seiner Pfeife und bummelte durch die Gänge rauf und runter, wobei er die sich schnell füllenden Einkaufskörbe mit den Füßen vor sich herschob. Er schnaubte schroffe Komplimente in Richtung des Verkaufsmanagers, und der junge Mann zwitscherte fröhlich etwas zurück. Sherman fing an, sich fast glücklich zu fühlen. Er fühlte sich besser als seit langer Zeit.

Verdammt noch mal, er hatte den Eindruck, dass ihm langsam die Welt ganz allgemein auf die Nerven ging. Aber er hatte auch genug Zeug am Hals, das einen Mann bitter machte. Josephine war in Sachen Beischlaf überhaupt nicht mehr nett zu ihm, und er war noch lange kein alter Mann. Mit all dem Land, das er übernommen hatte, war er bis über beide Ohren mit Hypotheken belastet, und jetzt musste er weitermachen und wieder Weizen anpflanzen. Pa war wieder krank und bot nicht den geringsten Trost. Ma war sauer auf ihn, weil er sich gegen Grant gestellt hatte. Edie hatte ihn wegen der Art, wie er Josephine behandelt hatte, zusammengestaucht. Ruthie war ihm entwachsen. Diese verdammten hinterhältigen Jungs plagten ihn ständig. Sie arbeiteten zwar hart genug, aber sie verfolgten ihn ständig wegen Geld. Wollten immer nur hinter irgendwelchen verdammten dummen Mädchen her sein.

Manchmal fühlte er sich, als wäre die ganze gottverfluchte Welt gegen ihn. Er stand hier in der Blüte seines Lebens und fühlte sich manchmal, als gäbe es keine verdammte Sache mehr, für die es sich zu leben lohnte.

Aber hier in diesem Laden war alles in Ordnung. Er hatte den Eindruck, dass er zu etwas fähig und vertrauenswürdig war. Er füllte seine Körbe schneller als der Verkäufer, und der Bursche beobachtete ihn nicht einmal, um festzustellen, ob er sich Zeug in die Taschen stopfte.

Dann kam der Verkäufer endlich lächelnd zu ihm herüber, und Sherman vermutete mit Bedauern, dass damit alles beisammen war.

Der Verkäufer holte eine große Kiste von hinten aus dem Laden, und sie trugen die Körbe vor zur Theke. Der Verkäufer fing an, die Preise der Waren in eine kleine Rechenmaschine einzutippen und sie in die Kiste zu legen. Sherman beobachtete mit Wohlgefallen, wie die Zahlen neben den flinken Fingern erschienen. Das war garantiert besser als die Art, wie Simp alles zusammenrechnete. Der alte Simp schrieb immer eine Menge Zeug auf, von dem man verdammt gut wusste, dass man's nicht gekauft hatte, und die Hälfte seines Gekritzels konnte man nicht lesen.

Der Verkäufer riss den Zettel von der Maschine ab, warf einen Blick auf die Endsumme und warf ihn in die Kiste.

»Also, Sir, Mr. Fargo«, strahlte er, »das macht exakt einundzwanzig Dollar und sechsundachtzig Cent.«

»Das bezweifle ich kein bisschen«, sagte Sherman. »Das ist ein höllischer Berg von Lebensmitteln.«

»Uh«, sagte der Verkäufer. »Uh … vergessen Sie dabei nicht etwas?«

»Oh, lassen Sie die Süßigkeiten nur stecken«, sagte Sherman. Denn es war bei den Geschäftsleuten so üblich, bei großen Einkäufen eine Tüte mit Süßigkeiten zu spendieren. »Meine Kinder essen sowieso zu viel Süßzeug.«

»Aber die Rechnung. Sie beträgt einundzwanzig Dollar und sechsundachtzig Cent.«

»Tut sie sicher«, sagte Sherman zustimmend.

»Gut … also, ich meine, ich hätte gern das Geld, Mr. Fargo.«

»Ja, verdammt noch mal, Sie werden es kriegen«, sagte Sherman mit einem Hauch von Ungeduld. »Sie sind der Erste, der im Herbst sein Geld bekommt. Ich bezahle meine Rechnungen immer im Herbst und im Frühling. Jeder wird Ihnen sagen …«

»Ich muss das Geld heute bekommen. Das ist ein Geschäft, in dem bar bezahlt wird. Wir verkaufen nur gegen Bargeld.«

»Wa-aas?«, fragte der Farmer. »Wovon redest du da, Mann?«

Der Verkäufer erklärte es, und seine Nervosität ließ ihn unnötig streng werden. Und Shermans Verwunderung heizte sich schnell zu Zorn auf. Er wollte rausgehen und das Zeug liegen lassen, aber er wollte sich diesem Typen nicht verpflichtet fühlen. Und außerdem brauchte er die Lebensmittel, und sein Stolz erlaubte es ihm nicht, wieder in Simps Laden zurückzugehen.

Er holte seine Brieftasche heraus. Er unterdrückte seine Wut, weil er nicht wollte, dass der Bursche dachte, diese Zwanzig-Dollar-Irgendwas würden ihm etwas bedeuten, und legte den Inhalt auf die Theke. Ein Zwanzig-Dollar-Schein und ein Fünfer. Er hatte vorgehabt, auf die öffentliche Auktion heute zu gehen, um einige Sachen zu ersteigern, die er brauchte. Damit war es jetzt vorbei.

Langsam und phlegmatisch nahm er sein Wechselgeld und steckte es in die Tasche. Der Verkäufer grinste ihn süffisant und einnehmend an.

»Wissen Sie, es gibt da etwas, über das ich mich schon oft gewundert habe«, bemerkte er. »Etwas, das ich schon immer irgendwie komisch fand.«

»Tatsächlich?«, sagte Sherman.

»Uh-huh. Wissen Sie, ich bin in der Stadt aufgewachsen, und es kam mir immer so komisch vor« – er kicherte –, »also dass ihr Farmer die Sachen für andere Leute anbaut u-und dann in den Laden kommt, um eure eigenen Sachen zu kaufen.«

»Das ist komisch«, bestätigte Sherman.

»Uh-huh. Dachte ich schon immer, dass es das ist.«

»Wenn eine Sache komisch ist«, sagte Sherman, »dann sollte ein Mann auch lachen. Sie sollten sich bei so was nicht zurückhalten.« Der Blick aus seinen harten blauen Augen traf den Verkäufer wie ein Schlag. »Also los«, sagte er. »Lachen Sie.«

»Also … ich glaube, es ist doch nicht so komisch.«

»Doch, ist es«, bekräftigte Sherman. »Es ist die verflucht komischste Sache, von der ich je gehört habe. Und jetzt will ich dich lachen hören.«

»Mr. Fargo, ich wollte nicht …«

»Lachen!«

Der Verkäufer schluckte.

»Ha, ha«, sagte er.

»Mehr! Lass es aus dir raus.«

»Ha, ha, ha«, machte der Verkäufer.

Sherman schüttelte den Kopf. »Was du brauchst, ist ein kleiner Anstoß. Jemand, der dich ein bisschen kitzelt. Von allein schaffst du's nicht richtig.«

»Mr. Fargo, bitte …«

Sherman lehnte sich über die Theke, und der Verkäufer schreckte zurück an die Wand. Mit grausamer Heiterkeit streckte Sherman zwei dicke Wurstfinger aus und stupste ihn. Die Finger stachen ihm mit einem ekelhaft fröhlichen Gefühl in die Rippen; sie zielten hierhin und dorthin, stachen und beharkten seine Knochen. Er versuchte sie wegzuschieben und sich mit seinen Armen gegen sie zu schützen. Aber dieser furchtbare Farmer ließ sich nicht abwehren. Dieses giftige Stechen und Stochern steigerte sich, während Sherman ihn mit scheußlichem Spaß bedrängte, er solle zu lachen anfangen.

Und schließlich lachte er. Er lachte und heulte zugleich. Hysterisch presste er sich an die Wand, und der Laden war erfüllt von seinem schrillen Gegacker, und er war so außer sich, dass die Tränen in Strömen über sein Aknegesicht liefen.

Sherman schulterte die Kiste mit den Lebensmitteln, seine Augen glühten.

»Das nächste Mal«, wies er ihn an, »halt's nicht so lange zurück.« Und stapfte aus dem Geschäft.

Wie er es, bei Gott, von ihnen erwartet hatte, hingen Ted und Gus am Wagen herum und warteten auf ihn. Er warf die Lebensmittel nach hinten, stellte sich auf den Randstein und betrachtete die beiden mit Bitterkeit. Sie trugen enge Hosen, Pork-Pie-Hüte und weiße Hemden mit abnehmbarem purpurroten Kragen.

Der Blick, den sie ihm zurückgaben, war genauso bitter und unnachgiebig wie sein eigener. Sie starrten ihn aus zusammengekniffenen Augen an und versuchten die Unterlippe über die Schneidezähne zu stülpen; und es war der starre Blick von Sherman, der zuerst nachgab.

Sie waren schließlich Männer. Sie machten Männerarbeit.

»Schön«, sagte er und holte seine Brieftasche raus. »Ich vermute, ihr wollt etwas Geld. Hier ist ein Dollar, den ihr euch teilen könnt.«

Er hielt ihn ihnen hin, aber sie sahen ihn nur an und ließen die Hände in den Taschen stecken.

»Was zur Hölle denkst du denn, was wir mit einem Dollar anfangen sollen?«, fragte Ted. »Das reicht doch für kaum mehr als für unser Essen.«

»Für euer Essen bezahlen!«, schrie Sherman. »Euer Essen kostet doch nichts. Edie lädt euch doch ein.«

»Wir bezahlen für das, was wir essen«, sagte Gus.

»Was hat denn das für 'nen Sinn? Wie oft haben denn Edie und Bob bei uns gegessen!«

»Das ist nicht dasselbe«, sagte Gus, und Ted nickte.

»Von mir aus, ein Dollar ist alles, was ich entbehren kann«, sagte Sherman stur. »Ich bin jetzt bei der Bank völlig überschuldet, und ich werde Alf nicht darum bitten, mich noch länger durchzuziehen. Er ist nicht wie Bark. Er glaubt, er müsste nur deshalb irgendwas tun, weil er zur Familie gehört, und ich will da keinen Vorteil für mich rausschlagen.«

Gus sagte: »Blödsinn!«

Ted sagte: »Ich glaube, du hasst es, von irgendjemandem einen Vorteil rauszuschlagen. Gottverdammich, wenn's nicht so ist.«

Die Aussage enthielt etwas, das Sherman erröten ließ. Als er so alt war wie sie, hatte ihm Pa hundertsechzig Morgen Land übergeben. Und er hatte nichts, was er ihnen geben konnte. Er konnte ihnen nicht einmal irgendwas versprechen. Oh, er wusste, wie sie sich fühlten; aber was konnte er denn mehr tun als das, was er tat?

»Also, ich sag euch jetzt, was ich mit euch tun werde«, sagte er kameradschaftlich. »Ihr nehmt den Dollar und geht essen und holt euch was Süßes und Limonade und was ihr sonst wollt, und dann treffen wir uns hinter dem Laden des Hufschmieds. Ich trete gegen euch zu 'ner Runde Hufeisenwerfen an. Ich wette bei Gott, dass ich euch schlagen kann!«

Er sah sie scherzhaft an, flehte sie im Stillen an mitzumachen, und Ted und Gus warfen sich einen Blick zu. Ein boshaftes Grinsen spielte um ihre vorgeschobenen Lippen.

»Ich habe eine bessere Idee als das«, sagte Gus. »Du nimmst deinen Dollar und kaufst dir ein Pfund Wagenschmiere ...«

»Und schiebst dir dann deine Hufeisen in den Arsch«, ergänzte Ted.

Mit höhnischem Grinsen drehten sie sich um und gingen davon.

Als er beim Mittagessen saß, sah er, wie sie das Gespann losmachten und es in Richtung Mietstall lenkten. Aber sie hielten dort nicht an. Sie fuhren das Gespann raus zum Jahrmarktsplatz und meldeten es für die Auktion an.

Niemand zweifelte daran, dass sie dazu berechtigt waren, es zu verkaufen, obwohl man sich wunderte, dass Sherman sein erstklassiges Gespann verkaufen wollte. Die Bieter kamen zu der Ansicht, dass damit irgendetwas nicht in Ordnung war, und die Jungs bekamen dafür nur hundert Dollar. Aber das war etwa hundertmal so viel, wie jeder von ihnen jemals besessen hatte.

Als sie mit dem Zug glücklich die Stadt verließen, kamen sie durch den Misery-Crick-Distrikt; und Ted fluchte plötzlich und zeigte auf eine Gestalt nahe am Weg neben der Bahn.

»Jesus! Hast du das gesehen?«

»Jesus! Sah aus, als hätte er ein Gesicht voller Schlangen, oder?«

Sie schworen es, baff erstaunt, und gafften so lange zurück, wie sie Mike Czerny erkennen konnten.

24.

Mr. William Simpson, Verkaufsmanager der World-Wide Harvester Company, nahm den Hörer vom Telefon, das auf seinem Tisch stand, und redete in die Sprechmuschel.

»Hier Simpson«, bellte er. »Worum geht's? Wie war der Name? Ja, selbstverständlich kenne ich sie. Ich kenne die Familie ziemlich gut. Sie sind gute Kunden von uns. Schicken Sie sie gleich rauf, ja?«

Schlecht gelaunt legte er den Hörer auf und paffte für einen Moment an seiner Zigarre. Er zog eine Schublade auf, holte eine Flasche mit Natrium-Minz-Tabletten heraus und warf sich zwei in den Mund. Er stand auf, ging in seine persönliche Toilette und trank ein Glas Wasser. Er sah in den Spiegel und schüttelte den Kopf ... Diese Kunden von außerhalb der Stadt mit ihrer Gier nach Aufregung und ihren gusseisernen Mägen! Sie bekamen nie genug, und sie wurden nie müde, und sie schienen zu glauben, dass ein Mann nichts anderes zu tun hatte, als mit ihnen um die Häuser zu ziehen.

Gott, sie hatten keine Ahnung, wie gut es ihnen ging. Sie sollten mal für eine Woche in einem Job wie seinem stecken. Sie würden ihre Farm nie wieder verlassen; sie würden nie wieder noch ein Cabaret von innen sehen wollen.

Seine Sekretärin klopfte an seine Bürotür, und er ging eilig hinaus, zerrte den Kragen seiner Jacke zurecht und setzte ein breites Lächeln auf.

Er riss die Tür auf und streckte den Fargo-Jungs die Hand entgegen.

»Mensch, Ted, Gus! Wie zum Teufel geht's euch denn? Kommt rein, kommt rein!«

Die Jungs schoben sich grinsend an ihm vorbei, und Simpson wies seine Sekretärin an: »Miss Beatrice, diese Gentlemen sind alte Freunde von mir, und wir haben eine Menge zu bereden. Ich möchte unter keinen Umständen gestört werden ... außer es ist sehr wichtig.«

Er zwinkerte ihr unmerklich zu, und sie antwortete mit einem leichten Lächeln, dass sie verstanden hatte. Falls seine Besucher nicht in angemessener Zeit wieder aufbrachen, würde etwas sehr Wichtiges passieren.

»Also, wie in aller Welt ist es euch denn ergangen, Jungs?«, fragte Simpson. »Setzt euch und nehmt euch eine von diesen Zigarren. Fühlt euch ganz wie zu Hause.«

Während die Jungs sich Zigarren anzündeten und einander angrinsten, strahlte er sie weiterhin freundschaftlich an. Und während er redete, musterte er sie unauffällig. Irgendwie spürte er, dass an diesem Besuch etwas ungewöhnlich war, ohne es genau benennen zu können. Die persönliche Erscheinung, die für eine übliche Einschätzung die wichtigste Grundlage war, hatte bei diesen Farmern nicht das Geringste zu bedeuten.

Und in dieser Hinsicht waren die Jungs ganz ordentlich gekleidet. Sie hatten ein städtisches Flair an sich. Mit einem guten Gespür für das, was Kleidung bedeutete, hatten sie so schnell wie möglich ihre Landei-Klamotten abgelegt und an ihrer neuen Erscheinung nicht gespart.

Nachdem sie Verdon verlassen hatten, waren sie zu der sehr vernünftigen Entscheidung gelangt, dass sie viel mehr Geld bräuchten, als sie hatten, wenn sie die großen Städte erobern wollten. Also waren sie der Weizenernte bis weit hinauf nach Kanada gefolgt, hatten fast ununterbrochen gearbeitet und oft nicht weniger als zweieinhalb Dollar für ihren Sechzehn-Stunden-Tag bekommen, und zusätzlich natürlich Verpflegung und Unterkunft.

Als die Erntesaison vorbei war, standen sie so gut da, dass sie ihrem Vater die hundert Dollar zurückgeschickt hatten. Scherzhaft hatten sie einander versichert, dass der alte Bastard wahrscheinlich vor Hunger sterben würde, wenn sie ihm nicht zu Hilfe kamen. Aber jetzt war es Winter, und sie waren fast wieder blank und fingen schon an, ihre Philanthropie zu bedauern.

»Wie lange werdet ihr in der Stadt bleiben, Jungs?«, fragte Simpson und studierte sie.

»Na ja, das wissen wir nicht genau«, sagte Gus.

»Das hängt davon ab«, sagte Ted vage.

»Ich verstehe, ich verstehe«, nickte Simpson. »Wie geht's eurem Vater?«

»Ach, ganz gut, glaub ich.«

Simpson gab einen amüsierten Schrei von sich. »Du glaubst? Weißt du nicht, wie's deinem Vater geht?«

»Na ja, wir haben ihn schon seit einer Weile nicht gesehen.«

»Wir leben nicht mehr zu Hause«, erklärte Ted.

»Was ist denn los?«, fragte Simpson. »Ihr habt doch keinen Streit gehabt, oder?«

Die Jungs verneinten das mit einem kräftigen Kopfschütteln. Sie hatten sich darauf geeinigt, dass Simpson verärgert sein könnte, wenn die wahren Umstände ihrer Abreise herauskamen.

»Wo war denn dann das Problem?«

»Wir hatten es einfach satt, auf der Farm zu leben«, sagte Ted und sah Gus flehend an.

»Wir sind auf der Suche nach einem Job«, sagte Gus rundweg.

»Oh«, sagte Simpson. »Umm-hmmm.«

Er war sehr verärgert, und mehr als das, er war deprimiert. Er hatte die Theorie, dass man einen Jungen vom Land entwurzeln konnte, aber nicht das Land von dem Jungen. Er hatte sich selbst eingestehen müssen, dass es ihm leidtat, die Farm jemals verlassen zu haben. Er war der Meinung, dass es für Ted und Gus viel besser wäre, wenn sie zu Hause bei ihrem Vater geblieben wären. Schließlich war ihr Vater ein guter Kunde seiner Firma, und er hatte sie zu Hause so oft besucht, dass sie fast so was wie Freunde waren.

Er konnte auch seine eigenen ersten Tage in der Stadt nicht vergessen, als er einsam und ohne Freunde von einem Ort zum anderen gewandert war, überall abgewiesen wurde, krank vor Heimweh und dennoch so voller starrköpfigem Stolz, dass er sich den Fehler nicht eingestehen konnte.

Er dachte, er sollte etwas für Ted und Gus tun. Er sollte wenigstens den Versuch unternehmen.

»Ich freue mich, euch zu helfen«, sagte er. »Ich weiß nicht, ob ich irgendetwas tun kann, aber ich will es versuchen. Ich bin allerdings nicht sicher, ob es das Beste für euch ist. Also, was ich sagen wollte, ist, falls ihr ein wenig Geld …«

»Wir sind nicht abgebrannt«, sagten Gus und Ted.

»Gut, ich wollte sagen: Auf lange Sicht stellt sich heraus, dass dieses Stadtleben nicht so toll ist. Die Löhne, die in Firmen wie dieser bezahlt werden, scheinen hoch zu sein, aber das Leben kostet eine Menge. Viel mehr, als sich ein normaler Kerl vorstellt. Warum macht ihr denn nicht Folgendes … habt ihr euch schon ein Hotelzimmer genommen?«

»Uh-huh.« Sie nickten.

»Gut, warum seht ihr euch nicht ein paar Tage lang einfach mal um? Macht euch einfach nur eine gute Zeit. Ich besorge euch ein paar Showtickets, und wir nehmen auch ein oder zwei Cabarets ins Programm auf und machen uns zusammen einen netten Abend. Das kostet euch keinen Cent, und wenn ihr dann etwas Unterstützung braucht, um nach Hause zu kommen, leihe ich euch gerne …«

»Wir gehen nicht nach Hause.«

Simpson zuckte mit den Achseln. »Ich denke, das

wäre das Beste, aber … na gut, kommt mit. Mal sehen, was ich tun kann.«

Eilig, weil er sich um dringende geschäftliche Angelegenheiten kümmern musste, führte er sie durch ein Labyrinth von Korridoren und schalldichten Türen und schließlich über mehrere Treppen mit Eisenstufen hinunter in die Maschinenhalle.

Der Lärm war so höllisch, dass den Jungs die Ohren wehtaten, aber sie waren viel zu sehr damit beschäftigt, sich die Augen aus dem Kopf zu starren. Die Maschinenhalle bestand aus einem großen, scheinbar endlosen Raum mit Balken aus Stahl, von denen fahrbare Kräne herabhingen. Am einen Ende der Halle, dem Ende, an dem sie vorbeigingen, befanden sich die Embryos von einem Dutzend verschiedener Typen von landwirtschaftlichen Maschinen – die nackten, unlackierten Fahrgestelle von Dreschmaschinen, Mähdreschern, Mähmaschinen, Ballenpressen und so weiter –, aufgereiht wie Tiere, die für ein Wettrennen bereit waren. (Und tatsächlich lieferten sich die Männer, die an ihnen arbeiteten, ein Wettrennen.) Etwa fünfzehn Meter weiter war eine parallele Reihe, an der ein bisschen leichter zu erkennen war, von welcher Art diese Embryos waren, oder zumindest sein sollten. Und dahinter war eine dritte Reihe und eine vierte, und eine zehnte, und in jeder wuchs die Maschine um ein oder zwei Teile weiter, bis sie fertig war.

Die letzte Reihe war so weit weg, dass die Männer nur noch Schemen waren – auf und ab hüpfende käferartige Körper, die sich in etwas bewegten, das wie ein Regenbogen aus roten und gelben und blauen Schleiern aussah.

Das waren die Spritzlackierer, erklärte Simpson, und einige von ihnen verdienten nicht weniger als sieben Dollar pro Tag. Was er nicht erwähnte, war, dass sie nach sechs Monaten keine Zähne mehr hatten, nach einem Jahr kaum noch sehen konnten und dass ihre Berufserwartung um die drei Jahre betrug. Aller Wahrscheinlichkeit nach war er mit diesen Fakten nicht vertraut, und ein Bericht darüber hätte ihn verärgert.

Alles, was er wusste, war, dass es kein Gesetz gab, das es einem Mann verboten hätte, Spritzlackierer zu sein.

Sie betraten das vollkommen verglaste und mit Papier zugemüllte Büro des Leiters der Maschinenhalle, und Simpson stellte seine Schützlinge vor. Der Leiter musterte sie mit seinen harten vorstehenden Augen und klopfte mit zwei Rechenschiebern nervös auf seinen Tisch. Er mochte es nicht, wenn sich die Abteilung für Kundenbetreuung in seine Angelegenheiten einmischte. Dennoch musste er zugeben, dass Bill ziemlich regelmäßig vorbeischaute und sich nie zu fein war, stehen zu bleiben und Hallo zu einem Mann zu sagen, und deshalb würde er ihm einen Gefallen nur ungern abschlagen.

»Ich weiß nicht recht«, sagte er. »Wir entlassen Leute zurzeit. Ich sehe kaum eine Möglichkeit, wie …«

»Na gut, wenn Sie schon Leute entlassen, dann werfen Sie eben noch zwei extra raus«, sagte Simpson lachend. »Wie sieht's aus, eh?«

»Ja, ich schätze, ich könnte …«

»Dann tun Sie das doch«, sagte Simpson, um die Sache schnell abzuschließen. »Versuchen Sie sich zwei zu schnappen, die ungefähr dieselbe Statur wie Ted und Gus hier haben, damit sie ihre Arbeitsklamotten benutzen können.«

Er schüttelte den Jungs die Hand, sagte ihnen, sie sollten auf sich aufpassen, und eilte wieder die Treppen nach oben.

Zwei Wochen danach rief ihn der Abteilungsleiter an. »Folgendes, Mr. Simpson, diese Freunde von Ihnen – ich weiß wirklich nicht, wie ich sie noch länger behalten kann.«

»Wieso können Sie nicht?«, fragte der Verkaufsmanager, instinktiv wütend über diesen Widerstand. »Sagen Sie mir nicht, dass sie keine guten Arbeiter sind.«

»Oh, sie arbeiten ordentlich«, gab der Abteilungsleiter zu. »Aber … also, sie bringen einfach die ganze Maschinenhalle durcheinander. Wissen Sie, ich habe sie an die Montage des Nr.-4-Schneideblatts von unserem Mäher Modell X-473 gestellt, und sie haben das anfangs sehr gut gemacht. Ich habe schon überlegt, ihnen vielleicht bald einen wirklich wichtigen Job zu geben, vielleicht sogar Räder zentrieren und montieren. Aber in der letzten Woche sind sie einfach komplett durchgedreht. Sie machen ihre eigene Arbeit fertig, und dann spazieren sie zu den anderen Stationen und mischen sich bei den anderen Männern ein, und … und, also bei Gott, ich kann das einfach nicht länger dulden, Mr. Simpson.«

»Das ist übel«, sagte Simpson ernst. »Ich hatte schon

befürchtet, dass sie ein wenig unruhig werden könnten. Uh … wie wäre denn die Reparaturabteilung, Pat? Das würde ihnen etwas mehr Abwechslung verschaffen. Sie stecken sie zur Reparatur, und ich garantiere, dass aus ihnen zwei der besten Männer der Abteilung werden.«

»Aber ich habe alle Männer, die ich in der Reparatur brauche. Und das sind auch gute Männer.«

»Oh, die Welt ist voller guter Männer«, sagte Simpson. »Uh … hat nicht Ihre Tochter vor einer Weile einen Job bei uns im Büro gesucht?«

»Ja, das hat sie.«

»Sie geben diesen Jungs Arbeit in der Reparaturabteilung, Pat. Und ich werde sehen, was ich für Ihre Tochter tun kann.«

So kam's, dass die Jungs in der Reparatur weiterarbeiteten, und in der Woche darauf bekam er einen Anruf vom ersten Buchhalter.

»Passen Sie auf, Simpson«, sagte der Gentleman schroff, »diese Freunde von Ihnen, die Fargos, die werden sich nach einem anderen Job umsehen müssen.«

»Wenn Sie das sagen, ist es wahrscheinlich so«, sagte Simpson. Er hatte eine verdammte Angst vor dem Chefbuchhalter. Er musste sich ständig wegen seinen und den Spesenkonten seiner Vertreter mit ihm herumschlagen. »Welchen Ärger gibt's denn?«

»Das sind zwei Rote, die Ärger machen, darum geht's.«

»Das ist ja kaum zu glauben. Nicht, dass ich an Ihrem Wort zweifeln würde …«

»Sie mussten gestern Abend ein paar Stunden länger bleiben, um etwas zusätzliche Arbeit zu erledigen, und sie wollten wissen, wie viel man ihnen dafür bezahlen würde. Der Vorarbeiter erklärte ihnen natürlich, dass es dafür keine Extrabezahlung gibt. Die Firma versorgt sie mit einem guten Job, und sie sollten mehr als gewillt sein auszuhelfen, wenn es von ihnen verlangt wird ...«

»Aber sicher. Das ist nicht mehr als recht und billig.«

»Ja, die haben das nicht so gesehen. Sie sind heute drei Stunden zu spät erschienen, um die Zeit reinzuholen, die sie gestern Abend arbeiten mussten, und als der Vorarbeiter deswegen stinksauer auf sie war, sind sie ziemlich hart mit ihm umgesprungen. Deshalb sage ich, die müssen verschwinden!«

»Ich bin absolut Ihrer Meinung«, sagte Simpson. »Wenn es Ihnen nichts ausmacht, schicke ich Ihnen trotzdem einen Scheck von mir rüber, um ihre Löhne bis Ende der Woche abzudecken.«

»Das können Sie machen, wie Sie wollen.« Der Chefbuchhalter knallte den Hörer auf.

Simpson knallte seinen auf. Er drückte die Taste, um mit seiner Sekretärin zu sprechen.

»Miss Beatrice, falls mich von jetzt an irgendjemand namens Fargo sprechen möchte, bin ich nicht in der Stadt, der Name ist Fargo ... F-a-r-g-o.«

»Jawohl, Mr. Simpson. Und jeder Vorname?«

»Jeder Vorname«, sagte der Verkaufsmanager grimmig.

Von da ab verlief die Saga von Ted und Gus Fargo in vielen Punkten so ähnlich wie die von Tausenden anderer ehemaliger Farmerjungs.

Sie hörten etwas von einem Mann in *De*-troit, einem Automobilhersteller, der pro Tag vier Dollar auf die Hand bezahlte; und bald hatten sie sich bis dorthin durchgeschlagen. Zu ihrer Enttäuschung brauchten sie jedoch Wochen, um es auch nur bis ins Einstellungsbüro der festungsähnlichen Fabrik zu schaffen; und als es so weit war, bekamen sie keine vier Dollar pro Tag angeboten, sondern nicht einmal die Hälfte.

Es stimmte, der Mann bezahlte vier Dollar für relativ wenige Männer, Veteranen der Autoindustrie, die in seiner eigenen Firma arbeiteten; aber für den größeren Teil der Arbeitsplätze war nicht er zuständig (und er hatte fast keine Kontrolle darüber), sondern ein wirres Geflecht von Subunternehmen.

Für eines davon arbeiteten Ted und Gus sechs Wochen, und über einen Mangel an Arbeit oder Abwechslung konnten sie sich nicht beschweren. Aber als sie schließlich und zwangsläufig entlassen wurden, stellten sie fest, dass jeder von ihnen zehn Kilo abgenommen hatte und sie zusammen genau zehn Dollar besaßen.

Zu dieser Zeit hatten sie eine lockere Korrespondenz mit ihrem Vater angefangen, und es waren freundliche Briefe auf beiden Seiten. Aber er drängte sie nicht, wieder heimzukommen. Er hatte einen erheblichen Teil seines mit Hypotheken belasteten Landes abtreten müssen; die Situation im Valley sei furchtbar mies; falls sie gut zurechtkämen, wäre es sicher das Beste für sie, dort zu bleiben, wo sie waren.

Sie zogen weiter nach Cleveland, nach Cincinnati, nach Chicago. Hin und wieder ergatterten sie Arbeit für eine Woche oder so, bei einem Maschinenhandel oder einer Tankstelle. Manchmal gab es Grabungsarbeiten, bei denen sie mitmachen konnten. In Chicago machten sie ein bisschen Geld als Hilfsarbeiter auf den Booten am See.

Nachts lagen sie in irgendeinem verwanzten Dreckloch wach und unterhielten sich. Bei Tag, wenn sie einander ins Gesicht sehen konnten, redeten sie nicht viel miteinander.

»Jesus! Ich frage mich, wie's der alten Lady geht. Erinnerst du dich an diese Nacht, als du mich aus dem Fenster geschubst hast?«

»Gott, ja! Ich frag mich, wie's ihr geht.«

»Auf 'ne gewisse Art war sie ziemlich gut.«

»Zur Hölle, ja. Der alte Mann war auch in Ordnung.«

»Hölle, ja, das war er. Ich frage mich, warum er nie was von Bobbie erzählt. Wüsste ich gern, wie es Bobbie geht.«

»Gottverdammich, wenn ich's nicht genauso gern wüsste.«

»Weißt du … kannst du dir vorstellen, dass der alte Mann sich in Wahrheit von uns wünscht, dass wir heimkommen, und … und dass er es aber irgendwie hasst, es auszusprechen?«

»Ich fürchte, er … ich glaube nicht.«

»Zur Hölle, ich will sowieso nicht wieder zurück.«

»Zur Hölle, ich auch nicht.«

Sie zogen nach Süden, um der Kälte zu entkommen. Als sie im Houston Park in der Sonne lagen, kamen sie zu einer Entscheidung. Sie waren hinter der falschen Art von Arbeit her gewesen. Wenn sie einen Tag geschafft hatten, dann ging alles fürs Essen drauf. Was sie brauchten, war ein Job, bei dem die Verpflegung zum Lohn gehörte.

Es machte nicht viel Unterschied, welche Art von Job sie an Land zogen. Wenn sie nur bis Mai durchhielten, wenn in Texas die Ernte anfing, dann konnten sie sich wieder auf den Weg machen. Sie würden dann einfach den Erntearbeiten folgen, rauf nach Oklahoma, Kansas, Nebraska und zu den Dakotas – vielleicht weiter bis nach Kanada. Dann würden sie kehrtmachen, um in Verdon mit den Taschen voller Geld einzulaufen und den alten Mann wieder in die Spur zu bringen.

Sie bestärkten sich gegenseitig, es wäre an der Zeit, dass jemand dem alten Hurensohn zu Hilfe kam. Vielleicht sollten sie sogar dort im Valley und auf der Farm bleiben … gottverdammt noch mal.

Als sie diese Entscheidung getroffen hatten, machten sie sich auf die Suche nach einem Job, der ihren Bedürfnissen entsprach. Und nachdem sie bis zur Erschöpfung und hungrig lange nach Arbeit gesucht hatten, fanden sie, was sie suchten – oder dachten es jedenfalls.

Es war ein griechisches Restaurant, und der Besitzer brauchte nur einen Mann: eine Kombination aus Bedienung, Tischabräumer, Putzfrau und Spülhilfe. Aber als ihm die Dienste von beiden zum Lohn für einen angeboten wurden, und weil er keine Ahnung von ihrem Appetit hatte, stellte er sie ein.

Sie waren hungrig nach Arbeit, und in den ersten beiden Wochen ihrer Anstellung machten sie den Besitzer mit ihren Anstrengungen glücklich. Sie tünchten die Wände und die Decke. Sie schrubbten die Böden, bis diese so glänzten wie am Tag, als sie verlegt worden waren. Sie bauten feste Einrichtungsteile aus, um die Schwärme von Ungeziefer dahinter zu vernichten, und sie stopften Ratten- und Mäuselöcher. Geschickt wie sie mit Werkzeug umgingen, bekamen sie Umbauten und Verbesserungen hin, die Hunderte von Dollar gekostet hätten. Sie strichen sogar die Vorderseite des Gebäudes neu. Und als zwei Streikposten der Malergewerkschaft auftauchten, verpassten sie ihnen eine derartige Tracht Prügel, dass sie nie wieder zurückkamen.

Doch dann war alles erledigt. Zwei von ihnen waren nicht länger nötig, und dennoch blieben zwei da – und aßen.

Der erste Schritt des Besitzers war, ihnen den gemeinsamen Lohn von sechs auf fünf Dollar die Woche zu kürzen. Das brachte sie genauso wenig aus der Fassung wie eine weitere Kürzung auf vier. Nachdem sie ihre Zimmermiete bezahlt hatten, blieb ihnen immer noch ein Dollar übrig für Amüsement, Wäsche, Tabak, Briefmarken und ärztliche Behandlung; und schließlich wollten sie ja nur versuchen, über den Winter zu kommen. Und manchmal bekamen sie auch ein Trinkgeld.

Der Besitzer hätte ihren Lohn bis auf null gekappt, aber dagegen gab es irgendein Gesetz in diesem Staat. Allein schon ihre Mahlzeiten reichten jedoch aus, um ihre Beschäftigung unrentabel zu machen.

Er hätte sie sofort gefeuert, aber er hatte ein Gefühl von Dankbarkeit für alles, was sie getan hatten, und ein viel stärkeres Gefühl von Angst vor dem, was sie tun könnten.

Dann kam ein Abend, an dem ein Plantagenbesitzer im weißen Anzug und seine in Organdy gekleidete Frau das Restaurant betraten. Sie hatten sich noch nie weiter als vierzig Meilen von ihrer Plantage entfernt, und ihre Schulbildung hatte wahrscheinlich mit der fünften Klasse ihren Höhepunkt erreicht. Aber sie waren Experten für alles auf dem Gebiet menschlichen Verhaltens.

Sie grübelten über der Speisekarte, als der Gentleman plötzlich mit gedehnter Aussprache eine Frage an Gus richtete, so ungefähr, warum ein großer strammer weißaa Buursche wie er die Aaabeit eines Niggahs machte. Gus unterdrückte die naheliegende scharfe Antwort, dass ihn das gottverdammt nichts anginge, und antwortete, dass er nicht vorhabe, es noch länger als unbedingt nötig zu machen.

Der Plantagenbesitzer grunzte missbilligend.

»Bist du nich aus'm Nord'n?«, fragte seine Gattin.

Gus sagte, ja, das sei er.

»Dachte mir's doch.« Das Ehepaar nickte einander grimmig zu … »Also, was empfiehlst du?«

Gus wusste für einen Moment nicht, was er meinte. Dann sagte er, dass alles auf der Speisekarte gut wäre.

Und fügte hinzu, er wünschte sich, selbst was davon zu bekommen.

Der Plantagenbesitzer wies ihn darauf hin, nicht so unverschämt zu sein. Gus sagte, dass er das nicht war: sondern dass das alles gut wäre.

»Wirst duu jetz' etwas empfehlen, odaa muss ich ers' den Managah rufen?«

»Also gut«, sagte Gus. »Ich werde Ihnen etwas empfehlen. Versuchen Sie eine Schüssel Schorf und ein Glas Rotz.«

»Das 's schon bessah«, nickte der Plantagenbesitzer. »Was ...« Er wurde blass. Seine Lady schrie ein bisschen herum.

Ted kam dazu und stellte sich Schulter an Schulter neben seinen Bruder. »Ich kann mir noch was Besseres vorstellen. Probieren Sie Pferdeäpfel mit Pissesoße.«

Der Plantagenbesitzer wollte sie züchtigen, und sie machten ihn fertig.

Sie machten den Besitzer und den Koch fertig.

Sie machten die erste Polizeieinheit, die anrückte, fertig.

Dann kam mehr Polizei, und Ted und Gus wurden fertiggemacht. Sie wurden so stark zusammengeschlagen, dass sie tagelang zwischen Leben und Tod schwebten. Und dann dauerte es immer noch fast sechs Wochen, ehe sie so weit genesen waren, um vor Gericht gestellt werden zu können.

Sie wurden angeklagt wegen Körperverletzung mit einer tödlichen Waffe, böswilliger Zerstörung von Eigentum, wegen Tragens von tödlichen Waffen (Taschenmesser), Anstiftung zum Aufruhr und, weil sie keine Jobs hatten, wegen Landstreicherei, und das war der schlimmste Anklagepunkt, den es vor einem Gericht im Süden gab.

Sie waren offensichtlich verdammte Yankees der übelsten Sorte, und sie wurden zu zwei Jahren für jeden Anklagepunkt verurteilt, oder insgesamt zu zehn Jahren. Bei Zwangsarbeit. Weil sie extrem jung waren und um zu zeigen, dass er keine Vorurteile hatte, wie auch immer, verfügte der gnädige Richter, ein gewisser Robert E. Lee Cray, dass die Haftstrafen gemeinsam zu vollstrecken waren.

25.

Mit dreizehn (fast vierzehn) war der Junge Bob Dillon ein Berg von Widersprüchen, und er kam sich selbst unendlich mehr beunruhigend und rätselhaft vor, als er es für andere war.

Wenn sich irgendwelche Leute die Zeit nahmen, seine Erscheinung Punkt für Punkt zu analysieren, was außer ihm kaum jemand tat, kamen sie zu dem Ergebnis, dass er der hässlichste Jugendliche im Land war. Im Gesamteindruck schien er dennoch ein nettes Äußeres zu haben; und die allgemeine Ansicht über diese Wirkung hatte seine eigene beeinflusst. Auf der anderen Seite war er ungeheuer ungeschickt, und seine Verwandten, seine Mutter eingeschlossen, ließen nie eine Chance aus, ihn wegen seiner Unbeholfenheit zurechtzuweisen; aber er glaubte nicht, dass er unnütz war. Diese Tatsache hätte er mit allen Kraftausdrücken, die ihm zur Verfügung standen, bis zum letzten Atemzug abgestritten.

Im Allgemeinen fluchte er nicht oft. Er hatte nichts dagegen, wenn andere fluchten – es gefiel ihm sogar. Aber für sich selbst zog er es vor, Worte und Phrasen zu benutzen und danach zu suchen, die dieselbe Vehemenz und Dekadenz hatten, aber dennoch in jeder Gesellschaft akzeptabel waren.

In seiner Begleitung war jedes Alter und jede Größe anzutreffen. An ein und demselben Tag konnte man ihn sehen, wie er zwischen zwei High-School-Absolventen spazierte und seine Arme freundschaftlich auf ihren Schultern lagen. Und eine Stunde später konnte man ihn dabei beobachten, wie er mit einem vierjährigen Knirps redete und sein knochiges Gesicht dem Geplapper des Kindes zärtlich amüsiert – und auch interessiert – zuwandte.

Auf ihm lag eine Mischung aus Fluch und Segen, die Fähigkeit, Leute zum Lachen zu bringen, ohne dass er es drauf anlegte, und sogar, wenn er es gar nicht wollte. Er musste nicht mehr tun, als in irgendeine Versammlung zu spazieren, um lächelnde Gesichter hervorzurufen. Eine unschuldige und völlig ernste Bemerkung über das Wetter konnte zu einem Sturm von Gelächter führen. Seine Lehrer forderten ihn selten auf, etwas vorzutragen. Allein schon bei der Erwähnung seines Namens würde die Klasse grinsen; wenn er aufstand, würde ein Gegacker und Gekicher anfangen; und ein sachliches Statement über Industrialisierung oder die Amerikanische Revolution würde einen unkontrollierbaren Hurrikan der Heiterkeit erzeugen.

Seine Schulnoten waren unglaublich gut oder abgrundtief schlecht, normalerweise Letzteres. Am Anfang jeder Klasse las er alle seine Bücher durch, und dann schaute er sie nie wieder an. Er konnte keinen Satz analysieren, und Begriffe wie »Partizip Perfekt« und »Plusquamperfekt« erfüllten ihn mit amüsierter Langeweile. Aber er konnte Aufsätze schreiben, die besser waren als die Beispiele im Buch. Seine Algebra-Noten im ersten Semester waren eine Drei, eine Sechs und eine Eins. Er hatte jedes Geschichtsbuch aus der öffentlichen Bibliothek gelesen, über Altertümliches wie Modernes, aber in der Schule schaffte er das Fach nur um Haaresbreite. Der Lateinunterricht war für ihn unerträglich, aber er konnte sich stundenlang mit einer fremdsprachigen Tageszeitung abmühen.

In allem, was er zu tun gezwungen war, war er nicht besonders gut, und hatte dennoch einen ausgeprägten Sinn für Pflichtbewusstsein. Er war extrem leichtgläubig und zugleich fast jedem gegenüber misstrauisch.

Mit dreizehn (fast vierzehn) hatte Paulie Pulaskys Erscheinung nur den einen möglichen Schönheitsfehler, und das war ihre unbeirrbare Liebe zu Bob Dillon.

Sie war zum schönsten Mädchen ihrer Schulklasse gewählt worden, und selbst Ältere, und womöglich sogar Protestanten, machten ständig Bemerkungen über ihre Schönheit. Sie war der Inbegriff von Grazie. Sie umgab sich mit Mädchen, die so alt wie sie waren, und interessierte sich kaum für andere. Ihre Noten waren gleichbleibend gut. Sie glaubte, dass die meisten Männer fluchten und nichts Schlechtes daran finden konnten. Sie ging zweimal die Woche zur Messe, und es machte ihr Freude, sich so zu verhalten, wie man es von ihr erwartete.

Aber sie war immer noch Bob Dillons Mädchen, und jetzt, als sie an diesem spätsommerlichen Nachmittag vor dem Hotel stand, war sie kurz davor, die Seine zu werden, in der eigentlichen Bedeutung des Ausdrucks.

»Komm schon, Paulie!«, zischte er durch das Fliegengitter. »Jetzt komm endlich. Du hast versprochen, dass du kommst.«

»Aber ich hab Angst, Bobbie!« Sie sah ängstlich über ihre Schulter, und einer ihrer langen braunen Zöpfe flog über ihre schon gut entwickelten Brüste. »Vor einer Weile hab ich Daddy gesehen, wie er aus dem Fenster geschaut hat.«

»Na gut, aber er weiß doch nicht, was du vorhast! Du bist doch die Hälfte der Zeit hier bei uns, oder nicht?«

Sie kicherte. »Bin ich doch nicht!«

»Paulie! Du kommst jetzt rein!«

»Aber ich hab Angst, dass d-deine Mutter ...«

»Verdammt noch mal, ich hab dir gesagt, dass sie draußen bei meinem Großvater ist. Jetzt komm schon!«

Er stieß die Fliegengittertür auf, und mit einem letzten furchtsamen Blick huschte sie hinein. Er packte sie an der Hand und zog sie die Treppen rauf. Mit seinem Dietrich sperrte er ein leeres Zimmer auf, schob sie hinein und verschloss hinter ihnen die Tür. In weiser Voraussicht hatte er die Rollladen schon vorher heruntergelassen.

Er sah auf sie herunter, wie sie im schummrigen Zimmer dastand, und sie wurde rot und drückte ihren Kopf gegen seine Brust. Linkisch legte er seine Arme um sie, und sie umarmten sich.

»Ich hab Angst, Bobbie ...«

»Wovor hast du Angst? Ich werde dir nicht wehtun.«

»Es ist eben nicht angenehm ...«

Er hob die Schultern, seufzte mit gewaltiger Ungeduld; und ihre Arme drückten ihn sofort fester an sich.

»Sei mir nicht böse, Bobbie. Ich ... ich will ja.«

»Gut, dann komm jetzt!«

Er führte sie zum Bett und gab ihr gezielte Anweisungen. Die Röte auf ihren Samt-und-Pfirsich-Wangen vertiefte sich, auch weil ihre großen ergebenen Augen feucht wurden und ihre spitzen Brüste zitterten.

»Du musst wegsehen«, stammelte sie.

»Verdammt, wie könnte ich?«

»Ich meine, bis ich fertig bin.«

»Also gut«, stöhnte er und drehte sich um.

Für einen Moment war es still; dann ein hüpfendes Geräusch, als sie zuerst auf dem einen Fuß, dann auf dem anderen stand. Das Knistern von steif gestärktem Gingham-Stoff, das Rascheln von Taft und das Schnappen von etwas Elastischem.

Das Bett knarrte.

»Fertig«, sagte sie mit gedämpfter Stimme.

Er drehte sich um und wäre fast in Gelächter ausgebrochen.

Sie war auf den Knien, ihr Gesicht im Kissen vergraben. Ihr Kleid war ordentlich über ihren nackten birnenförmigen Po hochgeschoben.

Er lächelte, aber es war ein Lächeln voller Zärtlichkeit und Liebe. Sanft legte er sich neben sie und zog an ihr, bis sie auf dem Bauch und mit dem Gesicht zu ihm lag. Er tätschelte ihren rosigen Hintern spielerisch, als wäre er von ihnen beiden der um Jahre Ältere.

»So geht das nicht, Paulie. Du musst dich auf den Rücken legen.«

»Oh …« Er konnte das Entflammen ihrer Wange spüren, die sich so eng an seine presste.

»Also, Paulie … »

»Lass uns einfach küssen, Bobbie.«

»Von mir aus.«

»Das ist dir doch lieber, oder nicht? Du wirst mich lieber mögen, wenn wir uns einfach nur küssen, meinst du nicht?«

»Ich mag dich so oder so, Paulie.«

Sie kuschelte sich näher an ihn; ihre Lippen berührten sein Ohr wie eine Blume.

»Sag mir, dass du mich liebst, Bobbie.«

»Ich liebe dich.«

»Und du wirst mich immer lieben.«

»Ich werde dich immer lieben, Paulie.«

Irgendwie geriet ihr weicher runder Arm unter sein Hemd. Ihre Hand strich über seinen Rücken und die Schultern, zuerst vorsichtig, dann mit unheimlicher Sicherheit und Entschlossenheit. Ihre andere Hand wanderte zu seinem Kopf und strich ihm die Haare aus dem Gesicht, während sie ihm in die Augen starrte.

In ihren schiefergrauen Pupillen war so vieles zu erkennen, so viel, das uralt und erfahren war, dass plötzlich er es war, der sich jung und dumm und ängstlich fühlte. Und sie konnte diese Dinge sehen, sie spüren, sie schon erkennen, noch ehe sie passierten; und ihre Augen schlossen sich, und ihre Lippen öffneten sich. Sie zog seinen Mund auf ihren herunter. Und sie hielt ihn an sich gepresst, als sie ihren Körper langsam und bedächtig herumdrehte …

… während im Erdgeschoss das Telefon immer wieder klingelte. Es klingelte viermal in der Stunde, und jedes Mal trottete das DeHart-Mädchen aus der Küche und hob ab, schrie dann nach oben und die Straße runter nach Bob Dillon. Schließlich sagte sie zu Edie, dass sie den Schlingel seit Mittag nicht mehr gesehen hätte und dass es am Abend nichts zu essen geben würde, wenn sie noch mehr Zeit damit verschwenden müsste, nach ihm zu suchen. Sie knallte den Hörer auf und ging wieder in die Küche, während sie vor sich hin nuschelte.

Und im Haus von Lincoln Fargo ging Edie wieder in das Schlafzimmer, in dem ihr Vater im Sterben lag.

»Ich kann ihn nicht erreichen, Pa. Vielleicht ist er auf dem Weg hierher.«

»Vielleicht«, nickte Lincoln.

»Auf jeden Fall«, sagte seine Tochter fröhlich, »wird er dich morgen besuchen.«

Lincoln prustete schwach und gab ihr einen verbissenen Blick aus seinen gelben Augen.

»Gottverdammt, wenn er's nicht tut«, sagte er.

Er saß, von Kissen gestützt, aufrecht in seinem Mahagoni-Bett. Über seinem Schoß lag sein geliebter Gehstock. An seiner Seite eine Flasche Whisky und eine lange schwarze Pfeife zwischen seinen Fingern. Denn zur Hölle, wie Doc Jones gesagt hatte, es gab nichts mehr, womit er sich schaden konnte, und deshalb konnte er es sich genauso gut angenehm machen.

Er hatte sich von allen verabschiedet: von Shermans Kindern, eins nach dem andern, mit rauen, aber freundlichen Scherzen; von seiner Frau, allein mit ihr, mit erzwungener Geduld; von Sherman, allein mit ihm, in einem langen, nachdenklichen Gespräch; von Josephine mit einem Schrei durch die Tür; von Alf und Myrtle gemeinsam, mit ein paar höflichen Belanglosigkeiten. Von Edie … zu Edie sagte er immer noch Goodbye.

Die anderen blieben im Wohnzimmer, unterhielten sich mit leiser Stimme und sahen hin und wieder zur Tür herein.

»Es tut mir wirklich leid, Pa«, sagte Edie beunruhigt. »Bobbie ist einfach gedankenlos. Er …«

»Er ist eben ein Junge.« Sein Blick wurde fest. »Vergiss das nicht.«

»In Ordnung, Pa.«

»Vergisst man leicht, dass ein Kind ein Kind ist. Hab ich selbst oft vergessen. Hab mich immer rausgeredet – oder jedenfalls versucht –, mit der Begründung, dass ich selbst nie richtig ein Kind war. Aber das ist keine Entschuldigung. Meistens läuft es ziemlich gut. Wenn's für uns nicht gut aussieht, dann vor allem deshalb, weil wir nicht wissen, was gut ist und was nicht.«

Während Edie ihn besorgt beobachtete und protestieren wollte, nahm er einen Schluck aus der Flasche und einen kräftigen Zug von seiner Pfeife. Er hustete und vertrieb den Rauch vor seinen Augen.

»Ja, gottverdammt«, sagte er. »Kinder und Tiere wissen Bescheid. Du siehst ein Schwein Asche fressen und denkst, es ist ein verdammter Idiot. Ist es aber nicht; es weiß, was es braucht. Du siehst, wie ein Kind irgendwas macht, das dir dumm vorkommt, aber es weiß genauso, was es will. Aber du haust ihm auf den Kopf und knurrst und schimpfst mit ihm, und dann hört es damit auf. Und vielleicht …«

»Ja, Pa?«

»Nichts.«

»Pa … mach dir keine Sorgen wegen Grant.«

»Wir sind abgehauen und haben ihn da allein in Kansas City zurückgelassen. Er war nicht mehr als ein Wurm. Er war nicht … Hölle, er war nicht mal annähernd so groß wie Bob. Er war ein bisschen älter als Bob war, als ihr hier angekommen seid. Ich kann mich erinnern … ich erinnere mich, er wusste, dass wir weggehen wollten, und er hatte Angst, dass wir ihn nicht mitnehmen würden. Er war die ganze Zeit von morgens bis abends hinter Ma her und passte auf, dass sie sich nicht ohne ihn davonmachte. Er war immer … er hatte immer irgendwie Angst vor mir. Aber als ich zurückkam, um euch alle zu holen, war er immer noch so drauf. Er ließ sich kleine Sachen einfallen und versuchte damit, bei mir gut dazustehen. Eines Nachts schlich er sich runter und holte sich Ofenruß und strich meine Schuhe komplett damit ein, und ich … ich …«

Edie biss sich auf die Lippen. »Hör auf, Pa. Du warst nie zu irgendjemandem böse.«

»Wollte ich jedenfalls nie sein. Aber ich erinnere mich … ich erinnere mich an den Tag, als wir weggingen. Der Drucker, bei dem wir ihn untergebracht hatten, kam, um ihn zu holen … und siehst du, Edie, wir dachten, es wäre das Beste für ihn. Er war nicht groß genug, um auf der Farm irgendeine Hilfe zu sein, und … manchmal kommt's mir so vor, ich kann ihn immer noch schreien hören, wie er uns angefleht hat, ihn nicht dort zurückzulassen …«

Er trank wieder einen großen Schluck. Lehnte sich hustend über die Bettkante und spuckte auf das Papier, das auf dem Boden ausgebreitet war. Er setzte sich wieder zurück und nahm einen tiefen Zug aus der Pfeife.

»Ich wünschte, ich hätte Bob noch einmal sehen können, Edie.«

»Das wirst du, Pa. Er wird bald vorbeikommen … Ich weiß einfach nicht, was in letzter Zeit in ihn gefahren ist. Er ist absolut keine Hilfe bei nichts. Er will seine Schularbeiten nicht machen. Ich schätze, ich muss jetzt mal ein ernstes Wort mit ihm reden.«

Lincoln sah sie mit rollenden Augen an.

»Gibt es … gibt es irgendwas, das ich ihm von dir sagen soll, Pa?«

»Ich glaube nicht, Edie.« Er lachte schwach.

Mrs. Fargo tauchte in der Tür auf und sah herein.

»Ich wollte einen Happen zu essen machen, Pa. Möchtest du irgendetwas?«

»Nein, danke, Ma.«

»Möchtest du mit mir reden … möchtest du mir irgendetwas sagen?«

Ihr Ehemann schüttelte den Kopf. »Wir haben mehr als fünfzig Jahre miteinander geredet, Ma«, sagte er behutsam. »Hat, glaube ich, nicht viel Sinn, noch eine Stunde oder so dranzuhängen.«

Sie ging raus, ihr Gesicht düster, die Augen rot. Eine Weile später platzte Sherman herein, seine kurze Pfeife zwischen die Zähne geklemmt.

»Myrtle und Alf meinten, wir sollten Doc Jones noch mal herholen. Was meinst du dazu, Pa?«

»Seh ich überhaupt keinen Sinn drin, Sherman.«

»Ja, ich auch nicht«, gab Sherman zu. »Aber du weißt ja, wie sie sind.«

»Sag ihnen, sie sollen ruhig nach Hause fahren, wenn sie gegessen haben. Sag ihnen, ich werde sie morgen sehen.«

»Also, zur Hölle«, protestierte Sherman. »Wirst du nicht ... gottverdammt!« Er brach ab, um sich zu schnäuzen. »Hab mir schon wieder eine gottverfluchte Erkältung eingefangen«, erklärte er.

»Ist auch ein schlimmes Wetter für Erkältungen. Man kommt ins Schwitzen, und dann setzt man sich, um sich abzukühlen, und holt sich eine Erkältung«, sagte Edie.

Und ihr Bruder sah sie dankbar an.

»Nimm einen Schluck«, schlug Lincoln vor.

»Stimmt, sollte ich vielleicht tun. Gibt nichts Besseres gegen Erkältung als Whisky.« Er setzte die Flasche an, nahm drei lange Züge und legte sie wieder neben seinen Vater. »Meinst du, es wäre in Ordnung für dich, wenn ich schnell mal für eine Weile nach Hause fahre? Wir haben noch nicht gemolken, und diese gottverdammten üblen Jungs ...«

Er verstummte, und für einen Moment war sein Gesicht fast vollkommen leer.

»Zur Hölle«, sagte er, »ich hab's überhaupt nicht eilig.« Und drehte sich um und stapfte raus.

»Armer Sherman«, sagte Edie.

»Ja«, sagte Lincoln.

»Manchmal sieht's wirklich so aus, als würde einer, je härter er sich bemüht, desto mehr in die Mangel genommen werden.«

Sie saßen lange schweigend da. Hin und wieder trank Lincoln etwas, während seine Tochter mit den Augen protestierte. Einmal suchte er nach einem Streichholz, und seine Tochter erhob sich und zündete seine Zigarre für ihn an. Dann ließ sie sich wieder nieder. Und wartete.

Das Windrad ächzte und stöhnte trostlos, die abendliche Brise zerrte an seinen Blättern. Krächzend und mit auf den Holzstegen klickenden Krallen marschierten die Hühner gemächlich zum Hühnerstall. Weit, weit weg war da ein lang gezogenes *sooooie-sooiepig-soo-ooo-ooie.*

In der Stadt fingen die Glocken der katholischen Kirche zu läuten an.

Lincoln bewegte sich. Scheu sah er seine Tochter an. »Edie«, sagte er mit verschämter Stimme, »glaubst du, dass es eine Hölle gibt?«

Edie nickte voller Überzeugung. »Da bin ich mir verdammt sicher, dass es eine gibt. Und du musst nicht graben, um dorthin zu kommen.«

Lincoln lachte. Zufrieden nahm er noch einen Schluck.

»Ich habe gerade über Sherman nachgedacht …«

»Sherman wird es schon schaffen, Pa.«

»Ich meine nicht ihn. Also, ich habe auch über ihn nachgedacht. Aber ich meinte den anderen – General Sherman.«

»Oh?«

»Ich gehörte zu Sherman, weißt du. Bin mit ihm geradewegs bis zum Meer durchmarschiert. Hab nie viel darüber gesprochen. Ich glaube, ich hab nie« – er hustete stark, winkte aber ab, als sie aufspringen wollte –, »ich glaube, ich hab nie gern darüber nachgedacht. Ich hab's mir so vorgestellt, dass ich stolz darauf sein sollte – in gewisser Weise musste ich stolz sein, weißt du –, und das konnte ich nicht, wenn ich genauer darüber nachdachte, und deshalb hab ich nicht mehr als nötig darüber nachgedacht. Wir hatten da immer diese Treffen, bis vor wenigen Jahren, wo wir das blutige Hemd unserer Märtyrer schwangen und all die alten Lieder sangen, wie ›Marching through Georgia‹ und ›John Brown's Body‹, und sogar das ging mir auf die Nerven. Und außerdem, das war davor, haben wir jeden Südstaaten-Anhänger, den wir finden konnten, aus der Stadt gejagt und … ich glaube, ich wusste, dass das auch falsch war. Aber ich bin mit den anderen mitgelaufen und hab mich davor gedrückt, ernsthaft darüber nachzudenken …«

»Sie hätten dasselbe mit dir gemacht, Pa.«

»Ich weiß es nicht, Edie. Vielleicht, vielleicht auch nicht. Ich bin nicht besonders intelligent. Aber für mich sieht es so aus, dass es noch nie einen Kampf oder ein Morden oder einen Krieg gegeben hat, der nicht damit angefangen hätte, jemanden davon abzuhalten, jemand anderem etwas anzutun. Wenn sie eine Chance haben …

Es war ein unglaublich schönes Land, Edie, der Süden. Und nach allem, was ich von den Leuten gesehen habe, waren sie ziemlich anständig. Hab nie einen von ihnen gesehen, der Hörner oder einen Schwanz gehabt hätte. Was an ihnen falsch war, da konnte man eigentlich nicht mehr dazu sagen, als dass sie keine Nordstaatler waren und ihr Denkapparat nicht ganz zu unserem passte … Aber das schien alles zu sein.

Also haben wir sie aus ihren Dörfern verjagt, aus ihren Häusern, und dann haben wir sie niedergebrannt, nachdem wir alles rausgeholt hatten, was es wert war, mitgenommen zu werden. Wir ha'm das getan, weil wir wussten, dass die uns dasselbe angetan hätten, wenn sie 'ne Chance gehabt hätten. Wir ha'm das getan, weil die uns ein paar schändliche Sachen angetan hätten, weil sie wussten, dass wir ihnen diesselben Sachen antun würden, wenn wir die Chance bekamen …«

»Pa, du sollst nichts mehr trinken …«

»Ist nicht mehr viel übrig, Edie.« Lincoln legte sich mit geschlossenen Augen zurück; er rang schmerzhaft nach Luft, und aus seiner Brust kam ein tiefes Rasseln.

Edie stand auf. Betrachtete ihn, zauderte.

»Möchtest du, dass ich die anderen hole, Pa? Soll ich …«

»Bob … ist Bob noch nicht da?«

»Noch nicht. Ich geh und ruf noch mal an, und …«

»Nein. Nein, tu das nicht, Edie.« Sein Gesicht bekam wieder Farbe, und das Atmen wurde leichter. Er setzte sich wieder auf.

»Ich glaube, wir lernen nie was dazu, Edie. Wir lernen nie was dazu. Es gibt keinen von uns, der sagen könnte, ob's am nächsten Tag regnen wird oder nicht. Wir wissen nicht, ob aus unseren Kindern Jungs oder Mädchen werden. Oder warum die Welt diesen Weg einschlägt und nicht den anderen. Oder … oder das Wie und Warum und Wann von irgendwas. Der Rückblick ist die einzige Gabe, die wir bekommen haben, außer noch eine Sache. Die, dass wir alle Propheten sind.

Wir wissen, was im Kopf von 'nem anderen Kerl vorgeht. Es macht keinen Unterschied, dass wir ihn noch nie gesehen haben oder was auch immer. Wir wissen, dass er nur drauf wartet, dass er uns fertigmacht, wenn er die Chance hat.«

»Pa!«

»Du hast noch viel Zeit, um zu reden, Edie. Ich nicht mehr … Eines Tages kamen wir zu einem Haus – das war nicht weit außerhalb von Atlanta –, und ich hab den Rest rausgeholt, und alles, was ich rausholte, war ein Buch. Ich weiß nicht mehr, warum ich's überhaupt mitnehmen wollte, aber ich tat's. Vermutlich hat's mir einfach gefallen. Ich nahm's also mit und hab ein ganzes Stück gelesen, bevor ich keine Lust mehr hatte, es mit mir herumzuschleppen. Es war vor langer Zeit geschrieben worden, und es hatte auch nicht viel Sinn für mich … aber ein Teil davon hat sich in meinem Kopf festgesetzt, und ich hab oft darüber nachgedacht, und heute Abend, als die Glocke zu läuten angefangen hat, hat sie mich irgendwie wieder daran erinnert …

An die Worte kann ich mich nicht mehr erinnern, aber an die Idee. Ich weiß, woran der Bursche gedacht hat, und ich weiß, dass er recht hatte. Ich glaube, ich weiß jetzt, was in der Bibel damit gemeint ist, wenn von dem tot herabfallenden Sperling die Rede ist – ich meine, jedes Mal, wenn irgendwo jemand stirbt, dann stirbt die ganze Welt ein kleines bisschen. Kein Tod, keine Tat, kein Versäumnis oder Ereignis, das nicht eine Spur hinterlassen würde …

Wir brennen einen Wald nieder, und alles, was wir sehen, ist das gerodete Land und den Profit. Wir brennen den Wald ab, weil wir sagen, er gehört uns, wir können ihn niederbrennen, und wir können mit unserem Eigentum tun, was wir wollen. Wir brennen ihn ab, und die Vögel verschwinden, und die Maden kommen, und das Getreide wächst nicht mehr so gut. Und es kommen heiße Winde und Staub.

Wir pflügen die Prärie um, weil sie unser ist, um sie zu pflügen, und wir stauen die Flüsse auf, weil sie unser sind, um sie zu stauen. Wir krallen uns alles, was wir können, solang wir's uns irgendwie krallen können, weil's uns gehört und weil's irgendein anderer Kerl tun wird, wenn wir's nicht tun … Und, zur Hölle, da gibt's nichts, was uns wirklich gehört, und wir wissen nicht, was im Kopf unseres Nächsten vorgeht …

Ich hatte einmal tausend Morgen. Ich behauptete, dass es mir gehört.

Sherman hatte hundertsechzig zur Verfügung. Er sagte, dass es ihm gehört.

Und wir waren nur zwei von Tausenden, von Millionen.

Ich erinnere mich, als die Hayflats – was man heute Sandhills nennt – noch gutes Land waren. Es war nicht so fruchtbar wie das Valley und lehmhaltiger, aber es war gutes Land. Es war Land, um Heu zu machen, wie gesagt, und jeder verdammte Dummkopf konnte sehen, dass es das war. Aber die Leute waren nicht damit zufrieden, Heu zu produzieren. Es war ihnen nicht genug Geld, und es war ihr Land, sagten sie, und wenn sie nicht Getreide anbauten, würde es jemand anders tun … Sie hatten ja die Hälfte eines Countys, und die haben sie immer noch – und sie haben noch etwas dazubekommen: den Sand und den Kaktus und Bussarde und Klapperschlangen und endlose Monate der Dürre, und halb verhungerte rachitische Kinder, die aufwachsen, um mit dem zu leben, was man ihnen überlassen hat …

Und heute bringen uns Schiffe das meiste von unserem Heu. Wahrscheinlich von Leuten, die Weizen anbauen sollten.

Ich hatte einen Sohn, und er gehörte mir. Und was er getan hat, gehörte ebenfalls zu mir. Vor fünfzig oder mehr Jahren marschierten wir durch Georgia, und es gehörte uns. Und heute, Ted und Gus … Ted und Gus …«

Edie hatte zu weinen angefangen. Die Tränen hatten endlich ihre Fargo-Härte gebrochen.

»Es ist nicht gut, wenn du weinst, Edie«, sagte der alte Mann.

»W-willst du n-nicht, dass ich die anderen …«

»Hat für mich keinen Sinn. Es ist zu spät. Aber … aber sag Bob … sag ihm …«

»Pa!«, schrie Edie. »Ma! Sherman … *Sherman!*«

Lincolns Augen wurden größer und größer. Sie leuchteten aus seinem Kopf wie gelbe Äpfel. Seine Hände griffen an seine Kehle, als wollten sie dieses Rasseln herausreißen. Er schnappte nach Luft, und eine Schlange aus Blut und Schleim wälzte sich aus seinem eingefallenen Mund. Er sah wild um sich, suchte etwas, und eine seiner Hände löste sich und packte den Gehstock. Er wälzte sich hin und her und schwang ihn bösartig.

»Ihr Hurensöhne!«, brüllte er, und dann fiel er zurück. Und mit dem letzten Zucken seiner Finger schleuderte er den Stock von sich.

Er hatte keinen Bedarf mehr an Gehstöcken.

26.

Einen Monat nach dem Tod von Lincoln Fargo übergab seine Ehefrau die Farm an Sherman und zog in das Hotel. Sie wollte das nicht und musste es auch nicht tun, weil Lincoln ihr den Besitz, als er ihn nach dem Schenk-deinen-Besitz-Gott-Fiasko wieder erstritten hatte, auf Lebenszeit überlassen hatte, mit Sherman als alleinigem Erbe. Aber Sherman brauchte dringend Geld, sofort, und sie brauchte nicht so viel Platz, und deshalb zog sie um.

Als sie bei Edie Dillon einzog, hatte sie den Eindruck, damit zwei Fliegen mit einer Klappe zu schlagen. Es war nicht nur Edies Aufgabe als Tochter, für ihre Mutter zu sorgen; sie war auch finanziell dazu verpflichtet. Indem sie bei ihr wohnte, konnte Mrs. Fargo die Schulden eintreiben, die sie und ihr Sohn aufgehäuft hatten, als sie in Lincolns Haus wohnten.

So erklärte sie es Edie am Tag, als sie ins Hotel einzog; mit einer Portion Unschuld, aber auch einem Schuss Dummheit. Und obwohl Edie versuchte, Zugeständnisse an die beginnende Senilität ihrer Mutter zu machen, war sie wütend. Durch diesen schlechten Start war das Arrangement sofort beschädigt, und es entwickelte sich schnell von schlecht zu schlechter.

Edie hatte eine harte Zeit, um alles am Laufen zu halten. Sie benötigte jeden Cent, den sie kriegen konnte, und jede Minute der ihr zur Verfügung stehenden Zeit wurde von ihren zahlenden Gästen in Anspruch genommen. Sie hatte den Willen, sich um ihre Mutter zu kümmern, auch ohne jede Dankbarkeit. Aber wenn sie die Rolle von jemandem spielen wollte, der Schulden eintrieb, musste sie auch das ertragen, was dazugehörte. Sie würde ein ebenso gutes Essen und ein Zimmer und Aufmerksamkeit bekommen, wie es jeder andere Gast auch bekam. Aber ihre Privilegien würden ebenfalls dort enden, wo die der anderen Gäste endeten.

Sie würde ihr nicht erlauben, in der Küche herumzuschnüffeln und das DeHart-Mädchen herumzukommandieren. Sie würde ihr nicht erlauben, an ihrem Sohn herumzunörgeln.

Mrs. Fargo bezog eine monatliche Witwenrente von fast dreißig Dollar, und sie hatte eine kleine Summe zurückgelegt. Sie hatte zwar immer einen Dollar für die Kirche und ihre vielfältigen Aktivitäten gegen die Heiden übrig, aber nie fünf Cent für ihre eigenen Arztrechnungen, gepantschten Wässerchen, Toilettenartikel und ähnliche Dinge.

Sie versuchte den Grund dafür ihrer Tochter zu erklären. Sie *musste* der Kirche Geld geben. (Das war ihre Erklärung dafür.) Und sie musste alles Geld, das sie in die Finger bekam, behalten, denn was sollte sie tun, falls die Regierung auf die Idee kam, ihre Rentenzahlung zu stoppen? (Und das erklärte diesen Punkt.) Für sie war alles glasklar, und sie konnte nicht erkennen, warum das für jemand anderen ein Rätsel sein sollte.

Sie sah darin nichts, was Edie irgendeinen Grund geben könnte, verrückt zu spielen. Und überhaupt, wenn dieses DeHart-Mädchen nicht so viele Sachen verschwenden würde und wenn dieser Junge, Bobbie, nicht immer um Geld quengeln würde und aus seinen Anziehsachen nicht immer herauswachsen würde, fast schneller, als er sie ausgepackt hatte, warum …

Als Myrtle sie eines Tages besuchte, tischte die alte Frau der zickigen Ehcfrau des Bankiers die Geschichte auf, wie schlecht sie behandelt wurde. Edie würde ihr nicht erlauben, den Mund zu irgendeiner Sache aufzumachen. Sie würde ihr keine Medizin mehr kaufen. Bobbie stellte immer Sachen an, um sie zu quälen. Das DeHart-Mädchen hätte ihr eine Schüssel Haferbrei mit einer Fliege drin hingestellt …

Myrtle eilte ins Erdgeschoss, um Edie mit ihren Verbrechen zu konfrontieren, und Edie war zu dieser Zeit in einer derartigen Verfassung, dass sie ihrer Schwester damit drohte, ihr die Haare vom Kopf zu reißen, wenn sie noch ein Wort von ihr zu hören bekäme … Myrtle hatte ein großes Haus und verdammt mehr Zeit zur Verfügung, offensichtlich mehr, als sie damit anzufangen wusste. Sollte sie sich doch eine Weile um ihre Mutter kümmern und mal sehen, wie ihr das gefiel.

Und so zog Mrs. Fargo in Alfred Courtlands Haus um, und sie blieb für etwas weniger als zwei Wochen. Sie verstand nie genau, warum Myrtle vorschlug, sie solle in Shermans Haus weiterziehen. An dem Morgen, als sie auszog, ging sie hinunter und traf auf eine Myrtle, die auf dem Sofa lag und zwei blaue Augen und eine aufgeplatzte Lippe hatte. Sie behauptete, sie wäre in der Nacht zuvor die Kellertreppe hinuntergefallen, und sie hätte sich gedacht, ihre Mutter würde vielleicht glücklicher sein, wenn sie wieder draußen auf dem Land wäre.

Mrs. Fargo sagte, dass es ihr hier schon gut gefallen würde, aber Myrtle sagte, nun gut, sie sollte es trotzdem mal besser bei Sherman versuchen. Letzten Endes könnte sie nicht wissen, ob's ihr gefiel oder nicht, ehe sie es nicht ausprobiert hätte; und sie hätte so ein Gefühl, dass es das Beste für sie sein könnte.

Und so zog die alte Frau auf Sherman Fargos Farm um, und welche Art von Klagen auch immer sie davor gehabt hatte, jetzt verdoppelten sie sich. Anstatt eines waren da jetzt drei Kinder, an denen sie herumnörgeln konnte – drei, um sie auf die Palme zu bringen –, und Josephine war sogar noch weniger empfänglich für Kritik als Edie. Sie selbst mochte ihnen bei lebendigem Leib die Haut abziehen, aber sie wollte von Mrs. Fargo kein Wort über ihre Erziehungsmethoden hören. Und das war eines der wenigen Male in seinem Leben, dass Sherman mit seiner Frau einer Meinung war. Er gab zu, dass er ihr etwas schuldete, weil sie die Farm an ihn übergeben hatte, und, bei Gott, sie hatte hier immer ein Zuhause, so lange sie eines haben wollte. Aber sie sollte nicht vergessen, wessen Haus es war. In ihrem Zuhause hatte sie jeden herumgescheucht. Jetzt war sie an der Reihe.

Mrs. Fargo bekam Angst. Zu Edie konnte sie nicht zurück. Zu Myrtle ebenfalls nicht, wurde ihr jetzt klar. Wenn Sherman sie rauswarf – wenn dieses mysteriöse und unberechenbare Ding, diese Regierung, damit aufhörte, ihr die Rente zu schicken …

Von einer mürrischen und fordernden Haltung schwenkte sie um ins andere Extrem. Normalerweise eine herzhafte Esserin, ging sie dazu über, bei Tisch nicht zu erscheinen. Und wenn sie doch dazukam, aß sie nur von den Sachen, von denen das meiste da war, weil sie am billigsten waren. Sie fragte sogar, wovon sie sich etwas nehmen sollte, was ihnen lieber wäre, und als Sherman wütend von ihr wissen wollte, ob sie dachte, sie wäre auf einer gottverdammten armen Farm, wurde ihre Furcht geradezu apoplektisch.

Wenn sie nicht ihre kärglichen Mahlzeiten aß, blieb sie in ihrem Zimmer, machte immer wieder ihr Bett, putzte Sachen und putzte sie immer wieder, demonstrierte, dass sie ein sauberer und guter Gast war, der für niemanden ein Ärgernis werden würde.

Aber sie konnte diese merkwürdigen Leute, die ihr Sohn und seine Familie waren, nicht zufriedenstellen. Ebenso wie ihnen ihre Sparsamkeit bei Tisch nicht gefiel, machten sie auch ihre Bemühungen, ihnen aus dem Weg zu gehen, wütend.

Sie saß in der hintersten Ecke des Wohnzimmers mit gefalteten Händen auf dem härtesten Stuhl und wagte kaum zu atmen. Und Sherman ließ dann plötzlich einen Schwall von Flüchen vom Stapel und fragte sie, wovor, zur Hölle, sie sich fürchtete. Und fragte Josephine und die Kinder, was sie denn, zur Hölle, der alten Lady getan hätten; und Josephine war dann eingeschnappt, und die Kinder verachteten sie. Sherman drängte sie, den Stuhl nah an den Ofen zu rücken, damit sie es warm hatte. Und wenn sie dort saß und schwitzte, sich aber nicht traute, sich wegzubewegen, wurde er womöglich mürrisch und fluchte noch mehr und stand vielleicht auf und stampfte aus dem Zimmer.

Sie wusste nicht, was sie tun sollte. Sie fürchtete sich, zu essen und nicht zu essen. Fürchtete sich, zu sprechen und nicht zu sprechen. Fürchtete sich, im Weg zu sein und aus dem Weg zu gehen. Fürchtete sich.

Eines Tages saß sie in der Mitte des Wohnzimmers. Sie saß regungslos da, aber manchmal zuckten ihre Arme, und ihre Hände flatterten. Sie redete nicht, auch kein Lächeln oder Stirnrunzeln. Aber ihre Lippen bewegten sich, und sie machte Grimassen, bei denen sie sowohl lächelte als auch die Stirn runzelte.

Ein Gespann kam in den Hof gefahren, und einen Moment später watschelte Josephine zur Tür.

»Ist Pearl hier?«, sagte Philo Barkley.

»Pearl?«, sagte Josephine. »Wer ist das?«

Mrs. Fargo fragte sich auch, wer das war. Es war so lange her, seit sie ihren eigenen Namen gehört hatte, dass sie ihn vergessen hatte.

Dann fiel er ihr plötzlich wieder ein. Er fragte nach ihr. Und sie rief mit aufgeregter Stimme zu ihm hinaus. »Hier bin ich, Bark. Gleich hier drin.«

Josephine brüllte zu ihr hinein, sie solle aufpassen,

dass sie keinen Herzinfarkt bekäme, und führte den Ex-Bankier herein. Dann verscheuchte sie die Kinder und schloss die Tür hinter ihnen. Josephine war eine stolze Frau, obwohl es nicht viele Gelegenheiten gab, bei denen sie es zeigen konnte. Sie hatte ebenso gute Manieren wie irgendjemand sonst, dachte sie, auch wenn sie aus den Sandhills kam.

»Wie geht's dir denn, Pearl?«, sagte er und setzte sich.

»Ich bin überhaupt nicht ... Es geht mir gut, Bark.«

»Ich hatte mir schon lange vorgenommen, dich hier zu besuchen. Ich wollte Link noch mal sehen, bevor er starb. Ich wollte ihn ... ich wollte euch beide wissen lassen, dass ich euch nichts nachtrage ...«

Mrs. Fargo nickte. »Wir haben uns furchtbar schlecht gefühlt, Bark.«

»Ja«, sagte er. »Gut, aber das haben wir jetzt alles hinter uns, Pearl ... Weißt du, Pearl, es geht für uns ja irgendwie weiter, oder nicht?«

»Ja, das tut es, Bark.«

»Sieht so aus, als würden die alten Freunde einer nach dem anderen verschwinden. Sieht so aus, als sollten sich die alten Freunde und Verwandten, die noch übrig sind, irgendwie zusammentun.«

Mrs. Fargo nickte, das wäre wahr.

Wie mit allem anderen gibt es auch in Sachen Langsamkeit verschiedene Abstufungen, und verglichen mit seiner Schwägerin kam Barkley mit dem Tempo eines Rennpferds auf den Punkt, und sein Gehirn arbeitete schnell wie der Blitz. Sein monotoner Sermon wurde immer länger und länger, er wiederholte sich wieder und wieder, ehe sie realisierte, dass er sie bat, zu ihm zu kommen und mit ihm zu leben.

»A-aber, Bark«, stammelte sie und errötete. »Ich bin doch viel älter als du, und …«

»Nach Jahren vielleicht, Pearl. Aber …«

»Und ich tauge nicht mehr für so ein Familienleben, und … und …«

»Das habe ich damit nicht gemeint«, sagte Barkley ganz offen. »Da seh ich keinen Sinn drin. Wir sind doch beide alt genug, als dass es deswegen Gerede geben könnte, falls es das ist, was dir zu denken gibt.«

»Gut … also …«, sagte Mrs. Fargo. Und eine große Last schien von ihrem verwelkenden Körper zu fallen. »Bark, ich …«

»Ich habe mir nur vorgestellt, wir könnten uns gegenseitig unterstützen. Du könntest dich um den Haushalt kümmern, einfach auf die Art, wie du's mit deinem eigenen tun würdest. Und am Sonntag könnten wir zusammen in die Kirche gehen, und … und ich dachte, es wäre irgendwie nett für uns beide.«

Mrs. Fargo traute sich nicht, selbst etwas zu sagen. Und sie konnte ohnehin nicht sprechen. Ihre Stimmbänder waren augenblicklich paralysiert, aus purer Freude und Erleichterung. Sie konnte ihn nur ansehen und hoffen, dass er nicht fortging, ehe sie in der Lage war zu antworten.

Und Bark sah sie an und kapierte endlich, weil auch er etwas langsam war. Er holte seine Pfeife raus und stopfte sie, verbrachte gut fünf Minuten damit, den Tabak festzudrücken und anzuzünden. Als sie zu seiner

Zufriedenheit brannte, eine Sache von weiteren fünf Minuten, sah er sie wieder an.

»Meinst du, es würde dir gefallen, zu mir zu ziehen, Pearl?«

Sie nickte.

»Wann?«, fragte er.

Und als wäre es ein Zauberwort, fand Mrs. Fargo ihre Stimme wieder.

»Jetzt, Bark. Sofort. Nimm mich sofort mit, Bark. *Jetzt. Jetzt. Jetzt!*«

Und so nahm er sie sofort mit, und es war ein in jeder Hinsicht glückliches Arrangement für sie beide.

Jeder war eine Unterstützung für den anderen, und sie kümmerte sich um den Haushalt und machte alles so, als wäre es ihr eigener. Und an den Sonntagen gingen sie gemeinsam zur Kirche – und es war recht nett.

Manchmal wünschte sie sich, er würde sich mal zu ein paar ordentlichen Flüchen hinreißen lassen. Aber weil das nicht seine Art war, beschwerte sie sich nie deswegen.

Sie vermutete, dass sie selbst wahrscheinlich auch nicht perfekt war.

27.

In einer Bar in einer Seitenstraße in Mexico City genehmigten sich die Partner von O'Hara und Gallagher, Waffenschieber, schlitzäugige Schmuggler und ehemalige Kupferminenarbeiter, ein paar Drinks nach dem Frühstück. Gallaghers Löwenhaupt war in Bandagen eingewickelt, und sein drahtiger kleiner Partner ließ seinen besorgten Blick nicht von ihm.

»Bist du sicher, dass du in Ordnung bist, Gallagher? Du siehst irgendwie aus, als wärst du nicht ganz bei dir.«

Der große Mann nickte zerstreut. »Mir … mir geht's gut.«

»Das war ein fieser Schlag, den du abgekriegt hast. Ich weiß nicht, warum ich dir einfach nicht beibringen kann, dass du abtauchen musst, wenn's mit den Schlägereien losgeht.«

Sein Partner nahm sein Glas, starrte es stirnrunzelnd an und setzte es wieder ab.

»Also«, fuhr O'Hara fort, »nächste Woche um die Zeit sind wir auf dem Weg in die Kolonien der Britischen Ostindien-Kompanie. Mit coolen Hunderttausend, amerikanischen, in unseren Jeans. Den alten Anaconda lassen wir den Bergbau machen, und wir holen uns den Spaß. Komm schon … lass uns darauf trinken.«

»Ich trinke nicht.«

»Ha, ha. Das war bis jetzt dein bester, Gallagher!«

»Warum nennst du mich ständig Gallagher? Das ist nicht mein Name.«

Der kleine Mann grinste. »Also gut, wenn's darum geht …«

»Wer bist du?« Sein Partner stieß seinen Stuhl zurück und stand auf. »Was haben wir miteinander zu schaffen? Wo bin ich?«

O'Hara sprang auf. »Jetzt beruhige dich, Kumpel. Es ist alles in Ordnung. Du hast gestern Nacht einfach nur 'ne Bierflasche mit deiner Birne gestoppt, und …«

Der große Mann starrte ungläubig auf den Kalender hinter der Bar: Octobre Tres, diez y nueve catorce. *Sieben Jahre!*

»Ich muss hier weg!«, schrie er. »Ich bin Robert Dillon!«

28.

Der gewählte Generalstaatsanwalt Jeff Parker zerriss den Brief, den er eben gelesen hatte, in Fetzen und ließ sie in den Papierkorb fallen. Briefe wie dieser rissen einem Mann das Herz aus dem Leib. Er hatte sich den Arsch abgearbeitet, damit sie schließlich eine schöne neue Straße bekamen, und jetzt machten sie unentwegt Zicken deswegen. Sie beklagten sich, dass ihre Kunden durch Verdon hindurch und in die großen Städte fuhren!

Egal, sie hatten jetzt nicht mehr den Daumen auf ihm drauf, Gott sei's gedankt. Von jetzt an mussten sie sich einen anderen Abgeordneten suchen, den sie herumschubsen konnten.

Er schlenderte in den Salon seiner Hotelsuite, schenkte sich einen großen Whisky ein und stellte sich damit ans Fenster. Er trank etwas, sah auf die Hauptstraße hinunter und schaukelte auf seinen hohen Absätzen vor und zurück.

Es fing zu schneien an, und bei dem Anblick machten sich wohlige Erinnerungen im Leib des kleinen Anwalts breit. Er war überaus froh, dass er da war, wo er war. Es wäre furchtbar, dort draußen zu sein, wie dieser arme verdammte Tramp, und sich zu fragen, wo die nächste Mahlzeit herkommen würde, wo du in dieser Nacht schlafen würdest …

Voller Mitgefühl legte Jeff die Stirn in Falten und beobachtete den Tramp, registrierte den hungrigen Blick, mit dem er fortwährend die reiche Fassade des Hotels auf der anderen Straßenseite betrachtete. Es war zu traurig, dass es solche Sachen geben musste. Der Bursche sah aus, als hätte er es zur einen oder anderen Zeit zu etwas gebracht. Er kam ihm irgendwie bekannt vor …

Ein Aufschrei, in dem sich Überraschung und Bestürzung mischten, kam über seine Lippen. Fast wäre ihm das Glas aus der Hand geglitten. Also zum Donnerwetter! Kein Wunder, dass er ihm bekannt vorkam!

Er zögerte einen Moment. Dann drehte er sich impulsiv um und nahm den Telefonhörer ab: »Da steht ein Mann auf der anderen Straßenseite. Ein dünner, schwarzhaariger, ziemlich bleichgesichtiger Kerl. Ich schätze, wenn Sie einen Blick aus der Tür werfen, können Sie ihn sehen …«

»Ja, Senator«, sagte der Angestellte verwundert, »ich sehe ihn.«

»Ich möchte, dass Sie einen Pagen über die Straße schicken, damit er ihn hierher hochbringt. Wenn es Ihnen lieber ist, lassen Sie ihn über die Hintertreppe raufbringen.«

»Oh … gut, in Ordnung, Senator.«

»Sagen Sie ihm nur, Jeff Parker möchte ihn sehen.«

Er hängte den Hörer auf und beobachtete den Pagen, wie er über die vereiste Straße tippelte.

Drei Minuten später wurde Grant Fargo in den Raum geführt.

»Hallo, Jeff«, lächelte er schwach, als sie sich die Hand gaben, »große Köpfe scheinen auf einer Wellenlänge zu liegen. Ich hab den ganzen Tag gewartet und gehofft, du würdest rauskommen.«

»Na, warum bist du denn nicht rübergekommen?«, fragte Jeff und war sich sofort bewusst, wie dumm die Frage war.

Grant hob die Schultern. »Seh ich so aus, als ob ich's tun sollte?«

»Gut, du hättest mich anrufen können.«

»Nicht ohne einen Nickel ... Apropos, ich sehe, du hast da was zu trinken.«

»Oh. Aber sicher, Grant. Entschuldige. Nimm dir, was immer du willst ... Uh, kannst du was zu essen vertragen?«

»Egal was«, gestand Grant.

Er schnappte sich eine Flasche und ein Glas, und Jeff wandte sich zum Telefon. Während er mit dem Zimmerservice redete, hörte er dreimal, wie es aus der Flasche ins Glas gurgelte. Und als er sich wieder umdrehte, hatte Grant sich niedergelassen und schlürfte an einem fast halb vollen Wasserglas mit Whisky. Der ehemalige Schriftsetzer sah seinen Blick und lächelte dünn. Während der Anwalt seine Missbilligung zu verbergen versuchte, kippte er den Drink freimütig mit einem Schluck und griff wieder nach der Flasche.

»Ich hoffe, du hast nichts dagegen«, sagte er.

»Oh, nein. Überhaupt nicht«, leugnete Jeff hastig.

Er fragte sich schon, was in aller Welt ihn veranlasst hatte, sich gegenüber Grant so offen zu zeigen. Er wollte sich nicht eingestehen, dass ihn vielleicht der Wunsch dazu getrieben hatte, vor dem Mann anzugeben, der ihn immer verspottet und beleidigt hatte. Er entschied sich, dass es deswegen war, weil er und Grant zum Fargo-Clan gehörten und es die Pflicht eines Fargos war, einem anderen zu helfen.

»Ein Mann, der das durchgemacht hat, was ich durchgemacht habe, braucht einen Drink«, sagte Grant.

»Uh … was ist denn mit dir passiert, Grant?«

»Würdest du nicht verstehen.« Grants Mund verzog sich bitter. »Dieser miese Sherman und der Alte haben mich aus der Stadt gejagt, als ich genau mitten in einer Depression steckte. Haben mich in die Welt rausgeworfen mit kaum mehr als für eine Woche zum Leben. Hölle, ich hatte nie eine Chance, um an einem anderen Ort neu anzufangen. Ich war krank. Alle Leute, die ich von früher kannte, haben mich vergessen … Also, du siehst, was dabei herausgekommen ist.«

»Weißt du, dass dein Vater gestorben ist?«

»Und es ist ein gottverdammtes Glück, dass er weg ist«, nickte Grant. »Es ist die einzige Sache, die der Hurensohn jemals für mich getan hat.«

Jeff schüttelte den Kopf. »Du solltest nicht so reden.«

»Was glaubst du, wer zur Hölle du bist, dass du mir sagst, wie ich reden soll? … Oh, zur Hölle, es tut mir leid. Aber du hast keine Ahnung, wie das war, Jeff.« Grant wischte sich eine Träne des Selbstmitleids aus den Augen. »Ich hatte nicht das Geringste getan. Es ist mir egal, was irgendjemand glaubt, ich habe nichts … ich habe nichts …«

»Natürlich hast du das nicht«, sagte Jeff schnell. »Das ist alles vorbei und vergessen. Uh … was hast du jetzt für Pläne?«

»Kannst du mir zehn Dollar leihen, Jeff?«

»Aber klar. Ich denke schon. Was …«

»Ich will zurück nach Hause, Jeff. Ich muss nach Hause zurückgehen. Ma ist jetzt ganz allein, und wir werden gut miteinander auskommen. Sie wird mir helfen, wieder auf die Beine zu kommen, und ich kann mir wieder einen Job beim *Eye* besorgen, und … und alles wird wieder gut werden, Jeff. Du weißt nicht, wie es in all den Jahren war. Immer von einem Ort zum andern ziehen. Pleite, ohne Freunde. Deine eigenen Leute g-glauben, dass du ein Mör…«

Er brach ab und ließ sein Glas auf den Tisch kippen. Er vergrub sein Gesicht in den Händen und schluchzte unter heftigen Zuckungen.

»Also, komm schon«, sagte der Anwalt gerührt. »Das kommt alles wieder in Ordnung, Grant. Reiß dich einfach zusammen.«

Obwohl er kaum noch eine Verbindung mit Verdon hatte und nicht wusste, wie Mrs. Fargo ihr Leben arrangiert hatte, war er sich nicht ganz sicher, ob er klug handelte, wenn er Grant dabei half, wieder nach Hause zu kommen. Auf der anderen Seite sah er keine Möglichkeit, ihn zurückzuweisen. Die Fargos waren so gottverdammt seltsame Leute. Es konnte sein, dass sie selbst nicht das Geringste mit Grant zu tun haben wollten, es aber zugleich als schwere Beleidigung auffassten, wenn er diesem abtrünnigen Mitglied des Clans seine Unterstützung verweigerte.

Er entschied, dass er dem ehemaligen Dandy helfen müsste. Er würde ihn stilvoll heimschicken. Wenn ihn die Fargos nicht bei sich haben wollten, konnten sie ihm das selbst erklären.

Grant verputzte die riesige Mahlzeit, die Jeff bestellt hatte, und fing wieder zu trinken an. Mit immenser Anstrengung und hartnäckigem Feingefühl brachte ihn Jeff dazu, ein Bad zu nehmen und sich zu rasieren; und während er damit beschäftigt war, ließ er seinen abgetragenen Anzug abholen, um ihn bügeln und dämpfen zu lassen. Er ließ auch neue Unterwäsche, Strümpfe, ein Hemd und eine Krawatte besorgen.

Als Grant neu eingekleidet war, musterte ihn Jeff anerkennend.

»Jetzt siehst du wieder aus wie der echte Grant«, erklärte er rundweg. »Morgen früh gehen wir natürlich los und besorgen dir einen neuen Anzug und einen Mantel und was du sonst noch so brauchst.«

Grant sagte, das wäre sehr anständig von ihm. »Aber bin ich dir hier nicht im Weg, Jeff? Wenn du mir nur fünfzig Cent für ein Zimmer geben würdest …«

»Ich habe hier ein Zimmer für dich gemietet. Gleich hier auf der anderen Seite des Flurs. Gut, ich muss mich noch um ein paar berufliche Angelegenheiten kümmern, und ich weiß, dass du dich ausschlafen musst. Also …«

»Ich werde gleich rübergehen«, sagte Grant sofort. »Du hast doch nichts dagegen, wenn ich mir was zu trinken mitnehme, oder?«

»Na ja« – Jeff zögerte besorgt –, »hast du nicht schon genug gehabt, Grant?«

»Ich schätze, das habe ich, richtig«, stimmte ihm Grant zu. »Ich sag dir … ich nehm die Flasche nur mit. Wenn ich nicht wirklich einen Drink will, wird sie nicht leer getrunken und verschwendet.«

Jeff wollte protestieren, fand aber keine Worte. Er hatte das komplizierte und alte Problem, mit dem jeder Gastgeber mit einem schwer trinkenden Gast konfrontiert ist: Wie hält man den Gast davon ab, ohne geizig oder ungastlich zu erscheinen?

Aus einem ganz anderen Grund war er immer noch sprachlos, als sein Verwandter am nächsten Morgen um sieben Uhr bei ihm an die Tür klopfte und ihn zitternd und mit trüben Augen um Einlass bat. Er hatte (so behauptete er) die Whiskyflasche in seinem Badezimmer umgeschmissen und nicht den kleinsten Nutzen davon gehabt. Jetzt brauchte er dringend einen kleinen, um munter zu werden.

Jeff ließ ihn herein und begann sich anzukleiden, während im Salon immer wieder Glas und Flasche klickerten.

So schnell er konnte, schaffte er ihn runter zu einem Restaurant. Nach dem Frühstück gingen sie in ein Bekleidungsgeschäft, in dem er Grant einen Anzug von der Stange kaufte und einen Mantel, einen Derby und verschiedene Accessoires, um ihn rauszuputzen.

Mit diesem Aufputz änderte sich die Stimmung des Ex-Setzers. Als er alles bekommen hatte, was er benötigte, wechselte seine Haltung gegenüber dem kleinen Anwalt von beschämter und dankbarer Ergebenheit zu kaum verhohlener Verachtung. Er konnte sich an diesen Jeff Parker erinnern, als der nicht mehr als ein Bettler gewesen war. Warum sollte er nicht froh darüber sein, einem Fargo zu helfen? Wenn die Fargos nicht gewesen wären und ihn mit diesem Prozess beauftragt hätten, wo wäre er denn heute?

Schließlich standen sie in der Bahnhofsstation, und Jeff händigte ihm sein Ticket aus. Grant schüttelte schlaff die Hand des Anwalts und sah ihn mit verächtlich gespitzten Lippen an.

»Es gibt da einen kleinen Punkt, den du anscheinend übersehen hast«, sagte er. »Völlig unabsichtlich, da bin ich sicher.«

»Wüsste ich aber nicht, dass ich das habe«, sagte Jeff unverblümt. »Ich habe den Eindruck, dass ich mich sehr gut um dich gekümmert habe.«

Grant verzog das Gesicht. »Ich bin mir, auch ohne von dir daran erinnert zu werden, bewusst, was du getan hast. Du wirst es zurückbekommen, das versichere ich dir. Aber, davon abgesehen, ich brauche noch ein wenig Geld.«

»In Ordnung«, sagte Jeff. »Da hast du 'nen Dollar. Du hast dein Frühstück bekommen. Das wird für dein Mittagessen und ein paar Zigarren reichen. Du wirst rechtzeitig zum Abendessen zu Hause sein.«

»Ich verstehe«, sagte Grant. »Du denkst, ich werde …«

»Ich denke nicht. Ich weiß gottverdammt genau, dass du dich betrinken wirst, wenn du mehr hast als das.«

»Und was geht das dich an, wenn …«

Jeff sah ihn lange durchdringend an. Drehte sich mit einem grimmigen Lächeln um und ging davon. Grant machte einen Schritt hinter ihm her, für einen Moment beschämt, wie er es dem Mann, der sich seiner angenommen hatte, zurückgezahlt hatte. Aber Jeff schaute nicht zurück, und aus der Scham wurde schnell Wut.

Der wollte ihm sagen, was er zu tun hatte, nur weil er ihm ein paar Dollar geliehen hatte! Gut, er würde es ihm schon zeigen.

Auf der anderen Straßenseite war eine Pfandleihe. Sobald der Anwalt außer Sichtweite war, ging er rüber und betrat den Laden. Der Pfandleiher prüfte den neuen Mantel und bot ihm einen Kredit von sieben Dollar dafür an. Nach einigem Gefeilsche bekam Grant fünf Dollar und einen gebrauchten Mantel aus Kuhfell. Das Kleidungsstück war respektabel genug, wenn nicht sogar vornehm, und es würde ihn sicher warm halten. Es war die Sorte Mantel, die Alfred Courtland an dem Tag getragen hatte, als er Edie Dillon in ihrer Schule auf dem Land besuchte.

Tatsächlich, mit seinem gestutzten Mustache und dem Derbyhut sah Grant Courtland ziemlich ähnlich, wie er an dem Tag aufgetreten war.

Ausgerüstet mit zwei Viertelliterflaschen Whisky, stieg er in den Zug. Er schob zwei Sitze zusammen, zündete sich eine Zigarre an und entspannte sich. Es würde eine angenehme Reise werden. Und an ihrem Ende wäre seine Mutter, um ihn zu bedienen und sich um ihn zu kümmern. Er würde Arbeit bekommen und sein Geld sparen und sich den Respekt der Stadt verdienen. Nach einer gewissen Zeit würde er die Zeitung übernehmen. Er würde ein Haus und ein Auto kaufen. Er würde anfangen, zur Kirche zu gehen, und die richtige Sorte Mädchen kennenlernen …

Warum nicht? Es war vor so langer Zeit, und ich habe sie nicht ermordet. Ich hab's nicht getan! Vielleicht hab ich's vorgehabt. Ich hatte es vorgehabt, und sie hat's mir angesehen, und sie hat das Steuer herumgerissen … Aber ich habe es nicht getan! Sie hat's getan!

Er entkorkte eine der Flaschen.

In Grand Island aß er zu Mittag, und das Essen machte ihn wieder etwas nüchtern. Tatsächlich machte es ihn allzu nüchtern, denn in diesen Tagen konnte er sich selbst nüchtern nicht ertragen. Sobald er wieder im Zug nach Verdon war, fing er wieder zu trinken an, und nach und nach erhielt die Welt wieder ihre rosenfarbene Schattierung.

Mit einem Ruck wachte er auf, und er war erschrocken, weil die wenigen Stunden Schlaf auf ihn dieselbe Wirkung hatten wie das Essen. Er setzte die Flasche an und trank fast einen Viertelliter. Und obwohl ihn der Schnaps kräftigte, fühlte er sich immer noch ängstlich und unsicher. Er war sich so gut wie sicher, dass er am Bahnhof irgendjemandem begegnen würde, den er kannte, und er war noch nicht so weit, dass er alten Bekannten ins Gesicht sehen konnte. Er musste sich erst erholen und mit beiden Beinen wieder auf dem Boden stehen. Es wäre das Beste für sie, wenn sie von seiner Rückkehr erfuhren und sich erst daran gewöhnten, ehe er jemandem begegnen musste.

Aber …

Er setzte sich auf und lächelte plötzlich. Ja, das ließe sich doch gut machen. Der Zug würde bei Fargo Crossing langsamer werden. Mit der Erfahrung, die er in den letzten Jahren beim Fahren mit Güterzügen gemacht hatte, wäre es überhaupt kein Kunststück abzuspringen. Von da war es nur noch eine Sache von anderthalb Meilen bis zu Mutters Haus.

Der Zugführer ging durch, und Grant winkte ihn zu sich.

»Wie lange dauert's noch, bis wir bei Fargo Crossing sind?«, fragte er.

»Etwa dreißig Minuten, wenn wir pünktlich sind. Aber der Zug hält in Verdon nicht an dieser Stelle.«

»Ja, ich weiß.«

»Sie haben doch nicht daran gedacht, da abzuspringen?«, fragte der Zugführer scharf.

»Oh, nein«, log Grant.

»Gut, tun Sie's nicht. Und trinken Sie nichts mehr von diesem Whisky, bis Sie aussteigen. Sie haben schon mehr als genug.«

Grant wurde rot, aber er sagte nichts. Er wartete, bis vom offenen Vestibül ein eisiger Windstoß kam und ihm signalisierte, dass der Zugführer in den nächsten Wagen weitergegangen war. Dann leerte er die Flasche, wobei er aus Protest mehr trank, als er eigentlich wollte.

Der Schnee bedeckte fast die komplette Fensterscheibe, und er konnte draußen nichts erkennen. Er hatte keine Uhr.

Er wartete und versuchte die Sekunden zu zählen, bis er den Eindruck hatte, dass gute zwanzig Minuten vorbei waren. Dann zog er seinen Mantel an, stopfte eine Flasche in jede Tasche und ging hinaus auf das Vestibül.

Der Alkohol gaukelte ihm Sachen in seinem Kopf vor, und er war auch mit den Zeichen der Landschaft in dieser Gegend nicht mehr vertraut. Er stieg auf die Stufen runter, blieb dort schwankend stehen und versuchte das Tempo des Zugs einzuschätzen.

Er schien ziemlich schnell zu fahren, wenn man's nah an den Gleisen betrachtete, aber wenn man's nah am Zaun betrachtete, sah das Tempo nicht mehr als bescheiden aus. Er kicherte über dieses Phänomen und gratulierte sich zu seiner Klugheit, mit der er's entdeckt hatte.

Diese Baumgruppe … diese Windmühle … die Scheune …

Ja, sie mussten nah dran sein. Hier musste es ungefähr sein. Der Zug pfiff vor einer Kreuzung, und er machte sich bereit. Ein Viehgatter huschte vorbei.

Mit einer anmutigen Drehung (so ähnlich dachte er sich das) sprang er ab.

Seine Füße berührten den gefrorenen Bahndamm, und er flog in die Luft. Es war nur eine Sache von Zentimetern, und es hätte ihn zwischen die beiden Waggons geworfen. So aber prallte er gegen den zweiten Waggon und wurde von den Gleisen weggeschleudert. Er machte einen kompletten Überschlag, landete auf den Arschbacken und rutschte gefahrlos den Bahndamm hinunter.

Er rappelte sich kichernd auf, klopfte sich ab und winkte dem sich schnell entfernenden Zug ein besoffenes Goodbye hinterher.

Er steckte eine Hand in die Tasche und fluchte. Wütend zog er die Überreste der zerbrochenen Flasche raus und ließ sie in den Schnee fallen.

Eine Hand fuhr in die andere Tasche, und er lachte. Triumphierend holte er eine volle Flasche heraus und nahm einen großen Schluck. Dann kletterte er zu den Gleisen hoch und torkelte zurück in Richtung der Kreuzung.

Einmal oben, nahm er noch einen Schluck und begutachtete dabei die gefrorene Landschaft mit einem eulenhaften Rundumblick. Er trank, drehte sich herum und herum und starrte über den Flaschenboden hinweg; dann setzte er die Flasche ab und runzelte die Stirn, denn was er sah, gefiel ihm überhaupt nicht.

Das war nicht Fargo Crossing. Das war … das musste Misery Crick sein. Er war oben im Hunkyland gelandet, gute achtzehn Meilen von Verdon entfernt.

Und die Sonne ging unter. Und es schneite. Es schneite nicht stark, aber es musste nicht mal stark schneien. Es gab ohnehin keine Chance, nach Verdon zu kommen. Es gab keine Chance, irgendwohin zu kommen, außer er kam schnell dorthin.

Er hatte inzwischen viel zu viel getrunken, und nichts

anderes als die Zeit konnte ihn ausnüchtern. Aber so betrunken er auch war, er hatte furchtbare Angst. In diesem Landstrich gingen die Leute früh ins Bett. Und dann gab's keine Lichter mehr, die ihm den Weg weisen würden; und der Schnee würde die Wege verdecken. Und die Temperatur würde in der Nacht auf dreißig Grad unter null fallen.

Er musste schnell zu einem Haus gelangen.

In weiter Entfernung zu seiner Rechten, die Straße runter und zu seiner Rechten, sah er eine Rauchwolke aus einer Baumgruppe aufsteigen.

Mit schnellem schwankenden Schritt machte er sich auf den Weg dorthin.

Der Schweiß lief ihm runter, und seine bleischweren Beine zwangen ihn immer wieder stehen zu bleiben. Aber jedes Mal torkelte er wieder weiter, seine Augen fest auf die Rauchwolke gerichtet.

Er hatte eine Strecke von vielleicht einer halben Meile zurückgelegt, als er, weit weg, aber eindeutig, das Knirschen von Wagenrädern hörte. Er blieb stehen und spähte hinter sich, konnte jedoch nichts entdecken. Als er sich dann wieder umdrehte, wanderte sein Blick über das Maisfeld zu seiner Linken, und er sah, wie ein Gespann über die Reihen von gefrorenen Stielen näher kam. Ein Gespann und ein Wagen und ein Mann, was bei dem Schnee kaum zu erkennen war. Der Mann rannte neben dem Wagen her und machte ausholende Bewegungen, nach denen in ständiger Folge der Klang von dumpfen Schlägen ertönte.

Ein Maisschäler. Irgendein Farmer, der seine letzte

Ladung einholte, ehe er den Tag beendete und heimfuhr.

Grant heulte fast vor Erleichterung. Er musste den rettenden Weg nicht mehr allein finden. Er würde mit diesem Farmer nach Hause fahren. In einer Nacht wie dieser würde sogar ein Hunky einen Mann aufnehmen müssen.

Er blieb da stehen, wo er war, und trank wieder ein oder zwei Schluck, während der Wagen sich über die Maisreihen schnell näherte. Grant hob die Hand, um den Kerl zu grüßen, aber er bekam keine Antwort. Wahrscheinlich war der Kerl in zu großer Eile, um seinen Schäl-Rhythmus mit einem Zurückwinken zu unterbrechen. Oder, mehr als wahrscheinlich, er war nur zu verdammt ignorant und mürrisch, wie der Rest von seiner böhmischen Brut.

Das Gespann erreichte das Ende des Felds, und mit einem gutturalen Ausruf lenkte es der Mann auf die schmale Fahrspur parallel neben dem Zaun. Der Farmer, dessen Gesicht fast vollständig unter einer Wollmütze und einem dicken Wollschal verborgen war, sah Grant direkt an, reagierte aber mit keinem Zeichen auf seine Anwesenheit.

Er hielt sich an der hinteren Wagenöffnung fest und wollte hochsteigen.

»He, Sie da«, rief Grant in seiner besten städtischen Art. »Warten Sie einen Moment!«

Der Farmer grunzte, und das Gespann blieb widerwillig stehen. Er sah sich um. Er schien nicht Grant anzusehen, sondern an ihm vorbei.

»Huh?«, grunzte er.

»Was ist denn mit Ihnen los?«, fragte der ehemalige Setzer gereizt, und der Mann kam näher zum Zaun und wackelte dabei mit dem Kopf hin und her. »Ich habe mich verlaufen. Ich muss einen Platz finden, an dem ich für die Nacht unterkommen kann.«

»Huh?« Der Farmer sah ihn endlich direkt an.

»Ich sagte, ich möchte die Nacht in Ihrem Haus verbringen. Ich wohne in Verdon und habe mich verlaufen.«

»Huh?«

Grant fluchte. »Du gottverdammtes blödes Hunkyschwein! Ich werde jetzt mit dir nach Hause fahren. Und du wirst mir für die Nacht eine Unterkunft geben, und ... und ...«

Der Mann setzte über den Zaun und stapfte linkisch durch den Graben. Er erreichte den Weg und steuerte mit einer seltsamen Intensität direkt auf Grant zu. Grant fing hastig an, eine Entschuldigung zu keuchen, aber der Kerl stoppte ein paar Schritte vor ihm, blieb stehen und starrte ihn wieder an.

»Schwein«, grunzte er. Und schnüffelte in die Luft wie ein Tier.

»Gut«, sagte Grant arrogant, »glaubst du, du wirst dich an mich erinnern, wenn du mich das nächste Mal triffst?«

Der Kerl nickte langsam. Mit seiner Hand, die im Schälhandschuh steckte, griff er sich in den Nacken und löste den Schal.

»Ich ... kenne ... Sie. Kennen Sie mich?«

»Könnte ich nicht behaupten«, sagte Grant. Und dann rieb er sich die Augen und zwinkerte. Und ein ekelhafter Schauer lief ihm über den Rücken.

Das … das war kein Mann. Noch nie hatte ein Mensch gelebt, der so ein Gesicht hatte.

»Gott!«, stieß er hervor.

Er machte einen Schritt zurück. Noch einen. Dieser … es hatte überhaupt kein Gesicht. Es war nicht wirklich ein Gesicht. Nur ein großer Klumpen zerstörtes Fleisch, wie Lehm, der von den Fingern eines Idioten zerdrückt worden war. Seine Augen waren glimmende, entstellte, eitrig weiße Knollen. Es … um Christi willen, was war es?

Er ging weiter rückwärts, und das Wesen stand nur da und beobachtete ihn.

Dann drehte es sich um und ging rüber zum Zaun. Die Klinge des Schälhandschuhs senkte sich auf den Stacheldraht, und der Draht riss entzwei. Das Wesen ging zum nächsten Pfosten und wiederholte den Vorgang.

Es kam zurück auf den Weg und zerrte das Stück Stacheldraht mit sich. Es kam auf ihn zu.

Er konnte sich einen Moment lang nicht bewegen. Er konnte nicht einmal schreien. Er stand da wie ein Mann in einem Albtraum.

Jesus … Gott … Jesus … Ich wollte sie nicht töten … sie war hinter mir her, und ich wollte das nicht, und es tut mir leid … ich habe dir gesagt, wie leid es mir getan hat … Jesus, lass mich nur noch einmal Ma sehen. Tu das nicht … TU DAS NICHT …

Er schrie. Schließlich versuchte er wegzurennen, und sein Fuß verfing sich in einer gefrorenen Furche, und es haute ihn hin.

Und das Wesen stand über ihm.

»Ich … kenne … Sie … Erkennen Sie mich?«

Grant sah hoch und schrie wieder, und das Wesen beugte sich über ihn und wiederholte es eindringlich.

»Kennst … du … mich?«

»Nein!«, schrie Grant. »Verschwinde! Ich hab überhaupt kein Geld bei mir. Ich … ich … *VERSCHWINDE!*«

»Du … stehst … auf.«

»Ich werde nicht aufstehen! Du kannst mich nicht zwingen! Bitte, bitte tu mir nicht weh. Ich bin krank, und ich hab keinen Cent bei mir, und … *Hilfe, Hilfe!*«

Der Schälhandschuh schloss sich um seinen Nacken, und die Klinge schnitt ihm ins Fleisch. Er wurde hochgehoben, als wäre er ein Kind.

Er strampelte, bekam keine Luft, schlug mit den Händen um sich, nach dem grässlichen Gesicht, und das Wesen ließ ihn plötzlich los und auf die Straße fallen.

Seine Angst war mittlerweile so überwältigend, dass sie auch ihr eigenes Gegengift enthielt. Er beobachtete, wie das Wesen den Draht zusammenlegte, und seine Stimme wurde fast ruhig.

»Was hast du vor? Warum tust du das? Ich hab kein Geld. Du … du willst mich doch damit nicht festbinden. Es wird mich aufschlitzen. Ich werde erfrieren. Warum willst du mich festbinden. Warum …«

»Nicht festbinden … Peitsche.«

»P-Peitsche?« Grant erhob sich ungläubig auf seine Knie. »D-das kannst du nicht machen. Ich …«

Das Ding bewegte sich so schnell, dass er immer noch redete, als der Hieb niederging. Er hatte nicht einmal genug Zeit, seine Augen zu schließen. Der Stacheldraht fraß sich in sein Gesicht, schnitt in seine Augen, zerriss seine Haut und sein Fleisch und seine Membranen.

Und als sein Schmerz durch den Schock brach und er seinen Mund öffnete, um zu schreien, sauste die Drahtpeitsche wieder nieder, schlitzte sein Genick auf, seine Kehle. Und sein Schrei erstarb in einem erstickten, plätschernden Geräusch.

Ein leiser werdendes Geräusch …

Am Ende lag er ausgestreckt auf seinem Rücken, lag auf einer purpurroten Tagesdecke aus Blut. Und nicht mehr länger schrie und strampelte er. Nicht mehr länger atmete er.

Mike Czerny ließ die Peitsche aus seinen Fingern gleiten. Spöttisch stieß er den Leichnam von Grant Fargo mit dem Fuß an.

»Geh … wasch … Gesicht … Geh waschen … im Schnee …«

29.

In Verdon: Doc Jones behandelte Myrtle Courtland wegen eines rheumatischen Anfalls; Philo Barkley und Pearl Fargo schaukelten zufrieden vor dem Kaminfeuer; Sherman Fargo schickte seinen zwei Söhnen mit der Post etwas Tabak; Josephine und die drei Mädchen erledigten die Hausarbeit; Paulie Pulasky lag in ihrem Schlafzimmer, weinend; und Alfred Courtland erklärte Wilhelm Deutsch, diesem deutschen Schwein, dass sich der Kaiser besser vor der kleinen tapferen Insel in Acht nehmen sollte.

In Lincoln: Mike Czerny saß in der Todeszelle; und Generalstaatsanwalt Jeff Parker gab vertraulich die Empfehlung aus, die Bank von Alfred Courtland zu untersuchen.

In Omaha: Jiggs Cassidy gab seinen Auftraggebern den Rat, sie sollten Jeff in ein noch höheres Amt befördern, in dem er mehr zu verlieren hätte.

In Kansas City: William Simpson sah sich ganz privat nach einem anderen Job um.

In Houston: Ted und Gus Fargo lagen auf der staatlichen Erbsenfarm an ihre Schlafstellen gekettet und planten, auf irgendeine Art ihre Wächter zu killen.

... und im Nachtzug, der aus dem Valley fuhr, sah Bob Dillon über den Mittelgang zu seiner schlafenden Mutter und unterdrückte ein Grinsen. Sie sah ziemlich komisch aus in ihrem neuen Humpelrock-Kostüm und der Pudelmütze. Fremd – eine Fremde. Er murmelte das Wort *Papa* und war entsetzt, wie dumm das klang. *Papa* – zum Donnerwetter! Sein Grinsen verschwand, als ihn ein schreckliches Gefühl von Einsamkeit überfiel. Er drehte sich weg und sah aus dem Fenster ... *Heim.* Sie fuhren *heim* zu *Papa.*

Er fragte sich, ob Paulie ein Baby bekommen würde. Er hoffte, sie würde, und er hoffte, sie würde nicht. Er wünschte, sie hätten für immer so zusammenbleiben können, wie in dem Jahr, als sie neun waren. Die kleine Paulie. *Paulie, du kommst jetzt her!*

Gut – ich bin hier, Bobbie. Und das war sie. Sie war hergekommen, wie sie's immer getan hatte.

Im spiegelnden Fenster lächelte sie ihn ergeben an, und ihre Augen waren große schiefergraue Seen, und auf ihrer kleinen Nase war ein Klecks Eiscreme. *Paulie! Paulie!* ... Pa?

Gottverdammt will ich sein, wenn ich dich nicht zum Fischen mitnehme. Lincoln Fargo rollte wie ein Hund mit den Augen und ließ seinen Stock herumwirbeln. *Was zur Hölle hast du denn jetzt herumzuquengeln?*

Er möchte, dass ich ihm die Ohren abschneide. Sherman grinste säuerlich und steckte sich die Pfeife zwischen die Zähne.

Was habt ihr Teufel denn jetzt wieder vorgehabt? Josephine sah sie mit ihrem schlaffen, mürrischen Blick an und bog die Schlangenpeitsche.

Sollen wir den Tee einnehmen, kleiner Robert?

Ich habe dir ein paar Bücher mitgebracht, alter Kumpel …

Was hast du mir da im Weg zu stehen, du Hurensohn. Du stehst in meinem, du Hurensohn.

Und so rief er sie sich alle in Erinnerung, einen nach dem anderen; sie alle, weil sie echte Menschen waren, natürliche Menschen, Leute, die man verstehen konnte, Leute vom Land, und so gut und so böse, wie auch das Land, ihr Geburtsland, gut und böse war. Und in seiner Einsamkeit dachte er an sie alle:

Da war der ehrliche, verbitterte Lincoln; der prahlerische Sherman; die fette Josephine; die zickige Myrtle; der kalte Courtland; die verschlagenen Jungs Ted und Gus; der aufgeweckte Jeff Parker; die fade Pearl; der langsame Barkley; die stolze Bella; Grant, der Dude …

Er rief sie, und sie erschienen im Spiegel des Fensters, und sie schienen darum zu kämpfen, in Erinnerung zu bleiben, so wie auch er darum kämpfte, sich an sie zu erinnern. Sie erschienen frech und schüchtern, prahlend und zögernd und zickig, lachend, lächelnd, legten die Stirn in Falten und machten Grimassen. Gut, böse und gleichgültig: die echten Leute, die Leute vom Land. Und dann waren sie verschwunden, die Letzten von ihnen; und während er sie für immer in seine Erinnerung einbrannte, presste er sein Gesicht ans Fenster und kämpfte darum, das Land in Erinnerung zu behalten:

Das Land. Das gute Land, das böse Land, das gute bis mittelmäßige Land, das schöne Land, das hässliche Land, das heimelige Land, das freundliche Land und das voller Hass; das Land mit seinen hohen Türmen, seinen großen Scheunen, seinen geräumigen Häusern, seinen Ziehbrunnen, seinen schäbigen Schuppen, seinen Schützengräben; das Land mit seinen kleinen Dörfern und Gemeinden, seinen Städten und Großstädten, mit seinen Läden der Hufschmiede und den Fabriken, mit den Schulen, die nur ein Zimmer hatten, und den Colleges; das böhmische Land, das russische Land, das deutsche Land, das holländische und schwedische Land, das protestantische und katholische und jüdische Land: das amerikanische Land – das Land, das so unaufhaltsam und so schnell im schwarzen Abgrund der Nacht verschwand.

Der Widersinnige

Von Thomas Wörtche

Jim Thompson sei so etwas wie ein Bindeglied zwischen Populärer Kultur und Avantgarde, schrieb der belgische Kulturkritiker und Schriftsteller Luc Sante in der *New York Times Review of Books*. Das war 1985. Diese Einschätzung hatte damals durchaus Raison. Stanley Kubrick hatte schon früh, 1956/57, mit Jim Thompson zusammengearbeitet, auch wenn diese Kooperation eher problematisch war, weil Thompson für Kubrick als Drehbuchautor fremde Stoffe adaptierte. Aber die Nähe zum *enfant terrible* des internationalen Kinos verschaffte dem »Pulp«-Autor Jim Thompson aus dem Mittleren Westen einen gewissen Nimbus.

Ein gutes Jahrzehnt später wurden Jim-Thompson-Stoffe fürs Kino entdeckt. Sam Peckinpah hatte 1972 die erste Hälfte von Thompsons Roman *The Getaway* verfilmt, Burt Kennedy *The Killer Inside Me* 1976 mit Stacey Keach auf genau dieser prekären Linie zwischen Trash und Kunst angesiedelt und Bertrand Tavernier *Pop 1280* als *Coup de Torchon* 1982 zur vermutlich intelligentesten Thompson-Verfilmung gemacht, Art

House vom Feinsten. Der Ritterschlag der Avantgarde rührt jedoch von Alain Corneaus *Série Noir* (1979) her – eine Adaption von Thompsons *A Hell of a Woman*, für die eine der Lichtgestalten der avancierten Literatur, Georges Perec, das Drehbuch schrieb. Und hätte Sante gewusst, dass die nächste bedeutende Thompson-Verfilmung, nämlich *The Grifters* von Stephen Frears mit einem Drehbuch von Donald E. Westlake (Premiere 1990) schon beinahe in Arbeit war, so hätte ihn das in seiner Auffassung bestätigt.

Betrachtet man die Themen und Subtexte all dieser Filme, hat man eine brauchbare erste Annäherung an Thompsons Welt: Blanke Gewalt (*The Getaway*, *The Killer Inside Me*), moralischer Rott, Dreck und Wahn (*Coup de Torchon*), Irrsinn und Devianz (*Série Noir*) und den Terror der Familienbande (*The Grifters*). Man hat aber, beim zweiten Hinschauen, auch einen Katalog der *conditio humana*, Menschheitsthemen, seit der Antike tausendfach artikuliert, beleuchtet, reflektiert, an allen möglichen kulturellen Kontexten auf ihre Driftigkeit überprüft. Arnold Hano, Jim Thompsons Lektor in den 1950er-Jahren bei Lion Books (und vermutlich der einzige Verlagsmensch, der Thompsons literarische Qualitäten richtig einschätzen und gleichzeitig produktiv mit dem nicht einfachen Menschen Thompson umgehen konnte) behauptet, Thompson habe Konstellationen von Swift, Freud, Sophokles usw. hergenommen und ihnen die Form zeitgenössischer *suspense novels* gegeben. Wenn Sophokles nicht schon den *Ödipus* geschrieben hätte, dann sicher Jim Thompson. Und der amerikanische Kulturwissenschaftler Woody Haut merkt leicht süffisant an, dass man sich schon fragen müsse, ob Jim Thompson seinen ganzen Freud vorwärts und rückwärts gelesen habe.

An dieser Stelle interessieren uns allerdings zwei andere Aspekte: Die *Avantgarde*, die Luc Sante als einen Pol erwähnt, liegt deutlich auf Seiten der Filme-Macher. Thompson war für die Avantgarde zweifelsohne ein wichtiger Vorlagengeber, aber mit einer wichtigen Einschränkung, die der Filmkritiker Norbert Grob auf den Punkt gebracht hat: Für die Avantgarde-Filmer sind seine Stories deshalb so ideal, weil sie eben »nicht echt sind und schon gar nicht authentisch, aber in sich plausibel durch die *Mise en forme*«, also eben durch den Film, wie *noir* oder auch nicht *noir* der jeweils sein mag.

Hier stellt sich dann die Frage, ob die Texte Thompsons auch selbst Avantgarde waren oder doch eher der Populären Kultur zuzurechnen sind? Ganz sicher gilt das für Thompsons »Goldene Zeit« in den 1950ern bei Lion Books, wo er in der Tat ein Massenpublikum erreichen konnte, ohne jedoch selbst so viele finanzielle Reserven zu bilden, um unabhängig seinen eigenen ästhetischen und literarischen Ambitionen nachgehen zu können. Auf die Idee, seine Romane als *Avantgarde* zu betrachten, wäre auch niemand gekommen. Thompsons Biograf, der unermüdliche Materialschaufler Robert Polito (*Savage Art. A Biography of Jim Thompson*) stellte fest, dass sich Thompsons Bücher lesen wie die Ergüsse eines »chatty maniac« – eines geschwätzigen Irren –, was nicht gerade auf eine gewisse Formstrenge der Texte schließen lässt. Aber andererseits auch nicht nahelegt, Thompson »zerhacke« oder dekonstruiere irgendwelche Genres oder Subgenres oder deren vorgebliche Regeln. Wobei das sowieso eine problematische Vorstellung ist, die von einer Normativität ausgeht, die man zersetzen oder zerlegen könne, die es aber de facto so nicht gibt. Man kann damit zwar einen oberflächlichen Distinktionsgewinn zugunsten Thompsons machen, der aber nur so lange funktioniert, bis nicht rückgefragt wird, was denn dann die »Regeln« von Dashiell Hammetts *Red Harvest* (*Rote Ernte*) oder *The Glass Key* (*Der gläserne Schlüssel*) wären oder die von Chester Himes *Blind, with a pistol*? Es hat vermutlich keinen Sinn, Thompson immer »in Bezug zu ….« setzen zu wollen, um dann seine angebliche formale Destruktivität zu belegen. Er ist vielmehr – *au contraire* – ein Autor, an dem solche Null-Aussagen abprallen.

Obwohl – Literatur entsteht immer auch aus und gegen Literatur. *Heed the Thunder/Fürchte den Donner* ist Jim Thompsons zweiter Roman, vier Jahre nach *Now and on Earth* (*Jetzt und auf Erden*). Der Arbeitstitel war zunächst *A Portion of the Land* – die Einflüsse von John Steinbeck, Theodore Dreiser oder Sinclair Lewis sind spürbar. James Ellroy entdeckt in seinem Vorwort ein Hybrid aus Steinbeck, der amerikanischen TV-Serie *Ma und Pa Kettle* (wobei deren literarischer Ursprungsort, Betty MacDonalds Roman *The Egg and I* nicht so harmlos war, wie es sich möglicherweise von heute geschaut anfühlen mag und wie die fröhliche Serie insinuierte) und Dostojewski. Dostojewski adelt natürlich erheblich, kann sich aber höchstens auf die Inhaltsebene beziehen, denn von Dostojewskis polyphonem Erzählen ist Thompson planetenweit entfernt.

Aber Ellroy hat schon in gewisser Weise recht: *Fürchte den Donner* bietet einen frühen Katalog Thompson'scher Thematik: Sadismus, Gier, Schmutz, Wahnsinn, Wahn, Gewalt, Rassismus, Verrat. Das Buch spielt in Vernon, Oklahoma, relativ genau datiert auf die Jahre 1907, Jim Thompsons Geburtsjahr, bis 1914. Obwohl Thompson die Depressionszeit mit dieser Situierung explizit zu vermeiden vorgibt (um einen bestimmten historischen Kontext als Ablenkung von der *conditio humana* zu vermeiden, wie Ellroy wenig plausibel vorschlägt – denn jede definierte erzählte Zeit hat ihre Kontexte), ist *Fürchte den Donner* ein schon fast klassischer »Depressionsroman«, der sich sehr wohl mit der Ausbeutung der Farmer, mit der Macht der Banken, den Modernisierungsverlierern und den Konflikten zwischen den Ethnien der Siedler in den *rolling planes* beschäftigt: Die tüchtigen Deutschen, die verkommenen Russen und Böhmen, die gewieften WASPS – die American Natives und die Schwarzen sind nur noch in den seltsam rechtfertigenden Narrativen der Bürger- und Indianerkriegsveteranen zu ahnen.

Die Rückbindung ans 19. Jahrhundert mag dadurch stärker gemacht, eine historische Fundierung des Elends erreicht sein. Und vielleicht fand Jim Thompson zu dieser Zeit noch, dass ein paar seiner Obsessionen, die uns in seinen späteren Büchern wieder begegnen werden, durch den zeitlichen Abstand als historisches »Kolorit« erträglicher seien. Denn grauenhafte hygienische Verhältnisse, ekelhafte Körperzustände, Hässlichkeit und Schmutz, Matsch und Dreck sind allgegenwärtig, von Thompson nie beiläufig, sondern akzentuiert gesetzt. Deswegen, siehe oben, ist auch Bertrand Taverniers Verfilmung von *Pop 1280* als *Coup de Torchon* (deutsch sehr passend: *Der Saustall*) vermutlich die Verfilmung, die dem »Geist« Thompsons am ehesten entspricht. Die Verlegung der Handlung aus dem Westen der USA irgendwo ins frankofone koloniale Afrika ist ein Hieb von Tavernier gegen seine Landsleute und unterstreicht gleichzeitig den Rassismus von Thompsons Büchern. Oder sollte ich sagen: *in* Thompsons Büchern? Unappetitliches wie die Latrinennummer in *Coup de Torchon* ist auch in *Fürchte den Donner* gleich am Beginn des Romans schon *in nuce* angelegt.

Naturalistische, schon beinahe veristische Elemente in den Narrativen über das karge Leben armer Menschen, die sogar in Erdlöchern hausen müssen, dominieren *Fürchte den Donner.* Die atavistischen Themen des Romans sind noch keinesfalls mit irgendeiner *novel of suspense* zusammenzubringen, das wird erst 1949 in Thompsons erstem Kriminalroman oder Thriller passieren: *Nothing more than Murder* (*Es war bloß Mord*). Den »HORROR«, den Ellroy in unserem Roman als Vorschein dessen, was in Thompsons Werk noch folgen sollte, interpretiert, ist hier nicht plot-gebunden, sondern anekdotisch. Vignetten von extremer Gewalt, wie die Zu-Brei-Peitschung des polnischen Schülers, und dessen noch schlimmere Rache am falschen Mann am

Ende des Romans – immerhin ein Spannungsbogen, der eingelöst wird, auch wenn er die Kausalität ironisiert –, oder die zunehmende Kriminalisierung der Brüder Ted und Gus, das schlimme Schicksal des Predigers, der's mit der Abzocke der Landbevölkerung ein bisschen übertreibt: Eine Story, ein Masternarrativ des Romans lässt sich nur schwer beschreiben. *Fürchte den Donner* ist, wenn überhaupt, eine fragmentarische Familienchronik – die der Familie Fargo und der angeheirateten, assoziierten oder sonstwie in irgendeinem (manchmal nur kontigenten) Bezug stehenden Menschen. Auch wenn der Tod des alten Lincoln Fargo (ein Sezessionskriegsveteran, Trinker, Gewaltmensch und böse Karikatur eines *pater familias*) im Roman ganz hinten steht, bildet auch dessen Biografie keine Rahmung des Geschehens. Oder das *coming of age* von Robert Dillon – auch das mit offenem Anfang und ebenso offenem Ende ausgestattet, konkret nur in Einzelbildern wie dem ersten Sex (in Thompsons Welt auch keine schöne Angelegenheit) oder den Katastrophen mit dem selbst gebauten Flugzeug und der überraschenden Konfrontation mit dem Vater. Auch wenn sie nicht für einen formalen Zusammenhalt des Romans sorgt – thematisch ist Vaterschaft ein durchaus massiver Subtext des Romans, nicht umsonst hieß der kanadische Titel des Buchs *Sins of the Fathers.* Robert Dillon ist, wie so viele Figuren von Jim Thompson, sein *alter ego,* der wie der echte Vater und die echte Thompson-Sippe durch alle seine Romane mäandern sollte. Man kann in Politos »Savage Art« jeweils genau nachlesen, welche literarische Figur aus welchen realen Personen aus Thompsons Biografie zusammengesetzt ist, das gilt für *Jetzt und auf Erden* (dort heißt die Figur Jimmie Dillon, Thompson hat oft Namen mehrfach leicht variiert oder identisch für verschiedene Figuren verwendet, was den Verdacht nahelegt, dass es weniger um Figuren denn um Typen geht) genauso wie für *Fürchte den Donner* und im Weiteren auch für *The Killer Inside Me* (*Der Mörder in mir*), für *The Grifters* (*Muttersöhnchen)* und *Savage Night* (*In die finstere Nacht*). Die Thompson-Sippe jedenfalls war über *Fürchte den Donner* empört.

Das ist für Thompson-Philologen sicher interessant, wichtig indes ist das Prinzip. Die ersten beiden Romane von Thompson erinnern nämlich deutlich an die ersten Romane von Chester Himes, der, 1909 geboren, zur selben Generation von Autoren gehörte und dessen Anfänge als Schriftsteller zutiefst mit der Erfahrung der »Great Depression« zu tun hatten – der extreme Rassismus der Zeit diktierte ihm seine Themen, so wie Thompsons dysfunktionale Familie ihm die seinen aufdrängte. Himes frühe Romane aus dieser Zeit, also *If He Hollers Let Him Go* (1945) und *Lonely Crusade* (1947) sind ebenfalls noch keine *novels of suspense* und ebenfalls noch keine Werke der Avantgarde wie später der *Harlem Cycle* und *Plan B*, sondern naturalistische Werke über die ärmeren, arbeitenden Klassen der USA (und natürlich den Rassismus). Und vor allem sind sie, wie die beiden frühen Romane von Thompson, biografisch grundiert. Himes und Thompson waren beide ehrgeizige Literaten, denen die große Anerkennung für ihr Frühwerk versagt geblieben ist. Chester Himes hat später – zumindest öffentlich – seine wirkliche weltliterarische Leistung, nämlich die ästhetisch und intellektuell innovativen und extrem wirkmächtigen Kriminalromane, den berühmten *Harlem Cycle*, immer als seine »domestic novels« gering geschätzt und die Verbitterung über den – in seinen Augen erklecklichen – Misserfolg seines literarisch-ambitionierten Frühwerks nie verwunden. Chester Himes' Reaktion war deutlich: Seine Harlem-Romane mit den beiden Brachial-Cops Coffin Ed und Gravedigger Jones standen in einem polemischen Verhältnis zu allem, was man bis dato an *cop novels* kannte, ohne deswegen aufzuhören, *cop novels* zu sein. Und waren auch Avantgarde. Sie haben via *cop novel* ein ganzes Genre revolutioniert.

Jim Thompson reagierte auf seine Frustration anders. Er zog in seine nächsten Romane mehr oder weniger stringente, aber dominante Kriminalnarrative ein, um einen Haken ins Lesepublikum zu bekommen. Dennoch notierte Donald E. Westlake, der sich für seine Drehbucharbeit zu *The Grifters* sehr eindringlich mit den Texten von Thompson beschäftigte, dass der immer viel zu schnell geschrieben habe, sich aber für einen ernsthaften und talentierten Romancier gehalten habe, der zur falschen Zeit am falschen Ort war – »a lost figure out in Oklahoma, which is what his characters are«. Genre sei bei Thompson nur ein Zugeständnis ans Publikum gewesen, wirklich interessiert habe ihn nur der »emotionale Kampf seiner Figuren untereinander«. Jean-Patrick Manchette, der Thompsons Bücher durchaus unter die »extremistischen Meisterwerke der hard-boiled-Schule« einreiht, thematisiert denselben Aspekt, der auch Westlake aufgefallen war: Thompson »hat sich mehr schlecht als recht in die Gussform des *Polars* gezwängt, aber seine Schwärze und seine Gewalt sind eher innerlich als gesellschaftlich und historisch, er ist sicher der Autor von *Polars*, bei dem es am einfachsten wäre, einen (summarischen) psychoanalytischen Kommentar abzugeben, da seine Werke ein einziges Wirrwarr von Phantasmen sind«. Die eine Hälfte des Arguments zielt auf die formale Brüchigkeit von Thompsons späteren Romanen, soweit sie *hard-boiled crime fiction* sein wollen. Das wollte *Fürchte den Donner* explizit nicht.

Der zweite Teil von Manchettes Argumentation zielt auf die »sozialkritischen« Implikationen bzw. auf etwaige Intentionen Thompsons, also das, was Manchette als »historisch und gesellschaftlich« bezeichnet und was Thompson entschieden vom klassischen *Polar* unterscheide: Er sei eine »Art Irrer«, der, was die »historischen und gesellschaftlichen« Intentionen betrifft, »völlig daneben« gewesen sei. Oder weniger polemisch formuliert: Manchette sieht durchaus in Thompsons Werk eine »Ästhetik der Ablehnung«, die nicht politisch engagiert, sondern eher nihilistisch ist, eine »mehr oder weniger beckettsche Verzweiflung«. Und das trifft *Fürchte den Donner* auf den Punkt. Auch da, wo Thompson die Machenschaften von Politik, *big business*,

Modernisierung und Technisierung anspricht, entsteht das Wüten seiner Figuren eben nicht aus Empörung und Rebellion, sondern aus tieferen psychologischen Schichten. Der syphilitische englische Banker ruiniert aus Rache eine ganze Familie, so wie das total entstellte Prügelopfer sich Jahre später in einem sadistischen Gewaltrausch versehentlich an der falschen Person rächt. Diese Rachetaten haben nur eine instrumentelle (oder wirtschaftliche) Logik, sie sind jedoch »psycho« im wahrsten Sinn. Dies allerdings zu Zeiten voll auszuspielen, in denen »Sozialkritik« die bequemere, prestigeträchtigere und auch vermutlich ökonomisch erfolgreichere Option gewesen wäre, belegt Thompsons Widerständigkeit gegen einfache Lösungen. Der österreichische Schriftsteller Antonio Fian hat Manchettes Beckett-Vergleich flugs aufgegriffen und besonders das »Widersinnige« unterstrichen, das Thompson Gesamtwerk durchzieht.

Darunter kann man ohne Weiteres den sehr »unamerikanischen« Pessimismus Thompsons verstehen, ihn als Vertreter einer Fundamentalopposition zu optimistischen Menschenbildern deuten. Eine Lesart, die zusammen mit der deutlichen Freude an psychischen und physischen Qualen – Thompsons Figuren quälen gerne und lassen sich gerne quälen, und der Autor mag das deutlich gerne erzählen, wie man in vorliegendem Roman an den vielen Auspeitsch-Szenen sieht, in denen sogar Tiere mitmachen dürfen – auf eine gewisse Nähe zu de Sade hinweist. Wie de Sades innere Grammatik Erotik und Sex immer an Gewalt,

Verbrechen und Herrschaft koppelt – Roland Barthes hat das sehr schön in seinen beiden berühmten De-Sade-Essays belegt –, so bindet auch Thompson Gewalt und Devianz konstitutiv an alle anderen menschlichen Regungen, vor allem aber an die Familie.

Es gibt keine unschuldige Welt, unabhängig von dem literarischen Genre, das diese Welt generiert. Wertesysteme oder Normen (moralische und ästhetische), die es zu überschreiten gäbe, existieren bei Thompson schon lange nicht mehr. Sein Reich ist die Paranoia, die jedem zu jedem Moment alles zutraut. Diese konsequente Paranoia zersetzt so ziemlich alle gesellschaftlichen und literarischen Narrative – darunter auch Systeme wie Plot, Linearität, Ordnung, *detection* und so weiter. Woody Hauts Definition der *Pulp Fiction* als eine Reaktion gegen die Einverständlichkeit der Kultur mit den sozialen Faktoren, die Paranoia erzeugen, trifft Thompsons Werk – bis auf den Umstand, dass ihm die sozialen Faktoren vermutlich egal waren. Selbst da ist das Widersinnige präsent. Es bewahrt Jim Thompson vor der Falle aller »Kulturkritik«. Der Kulturkritiker, notierte Theodor W. Adorno schon 1951 zu Recht, »verwirkt seine Legitimation, indem er als bezahlter und geehrter Plagegeist der Kultur an dieser mitwirkt.« Diesen Vorwurf kann man Jim Thompson *cum grano salis* nicht machen. Sein Widersinn war *off limits. Fürchte den Donner* ist ein frühes Beispiel für diese Art literarischer Gesamtverweigerung.

Jim Thompsons Meisterwerke erstmals in deutscher Übersetzung

978-3-453-67610-7

978-3-453-67611-4

978-3-453-67606-0

978-3-453-43789-0

978-3-453-43788-3

978-3-453-43787-6
(Dezember 2015)

www.heyne-hardcore.de